Marianne Grandia
WEISSER ALS SCHNE

Marianne Grandia

Weißer als Schnee

francke

Über die Autorin:
Marianne Grandia lebt zusammen mit ihrem Mann und 4 Kindern in den Niederlanden. Sie schreibt für die Frauenzeitschrift Eva, arbeitet als Übersetzerin und ist eine beliebte Rednerin bei Frauentreffen. „Weißer als Schnee“ ist ihr Debütroman.

Bibliografische Information Der Deutschen Bibliothek
Die Deutsche Bibliothek verzeichnet diese Publikation in der Deutschen Nationalbibliografie; detaillierte bibliografische Daten sind im Internet über http://dnb.ddb.de abrufbar.

ISBN 978-3-86827-426-4

Originaltitel: Witter dan sneeuw

Deutsch von Thomas Weißenborn
Umschlagbilder: © iStockphoto.com / druvo & magbug
Umschlaggestaltung: Verlag der Francke-Buchhandlung GmbH / Sven Gerhardt
Satz: Verlag der Francke-Buchhandlung GmbH
Druck und Bindung: CPI Moravia Books, Korneuburg

www.francke-buch.de

Gott, sei mir gnädig nach deiner Güte
und tilge meine Sünden nach deiner großen Barmherzigkeit.

Entsündige mich mit Ysop, dass ich rein werde;
wasche mich, dass ich schneeweiß werde.

Psalm 51,3.9

Kapitel 1

Dienstag, 3. Mai

Ellen legte das Kärtchen, auf dem ihr Termin eingetragen war, auf den Tresen in der Rezeption der Poliklinik und sah auf die Uhr. *Zehn vor elf.* Sie war eine Viertelstunde zu früh.

In der Regel stürmte sie erst im allerletzten Augenblick herein, aber heute Morgen hatte sie so einen seltsamen Drang empfunden, etwas früher zu kommen. Sie wusste selbst nicht, warum. Vielleicht war es nur, weil sie die Untersuchung beim Internisten gern so schnell wie möglich hinter sich bringen wollte. In diesem Wartezimmer hatte sie schon viel zu viel Zeit verbracht, mehr, als ihr lieb war. Unzählige Male hatte sie mit ihrem Mann oder ihrer Schwester schon hier gesessen. Zum Glück erwartete sie heute nur eine Routineuntersuchung, die konnte sie auch gut allein durchstehen.

Weil sie zu früh gekommen war, musste sie noch warten. Doch allzu lange würde es wohl nicht dauern. Außer ihr saßen schließlich nur noch zwei andere Patienten im Wartezimmer.

Sie setzte sich auf einen der roten Stühle, die nebeneinander an der Wand standen, und suchte in ihrer Tasche vergeblich nach einem Kamm, um ihre kurzen, blonden Haare wieder in Ordnung zu bringen, die beim Fahrradfahren durcheinandergeraten waren. Plötzlich erinnerte sie sich daran, dass sie ihn ihrer Tochter Marilou mitgegeben hatte, weil sie ja heute in der Schule Schwimmen hatte und ihre Bürste verloren gegangen war. So musste sie wohl oder übel ungekämmt zur Kontrolluntersuchung.

Um die Zeit totzuschlagen, nahm sie sich eine der Zeitschriften, die auf dem Tischchen neben ihr auslagen. Gerade hatte sie sich in einen Artikel über den Sinn und Unsinn von Vitaminpräparaten vertieft, als die Tür zum Sprechzimmer aufging. Unwillkürlich sah sie auf, obwohl sie noch nicht an der Reihe sein konnte.

Aus dem Sprechzimmer trat eine Frau Mitte vierzig, die einen Rollstuhl vor sich herschob, in dem ein alter Mann saß. Eine Tochter mit ihrem Vater, vermutete Ellen. Hinter den beiden ging der Arzt, der der Arzthelferin an der Rezeption die Patientenakte überreichte. Er verabschiedete sich mit ein paar Worten von dem Mann und rief den nächsten Patienten auf.

Zu Ellens Überraschung hatte der Arzt mit dem Mann im Rollstuhl englisch gesprochen. Das machte sie neugierig. Aufmerksam betrachtete sie den Mann. Auf den ersten Blick schien er die Achtzig überschritten zu haben, vielleicht wirkte er aber auch nur so alt, weil er insgesamt eine sehr bedauernswerte Erscheinung war. Sein Haar war ihm fast vollständig ausgefallen und die dunkle Weste, die seine schmalen Schultern umspielte, war ihm mindestens zwei Nummern zu groß. Die von blauen Adern überzogenen Hände lagen kraftlos auf seinen dünnen Beinen, die in einer Schlafanzughose steckten. Er hatte keine Strümpfe an und irgendwie rührten sie seine blanken Füße in den Pantoffeln an.

Der Mann schien völlig benommen zu sein. Er erinnerte sie an eine schwer verletzte Maus, die sie einmal aus den Krallen ihrer Katze gerettet hatte. Später war ihr klar geworden, dass sie der Natur besser nicht ins Handwerk gepfuscht hätte, denn nach einer halben Stunde Benommenheit und Schlaf hatte das Tier in der kleinen Schachtel, in die sie es gelegt hatte, seinen Mund zu einem stillen Schrei aufgerissen und seinen letzten Atemzug getan.

Den Gesichtsausdruck des Mannes konnte sie nicht erkennen, weil er den Kopf nach vorn gebeugt hatte, so, als ob es ihm schwerfiele, sich aufzurichten. Offensichtlich war er schwer krank. Es überraschte sie denn auch nicht, als sie hörte, wie die Arzthelferin auf einer Station anrief und die Aufnahme für ihn regelte. Danach wandte sich noch eine recht junge Mitarbeiterin an die Frau, die hinter dem Rollstuhl stand, um mit ihr ein paar praktische Dinge zu besprechen. Das Gespräch schien an dem Mann völlig vorbeizugehen.

Ellen fragte sich, warum sie nicht mit dem Mann selbst sprach. Konnte sie nicht gut genug Englisch oder wollte sie ihn nicht weiter belasten? *Vielleicht ist es für sie aber auch ganz normal, so über Patienten zu reden, als seien sie gar nicht anwesend*, dachte sie ein wenig spöttisch. So jedenfalls war es ihr während ihrer Termine immer wieder ergangen.

„Muss ich wirklich mit auf Station? Kann ihn nicht einfach ein Krankenpfleger mitnehmen?", hörte Ellen die Frau fragen. Die Antwort der Krankenschwester konnte sie nicht verstehen, aber es war offensichtlich, dass die Frau mitgehen sollte, denn sie schob den Rollstuhl ein Stückchen vor, stellte ihn Ellen fast direkt vor die Füße und nahm ohne ein Wort zu sagen auf einem Stuhl auf der anderen Seite des Wartezimmers Platz. *Wahrscheinlich doch nicht Vater und Tochter*, überlegte Ellen. *Vielleicht sind sie noch nicht einmal miteinander verwandt, wahrscheinlich ist sie nur eine Nachbarin oder irgendjemand, der sich angeboten hat, ihn ins Krankenhaus zu bringen.*

Aber wie sie es auch drehte und wendete, die Frau passte irgendwie nicht in das Klischee von besorgter Nachbarin oder Ähnlichem. Die Frau strahlte so gar keine Herzlichkeit aus, schlimmer noch, sie schien so wenig wie nur irgend möglich mit dem Mann zu tun haben zu wollen. Zumindest war es sehr auffällig, dass sie sich so weit wie möglich von ihm weggesetzt hatte.

Ellen warf einen Blick auf den anderen Patienten im Wartezimmer, um zu sehen, ob er die Geschichte ebenfalls mitbekommen hatte, aber er schien ganz in seine Zeitung vertieft zu sein.

Ellen betrachtete wieder den Mann im Rollstuhl, der ihr irgendwie leidtat. Seit er dort abgestellt worden war, hatte er nicht ein einziges Mal aufgesehen und schien vollkommen unterzugehen. War er so teilnahmslos, weil er krank war, oder war er an so eine Behandlung gewöhnt? Fürchtete er, dass sie einander zum letzten Mal sehen könnten? War die Frau, die ihn begleitete, vielleicht doch seine Tochter und er hatte ihre Liebe verspielt? Hatte er vielleicht schon seit einer ganzen Weile kein liebevolles Wort mehr gehört? Bei diesem Gedanken brach ihr beinahe das Herz.

SAG IHM, DASS ICH IHN LIEBHABE.

Ellen richtete sich kerzengerade auf. Aber nicht, weil sie eine Stimme gehört hatte, die ihr fremd gewesen wäre. Es war der unerwartete, aber deutliche Auftrag, der sie aufgeschreckt hatte.

Das kann nicht dein Ernst sein, Herr! Ich kenne ihn doch überhaupt nicht. Was soll er denn von mir denken?

SAG ES IHM.

Ja, aber … auf Englisch?! So gut kann ich das nun auch wieder nicht …

ICH LEGE DIR DIE WORTE IN DEN MUND.

Ellen begann fürchterlich zu schwitzen. Wieder sah sie den Mann an, warf der Frau einen Seitenblick zu – sie starrte einfach nur geradeaus – und betrachtete dann wieder den Mann. Der Gedanke, ihn ansprechen zu müssen, ließ ihre Handflächen feucht werden.

In diesem Augenblick hob er den Kopf und blickte sie geradewegs an. Die unendliche Traurigkeit, die sie in diesem winzig kurzen Moment in seinen Augen sah, brachte sie völlig aus der Fassung. Trotzdem fehlte ihr noch immer der Mut, ihn einfach anzusprechen. Stattdessen lächelte sie ihn freundlich an. Gerade als sie so etwas wie eine Reaktion bei ihm wahrzunehmen schien, ließ er den Kopf wieder sinken.

Und wieder hörte sie die Stimme.

SAG IHM, DASS ICH IHN LIEBHABE ... UND IHN BEHÜTE.

Der Auftrag war eindeutig, aber es war, als wäre ihr Mund wie verschlossen. Jedes Mal, wenn sie tief Atem holte und die Worte aussprechen wollte, krabbelten sie im letzten Augenblick wieder zurück. Ihr Herzschlag und ihr Atem wurden schneller und das Blut rauschte in ihren Ohren. Oder war es die Stille, die so rauschte?

Wenn sie jetzt an die Reihe kam oder der Mann abgeholt wurde, wäre sie aus ihrem Dilemma erlöst. Aber es geschah nichts dergleichen.

Nach ein paar Minuten, die quälend langsam verstrichen waren, betrat ein Krankenpfleger das Wartezimmer. „Herr Smit?"

Der Mann sah auf und nickte schwach. Der Pfleger ging auf ihn zu und legte die Hand auf seine zerbrechliche Schulter. „Ich habe Ihnen im zweiten Stock ein schönes Bett hergerichtet. Da bringe ich Sie jetzt hin."

Er reagierte kaum, vielleicht verstand er auch nichts. Die Frau stand auf und ging auf den Mann zu. „Gehören Sie zu diesem Patienten?", fragte sie der Krankenpfleger. Die Frau nickte, aber es schien nicht von Herzen zu kommen.

Mit bekümmertem Blick sah Ellen dabei zu, wie der Krankenpfleger den Rollstuhl des Mannes, der nun auf einmal einen Namen hatte, nahm und ihn wegschob. Die Frau folgte ihnen in einem gewissen Abstand.

Zu spät, hämmerte es in Ellens Kopf. *Jetzt ist es zu spät.*

Wer weiß, wie wichtig diese Botschaft für den Mann gewesen wäre. Und ich habe sie ihm nicht gesagt. Weil ich Angst hatte, mich lächerlich zu machen.

Entmutigt sank sie auf ihrem Stuhl zusammen.

Kapitel 2

Freitag, 6. Mai

„Hier, sehen Sie einmal, heute haben Sie auch Post bekommen." Mit einer schwungvollen Handbewegung legte die brünette Krankenschwester einen Briefumschlag auf das Nachtschränkchen am Bett von Steven Smit.

Obwohl er sehr gut verstanden hatte, was sie gesagt hatte, stellte er sich taub. Er hatte schlichtweg keine Lust zu reden, sondern wollte nur einfach so daliegen. An nichts mehr denken. Nichts mehr fühlen. Lass sie ruhig glauben, dass er ihre Sprache nicht verstand. So eine Sprachbarriere war manchmal ganz praktisch, weil man sich dahinter verstecken konnte, und deshalb ließ er die Menschen gern in dem Glauben, dass man sich mit ihm nur auf Englisch unterhalten konnte.

Als die Schwester das Krankenzimmer wieder verlassen hatte, drehte er den Kopf nach rechts. Sein Blick fiel auf den elfenbeinfarbenen Briefumschlag auf dem Nachtschränkchen neben seinem Bett. Etwas in ihm hielt ihn davor zurück, den Umschlag einfach zu nehmen und zu öffnen. Er hatte keine Ahnung, wer ihm einen Brief geschrieben haben könnte. Außer seiner Nachbarin Sanne und seiner Tochter Kathy gab es niemanden, der gewusst hätte, dass er im Krankenhaus lag. Doch die Nachbarin hatte ihn schon besucht und seine Tochter wäre mit Sicherheit die Letzte, die ihm eine Karte schreiben würde.

Der Gedanke an Kathy ließ ihn für einen Augenblick den Umschlag vergessen. Schmerzlich scharf hatte er noch immer ihre abweisende Haltung vor Augen. Alle Hoffnung, die er sich gemacht hatte, war in dem Moment verflogen, als sie ihn wieder mit jenem Blick angesehen hatte, der sich schon seit Jahren auf seiner Netzhaut eingebrannte hatte und ihn überallhin verfolgte. Ein Blick, in dem ein ganzes Spektrum von Gefühlen zu erkennen war – Vorwurf, Wut und Schmerz. Aber vor allen Dingen sagte ihm dieser

Blick, dass sie ihm niemals vergeben würde. Wie sehr hatte er gehofft, dass dieser Blick nach siebenundzwanzig Jahren etwas sanfter sein würde. Aber alle Hoffnung war vergeblich gewesen.

Vergeblich. Dieses Wort traf ihn mit seiner ganzen Härte. Vergeblich. Vergeben. Geben. *Aber es konnte nicht vergeben werden. Es war zu viel, um vergeben zu werden. Es gab nichts mehr, worauf er hoffen konnte.*

Plötzlich schreckte er auf, weil er ein Piepen vernahm, doch dann ließ er sich wieder ins Kissen sinken, als ihm klar wurde, dass es nur von der Infusionspumpe kam. Anscheinend musste dort etwas ausgetauscht werden. *Komisch, dass ich nach drei Tagen immer noch bei dem Geräusch aufschrecke. Anscheinend ertrage ich nichts mehr.*

Schweigend wartete er, bis eine Krankenschwester auf das Geräusch aufmerksam wurde und den beinahe leeren Infusionsbeutel gegen einen vollen auswechselte. Er hielt die Augen geschlossen und stellte sich schlafend. Aber als er sich sicher war, dass sie das Krankenzimmer wieder verlassen hatte, öffnete er die Augen wieder.

Sein Blick fiel erneut auf den Umschlag auf seinem Nachtschränkchen. Zögernd streckte er die Hand danach aus. Er war sich immer noch nicht sicher, ob er wirklich wissen wollte, wer ihm eine Karte geschrieben hatte. Doch schließlich siegte seine Neugier über seinen Widerwillen und er nahm den Brief in die Hand.

Die Schrift auf dem Umschlag war die einer Frau. Aber die Adresse überraschte ihn. Unter der Anschrift des Krankenhauses standen da nur sein Name und das Stockwerk, auf dem sein Zimmer war. Keine Zimmernummer. Anscheinend wusste die Absenderin, dass er auf dieser Station lag, aber nicht, in welchem Zimmer. Am meisten überraschte ihn allerdings, wie sein Name geschrieben war. *Mr Smith.* Kein *Herr Smit*, sondern *Mr Smith.* Die Absenderin redete ihn auf Englisch an und hatte seinen Nachnamen mit *h* geschrieben. Die Briefmarke mit Königin Beatrix darauf war jedoch ein eindeutiger Hinweis darauf, dass der Brief in den Niederlanden eingeworfen worden war.

Seine Neugier wuchs. Er drehte den Umschlag um, sah aber keinen Hinweis auf die Absenderin. Er würde ihn also öffnen müssen.

Ordentlich wie er immer gewesen war und es wohl auch bis an sein Lebensende bleiben würde, wenn er die Kraft dazu hatte, suchte er nach einem scharfen Gegenstand, mit dem er den Umschlag aufschneiden konnte. Aufgerissene Briefe ärgerten ihn furchtbar. Er richtete sich etwas auf, um nachzuschauen, ob Sanne sein Taschenmesser in sein Nachtschränkchen gelegt hatte. Egal wohin er ging, sein Taschenmesser hatte er stets dabei. Nicht nur aus praktischen Gründen, sondern auch, weil er es einst, vor langer, langer Zeit von Kathy zum Vatertag geschenkt bekommen hatte. „Katje", wie er sie immer neckend genannt hatte, wenn sie einen Heulkrampf bekommen oder versucht hatte, bei ihren Freundinnen ihren Willen durchzusetzen. Ja, sie konnte ab und zu schon ein richtiger Dickkopf sein.

Er zwang sich, für einen Moment nicht mehr an Kathy zu denken, und konzentrierte sich auf den Inhalt seines Nachtschränkchens. Ja, da lag das Messer. Es kostete ihn einige Anstrengung, danach zu greifen. Als er es in der Hand hielt, ließ er sich erschöpft in die Kissen fallen. Die kleinste Anstrengung kostete ihn anscheinend seine ganze Kraft.

Als seine Atmung sich beruhigt hatte, hob er mit einer Hand den Briefumschlag hoch und schnitt ihn mit dem Messer vorsichtig auf. Im Umschlag befand sich eine Karte zum Aufklappen. Er holte sie heraus, faltete sie auseinander und las die Worte, die in etwas gebrochenem Englisch darin standen.

Dear Mr Smith, lautete die Anrede. Während er las, übersetzte er die Sätze automatisch ins Niederländische, wie er es – oft unbewusst und im Gegensatz zu vielen anderen Emigranten – sonst immer getan hatte.

Lieber Herr Smith,
Sie kennen mich nicht und ich kenne Sie nicht, aber ich saß am Dienstag beim Internisten Baaij im Wartezimmer. Während Sie darauf warteten, dass ein Krankenpfleger Sie holen kam, musste ich Sie immer wieder anschauen. In diesem Augenblick hat Gott zu mir gesprochen. Ich weiß nicht, ob Sie Gott kennen, aber er kennt Sie sehr gut. Und er möchte, dass ich Ihnen sage, dass er Sie liebt und behütet.
Weil ich Angst hatte, Sie könnten mich für verrückt halten, war ich an jenem Vormittag nicht mutig genut, Sie anzusprechen. Aber un-

sere Begegnung hat mich nicht mehr losgelassen, also habe ich mich entschieden, Ihnen diese Karte zu schreiben. Ich habe gehört, wie der Krankenpfleger Ihren Namen sagte und das Stockwerk nannte, auf dem Ihre Station ist, und ich hoffe, dass diese Informationen ausreichen und die Karte bei Ihnen ankommt. Wenn Sie das hier jetzt lesen, ist mein Vorhaben gelungen und ich kann Ihnen nur noch einmal sagen: Gott liebt Sie! Und behütet Sie … Egal was in Ihrem Leben geschehen ist, seine Liebe ist immer noch größer!
Ich bete für Sie.
Eine Frau aus dem Wartezimmer

Steven las den Text mehrere Male nacheinander, aber der Inhalt schien nicht zu ihm durchzudringen. Es war, als würden die Worte wie Tennisbälle gegen eine Wand geschlagen und sofort wieder zurückspringen.

Völlig fassungslos starrte er minutenlang die beschriebene Innenseite der Karte an und klappte sie dann wie benommen wieder zu.

In diesem Augenblick fiel sein Blick auf die Worte und das Bild auf der Vorderseite. Es war ein Gemälde von Rembrandt, das Bild, auf dem der Verlorene Sohn zu seinem Vater nach Hause kommt und von diesem liebevoll in die Arme genommen wird. Unter der Abbildung standen nur drei einfache Worte. *Willkommen zu Hause.*

Und bei diesen Worten stürzte mit einem donnernden Krachen die Mauer ein, an der alle anderen Worte so viele Jahre lang abgeprallt waren.

Kapitel 3

Montag, 9. Mai

Mit gerunzelter Stirn starrte Kathy auf die Tasten ihres Telefons auf ihrem Schreibtisch. Für welche Uhrzeit hatte sie den Termin vereinbart? Ihr Gedächtnis war in den letzten Tagen das reinste Sieb. Seufzend nahm sie den Hörer ab und tippte zum zweiten Mal die Nummer ihres Zahnarztes ein.

„Guten Morgen, hier ist noch einmal Kathy Smit", meldete sie sich, als jemand am anderen Ende den Hörer abnahm. „Ich habe gerade schon einmal angerufen, um einen Kontrolltermin bei Ihnen auszumachen, aber es ist mir leider entfallen, ob wir nun für kommenden Donnerstag Viertel *vor* oder Viertel *nach* drei ausgemacht haben, deshalb muss ich Sie noch einmal belästigen."

„Oh, das macht gar nichts", flötete die Stimme der Arzthelferin. „Ich schaue es eben für Sie nach. Wie lautet Ihr Geburtsdatum?"

„21. März 1964."

„So, dann sind Sie also ein Frühlingskind", lachte die Arzthelferin. „Glückwunsch."

Kathy antwortete nichts. *Sagen Sie mir einfach nur den Termin.* Sie hörte, wie die Arzthelferin auf einer Tastatur herumtippte und wartete schweigend.

„Donnerstag, 19. Mai, Viertel vor drei", hörte sie ein wenig später. „Soll ich Ihnen den Termin noch einmal auf einer Postkarte zuschicken?"

„Nein, ich habe ihn mir jetzt in meinem Terminkalender notiert", erwiderte Kathy, während sie sich die Uhrzeit aufschrieb. „Vielen Dank." Sie murmelte noch eine Abschiedsformel und legte auf.

Eigentlich sind Termine mitten am Nachmittag ziemlich ungünstig, dachte sie mit einem Mal. Wo war sie bloß mit ihren Gedanken gewesen? Normalerweise legte sie sich solche Untersuchungen entweder vor die Arbeit oder direkt danach. Aber nun ein drittes Mal in der Zahnarztpraxis anzurufen, dazu hatte sie auch keine Lust. Jetzt musste sie wohl oder übel in den sauren Apfel beißen.

Sie legte den Terminkalender beiseite und konzentrierte sich auf ihre Arbeit. Wenn sie sich tüchtig ins Zeug legte, dann konnte sie heute Morgen noch gut das Protokoll des Managementtreffens von gestern Abend ausarbeiten. Die Arbeit als Sekretärin bei Instalco, einer Firma, die auf Klimatechnik spezialisiert war, machte ihr zwar Spaß, aber das Verfassen von Protokollen gehörte nicht zu ihren Lieblingsaufgaben. Und mit Sicherheit wurde die ganze Sache nicht einfacher, wenn sie sie vor sich herschob. Also versuchte sie, das Schreiben des Protokolls so schnell wie möglich hinter sich zu bringen.

Sie war noch nicht beim zweiten Tagesordnungspunkt, als ihr Handy klingelte. Genervt holte sie es aus ihrer braunen Handtasche. Warum wurde sie während ihrer Arbeitszeit angerufen? Wer sie auch nur ein bisschen kannte, wusste doch, dass sie das nicht ausstehen konnte. Auf dem Display war nur „Rufnummer unterdrückt" zu lesen. Jetzt wusste sie auch nicht mehr als vorher. „Kathy Smit", meldete sie sich deshalb etwas barsch.

„Guten Morgen, Sie sprechen mit der Sekretärin von Dr. Baaij. Bin ich mit der Tochter von Herrn Smit verbunden?"

Sollte ich jetzt besser „Nein" sagen? Dann hätte ich vielleicht nie wieder etwas mit ihm zu tun. „Ja, am Apparat."

„Schön. Ich rufe wegen Ihres Vaters an. Dr. Baaij würde gern mit Ihnen über die anstehende Operation sprechen, die für Mittwoch angesetzt ist. Könnten Sie heute Nachmittag um sechzehn Uhr in der Klinik sein?"

Nein! „Äh ... das passt mir nicht so gut. Ich weiß nicht, was Dr. Baaij noch mit mir zu besprechen hat, aber lässt sich das nicht telefonisch erledigen?"

„Das ist eigentlich nicht üblich, Frau Smit. Solch wichtige Gespräche führt der Doktor nicht am Telefon. Aber wenn Ihnen sechzehn Uhr nicht passt, dann ginge es sicher auch etwas später. Wäre siebzehn Uhr besser für Sie?"

„Nein, auch nicht."

„Vielleicht morgen Vormittag? Hätten Sie da Zeit?"

„Nein." Bevor die Sekretärin noch einen weiteren Vorschlag machen konnte, entschloss sich Kathy mit offenen Karten zu spielen. „Hören Sie, es geht eigentlich nicht darum, ob ich Zeit habe. Ehrlich gesagt verspüre ich überhaupt keine Lust zu solch einem Gespräch. Bei der Aufnahme hat sich Dr. Baaij doch hinsichtlich der Diagnose schon klar geäußert und auf die Risiken, die mit der Operation verbunden sind, hingewiesen. Mehr muss ich nicht wissen. Und wenn der Arzt noch mehr wissen will, kann ich ihm nicht weiterhelfen, denn vor meinem Treffen mit meinem Vater letzte Woche habe ich ihn siebenundzwanzig Jahre lang nicht gesehen und auch kein einziges Wort mit ihm gewechselt. Schon deshalb macht es gar keinen Sinn, wenn ich noch einmal vorbeikomme."

Irgendwie ahnte sie, dass ihre Worte in den Ohren der Sekretärin ungewöhnlich hart klingen mussten, aber sie hatte einfach keine Lust, ihren Unmut in freundliche Worte zu kleiden. Das Schweigen am anderen Ende der Leitung verriet ihr, dass sie die Sekretärin offensichtlich aus dem Konzept gebracht hatte.

„Äh ... gut, ich gebe das an den Arzt weiter", hörte sie die Sekretärin schließlich sagen. „Einen guten Tag noch, Frau Smit."

Kathy verstaute das Handy wieder in ihrer Tasche. Fest entschlossen, das Gespräch gleich wieder zu vergessen, richtete sie ihren Blick auf den Computerbildschirm. Wo war sie stehen geblieben?

Plötzlich räusperte sich jemand hinter ihr. Mit einem Ruck drehte sie sich um und entdeckte in der Türöffnung den Bezirksleiter, für den sie seit drei Jahren arbeitete. „Paul, ich habe dich gar nicht hereinkommen hören." Meistens konnte man zuerst ein Schlurfen vor der Bürotür hören, bevor er hereinkam, auch wenn sie in der Regel offen stand.

Er hob leicht die Schultern und trat ein paar Schritte in den Raum. Ganz offensichtlich hatte er heute keinen Termin mit einem Kunden, denn anstatt seines braunen Anzugs trug er eine schwarze Jeans und ein T-Shirt. Darin sah er in mancher Hinsicht jünger aus als die vierzig Jahre, die er zählte. „Du hast gerade telefoniert, da wollte ich keinen Krach machen. Als ich gemerkt habe, dass es ein Privatgespräch war, wollte ich eigentlich wieder gehen. Aber dann warst du auch schon fertig mit dem Telefonieren."

Wie viel hat er mitbekommen? „Ja, es war nur ein kurzes Gespräch. Also, was kann ich für dich tun?"

„Geht es dir gut, Kathy?“, fragte Paul sie und ignorierte ihre Frage.

„Ja, warum soll es mir denn nicht gut gehen?“ Sie wich seinen braunen Augen aus und stellte sich absichtlich dumm, aber sie kannte Paul und wusste, dass er wahrscheinlich nicht darauf hereinfiel. Doch versuchen konnte man es ja mal.

„Nun ja, es geht mich eigentlich nichts an, aber den letzten Teil des Telefongesprächs habe ich mitbekommen.“

Kathy antwortete nichts und zog ihren Schreibblock zu sich, so als wollte sie nun weiterarbeiten. Paul rührte sich nicht vom Fleck.

„Nun“, sagte er weiter, „weil ich dich bisher nur selten oder gar nicht in so einem Ton habe reden hören, habe ich mir die Frage gestellt, ob es dir gut geht.“

Die Augen auf ihre Notizen gerichtet, die sie sich während des gestrigen Meetings gemacht hatte, überlegte Kathy, ob sie einfach rundheraus sagen sollte, dass sie keine Lust auf dieses Gespräch hatte. Komischerweise hatte sie aber auch das Bedürfnis, ihm zu erklären, warum sie so barsch gewesen war. „Ach, es ging nur um meinen Vater. Und da braucht es nicht viel, um mich auf die Palme zu bringen.“

Paul zog sich den Stuhl heran, der in ihrem Büro stand, und setzte sich ihr gegenüber. „Ich dachte immer, du hättest gar keine Eltern mehr.“

Das war nicht ungewöhnlich. Sie hatte niemandem je von ihrem Vater erzählt. Nur zwei gute Freundinnen wussten überhaupt, dass er noch lebte, aber auch sie respektierten ihren Wunsch, nicht über ihn zu sprechen. „Ein paar Monate vor dem Tod meiner Mutter ist mein Vater nach Amerika ausgewandert und der Kontakt zwischen uns ist abgebrochen.“ *Zumindest habe ich ihn abgebrochen. Mein Vater hat mir noch jahrelang Briefe geschrieben, aber die habe ich ungeöffnet zurückgeschickt.*

Paul schwieg, er wartete ab, ob sie noch mehr sagen würde.

„Letzte Woche Dienstag, als ich noch zu Hause war und mich auf die monatliche Besprechung vorbereitete, hat mich plötzlich irgendeine Sanne angerufen. Sie erzählte mir, sie sei die Nachbarin von meinem Vater, der anscheinend wieder in die Niederlande gezogen war. Sie hatte in seiner Wohnung ein seltsames Geräusch gehört und war nachschauen gegangen. Scheinbar war meinem Vater schlecht geworden, jedenfalls lag er auf dem Küchenboden und der Tisch war umgestürzt. Sie hat dann gleich den Notarzt gerufen und der hat sich mit einem Internisten beraten und mit ihm ausgemacht, dass mein Vater sofort ins Krankenhaus eingeliefert werden soll. Sie haben ihn dann mit einem Krankenwagen abgeholt." Kathy nahm eine Büroklammer und verbog sie gedankenverloren, während sie weiterredete. „Die Nachbarin hat meinen Vater gefragt, ob sie jemandem Bescheid sagen solle, und anscheinend hat er meinen Namen erwähnt."

„Woher wusste sie denn, wie du zu erreichen bist?"

„Das war eigentlich ganz einfach. Er wird ihr wohl meine Adresse gegeben haben. Die ist ja nicht schwer herauszufinden, schließlich wohne ich schon immer im Haus meiner Mutter."

Kathy schwieg und dachte an den Vormittag zurück. Sie war von dem Telefonat so überrumpelt gewesen, dass sie nicht gewusst hatte, was sie tun sollte. Ohne weiter darüber nachzudenken, hatte sie der Nachbarin versprochen, mit ihr ins Krankenhaus zu gehen. Eigentlich war sie mehr oder weniger davon ausgegangen, dass ihr Vater zu diesem Zeitpunkt schon im Operationssaal liegen würde und sie nur mit dem Arzt reden müsste. Doch als sie sich im Krankenhaus angemeldet hatte, schienen sie mit den ersten Untersuchungen noch nicht fertig gewesen zu sein und er saß im Schlafanzug in einem Rollstuhl beim Internisten. Wiederstrebend hatte sie sich um seine Aufnahme kümmern müssen. Zum Glück war die Nachbarin so fürsorglich gewesen, ein paar persönliche Sachen von ihm in eine Tasche zu packen und mitzunehmen, sodass sie das nicht auch noch übernehmen musste.

Plötzlich Auge in Auge ihrem Vater gegenüberzustehen, war ihr alles andere als leichtgefallen. Die Gefühle, die in diesem Augenblick in ihr hochgekommen waren, waren so mächtig gewesen, dass sie in der letzten Woche alles getan hatte, um sich nicht mehr daran zu erinnern. Im Verdrängen war sie gut. Das hatte sie schon seit Jahren so gemacht und es hatte ihr auch wieder geholfen, als letzten Dienstag ihre ganze Welt wieder einmal auf den Kopf gestellt worden war.

„Also, langer Rede kurzer Sinn", fuhr sie fort, „der Internist wollte mich noch einmal sprechen. Aber ich sehe keinen Sinn darin und das habe ich seiner Sekretärin auch deutlich zu verstehen gegeben. Wahrscheinlich bist du genau in diesem Augenblick zur Tür hereingekommen."

„Und jetzt?"

„Und jetzt? Was meinst du damit?"

„Was hast du jetzt vor?"

„Was ich jetzt vorhabe? Gar nichts. Er wird am Mittwoch operiert. Wie er die OP übersteht, ist ungewiss. Aber Paul, so hart das auch klingen mag, mir ist egal, was dabei herauskommt."

„Weil ...?"

„Weil es egal ist, ob er die Operation überlebt oder nicht. Für mich ist er schon vor langer Zeit gestorben."

Kapitel 4

Dienstag, 10. Mai

Fünf Uhr. *Hoffentlich wird es bald Morgen.* Seufzend drehte sich Ellen zum x-ten Mal auf die andere Seite. Schon seit Stunden lag sie wach und wartete nur darauf, endlich einen Grund zum Aufstehen zu haben und nach unten gehen zu können. Zwar würde ihr niemand Vorwürfe machen, wenn sie es einfach jetzt schon täte, aber sie hatte keine Ahnung, was sie so früh am Tag dort unten anfangen sollte. Und wenn sie die Wahl hatte, allein auf dem Sofa zu sitzen oder im Bett zu liegen, dann entschied sie sich doch eher für das Letztere. Hier hatte sie jedenfalls noch Peter neben sich.

Sie wälzte sich noch einmal auf die andere Seite und versuchte, ihren Mann im Dunkeln zu erkennen. Wahrscheinlich wurde es draußen langsam hell, aber durch die Verdunklungsgardinen vor ihrem Fenster war es im Zimmer noch sehr finster. Sie ließ beim Zuziehen der Gardinen gern einen Spalt offen, weil man sonst gar nichts mehr sah, aber wenn es nach Peter ging, waren sie so weit wie möglich zugezogen. Er hatte es am liebsten stockdunkel im Schlafzimmer, sie nicht. Als Kind hatte sie im Dunkeln Angst gehabt und hatte in ihrem Zimmer immer ein Nachtlicht eingestöpselt gehabt. Doch Peter konnte nicht schlafen, wenn irgendwo noch ein bisschen Licht war, etwas, was sie ziemlich lästig fand, weil sie gern im Bett noch etwas las.

Obwohl sie gerade einmal seine Umrisse erkennen konnte, konnte sie doch ausmachen, wie er schlief: Er lag auf der rechten Seite, die Beine angezogen, einen Arm unter dem Kissen, den anderen auf der Brust und sein Kinn dicht an die Brust gedrückt. Sein dunkelbraunes Haar stand in alle Richtungen vom Kopf ab.

Sie erinnerte sich noch wie gestern an den Tag vor nahezu elf Jahren, an dem sie vor dem Traualtar gestanden und sich das Versprechen gegeben hatten, in Freud und Leid beieinander zu bleiben. Sie war damals dreiundzwanzig Jahre alt gewesen und Peter siebenundzwanzig. Zusammen hatten sie von einer großen Familie geträumt und ihr Glück kaum fassen können, als ein paar Jahre später Marilou geboren worden war. Entsprechend groß war die Bestürzung gewesen, als sie dann die Diagnose erhalten hatten, dass sie keine weiteren Kinder mehr bekommen würden. Trotzdem war die Freude über ihre Tochter sehr viel größer als die Trauer darüber, dass die anderen Stühle an ihrem Esstisch leer bleiben würden.

Als ob er spüren könnte, dass ihn jemand ansah, wurde Peter wach und schob sich etwas dichter an sie heran. „Ist irgendwas, Liebling?“ Seine Stimme hörte sich noch ganz schlaftrunken an.

„Habe ich dich geweckt?“, fragte sie, ohne auf seine Frage einzugehen.

„Nun ja, es ist nahezu unmöglich, nicht aufzuwachen, wenn jemand neben einem Hummeln im Hintern hat“, bemerkte er trocken und nahm sie in die Arme.

Behaglich schmiegte sie sich an ihn. In seinen Armen sah die Welt immer anders aus, sie fühlte sich geborgen und war ihren Problemen besser gewachsen.

„Entschuldige, ich wollte dir nicht den Schlaf rauben, aber ich habe irgendwie nicht die richtige Lage gefunden. Ich bin schon seit Stunden wach und kann einfach nicht wieder einschlafen.“

„Hast du schlecht geträumt?“ Peter wusste, dass sie ab und zu Albträume hatte und danach stundenlang wach lag und hoffte und betete, dass die Bilder vor ihrem inneren Auge wieder verschwanden.

„Nein.“

„Gibt es etwas, worüber du grübeln musst?“

„Eine Kleinigkeit.“

„Was denn?“

„Über ‚Mister Smith‘.“

„Ist das der Mann, den du im Krankenhaus gesehen hast?“ Sie hatte Peter von ihrer Begegnung erzählt und davon, dass sie nicht den Mut aufgebracht hatte, ihm die Worte zu sagen, die Gott ihr eingeflüstert hatte.

„Ja.“

„Aber hast du ihm nicht eine Karte geschrieben und ihm mitgeteilt, was du dich nicht zu sagen getraut hast?“

„Ja, schon."
„Dann ist es doch gut, oder?"
Nein, es war nicht gut. Sie konnte den Mann einfach nicht vergessen; die Trostlosigkeit, die sie in seinen Augen gesehen hatte, ließ sie immer noch nicht los. Sie hatte gedacht und gehofft, dass sie über dem Schreiben der Karte Ruhe fände und damit die Begegnung mit ihm erledigt sei. Aber sie bekam sie nicht aus dem Kopf. Sie war immer noch so unruhig. Die Sache war noch nicht ausgestanden. Schon mehrmals hatte sie darüber nachgedacht, im Krankenhaus anzurufen und zu fragen, auf welchem Zimmer er lag, damit sie ihn besuchen konnte. Aber sie traute sich nicht. Wieder einmal nicht.
Um Worte ringend versuchte sie Peter das zu erklären. „Glaubst du, dass ich zu ihm hingehen sollte?"
„Das weiß ich nicht, Liebling, diese Frage kannst du dir nur selbst beantworten."
„Würdest du gehen, wenn du an meiner Stelle wärst?"
„Ich? Nein, ich glaube nicht. Aber das soll dich nicht davon abhalten. Ich ticke ganz anders als du, ich bin eine ganze Ecke weniger gefühlvoll als du. Aber wenn es dir keine Ruhe lässt, dann solltest du etwas unternehmen. Hast du schon für ihn gebetet?"
„Ja, natürlich."
„Und?"
„Ich habe schon den Eindruck, Gott will von mir, dass ich ihn besuche, aber das finde ich ganz schön schwierig. Manchmal merke ich sehr klar, dass Gott etwas von mir will, aber ein andermal ist es nicht so eindeutig. Vielleicht kommt das auch daher, dass ich nicht so gern ins Krankenhaus gehe und mir deshalb einrede, dass es nur meine eigenen Gedanken und Schuldgefühle sind. Oder so etwas in der Art."
„Du kannst doch einfach heute einmal im Krankenhaus anrufen und fragen, ob er überhaupt noch dort ist", sagte Peter, während er ihr mit seinen Fingern durchs Haar fuhr. „Wenn du Glück hast, ist der gute Mann längst entlassen, und du liegst hier und quälst dich, weil du denkst, du müsstest dich um ihn kümmern. Und wenn er doch noch dort sein sollte, dann hast du immer noch zwei Möglichkeiten: Du kannst hingehen und darauf vertrauen, dass Gott dir

schon die richtigen Worte geben wird, oder du gehst nicht hin und versuchst, die Sache zu vergessen."

„Was habe ich doch für einen wunderbar nüchternen Mann", erwiderte Ellen. So wie Peter es formulierte, hörte sich alles so einfach an und obendrein brauchte sie jetzt auch nur noch in ein paar Stunden im Krankenhaus anzurufen. Danach würde sie weitersehen.

Sie seufzte noch einmal tief und schloss die Augen, in der Hoffnung, noch ein paar Stündchen Schlaf zu bekommen. „Ich liebe dich, Piet", murmelte sie, während sich die nächtliche Ruhe wie eine weitere Decke über ihr ausbreitete.

„Ich liebe dich auch, Schatz."

Ellen machte eine ernste Handbewegung in Marilous Richtung. Ihre Tochter wurde von ein paar Freundinnen zur Schule abgeholt. Obwohl Marilou dachte, dass sie mit ihren sieben Jahren den Weg dorthin sehr gut allein meistern konnte, sah Ellen das ganz anders. Zum Glück teilten sich die Eltern der Kinder aus ihrem Stadtviertel diese Aufgabe und so konnte immer einer die Kinder begleiten.

Ellen sah ihnen hinterher, bis sie um die Ecke verschwunden waren, und dann griff sie zum Telefon. Sie wollte die Sache endlich hinter sich bringen.

Mittlerweile ziemlich nervös geworden tippte sie die Nummer des Krankenhauses ein, die sie inzwischen auswendig kannte.

„Juliana-Krankenhaus, Sie sprechen mit dem Empfang. Was kann ich für Sie tun?"

„Guten Morgen, hier ist Ellen de Vries. Können Sie mir vielleicht sagen, in welchem Zimmer Herr Smith liegt?" Sie versuchte, den Namen so englisch wie möglich auszusprechen, mit dem schwierigen th am Ende, dessen Aussprache sie in der Schule endlos hatte üben müssen.

„Smith mit th am Ende, meinen Sie?"

„Ja. Zumindest glaube ich das." Ellen bückte sich, um ein verwelktes Blatt aufzuheben, das von ihrer Hängepflanze abgefallen war.

„Es tut mir leid, aber in unserer Datenbank ist kein Herr Smith zu finden."

„Vielleicht ein Herr Smit ohne h am Ende?"

„Ja, da gibt es sogar zwei. Wissen Sie, auf welcher Station der Patient liegt, den Sie suchen?"

Ellen dachte nach. Was hatte der Krankenpfleger noch einmal zu ihm gesagt? Nur, dass er ihm im zweiten Stock ein Bett fertig gemacht hatte. Vielleicht befanden sich in der zweiten Etage mehrere Stationen. „Nein, eigentlich nicht", gab sie zu. „Ich weiß nur, dass er im zweiten Stock liegt."

„Das reicht schon", antwortete die Empfangsdame. „Denn da habe ich nur einen Herrn Smit. Er liegt auf Zimmer 241."

Ellen notierte sich die Zimmernummer und bedankte sich bei der Empfangsdame. Dann legte sie das Telefon wieder auf die Ladestation.

Er war also noch im Krankenhaus. Jedenfalls, wenn der Herr Smit auf Zimmer 241 dieselbe Person war wie der Mann, den sie vor Augen hatte. Aber das würde sie schnell herausfinden, wenn sie ihn besuchte.

Wenn sie ihn besuchte.

Kapitel 5

Unter äußerster Kraftanstrengung und mithilfe des Bügels über seinem Bett gelang es Steven, sich aufzurichten. Sein Zimmernachbar betrachtete ihn mit besorgtem Gesicht. „Geht es oder soll ich eine Schwester rufen?"

„Es geht gut", murmelte Steven. Natürlich ging es alles andere als gut, aber er hatte keine Lust, um Hilfe zu bitten. Er wollte aus eigener Kraft aufstehen.

Obwohl er sich zusammenriss, entwich ihm ein Stöhnen, als er sich langsam aus dem Bett gleiten ließ. Seine bloßen Füße tasteten nach dem kalten Boden, fanden ihn aber nicht. Warum war sein Bett überhaupt so hoch? Er ließ sich noch etwas weitergleiten, doch gerade als er dachte, er könnte stehen, verloren seine Arme den Halt und seine Beine knickten unter ihm ein. Während er fiel, stieß er mit dem Kopf an die Bettkante und ein heftiger Schmerz fuhr ihm durch den Körper, nahm ihm geradezu den Atem.

„Schwester! Schnell!", hörte er seinen Bettnachbarn rufen.

Natürlich, warum auch nicht. Ach, er verstand sehr gut, dass sein Nachbar es nur gut meinte. Wäre dieser Mann nicht an sein Bett gefesselt, hätte er vermutlich schon längst selbst geholfen, aber nun konnte er nur nach der Schwester klingeln.

Während Steven versuchte, sich aufzurichten, kam die Schwester auch schon angerannt.

„Herr Smit, was haben Sie denn vor?"

Na was wohl? Ich wollte den Boden untersuchen. Noch während er das dachte, schalt er sich für seinen Sarkasmus. „Ich wollte aus dem Bett", stieß er keuchend hervor, während die Krankenschwester nach einer Kollegin rief, um ihn wieder aufzurichten.

„Aber Sie dürfen auf gar keinen Fall aufstehen. Haben Sie sich wehgetan?"

Steven schwieg und schloss die Augen. Wer bestimmte, ob er aufstehen durfte oder nicht? Er mochte zwar krank sein, aber er war doch kein kleines Kind mehr. „Wir zählen jetzt bis drei und dann ziehen wir Sie hoch", fuhr die Schwester fort. „Ist das in Ordnung?"

„Jawohl."

Wenig später spürte er vier starke Arme unter sich und hörte ein Zählen. „Eins … zwei … drei!"

Schwankend stand er zwischen den beiden Schwestern und ließ sich mit ihrer Hilfe wieder auf das Bett sinken. Der Schmerz in seinem Kopf wurde dadurch nicht schwächer.

„Haben Sie sich wehgetan?", fragte die ältere der beiden erneut und sah ihn besorgt an.

„Ein bisschen", gab er zu. „Aber das wird schon wieder weggehen."

So schnell gab sie nicht auf. „Wo haben Sie sich denn wehgetan?"

„Ich bin mit dem Kopf auf den Rand von meinem Bett gefallen, aber wirklich, es geht schon wieder. Es tut mir leid, dass ich Ihnen so viel Arbeit mache." Der Schweiß trat ihm auf die Stirn und er wollte sich schnell wieder hinlegen.

„Ist Ihnen auch schwindelig?"

„Ja, aber das war es mir auch vorher schon. Wirklich, es ist nichts."

„Aber warum wollten Sie denn aufstehen?", fragte die andere Krankenschwester.

„Ich wollte mir die Beine vertreten." Gut, das war zwar nicht die volle Wahrheit, aber auch nicht gelogen. Er hatte keine Lust, ihnen zu erklären, dass er das Laufen üben wollte für den Fall, dass Kathy wiederkam. Er wollte *nicht* hilflos vom Rollstuhl aus zusehen müssen, wie sie wieder wegging. Aus dem Zimmer, aus dem Krankenhaus, aus seinem Leben.

„Das lässt aber Ihr Gesundheitszustand nicht zu. Sie müssen uns das glauben und dürfen ein solches Risiko nicht eingehen, Herr Smit. Wie leicht hätten Sie sich etwas brechen können."

So wie mein Herz gebrochen ist?

Die Krankenschwestern ließen ihn vorsichtig ins Kissen sacken und deckten ihn zu. „Wenn Sie sich nicht wohlfühlen, rufen Sie uns bitte. „Dafür sind wir da. Haben Sie das verstanden?"

Müde und niedergeschlagen nickte er. Er hatte vergeblich gehofft, dass er noch genug Kraft haben würde, um wenigstens ein kleines Stück zu laufen. Und wenn er richtig verstand, was sein Körper ihm mitteilen wollte, dann würde diese Kraft auch nie wieder zurückkommen.

Nicht zum ersten Mal hatte er an diesem Tag die dunkle Vorahnung, dass er wohl nicht mehr in seine Wohnung würde zurückkehren können. Und wenn es dabei nicht um Kathy ginge, wäre das auch in Ordnung. Jetzt, wo er glauben durfte, dass Gott ihn nicht verstoßen hatte, wollte er unbedingt noch einmal nach Hause zurück. Doch zuerst musste er versuchen, mit Kathy Kontakt aufzunehmen.

Ihr einen Brief zu schreiben hatte keinen Sinn, denn den las sie ja doch nicht. Ganz abgesehen davon hatte er gar nicht mehr die Kraft zum Schreiben. Er musste auf eine andere Weise zu ihr durchdringen. Aber dafür brauchte er ein paar Dinge aus seiner Wohnung. Nur hatte er keine Ahnung, wie er es anstellen sollte, an sie heranzukommen. Wenn die Nachbarin ihn noch einmal besuchte, dann könnte er sie fragen, ob sie ihm das eine oder andere bringen würde. Doch er war sich nicht sicher, ob sie überhaupt noch einmal kam, und wenn ja, wann. Vielleicht war es dann schon zu spät.

Er stieß einen tiefen Seufzer aus und schloss die Augen. *Oh Gott*, betete er, *gib mir noch eine Chance, mit Kathy Kontakt aufzunehmen. Bitte.*

„Mister Smith?"

Als er die Frauenstimme vernahm, öffnete er die Augen. Er musste weggedämmert sein, denn neben dem Bett seines rechten Nachbarn saß nun dessen Frau. Es war also Besuchszeit. Aber wer hatte seinen Namen ausgesprochen?

„Mister Smith?", hörte er die Stimme erneut. Mühsam drehte er den Kopf nach links. Der Sturz auf den Rand seines Bettes hatte ihn mehr mitgenommen, als er hatte zugeben wollen, aber das brauchte die Krankenschwestern nicht zu interessieren.

Zu seiner Überraschung war die Frau, die neben seinem Bett stand, aber gar keine Krankenschwester. Oder vielleicht doch, aber sie hatte keinen weißen Kittel an. Irgendwie kam sie ihm bekannt vor; er hatte sie wohl schon einmal gesehen. Aber wo? Wahrscheinlich im Krankenhaus. Aber warum sprach sie ihn dann auf Englisch an? Mittlerweile wussten doch alle längst, dass er Niederländisch sprach und verstand.

„Ja?“

„I am Ellen de Vries.“ Der Name sagte ihm nichts, aber als ihre Augen in seine sahen, durchzuckte ihn die Erinnerung. Die Frau aus dem Wartezimmer!

Fassungslos starrte er sie an und wusste nicht, wie er reagieren sollte.

„We have met in the … the …” Die Frau rang offensichtlich nach dem englischen Ausdruck und er hob die Hand, um sie zu unterbrechen.

„… Wartezimmer“, vollendete er ihren Satz auf Niederländisch.

Auf ihrem Gesicht machte sich ein überraschter Ausdruck breit. „Sie sprechen niederländisch?“

„Ja.“

„Aber …“, stammelte die Frau, „ich dachte …“

„Ich bin hier geboren und aufgewachsen.“ Steven überlegte, wie viel er ihr erzählen sollte und wie viel Atem ihm dafür zur Verfügung stand, doch der Mut, den sie bewiesen hatte, indem sie ihm geschrieben hatte und nun neben seinem Bett stand, verdiente mehr als eine oberflächliche Antwort.

„Setzen Sie sich“, sagte er und deutete auf den Stuhl neben seinem Bett.

Die Frau stellte ihre Tasche auf dem Boden ab und bückte sich, um etwas daraus hervorzuholen. „Ich habe Ihnen etwas Saft mitgebracht“, sagte sie, während sie eine Flasche Orangensaft auf das Tischchen neben seinem Bett stellte.

„Vielen Dank“, sagte er und war ganz ergriffen. Womit hatte er sich die liebevolle Aufmerksamkeit dieser Fremden verdient?

„Sagen Sie doch bitte einfach Ellen zu mir. Sie könnten gut und gerne mein Vater sein.“

Obwohl er nichts antwortete, bekamen ihre Wangen Farbe. Vielleicht dachte sie, sie hätte ihn beleidigt, weil sie ihm ins Gesicht gesagt hatte, dass sie ihn für alt hielt. Aber das machte ihm nichts aus. Er *war* alt. Fühlte sich alt. Doch durch die Bemerkung sah er blitzartig, wie es wäre, wenn jetzt seine Tochter an seinem Bett säße. Er blinzelte mit den Augen und das Bild verschwand.

„Ellen", wiederholte er, um das ungemütliche Schweigen zu brechen. „Vielen Dank für Ihre Karte, Ellen."

Sie knetete ihre Hände und blickte ihn unsicher an. „Sie haben sie also bekommen."

Er nickte. „Ja." Er suchte nach Worten. War diese Ellen vielleicht schon wieder eine Gebetserhörung? „Es war sehr nett von Ihnen, dass Sie mir geschrieben haben. Sie wissen ja gar nicht, dass diese Karte für mich wie ein Brief aus dem Himmel gewesen ist. Aber ..." Er schwieg, um Luft zu holen. „Sagen Sie mir doch bitte, warum Sie mich nach der Karte nun auch noch mit Ihrem Besuch überraschen."

Die Antwort kam sofort. „Ich bekomme Sie nicht mehr aus meinem Kopf – obwohl ich zugeben muss, dass ich es oft versucht habe. Aber Sie lassen mich einfach nicht mehr los. Deshalb habe ich gedacht ... ich habe mich gefragt, ob ... Kann ich vielleicht etwas für Sie tun?"

Kapitel 6

Mittwoch, 11. Mai

Irgendwo weit weg ertönte eine kleine Melodie, die sie aus dem Schlaf riss. Die Töne kamen Kathy seltsam bekannt vor, aber sie war noch zu schlaftrunken, um sie mit etwas zu verbinden. Etwas später war es wieder still. Sie drehte sich im Bett um und versuchte weiterzuschlafen. Wenn ihr Wecker klingelte, war es noch früh genug, dem neuen Tag entgegenzutreten. Aber als sie wieder wegdämmerte, ertönte erneut diese Melodie. Es gelang ihr nicht, sie zu ignorieren, und mit einer genervten Handbewegung zog sie sich das Kissen über den Kopf. Wer hatte es sich in den Kopf gesetzt, so einen Krawall zu machen? Und woher kannte sie diese Melodie?

Plötzlich wurde ihr klar, woher sie sie kannte, und sie schoss auf. Das war ein Telefon. *Ihr* Telefon.

Im Dunkeln tastete sie nach dem Schalter ihrer Nachttischlampe, knipste sie an und warf einen Blick auf den alten Wecker neben ihrem Bett. Das Ticken dieses Weckers hatte sie immer einer Digitaluhr mit Leuchtziffern vorgezogen, aber es war trotzdem ziemlich nervig, dass man immer erst das Licht anmachen musste, wenn man wissen wollte, wie spät es war.

Halb vier. Sie blinzelte mit den Augen, aber es blieb dabei. Es war wirklich erst halb vier. Wer rief sie zu so einer unmöglichen Zeit an und dann auch noch auf ihrem Handy?

Unwillig schlug sie die Decke zurück und stieg hastig aus dem Bett. In der Eile wäre sie auf dem Weg nach unten beinahe die Treppe hinuntergefallen, doch als sie unten war, war der Klingelton ihres Handys verstummt. Warum hatte sie es auch nicht nach oben mitgenommen, so wie sie es meistens tat? Ach ja, es fiel ihr wieder ein. Es lag noch auf der Ladestation in der Küche. Um nicht auf dumme Gedanken zu kommen, hatte sie gestern Abend ein paar Spiele darauf gespielt und dann auch ein bisschen an den Einstellungen herumgefummelt und einen anderen Klingelton ausgewählt. Danach war der Akku leer gewesen und musste aufgeladen werden.

Sie schaltete die Küchenlampe an und griff nach dem Handy. Zwei verpasste Anrufe. Einer um 03:27 Uhr und einer um 03:30 Uhr. Beide Male war die Nummer des Anrufers unterdrückt gewesen. *Es wird doch nicht …*

Schnell rannte sie zu ihrem Telefon, das zu ihrem Festnetzanschluss gehörte. Es lag im Wohnzimmer auf dem Regal neben dem Klavier. Sie sah, dass der Anrufer es zweimal versucht hatte, sie über diese Nummer zu erreichen. Um wie viel Uhr das gewesen war, konnte sie nicht ablesen, aber es musste auch heute Nacht gewesen sein, denn gestern Abend hatte der Apparat noch keine verpassten Anrufe angezeigt. Es war nicht ungewöhnlich, dass sie das Läuten dieses Telefons nicht hörte, denn der Klingelton war ziemlich leise eingestellt.

Alles in allem war sie also viermal angerufen worden. Betrachtete man den Zeitraum, dann musste es sich um eine sehr dringende Angelegenheit handeln. Ihr schoss alles Mögliche durch den Kopf, aber eigentlich fiel ihr nur ein Grund ein, warum sie jemand mit einer unbekannten Nummer mitten in der Nacht unbedingt sprechen wollte.

Es musste etwas mit ihrem Vater passiert sein.

Noch während sie das dachte, klingelte das Telefon erneut. Mit zitternden Händen hob Kathy ab und meldete sich. „Kathy Smit."

„Frau Smit, Sie sprechen mit Saskia Terweij, Krankenschwester im Juliana-Krankenhaus. Es tut mir leid, dass ich Sie um diese Zeit anrufen muss, aber ich fürchte, ich habe schlechte Nachrichten für Sie." Die Frau schwieg einen Augenblick, vielleicht in der Erwartung, dass Kathy etwas sagen würde, aber weil das nicht geschah, fuhr sie fort. „Ungefähr vor einer halben Stunde ist Ihr Vater im Schlaf gestorben, vermutlich aufgrund eines Herzstillstandes. Die Untersuchungen müssen das erst noch bestätigen, aber alles weist darauf hin."

Schlaff ließ sich Kathy auf den Hocker vor dem Klavier sinken und versuchte zu begreifen, was die Krankenschwester gerade gesagt hatte.

Ihr Vater. Gestorben. Im Schlaf. Herzstillstand.

Mit dem Verstand begriff sie das sofort, aber ihr Gefühl kam nicht hinterher. Was sollte sie mit dieser Nachricht anfangen? Kathy hatte immer noch keine Ahnung, was sie antworten sollte, aber die Frau deutete ihr Schweigen offensichtlich als Aufforderung weiterzusprechen.

„Ich bin heute Nacht kurz vorher noch einmal bei ihm gewesen, um ihn zu wecken, falls er sich bei seinem gestrigen Sturz doch eine leichte Gehirnerschütterung zugezogen haben sollte, aber danach ist er schnell wieder eingeschlafen und …"

„Wo ist er jetzt?", unterbrach Kathy die Schwester. Von seinem Sturz wollte sie nichts wissen, ihn nicht auch noch vor sich sehen, wie er auf den Boden fiel. Sie wollte nur wissen, wo er jetzt war und was man nun von ihr erwartete.

„Wir haben Ihren Vater in ein anderes Zimmer gebracht, immer noch hier auf Station 2-D. Dort kann er liegen bleiben, bis Sie hier sind."

„Bis ich bei Ihnen bin?"

„Ja, wir räumen der Familie eines verstorbenen Patienten gern die Möglichkeit ein, sich in aller Ruhe von ihm zu verabschieden, bevor die Aufmerksamkeit von allen möglichen praktischen Angelegenheiten wie der Bestattung in Beschlag genommen wird."

„Und dieses Angebot wird immer in Anspruch genommen?" *Besteht vielleicht die Chance, dass ich da nicht hingehen und ganz allein mit meinem verstorbenen Vater in einem Krankenhauszimmer sein muss? Dass ich einfach zurück in mein Bett kriechen, die Decke über den Kopf ziehen und so tun kann, als hätte dieses Telefongespräch nie stattgefunden?*

„Äh … nicht immer", gab die Krankenschwester zu.

„Was passiert, wenn ich nicht komme?"

„Dann bringen wir Ihren Vater in die Leichenkammer, wo er im Laufe des Tages von dem Bestattungsunternehmer abgeholt werden kann."

„Und wer wird das sein?"

„Das müssen Sie bestimmen, Frau Smit. Solche Entscheidungen treffen die Familienangehörigen, nicht wir. Es ist natürlich auch gut möglich, dass Ihr Vater für diesen Fall schon ein paar Vorkehrungen getroffen hat. Aber das wissen Sie vermutlich besser als wir."

„Nein, ich habe keine Ahnung, was mein Vater in dieser Angelegenheit bestimmt hat.“ Das Einzige, was sie sicher wusste, war, dass sie sich in den kommenden Tagen um eine ganze Reihe Dinge würde kümmern müssen. Er war nun einmal ihr Vater und sie seine Tochter. Sein einziges Kind. Und sie war durch ein Versprechen gebunden, das sie vor siebenundzwanzig Jahren ihrer Mutter gegeben hatte. *Oh Mama, wie konntest du ihn nur so sehr lieben?*

„Geben Sie mir eine halbe Stunde, dann bin ich bei Ihnen“, beschloss sie.

„Prima, lassen Sie sich ruhig Zeit. Und, Frau Smit …“

„Ja?“

„Mein herzliches Beileid.“

Eine Dreiviertelstunde später stand Kathy an dem Bett, in dem ihr Vater lag, und starrte auf seine Hände, die gefaltet auf seiner Brust lagen.

Obwohl sie sich vorgenommen hatte, einfach nur einen kurzen Blick auf ihn zu werfen und dann gleich wieder zu verschwinden, war sie doch stehen geblieben und hatte ihre Augen die ganze Zeit auf seine Hände gerichtet. Auch dann noch, als die Krankenschwester wieder weggegangen war und leise die Tür hinter sich zugezogen hatte.

Kathy wusste nicht mehr, welche Gefühle sie erwartet hatte, als sie losging, um ihren verstorbenen Vater zu sehen. Selbstverständlich die Bitterkeit und Wut, die immer in ihr hochstiegen, wenn sie an ihn dachte. Doch vielleicht würde sie auch so etwas wie Erleichterung verspüren, weil er nun endgültig aus ihrem Leben verschwunden war. Aber auf die Emotionen, die sich nun ihren Weg an die Oberfläche bahnten, war sie überhaupt nicht vorbereitet gewesen. Sie konnte dem, was sie jetzt fühlte, nur schwer einen Namen geben. War es Trauer? So etwas wie Heimweh nach früher? Vielleicht eine Mischung aus beidem.

Die Hände, die sie jetzt ansah, waren nicht mehr die Hände des Vaters, von dem sie vor vielen Jahren Abschied genommen hatte. Es waren die Hände eines Vaters, der liebevoll über die kastanienbraunen Locken seines kleinen Mädchens strich, wenn es zu ihm kam, weil es seine Hilfe brauchte. Hände, die sanft ihre Wangen streichelten, wenn sie ihm abends einen Gute-Nacht-Kuss gab. Hände, die ihr ein Gefühl von Sicherheit gegeben hatten, als sie Fahrradfahren gelernt hatte. Hände, die begeistert klatschten, wenn ihr ein Zeugnis überreicht wurde. Es waren liebevolle Hände, die zärtlich zu ihr gewesen waren. Die sich über ihre gefalteten Hände gelegt hatten, wenn sie zusammen das Abendgebet gesprochen hatten.

Die Bilder strömten so übermächtig auf sie ein, dass Kathy unwillkürlich ihre eigene Hand ausstreckte, um seine Hände noch ein letztes Mal zu berühren. Doch dann wurde ihr auf einmal klar, was sie gerade tat, und mit einem Ruck zog sie ihre Hand zurück.

Sie schloss die Augen und holte ein paar Mal tief Luft, um ihr pochendes Herz etwas zu beruhigen. Als sie wenig später die Augen wieder öffnete, waren die Bilder von damals verschwunden und sie sah einfach nur die Hände, wie sie waren. Blau geadert und voller Altersflecken. Und gefaltet.

Das waren sie schon seit Jahren nicht mehr gewesen.

Kapitel 7

Während Ellen noch darauf wartete, dass jemand am anderen Ende der Leitung abhob, ging sie mit dem Telefon zu ihrem weißen Ledersofa im Wohnzimmer und setzte sich.

„Juliana-Krankenhaus, Sie sind mit der Aufnahme verbunden. Was kann ich für Sie tun?"

„Guten Morgen, nein, guten Tag. Sie sprechen mit Ellen de Vries. Können Sie mich mit der Station 2-D verbinden?"

„Einen Augenblick bitte."

„Hallo, hier ist die Station 2-D. Sie sprechen mit Corine."

„Guten Tag, hier ist Ellen de Vries. Ich habe gestern Herrn Smit besucht. Er sagte mir, man würde ihn heute Morgen operieren. Ich wollte mich erkundigen, ob die Operation gut verlaufen ist und ob ich ihn heute Nachmittag wieder besuchen kann."

Für einen Moment herrschte Schweigen. „Sind Sie eine Angehörige?", erkundigte sich die Krankenschwester dann.

„Nein, ich bin nicht mit ihm verwandt. Ist das ein Problem?"

„Äh, nein, aber ich muss eben mit meiner Kollegin Rücksprache halten, ob ich Ihnen weitere Informationen geben darf. Wollen Sie so lange dranbleiben?"

„Natürlich." Mit einem seltsamen Gefühl wartete Ellen. Warum reagierte die Schwester so zurückhaltend? Durfte sie vielleicht aus Datenschutzgründen nicht verraten, ob die Operation gut verlaufen war? Aber wie sollte sie sonst in Erfahrung bringen, ob sie ihn besuchen konnte?

„Frau de Vries?"

„Ja?"

„Ich habe etwas gezögert, weil Sie bezüglich Herrn Smit offensichtlich nicht auf dem neuesten Stand sind, und ich musste erst nachfragen, ob ich Sie darüber informieren darf. Leider darf ich das nicht."

„Aber Sie dürfen mir doch sicher sagen, ob ich ihn besuchen kann?" Ellen bedauerte schon, dass sie überhaupt vorher angerufen hatte. Sie hätte einfach zur Besuchszeit im Krankenhaus auftauchen sollen. Dann hätte sie schon gemerkt, ob sie ihn besuchen konnte oder nicht.

„Für weitere Fragen können Sie gern mit der Tochter von Herrn Smit Kontakt aufnehmen", erwiderte die Krankenschwester, die damit einer direkten Antwort auf Ellens Frage auswich.

Was? Werden seine Besuche jetzt durch seine Tochter geregelt? „Können Sie mir ihre Telefonnummer geben?", fragte Ellen, ohne die Krankenschwester ihre Überraschung merken zu lassen.

„Tut mir leid, die darf ich Ihnen nicht geben." Das Bedauern klang aufrichtig und ehrlich. „Aber wenn Sie mir Ihre Telefonnummer geben, dann kann ich seine Tochter bitten, Kontakt mit Ihnen aufzunehmen. Wäre das eine Möglichkeit?"

„Ja, das klingt gut", stimmte Ellen zu und gab ihr sowohl ihre Festnetz- als auch ihre Handynummer.

„Gut, ich werde sie bitten, sich so schnell wie möglich mit Ihnen in Verbindung zu setzen. Einen schönen Tag noch."

Noch lange nachdem das Gespräch beendet war, starrte Ellen das Telefon an. Irgendetwas stimmte hier nicht. Warum konnte sie ihn nicht besuchen? Nicht dass man ihr das ausdrücklich untersagt hatte, aber es war dennoch ziemlich eindeutig. War irgendetwas bei der Operation schiefgegangen? Sehr schiefgegangen?

Ellens Blick wanderte zum Esstisch, auf dem die Dinge lagen, die sie gestern Abend für Steven Smit besorgt hatte. Wahrscheinlich war es gut gewesen, dass sie das so schnell erledigt hatte.

Halb drei und die Tochter von Steven hatte immer noch nicht angerufen. Sie hieß Kathy, das wusste Ellen aus der Unterhaltung, die sie gestern mit Steven geführt hatte. War das wirklich erst gestern Nachmittag gewesen? Vor noch nicht einmal vierundzwanzig Stunden? Ihre Sorge, dass irgendetwas Schreckliches passiert sein könnte, wurde mit jeder Minute größer. *Vater, was ist hier los?*, betete sie leise. *Aber was es auch ist, ich bitte dich, sei bei Steven. Ich bitte dich auch um Kraft für seine Tochter und um deine Führung in dem Gespräch, wenn sie gleich anruft.*

Ellen beschloss, bis drei Uhr zu warten. Wenn Kathy bis dahin nicht angerufen hatte, würde sie einfach ins Krankenhaus gehen und selbst nach dem Rechten schauen. Die Besuchszeit war erst um vier Uhr zu Ende und Marilou spielte den ganzen Nachmittag bei einer Freundin, deshalb konnte sie ganz frei über ihre Zeit verfügen.

Sie versuchte, einen Abschnitt aus der Bibel zu lesen, aber sie konnte sich nicht konzentrieren. Unruhig schaltete sie ihr Notebook an. Vielleicht hatte sie inzwischen E-Mails bekommen, die sie auf andere Gedanken bringen würden. Während sie wartete, bis das Gerät hochgefahren war, kam ihr eine Idee. Sie startete ihren Internetbrowser und gab im Suchfeld *Steven Smit* ein.

Die Liste mit Einträgen schien endlos zu sein. Die meisten kamen nicht in Betracht, weil sie auf irgendwelche sozialen Netzwerke verwiesen. Angesichts seines Alters und dessen, was er ihr gestern gesagt hatte, war es unwahrscheinlich, dass sie dort etwas über ihn herausfinden würde.

Sie scrollte nach unten und klickte auf die nächste Seite und die übernächste. Dass es so viele Männer mit diesem Namen gab, hätte sie nie gedacht. Es war wie die Suche nach der Nadel im Heuhaufen.

Als sie gerade aufgeben wollte, fiel ihr Blick auf einen Link zu einem Familienstammbaum. *Irene Nagel, geboren am 11. Oktober 1933 in Rhenen, am 22. April 1954 getraut mit Steven Smit, gestorben am 23. Mai 1983 in Ede. Kinder aus dieser Ehe: Katharina Maria Smit.*

Da gab es keinen Zweifel. Das war der Steven Smit, den sie suchte.

Ellen klickte auf Kathys Namen. *Katharina Maria Smit, geboren am 21. März 1964 in Ede.* Mehr Informationen waren nicht angezeigt. Mehr gab es wohl auch nicht. Denn wenn sie Steven richtig verstanden hatte, dann hatte seine Tochter nie geheiratet. Im Kopf rechnete Ellen schnell aus, dass Kathy mittlerweile sechsundvierzig war und dass Steven und Irene nahezu zehn Jahre verheiratet waren, bevor ihre Tochter zur Welt kam. Das war für eine Zeit, in der Verhütungsmittel noch nicht allgemein verfügbar waren, sehr ungewöhnlich.

Sie tippte einen neuen Namen in die Suchmaske: *Irene Smit-Na-*

gel. Es erschienen nur zwei Links auf dem Bildschirm. Einer verwies sie auf die Seite, auf der sie gerade gewesen war, und der andere auf den Internetauftritt von Friedhöfen.

Erstaunt zog Ellen die Augenbrauen hoch. Was es nicht alles gab! Sie folgte dem Link und ein paar Mausklicks später erschien eine Liste mit den Namen der Personen, die auf dem städtischen Friedhof von Ede begraben waren. Hinter einigen Namen fand sich sogar ein Link zu dem Foto des jeweiligen Grabes. Auch hinter dem Namen von Irene.

Ellen zögerte. Das grenzte an Voyeurismus. Dennoch konnte sie es nicht lassen und ein paar Sekunden später füllte das Foto eines ovalen, weißen Grabsteins mit dunkelblauen Buchstaben ihren ganzen Bildschirm aus.

Hier ruht meine liebe, liebe Mutter

Irene Smit-Nagel

** 10. Oktober 1933 † 23. Mai 1983*

Gott wird abwischen alle Tränen von ihren Augen

Betroffen starrte Ellen auf den Bildschirm. Die Wiederholung des Wortes *liebe* berührte sie tief, ebenso das Zitat aus der Offenbarung des Johannes. Diesen Text hatte jemand auf dem Grabstein anbringen lassen, der seine Mutter zweifellos sehr geliebt hatte. Aber auch jemand, der endgültig mit dem Mann dieser Mutter abgeschlossen hatte. Jemand, der nicht mehr an *meine liebe Frau* geglaubt hatte.

Einem Impuls folgend druckte Ellen das Foto aus. Sie wollte die doppelte Botschaft dieses Grabsteins festhalten. Nicht nur, weil sie mit einer missmutigen, verbitterten Kathy würde sprechen müssen, wenn es an der Zeit war, sondern auch, weil sie sich an die Frau erinnern wollte, die ihre Mutter so innig geliebt hatte.

Die Frau, die sie wahrscheinlich gerade anrief, denn hinter ihr klingelte das Telefon.

Kapitel 8

Während Kathy darauf wartete, dass jemand am anderen Ende den Hörer abnahm, betrachtete sie den Zettel, auf dem Name und Telefonnummer der Frau standen, die sie gerade anrief. Beides sagte ihr nichts. Die ersten beiden Ziffern der Nummer verrieten ihr nur, dass sie in der Gegend wohnen musste.

Sie hatte auch keine Ahnung, in welcher Beziehung sie zu ihrem Vater gestanden hatte. Eigentlich hatte sie überhaupt keine Lust, mit ihr zu telefonieren, aber sie verstand auch die Notlage, in der sich die Krankenschwester befunden hatte, und deshalb hatte sie sich nicht geweigert, Ellen de Vries selbst anzurufen. „Wir dürfen nun einmal an Dritte keinerlei Informationen über Patienten weitergeben", hatte sie ihr erklärt. „Selbst dann nicht, wenn der Patient verstorben ist."

Um das Telefongespräch so schnell wie möglich hinter sich zu bringen, war sie sofort in das Besuchszimmer für Familien gegangen, in dem sich im Augenblick niemand befand, um ungestört telefonieren zu können. Sobald sie mit dieser Ellen geredet hatte, würde sie auch noch Paul anrufen und ihm mitteilen, dass sie heute nicht mehr ins Büro kam. Am Morgen hatte sie ihm in aller Schnelle das Nötigste über den Tod ihres Vaters erzählt, aber da hatte sie noch gedacht, sie könnte heute noch einmal ins Büro kommen. Doch daraus würde wohl nichts.

Neben ihr stand die Tasche mit den paar Habseligkeiten ihres Vaters, die sie von den Schwestern bekommen hatte. Warum wendete sich das Krankenhaus überhaupt mit allem an sie? Sie empfand das als belastend. Nun, sie war sein einziges Kind. Aber warum ließ sie sich dann noch in alles Mögliche hineinziehen? Warum war sie überhaupt ins Krankenhaus gefahren, als die Nachbarin ihres Vaters sie angerufen hatte? Und warum war sie dann sogar noch dort geblieben, nachdem die Aufnahme schon geregelt war? Und warum war sie, nach dieser ziemlich schweren Nacht, nun schon wieder hier, um seine Sachen abzuholen? Warum hatte sie um fünf Uhr einen Termin mit dem Bestattungsunternehmer? Das hatte wahrscheinlich allein mit der Tatsache zu tun, dass das Neinsagen nicht gerade zu ihren Stärken gehörte. Das alles ging ihr durch den Kopf, als sie mit ihrem Handy hantierte. Sie ließ es einmal, zweimal, dreimal klingeln.

Doch statt einer Frauenstimme meldete sich auf einmal die Stimme eines Mannes. Aber nicht durch das Telefon, sondern hinter ihr. Und er sagte ihren Namen.

„Frau Smit?"

Sie drückte auf den Knopf mit dem roten Telefonhörer, um den Anruf zu beenden. Dann musste das Telefonat eben warten. Als sie sich umdrehte, sah sie in der Türöffnung den Mann stehen, der sie angesprochen hatte. Obwohl sie ihm noch nie begegnet war, wusste er offensichtlich sehr gut, wer sie war.

„Ja?"

„Ich würde gern mit Ihnen sprechen. Haben Sie einen Augenblick Zeit?"

Sie nickte kurz. *Was war jetzt schon wieder?*

„Ich möchte mich zunächst vorstellen", fuhr der Mann fort. „Mein Name ist Martijn Mingels, ich bin der Krankenhausseelsorger."

Er ging auf sie zu und streckte ihr die Hand entgegen, die sie etwas unwillig schüttelte. Was wollte denn ein Pfarrer von ihr? Glaubten die, dass sie geistlichen Beistand nötig hatte? Oder war das einfach nur ein Routinegespräch?

„Mein herzliches Beileid bezüglich Ihres Vaters", ließ sich der Mann nicht beirren, während er sie kurz prüfend ansah, bevor er ihre Hand wieder losließ.

Kathy konnte seinen Blick nicht richtig einordnen. Es war gerade so, als ob er bereits etwas über sie wusste, schon von ihr gehört hatte und sich nun selbst ein Urteil bilden wollte, ob sie zu dem Bild passte, das er sich von ihr gemacht hatte. Natürlich war das eine absurde Vorstellung und sie verwarf sie auch gleich wieder. Es war einfach nur der übliche Pastorenblick gewesen, mit dem er sie gemustert hatte.

„Können wir uns setzen?", fragte er, während er auf die Sitzgruppe in der Ecke des Zimmers verwies.

„Meinetwegen."

Während jeder von ihnen an einer Seite des kleinen Tisches Platz nahm, betrachtete Kathy den Mann genauer. Wenn sie sich nicht verschätzte, war er Ende vierzig, vielleicht auch etwas älter. Er war leger gekleidet, anders als sie es von einem Pfarrer erwartet hätte, aber sein weißes, kurzärmeliges Hemd und die dunkle Jeans standen ihm gut. Seine dunkelblonden Haare hätten mal wieder einen Schnitt gebraucht; die Locke, die ihm in die Stirn fiel, war eine Kleinigkeit zu lang.

Als hätte er geahnt, was sie dachte, strich er sie sich in diesem Augenblick mit der rechten Hand nach hinten und kratzte sich am Kinn.

„Ähm …" Er schien nach Worten suchen zu müssen, was sie angesichts seines Berufs ein bisschen überraschte. Aber sie sah auch keine Veranlassung, ihm entgegenzukommen. Sie lehnte sich nach hinten, versuchte sich zu entspannen und wartete ab, was er ihr zu sagen hatte.

„Wurde bereits … haben Sie schon mit einem Bestattungsunternehmen Kontakt aufgenommen?"

„Ja."

„Mit welchem Unternehmer, wenn ich fragen darf?"

Kathy musste einen Moment nachdenken, bis ihr wieder einfiel, wen sie angerufen hatte. Sie hatte sich zwischen vier verschiedenen Beerdigungsinstituten entscheiden können. Oder eher dreien. Eines, das die Bestattung ihrer Mutter organisiert hatte, war sofort aus der engeren Wahl gefallen. Es erschien ihr undenkbar, die Beerdigung ihres Vaters von demselben Unternehmen durchführen zu lassen wie die Bestattung ihrer Mutter. Die anderen drei Unternehmen auf der Liste, die sie von den Schwestern erhalten hatte, kannte sie nur dem Namen nach und von den Anzeigen in der lokalen Wochenzeitung. Der Einfachheit halber hatte sie das erste genommen. Aber wie hieß es noch mal? Es war irgendetwas mit B. Ein kurzer Name. Bos oder Bok oder so.

„Vielleicht wundern Sie sich, warum ich das überhaupt wissen möchte", sagte der Pfarrer, der ihr Schweigen wahrscheinlich dahingehend deutete, dass sie keine Antwort geben wollte. „Aber …"

„Nein, darum geht es nicht", unterbrach sie ihn. „Ich versuche mich zu erinnern. Es war etwas mit B."

„Bor?“

Ja, jetzt fiel es ihr wieder ein. „Tatsächlich. Bor.“

„Eine gute Wahl. Haben Sie mit Bor Senior oder Junior gesprochen?“

Sie hatte nicht die geringste Ahnung. „Das weiß ich nicht. Wir haben uns für heute Nachmittag um fünf verabredet.“ Sie hatte diesen Termin bewusst auf den späten Nachmittag gelegt, weil sie erst noch nachsehen wollte, ob sich unter den Unterlagen ihres Vaters auch ein entsprechender Versicherungsschein befand. Jedenfalls, wenn sie Zeit dafür finden würde, denn dieses Gespräch hielt sie nun wieder auf.

„Aha. Nun ja, lassen Sie mich zu dem kommen, was ich mit meiner Frage beabsichtigt habe: Gestern habe ich noch mit Ihrem Vater gesprochen und er hat gefragt …“

„Sie haben was?“ Sie schoss von ihrem Sessel auf und sah ihn mit großen Augen an.

„Ich bin gestern am späten Nachmittag noch bei Ihrem Vater gewesen und er hat gesagt …“

„Was hat er gesagt?“ Kathy bemerkte, dass sie ihn ständig unterbrach, aber sie konnte sich nicht beherrschen. Warum war dieser Pfarrer bei ihrem Vater gewesen? Was hatten sie besprochen? Hatte ihr Vater von ihr gesprochen? Hatte sie das in dem Blick von diesem Martijn Soundso gesehen? Dachte er etwa, sie sei eine schlechte Tochter?

„Ich merke gerade, dass ich mit der Tür ins Haus falle“, erwiderte er in ruhigem Ton. „Aber Ihr Vater hat mit mir über seine Beerdigung gesprochen für den Fall, dass er die Operation nicht überlebt.“

Sie schwieg und starrte auf den Ring, den eine Kaffeetasse auf dem Tischchen vor ihr hinterlassen hatte.

„Er hat mir auch ganz kurz von dem Zerwürfnis zwischen Ihnen erzählt, aber nur, um mir zu erklären, warum er sich mit seinen Bestattungswünschen an mich und nicht an Sie gewandt hat.“

Als sie schwieg, machte sich eine ungemütliche Stille breit. Anscheinend erwartete er eine Reaktion von ihr. Sie zermarterte sich das Hirn, um eine passende Antwort zu finden, aber es gelang ihr nicht. Was wollte er jetzt von ihr hören? Ihre Version darüber, wie es zu dem Zerwürfnis zwischen ihnen gekommen war? Darüber wollte sie gar nicht erst nachdenken. Erwartete er, dass sie ihn danach fragte, was sich ihr Vater für seine Beerdigung gewünscht hatte? Das interessierte sie gar nicht.

„Was erwarten Sie von mir?“, fragte sie ihn schließlich geradewegs heraus.

Er sah sie ruhig an. „Das hängt von Ihnen ab. Sie sind in keiner Weise verpflichtet, mir Ihre Version der Geschichte zu erzählen. Aber wenn Sie darüber sprechen wollen, dann dürfen Sie das natürlich gerne tun.“ Er machte eine Pause, die sie als eine Einladung, etwas zu erwidern, verstand, doch sie tat so, als bemerke sie dies nicht.

„Wie dem auch sei“, fuhr er fort, „ich möchte einfach nur dafür sorgen, dass der Bestattungsunternehmer informiert wird. Sie können das gern selbst übernehmen – ich habe alles für Sie aufgeschrieben – aber wenn es Ihnen lieber ist, kann ich die einzelnen Punkte auch persönlich mit Herrn Bor durchgehen.“

Darüber brauchte sie keine Sekunde lang nachzudenken. „Machen Sie das ruhig“, entgegnete sie. „Aber erst, nachdem ich mit Herrn Bor gesprochen habe.“

„In Ordnung. Können Sie ihm dann bitte ausrichten, dass ich ihn morgen früh anrufen werde?“

Sie nickte steif.

„Und dann habe ich noch eine letzte Frage: Haben Sie sich schon Gedanken darüber gemacht, wo Ihr Vater aufgebahrt werden soll?“

Ihr brummte der Schädel von all den Fragen. Nein, das wusste sie noch nicht. Nein, sie hatte keine Ahnung, wohin er überführt werden sollte. Er war heute Morgen in die Leichenhalle des Krankenhauses gebracht worden und alles Weitere sollte dieser Bor regeln.

„Nein.“

„Dann warte ich das ab. Gut, dann will ich Ihnen nicht weiter zur Last fallen.“ Er stand auf und streckte ihr seine Hand entgegen. „Bis bald und viel Kraft, Frau Smit.“

Kraft. Ja, die konnte sie gut gebrauchen.

Kapitel 9

Frustriert starrte Ellen auf das Telefon. Gerade als sie abgenommen hatte, hatte der Anrufer die Verbindung abgebrochen. Zurückrufen konnte sie nicht, denn die Nummer war unterdrückt gewesen. Sie ging wieder an ihren Computer zurück und fuhr ihn herunter. Mittlerweile war es zehn vor drei. Sie wartete nicht länger. Schnell zog sie sich ihre Schuhe an, nahm die Leinentasche, stopfte die Sachen von Steven hinein und ging in den Flur, um ihre Jacke zu holen. Ihre Handtasche brauchte sie nicht, Portemonnaie und Schlüssel passten auch in ihre Jackentasche. „Pass gut auf das Haus auf", sagte sie im Vorbeigehen zu ihrem Kater Joris, der zusammengerollt auf der Fensterbank lag. Sie wusste natürlich, dass er sie nicht verstehen konnte, aber trotzdem sagte sie es ihm ständig, worüber Peter sich amüsierte.

Draußen angekommen überlegte sie, ob sie das Fahrrad oder das Auto nehmen sollte. Es war verführerisch, mit dem Auto zu fahren, aber während der Besuchszeit war das Parken in der Nähe des Krankenhauses immer eine Katastrophe. Zudem würde ihr ein bisschen Bewegung guttun, also holte sie das Fahrrad aus dem Schuppen. Es war schon ziemlich alt, lief aber noch sehr gut. Schnell fuhr sie in Richtung Krankenhaus. Sie kam am städtischen Streichelzoo vorbei und musste über die munteren Sprünge der Lämmer hinter der Einzäunung lachen. Das junge Gemüse war immer lustig anzusehen. Marilou bettelte jede Woche, ob sie ein Katzenjunges ihrer Freundin haben könnte, aber Ellen wusste noch nicht, ob sie wirklich zwei Katzen haben wollte. Sie hätte lieber noch einen Hundewelpen gehabt, aber davon wollte Peter nichts hören.

Nach zwanzig Minuten war sie am Krankenhaus und stellte ihr Fahrrad am Eingang in den Fahrradständer. Sie nahm ihre Tasche vom Gepäckträger und ging ins Krankenhaus. Weil sie gerade Fahrrad gefahren war, gönnte sie sich eine Fahrt mit dem Aufzug in den zweiten Stock.

Innerhalb kürzester Zeit war sie im Obergeschoss. Weil sie nicht wieder abgewimmelt werden wollte, fragte Ellen die Schwestern gar nicht erst, ob Steven Besuch empfangen dürfe, sondern ging einfach in sein Zimmer. Er musste längst aus dem Aufwachraum zurückgekommen sein und wieder an seinem gewohnten Ort in seinem Bett liegen.

Ein kurzer Blick in sein Zimmer offenbarte ihr, dass dem nicht so war. Dort, wo Steven gestern Nachmittag noch gelegen hatte, lag nun ein anderer Patient. Ellens Blick fiel auf das Bett daneben, in dem sie den ziemlich beleibten Mann wiedererkannte, der gestern auch schon dort gelegen hatte. Er hatte Besuch und unterhielt sich gerade mit ihm, dennoch wollte sich Ellen lieber bei ihm erkundigen als bei einer Krankenschwester. Sie nahm all ihren Mut zusammen und ging zu ihm.

„Es tut mir leid, wenn ich Sie störe, aber darf ich Sie kurz etwas fragen?", wandte sie sich höflich an ihn.

Der Mann unterbrach sein Gespräch und sah sie an. „Natürlich, worum handelt es sich denn?"

„Ich suche Steven Smit, der gestern noch hier neben Ihnen gelegen hat. Wissen Sie, wohin er gebracht worden ist?"

Das Gesicht des Mannes verfinsterte sich. „Ich kann Ihnen das nicht mit Sicherheit sagen, aber ich vermute einmal in die Leichenhalle. Natürlich kann es auch sein, dass sie ihn …"

Den Rest des Satzes hörte Ellen nicht mehr. *In die Leichenhalle? War … Steven gestorben?* Bestürzt sah sie den Mann an und brachte kein Wort mehr heraus.

Anscheinend begann diesem gerade zu dämmern, dass sie die Frage ganz anders gemeint hatte, als er sie verstanden hatte, und sein Gesicht lief rot an. „Sie … Sie wissen noch gar nicht, was passiert ist?"

Ellen schüttelte den Kopf und umklammerte die Tasche, in die sie Stevens Sachen gestopft hatte.

„Es tut mir leid", sagte der Mann, der nervös am Ärmel seines blauen Schlafanzugs herumfingerte. „Ich hatte gedacht, dass Sie …"

„Das macht nichts", stieß Ellen hervor. Obwohl ihr der Kopf brummte, verstand sie nun auf einmal, warum die Krankenschwester am Telefon so ausweichend reagiert hatte. „Ist … Ist er nach der Operation gestorben?"

„Nein, er hatte heute Nacht einen Herzstillstand. Aber er hat nicht gelitten, wissen Sie. Er ist einfach eingeschlafen und nicht mehr aufgewacht."

Ellen hatte genug gehört. Sie bedankte sich bei dem Mann und versicherte ihm nochmals, dass sie es ihm nicht übel nahm, dass er ihr die schlechte Nachricht auf diese Weise übermittelt hatte. Dann nickte sie noch dem Patienten im Nachbarbett zu, ließ ihren Blick noch einmal über den Platz schweifen, wo sie gestern noch mit Steven gesprochen hatte, und verließ mit zitternden Knien das Krankenzimmer.

Um den ersten Schreck zu verdauen, lehnte sie sich im Flur gegen eine Wand, aber als eine Krankenschwester ihr im Vorübergehen einen besorgten Blick zuwarf, ging Ellen schnell weiter.

Auf dem Weg zum Fahrstuhl fiel ihr Blick auf das Familienbesuchszimmer. Wenn niemand darin war, konnte sie sich einen Moment hinsetzen und das verarbeiten, was sie gerade gehört hatte. Das Zimmer konnte natürlich besetzt sein, aber vielleicht hatte sie Glück und es war leer.

Vorsichtig öffnete sie die Tür und sah eine Frau auf einem Stuhl sitzen. Sie saß vornübergelehnt und hielt sich die Hände vors Gesicht. Ellen überlegte einen Moment, ob sie einfach wieder gehen sollte. So wie es aussah, hatte die andere auch ein wenig Einsamkeit nötig. Doch gerade als sie sich entschieden hatte, wieder zu gehen, sah die Frau auf und strich sich eine kastanienbraune Locke aus dem Gesicht.

Als ihre Blicke sich trafen, schnappte Ellen nach Luft. Das konnte kein Zufall sein. Die Frau, die auf dem Stuhl saß, war keine andere als die Frau, die sie letzte Woche im Wartezimmer neben Steven gesehen hatte. Das konnte nur *eines* bedeuten.

Sie stand Auge in Auge Kathy Smit gegenüber.

Kapitel 10

Kathy betrachtete die Frau, die in der Türöffnung stand.

Sie hoffte, sie würde nicht hereinkommen, jetzt, wo sie sah, dass schon jemand in diesem Zimmer saß. Doch die Frau schien wie angewurzelt stehen zu bleiben und starrte sie fassungslos an. Offensichtlich war sie keine Patientin, denn sie hatte keine Hausschuhe an, sondern offene Sandalen. Darüber hinaus hatte sie eine Jacke über dem Arm hängen und in der rechten Hand hatte sie eine Leinentasche.

Nach einigen Augenblicken beendete die Frau das Schweigen. „Kathy Smit?"

Jetzt war es plötzlich Kathy, die fassungslos war. Anscheinend wusste hier jeder, wer sie war. „Kennen wir uns?"

„Nein, kennen ist eigentlich nicht das richtige Wort", bekam sie zur Antwort. „Ich habe Sie schon einmal hier im Krankenhaus gesehen, aber nicht mit Ihnen gesprochen."

„Aber Sie wissen trotzdem, wie ich heiße?", entgegnete Kathy, die gar nichts mehr verstand.

Die Frau kam in den Raum und schloss die Tür hinter sich. Offensichtlich war sie sehr nervös, aber scheinbar auch fest entschlossen, mit ihr zu sprechen.

„Darf ich mich vorstellen?", sagte sie, während sie ihre Tasche in die linke Hand nahm, um Kathy die rechte Hand entgegenzustrecken. „Ich heiße Ellen de Vries."

Mechanisch stand Kathy auf und schüttelte ihr die Hand. *Ellen de Vries?* Das sagte ihr immer noch nichts. War das vielleicht die Ellen, die sie zurückrufen sollte? Während sie noch darüber nachdachte, bestätigte sich ihr Verdacht.

„Ich hatte einer Krankenschwester meine Telefonnummer gegeben und sie gebeten, Ihnen auszurichten, Sie möchten bitte Kontakt zu mir aufnehmen. Ich … ich habe gestern Nachmittag Ihren Vater besucht und wollte heute Nachmittag noch einmal kommen. Aber als ich im Krankenhaus anrief, um mich zu erkundigen, ob ich ihn besuchen könne, da verweigerte man mir die Auskunft", erklärte sie. „Und mittlerweile verstehe ich auch, warum", fügte sie in traurigem Ton hinzu.

Langsam wurde es Kathy schummerig. Wer hatte denn noch alles gestern mit ihrem Vater geredet? Das Pochen in ihrem Kopf wurde immer stärker, am liebsten hätte sie eine oder zwei leichte Schmerztabletten genommen und wäre für fünf Minuten an die frische Luft gegangen. Aber sie konnte natürlich nicht so einfach den Raum verlassen. Das wäre sehr unhöflich.

„Kannten Sie meinen Vater näher?", fragte sie mehr aus Höflichkeit als aus echtem Interesse.

„Nein, nicht wirklich."

Kathy verstand überhaupt nichts mehr. „Und Sie haben ihn trotzdem besucht?"

Mit wachsender Verblüffung hörte sich Kathy an, wie Ellen erzählte, dass sie ihren Vater im Krankenhaus getroffen, ihm eine Karte geschrieben und gestern besuchte hatte. Sie konnte sich ganz und gar nicht daran erinnern, diese Frau im Wartezimmer des Internisten gesehen zu haben, aber die Geschichte schien ohne Zweifel zu stimmen.

Die Frau steckte eine Hand in die Hosentasche und zog einen Schlüssel hervor. „Der gehört zur Wohnungstür des Appartements Ihres Vaters. Weil Sie seine Tochter sind, ist es vermutlich das Beste, wenn ich Ihnen seinen Haustürschlüssel gebe, denn …"

„Warten Sie mal", unterbrach sie Kathy, die versuchte, die verschiedenen Puzzleteile zusammenzubringen. „Woher wissen Sie, dass ich seine Tochter bin?"

Die Frau sah sie überrascht an. „Das Pflegepersonal hat über seine Tochter gesprochen. Und auch Ihr Vater hat mir von Ihnen erzählt und …"

Ich hätte es wissen müssen.

„… und ich erkenne Sie wieder, wir sind uns im Wartezimmer begegnet."

„Aber …" Kathy konnte immer noch nicht ganz folgen, es schien, als ob sie keinen klaren Gedanken fassen konnte. „Aber wie kommen Sie an seinen Schlüssel?"

„Äh … ich … nun ja, Ihr Vater hat mich darum gebeten, ihm ein paar Sachen zu holen."

Beinahe automatisch fiel Kathys Blick auf die Leinentasche in Ellens Hand. Waren darin die Sachen ihres Vaters? Auf den ersten Blick konnte es sich nicht um Schlafanzüge oder Ähnliches handeln; es mussten größere Dinge darin sein.

Anscheinend war Ellen ihrem Blick gefolgt, denn sie nahm die Tasche wieder in die rechte Hand und deckte ihre Jacke darüber.

„Sind das die Sachen, die Sie besorgen sollten?", fragte Kathy rundheraus.

„Ja."

„Darf ich fragen, was für Sachen das sind?"

Die Frau schien sich mehr und mehr unbehaglich zu fühlen. „Äh … persönliche Dinge."

Kathy wusste nicht, was sie in dieser Situation tun sollte. Es war offensichtlich, dass ihr Ellen nicht verraten würde, was in der Tasche war, und offensichtlich hatte sie auch nicht die Absicht, ihr die Tasche zu übergeben. Und eigentlich wusste Kathy noch nicht einmal, ob sie Lust hatte, die Dinge mit ihr gemeinsam durchzugehen.

„Hören Sie", sagte sie mit Blick auf den Schlüssel, den Ellen auf den Tisch gelegt hatte. „Ich habe leider einen Termin und deshalb jetzt keine Zeit, um weiter mit Ihnen zu reden. Ich werde also den Schlüssel mitnehmen, und wenn Sie die Tasche auch hierlassen, dann bringe ich die Sachen wieder in seine Wohnung zurück."

„Es tut mir leid, wenn Ihnen die Frage vielleicht etwas komisch vorkommt, aber würde es Sie stören, wenn ich die Tasche noch ein wenig behalte?", fragte Ellen. „Ich glaube, es wäre im Sinne Ihres Vaters, wenn ich Ihnen die Tasche erst zu einem späteren Zeitpunkt übergebe. Nämlich dann, wenn etwas mehr Zeit ist, um über ihren Inhalt zu sprechen."

Kathy kostete es alle Kraft, aber sie konnte trotzdem nicht ganz folgen. Das Pochen in ihrem Kopf war inzwischen so unerträglich geworden, dass sie einfach zustimmte. Jetzt ging es nur noch darum, diese Ellen so schnell wie möglich loszuwerden.

„Könnten Sie mir bitte noch Ihre Adresse geben?", bat Ellen.

„Ich rufe Sie an. Die Nummer habe ich ja", antwortete Kathy.

„Gut. Dann höre ich von Ihnen, wenn Sie soweit sind." Ellen machte Anstalten, zur Tür zu gehen, doch dann drehte sie sich wieder zu Kathy um. „Eine Frage hätte ich noch. Wissen Sie schon, wo und wann Ihr Vater beerdigt wird?"

„Nein. Ich weiß noch nicht, ob er begraben oder verbrannt wird." Kathy wusste sehr wohl, dass es eine Beerdigung werden würde; ihre Mutter hatte darauf bestanden, aber sie wollte dieser Frau trotz der Kopfschmerzen einfach Paroli bieten.

Ellen schien etwas sagen zu wollen, aber dann besann sie sich anscheinend und sah sie nur an.

„Geben Sie mir dann doch bitte auch Ihre Adresse", sagte Kathy seufzend. „Dann werde ich dafür sorgen, dass Sie das Bestattungsunternehmen informiert, sobald es Näheres weiß."

Ellen holte einen Kugelschreiber aus ihrer Tasche, sah sich um und nahm die Zeitung vom Tisch, riss einen Streifen davon ab und kritzelte ihre Adresse darauf. „Bitte schön", sagte sie. „Dann gehe ich jetzt."

Sie legte das Stückchen Papier neben den Schlüssel, drehte sich um und ging zur Tür.

„Bis bald und viel Kraft", sagte sie schließlich noch mit einem Blick über die Schulter.

Sieh mal einer an, noch jemand, der ihr Kraft wünschte. Nun ja, vielleicht war das ja auch zu etwas gut. Denn sie hatte alle denkbare Kraft nötig, um nicht laut schreiend aus dem Krankenhaus zu rennen und in den erstbesten Zug zu steigen. Es war ihr völlig egal, wohin.

Solange es keine Rückfahrt gab.

Kapitel 11

Verwirrt stieg Ellen auf ihr Fahrrad und ließ das Krankenhaus hinter sich zurück. Sie ärgerte sich, dass sie ihr Handy zu Hause vergessen hatte, denn sie hätte jetzt gerne Peters Stimme gehört. Ihm mitgeteilt, was in der letzten Stunde passiert war. Sie sah auf die Uhr. Es war gerade einmal Viertel vor vier. Marilou musste erst um halb sechs abgeholt werden. Es war also noch genügend Zeit, um bei Linda ein Tässchen Kaffee zu trinken und die ganze Geschichte loszuwerden.

Ellen fand es wunderbar, dass ihre Schwester und ihr Schwager in der Nachbarschaft wohnten. Linda war fast vierzig, sechs Jahre älter als sie selbst, aber im Laufe der Jahre hatte sie der Altersunterschied immer weniger gestört und sie hatten eine gute Beziehung zueinander entwickelt. Als sich dann Lindas Mann Wouter letztes Jahr als Physiotherapeut mit einer eigenen Praxis im Haus selbständig machen wollte, hatte Ellen sie auf eine geeignete Wohnung in der Straße hinter ihrer eigenen aufmerksam gemacht. Das Haus war zwar renovierungsbedürftig, aber Linda hatte sich sofort in den Garten und die große, urgemütliche Wohnküche verliebt. Wouter hatte es dagegen der Anbau angetan, der über einen eigenen Eingang verfügte und mit ein paar Handgriffen in eine Praxis umgebaut werden konnte.

Ellen war froh darüber, wie ihre Schwester im letzten Jahr aufgeblüht war. Wouter und sie hatten sich endlich dazu entschlossen, die verschiedenen Unfruchtbarkeitsbehandlungen abzubrechen, und vor allem Linda schien sich mit ihrer Kinderlosigkeit abgefunden zu haben. Seit einigen Monaten arbeitete sie an vier Vormittagen die Woche ehrenamtlich in einem christlichen Buchladen. Sie genoss es, Menschen und Bücher um sich herum zu haben.

Gerade als Ellen ihr Fahrrad an die Hecke neben dem Haus anschloss und um das Gebäude herumlief, sah sie ihre Schwester aus der Tür kommen. Linda blickte sie verwundert an, als sie sie entdeckte.

„Na, Schwesterherz! Schön, dass du vorbeischneist. Ich wollte gerade noch schnell in den Baumarkt, aber da kann ich auch nachher noch hin. Käffchen?“ Während sie noch redete, ging sie wieder ins Haus, zog sich die Jacke aus und hängte sie über die Lehne eines Küchenstuhls.

Ellen brauchte nichts zu antworten; bei ihrer Schwester schlug sie selten eine Tasse Kaffee aus. „Warum schmeckt mir der Kaffee bei dir nur immer besser als bei mir oder bei anderen?“, fragte sie, als Linda wenig später einen Stapel Bücher, der auf dem Tisch lag, beiseiteschob und ihr einen vollen Becher vor die Nase setzte. Wie immer mit einer herrlich dicken Schicht geschäumter Milch darauf.

„Das ist ein Betriebsgeheimnis“, lachte Linda. „Nein, Scherz beiseite. Ich mache ihn auch nicht anders als du und die anderen. Aber vielleicht schmeckst du, dass ich bei dir ein Extralöffelchen Liebe hineinrühre“, fügte sie scherzend hinzu.

„Hmm. Das wird es wohl sein.“ Ellen nahm ihren Löffel und schöpfte vorsichtig etwas Milchschaum aus ihrem Becher.

„Na, dann erzähle doch mal, was dich am helllichten Mittwochnachmittag zu mir führt“, forderte Linda sie auf, während sie ihren eigenen Becher Kaffee auf den Tisch stellte und daneben eine Dose Spekulatius. „Und wo ist Marilou?“

„Bei einer Freundin. Sie durfte um Viertel nach zwölf mit ihr nach Hause gehen und dort zu Mittag essen. Um halb sechs hole ich sie wieder ab.“ Ellen nahm einen Schluck Kaffee und knabberte danach an einem Spekulatius. Es war wunderbar, hier in der Küche an dem großen Kieferntisch zu sitzen und tief durchzuatmen. Selbst wenn sie mit Linda nicht über Steven und Kathy reden würde, baute sie dieser Besuch wieder auf.

Aber Linda wäre nicht Linda, wenn sie nicht gemerkt hätte, dass sie noch keine Antwort auf ihre erste Frage bekommen hatte. Ellen kannte ihre Schwester gut genug, um zu wissen, dass sie ihr nur Zeit gab, um selbst mit der Geschichte herauszurücken.

„Was wolltest du denn im Baumarkt?“, fragte Ellen, die lieber ein anderes Thema ansprechen wollte.

„Wouter ist mit dem Hühnerstall beinahe fertig und ich will Farbe kaufen, damit wir ihn streichen können.“

„Schön. Wird er auch grün?“

„Nein, blau.“

„Eine grüne Hecke und ein blauer Hühnerstall“, bemerkte Ellen lachend. „Wenn das Mama mitbekommt. Ich weiß schon, was sie sagen wird: grün und blau …“

„… wie die Bauersfrau“, beendeten sie zusammen kichernd den Satz.

Ellen dachte an ihre Mutter, die in Zeeland wohnte und die sie aufgrund der relativ großen Entfernung weniger häufig sah, als ihr lieb war. Während der Schulzeit gelang es ihnen nur selten, einen Tag zu ihren Eltern zu fahren, und auch ihre Eltern ließen sich nur selten blicken. Ihr Vater war immer mit seiner Arztpraxis beschäftigt und ihre Mutter, besorgt wie sie war, wollte ihn nicht allein lassen. Vielleicht würden sie sich ab dem Sommer öfter sehen, wenn ihr Vater seine Praxis aufgab.

„Hallo“, rief Linda leise. „Bist du noch da?“

Ellen schrak auf. „Ja, sorry, ich war in Gedanken in Zeeland. Es wird schön, wenn Mama und Papa einmal für einen Tag vorbeikommen können, sobald Papa seine Praxis übergeben hat.“

Linda begann zu lachen. „Damit würde ich lieber nicht rechnen. Als Mama letztens angerufen hat, hat sie endlos über all die Reisen geplaudert, die sie dann mit Papa unternehmen will. Insofern werden sie wohl erst einmal ausgiebig Urlaub machen. Ich gönne es ihnen ja auch von Herzen. Schließlich haben sie sich für andere immer so viel Zeit genommen. Und ich habe den Eindruck, dass Papa die Arbeit als Allgemeinmediziner im Krankenhaus sonst auch gewaltig fehlen wird.“

„Ja, mir kommt es auch schon eine Weile so vor.“ Ellens Gedanken wanderten zu Steven. „Übrigens“, begann sie, während sie ihre mittlerweile leere Kaffeetasse auf den Tisch stellte, „wo wir gerade von Krankenhaus reden: Da komme ich her.“

„Wie kommt es, du bist doch vor Kurzem erst zur Kontrolle da gewesen?“, fragte Linda mit einem bestürzten Gesichtsausdruck. „Haben sie doch etwas gefunden?“

„Nein, mit mir ist alles in Ordnung“, beruhigte Ellen sie. „Ich habe einfach jemanden besucht. Nun ja, ‚einfach‘ … das Wort sollte ich vielleicht besser weglassen. Und auch ‚besucht‘ stimmt eigentlich nicht." Sie schob Linda ihren Becher hin. „Hast du noch ein bisschen Kaffee für mich? Es ist eine lange Geschichte."

„Natürlich." Linda sprang auf und kam innerhalb kürzester Zeit mit Ellens vollem Becher wieder. „Lass mal lieber die Milch weg", wies Ellen sie an, „denn wenn ich nicht aufpasse, werde ich irgendwann rund wie eine Tonne."

Als Linda ihr wieder gegenübersaß, legte Ellen los. Ausführlicher als gerade bei Kathy erzählte sie von ihrer Begegnung mit Steven und von der Karte, die sie ihm geschrieben hatte. „Gestern habe ich ihn besucht. Es war wirklich eindrücklich zu sehen, wie Gott bis zu seinem Herzen durchgedrungen ist."

Weil Linda ihr aufmerksam zugehört hatte, wollte Ellen ihr auch noch den Rest erzählen. „Er hat mir auch seinen Wohnungsschlüssel gegeben und hat mich darum gebeten, ihm ein paar Dinge aus seinem Appartement zu holen. Mir war das eigentlich unangenehm, aber anscheinend hatte er sonst niemanden, den er darum hätte bitten können." Sie trank einen Schluck Kaffee und dachte an den Augenblick zurück, als sie die Tür zu seiner Wohnung aufgeschlossen hatte. Obwohl er selbst sie dorthin geschickt hatte, war sie sich wie ein Eindringling vorgekommen. Gleichzeitig war sie froh gewesen, etwas für ihn tun zu können.

„Eines der Dinge, die ich für ihn holen sollte, war ein gerahmtes Foto seiner Tochter, die schon vor langer Zeit die Verbindung zu ihm abgebrochen hat", vertraute sie Linda an. „Er hat mir nicht erzählt, warum sie nichts mehr mit ihm zu tun haben wollte, und das musste er auch nicht. Es geht mich ja nichts an. Aber dieses Foto hat mich so tief berührt, Lin. Es muss gemacht worden sein, als sie, ich schätze mal, etwa zwei Jahre alt war und auf der vierten oder fünften Stufe einer Treppe stand, während er mit offenen Armen an das untere Ende der Treppe getreten war. Das hat Papa bei uns früher auch oft gemacht, weißt du noch? Dann sind wir von der Treppenstufe aus in seine Arme gesprungen."

„Ja, daran erinnere ich mich noch gut."

„Objektiv betrachtet war das kein besonders gelungenes Foto, denn man sieht vor allem Stevens Rücken, aber was mir sofort auffiel, war das Vertrauen, das man in den Kinderaugen lesen konnte. Sie wusste einfach, dass ihr Vater sie auffangen würde, wenn sie springt. Und das war so ein unglaublicher Kontrast zu der Frau, die ich im Wartezimmer bei ihm gesehen habe."

Sie schluckte, um den Kloß im Hals wegzubekommen, nahm einen letzten Schluck Kaffee und erzählte schließlich, wie sie an diesem Nachmittag wieder ins Krankenhaus gegangen war und die Nachricht von Stevens Tod gehört hatte. Und wie sie seine Tochter Kathy getroffen hatte.

Nachdem sie das alles erzählt hatte, schwiegen beide für einen Augenblick.

„Du liebe Güte, El", sagte Linda schließlich. „Was für eine Geschichte. Ich muss das erst einmal verdauen. Hast du schon irgendeine Idee, was du jetzt tun willst?"

Ellen zuckte mit den Schultern. „Ehrlich gesagt, nicht. Ich wusste nur, dass ich ihr das hier nicht jetzt schon mitgeben durfte." Sie klopfte auf die Tasche, die sie auf den Stuhl neben sich gelegt hatte. „Ich weiß nicht, was ich getan hätte, wenn sie darauf bestanden hätte, die Tasche an sich zu nehmen. Die ganze Begegnung war so unvorbereitet."

Wieder wurde es still in der Küche. „Ich denke, dass es ziemlich weise war, ihr die Tasche nicht auszuhändigen, El", sagte Linda nach ein paar Minuten. „Ich glaube, dass Gott dir selbst deutlich machen wird, wann der richtige Zeitpunkt dafür ist."

Ellen nickte und stand auf. „Das glaube ich auch. Aber ich hoffe, dass ich dann mehr Mut habe, mich wirklich auf ein Gespräch einzulassen, als neulich im Wartezimmer. Ich bin manchmal so schüchtern, Lin!"

Linda stand auf und nahm Ellen in den Arm. „So ein Quatsch, mach dich nicht so schlecht. Du hast ihn zwar zunächst nicht gleich angesprochen, aber danach hast du doch den Mut gehabt, ihm eine Karte zu schreiben und ihn zu besuchen. Ich weiß nicht, ob ich das getan hätte. Dazu kommt, dass die Geschichte ja nicht vorbei war, nur weil du dich an dem Tag nicht getraut hast. Gott hat wie üblich einfach Plan B hervorgeholt und dann auch durch deine Karte gehandelt!"

Ellen lehnte ihren Kopf an die Schulter ihrer Schwester. Sie wusste, dass Linda recht hatte, und war enorm dankbar dafür, dass Gott sie gebraucht hatte, um Steven im letzten Moment seines Lebens diese Liebesbotschaft zu übermitteln. Aber trotzdem wusste sie jetzt nicht, wie es weitergehen sollte. Sie war nun schon gedanklich mehr mit der kommenden Begegnung mit Kathy beschäftigt als mit ihrem gestrigen Besuch bei Steven.

„Oh, ich muss gehen", sagte sie, während sie sich langsam von Linda losriss. „Es ist ja schon fast fünf und ich muss noch einmal nach Hause, bevor ich Marilou abholen gehe."

„Gut. Ich komme mit dir nach draußen und nehme das Auto, um noch in den Baumarkt zu fahren. Aber wenn ich irgendetwas für dich tun kann, dann lässt du es mich wissen, hörst du? Und sobald du mehr über die Beerdigung von Steven weißt und wenn du eventuell dorthin willst, gehe ich einfach mit."

Ellen warf ihrer Schwester einen dankbaren Blick zu. „Du bist wirklich die Beste. Vielleicht nehme ich dein Angebot sogar an. Auf jeden Fall danke ich dir erst einmal dafür, dass ich meine Geschichte bei dir loswerden konnte. Und für den Kaffee revanchiere ich mich, sobald du mal bei uns auftauchst."

„Denk daran, dass du einen Extralöffel Liebe hineinrühren musst", neckte sie Linda, während sie ihre Schwester vor dem Haus noch einmal umarmte und ihr einen Kuss auf die Wange drückte.

Als sie sich voneinander verabschiedet hatten, ging Ellen zu ihrem Fahrrad, drehte sich aber noch einmal um. „Kauf im Baumarkt noch einen Pinsel mehr, dann komme ich gern zum Helfen vorbei." Dabei schwang sie sich aufs Fahrrad und winkte Wouter zu, der im Eingangsbereich seiner Praxis mit jemandem sprach.

Um Punkt fünf Uhr war Ellen wieder zu Hause. Sie musste zwar gleich wieder weg, aber die zwanzig Minuten Ruhe und Stille, die sie bis dahin haben würde, gehörten ihr. Und die wollte sie im Gebet mit Gott verbringen. Sie setzte sich im Wohnzimmer aufs Sofa, faltete die Hände und vertraute ihm all ihre Gedanken und ihre Fragen an. Und wenn er wollte, dass sie mit Kathy sprach, dann würde sie das tun. Dazu war sie bereit.

Aber nicht aus eigener Kraft.

Kapitel 12

Freitag, 13. Mai

Am Freitagmorgen betrat Kathy mit einem Urlaubsantrag in der Hand Pauls Büro. „Ich würde am Montag gern Sonderurlaub für die Beerdigung meines Vaters nehmen“, sagte sie, während sie zu seinem Schreibtisch ging. „Geht das in Ordnung? Ich habe dafür gesorgt, dass jemand bei der Vertretersitzung Protokoll führt.“

Schweigend streckte Paul seine Hand nach dem Antrag aus und setzte ohne zu zögern seine Unterschrift darauf. Doch als er ihr den Antrag zurückgab, bedeutete er ihr mit einer Handbewegung, sich kurz zu setzen.

„Lust auf einen Kaffee?“ Er stand auf und schloss die Bürotür. Dann ging er zu dem Espressoautomaten, der auf dem kleinen Kühlschrank direkt neben seinem Schreibtisch stand.

In dieser Woche hatte sie schon mehr Koffein zu sich genommen als normalerweise in einem ganzen Monat, deshalb winkte sie dankend ab, nahm aber trotzdem Platz.

„Wie geht es dir?“ Paul machte sich einen Kaffee und ließ, so wie immer, drei Zuckerwürfel hineinfallen.

„Was soll ich dazu sagen?“ Eine Weile schwieg sie und versuchte, eine Falte in ihrem zartgrünen Leinenrock zu glätten. „Es kommt mir immer noch so unwirklich vor.“ Sie sah Paul an, der auf seinem Schreibtischstuhl Platz nahm.

„Gestern hätte ich gern noch mit dir geredet.“ Er rührte bedächtig in seiner schwarzen Flüssigkeit. „Einfach nur, um zu fragen, wie es dir geht. Aber als ich von der Messe zurückkam, warst du schon weg.“

„Wie war die Messe? Interessant?“, fragte Kathy.

„Ja schon, aber darüber würde ich gern ein andermal mit dir reden. Jetzt geht es um dich. Annemijn und ich machen uns Sorgen um dich.“

Kathys Blick fiel auf das Foto, das auf Pauls Schreibtisch stand.

Von ihrem Platz aus konnte sie nur die Rückseite sehen, aber sie wusste, dass es seine Familie bei einem Besuch im Zoo zeigte. Paul und Annemijn waren beide Ende dreißig und stolze Eltern von neun Jahre alten Zwillingsmädchen. Obwohl Kathy selbst lieber keine feste Beziehung einging, musste sie doch zugeben, dass die Liebe, die Paul und seine Frau zueinander und zu ihren Kindern ausstrahlten, etwas Ansteckendes hatte.

„Vielleicht möchtest du aber auch gar nicht darüber sprechen", fuhr Paul fort, „und natürlich ist das dein gutes Recht. Aber ich weiß, wie gut es tut, wenn man sich etwas von der Seele redet. Doch wahrscheinlich hast du genügend Menschen in deinem Umfeld, bei denen du das tun kannst. Verkriech dich nicht in deinem Schneckenhaus, Kathy. Und wenn du möchtest, kannst du gern einmal an einem Abend bei uns vorbeischauen."

Dieses Angebot überraschte sie, aber sie ging nicht darauf ein. Stattdessen fragte sie ihn: „Weshalb denkst du, dass ich mich in mein Schneckenhaus zurückziehe?"

Paul sah sie mit einem leichten Lächeln an. „Ich kenne dich mittlerweile ein bisschen", sagte er neckend, um gleich darauf wieder ernst zu werden. „Dein Wunsch, am Montag freizunehmen, steht in ziemlichem Kontrast zu dem, worüber wir am Dienstag gesprochen haben. Da hast du mir noch zu verstehen gegeben, dass du mit deinem Vater nichts mehr zu tun haben willst. Seitdem musst du durch ein ziemliches Gefühlschaos gegangen sein. Schließlich hast du dich jetzt dazu entschlossen, doch auf seine Beerdigung zu gehen."

„Zu gehen?", wiederholte Kathy. „Ich musste sie selbst organisieren." Sie betrachtete den Tisch vor sich und dachte über Pauls Rat nach, sich alles von der Seele zu reden. Sie musste ehrlich zugeben, dass sie so etwas selten tat und auch in den letzten Tagen nicht getan hatte. Ihre zwei Freundinnen Wilma und Heleen hatten vom Tod ihres Vaters noch nichts mitbekommen. Wahrscheinlich würden sie es ihr später ein bisschen übel nehmen, dass sie nicht mit ihnen über ihre Probleme gesprochen hatte. Erst letzte Nacht in einer dieser schlaflosen Stunden hatte sie sich gefragt, warum sie sie eigentlich nicht anrief.

Tief in ihrem Herzen wusste sie die Antwort. Sie hatte viel zu viel

Angst vor Fragen, die sie den beiden nicht würde beantworten können und vielleicht auch nicht wollen. Wenn sie ihnen in der kommenden Woche oder vielleicht auch ein bisschen später vom Tod ihres Vaters erzählen würde, wäre das noch früh genug. Schließlich hatte sie Paul ja auch erst von ihrem Vater erzählt, als er sie am Dienstag – war das wirklich erst drei Tage her? – mit der Sekretärin des Arztes hatte sprechen hören. Sie hatte schon überlegt, ob sie einen anderen Grund für ihren plötzlichen Wunsch nach diesem freien Tag hätte nennen sollen. Aber er hatte ihr Gespräch mit angehört und wusste daher Bescheid. Vielleicht war es also gar nicht so schlecht, wenn sie mit ihm darüber redete.

„Du hast recht, es war tatsächlich eine heftige Woche und das ist es immer noch", gab sie zu. „Wenn mir jemand vorher gesagt hätte, dass ich mich so intensiv um die ganze Organisation rund um den Tod meines Vaters würde kümmern müssen, hätte ich ihn ausgelacht. Ich habe mich selbst in den letzten Tagen immer wieder gefragt, warum ich ständig ans Telefon gehe, wenn es klingelt. Und ehrlich gesagt habe ich darauf keine Antwort. Als er noch in Amerika wohnte, war es viel einfacher, ihn aus meinem Leben herauszuhalten. Ich brauchte einfach nur seine Briefe ungeöffnet zurückschicken." *Und ihn aus meinen Gedanken verbannen.* „Sich rundheraus zu weigern, wenn einen das Krankenhaus einschaltet, weil man in ihren Büchern als einziges Kind erwähnt wird, ist viel schwieriger", fügte sie hinzu. „Darüber hinaus musste die Beerdigung ja auch organisiert werden."

„Gab es denn niemanden, den du damit hättest beauftragen können?", fragte Paul, während er seinen mittlerweile leeren Pappbecher in den Mülleimer warf.

„Ich wüsste nicht, wen. Und ich habe doch keine Ahnung, welche niederländischen Kontakte mein Vater noch hatte. Seine Eltern leben nicht mehr, und Onkel Roel, sein einziger Bruder, wohnt, soweit ich weiß, auch im Ausland. Aber frag mich nicht, wo. Schließlich habe ich die Nachbarin meines Vaters informiert, aber ich konnte ja schlecht von ihr erwarten, dass sie sich nun um alles kümmert. Und gar nichts zu organisieren, war auch keine Option. Meine Mutter würde mir das nie verzeihen."

Kathy wollte eigentlich nicht von ihrer Mutter sprechen, aber nun war es ihr unbewusst herausgerutscht. Erleichtert merkte sie, dass Paul den Faden nicht aufnahm.

„Was hätten sie eigentlich gemacht, wenn du dich geweigert hättest, die Beerdigung zu organisieren?“ Er lehnte sich in seinem Stuhl zurück und faltete die Hände hinter dem Kopf.

Kathy hatte schon selbst darüber nachgedacht und diese Frage deshalb auch am Mittwoch dem Beerdigungsunternehmer gestellt. Dabei dachte sie an das Gespräch mit dem älteren Herrn, Bor Senior, zurück. Er hatte ihre Frage ruhig beantwortet, und falls er überrascht oder gar entsetzt gewesen war, hatte er das gut verborgen.

„Jede Beerdigung muss von jemand in Auftrag gegeben werden“, hatte er ihr erklärt. „Sonst fragt sich der Besitzer der Leichenhalle irgendwann, was mit dem Leichnam geschehen soll. In einer Situation wie dieser würde der Besitzer mit einem lokalen Beerdigungsunternehmen Kontakt aufnehmen und das wiederum wendet sich an den Sozialdienst der Gemeinde. Die gibt dann die Beerdigung in Auftrag. Die Beerdigung selbst findet dann in einer sehr nüchternen Form statt, ohne Todesanzeige, Trauerkarten, Leichenzug und Trauerkaffee. Es gibt dann nur die Überführung von der Leichenhalle auf den Friedhof und die Beerdigung selbst.“

Kathy hatte versucht sich vorzustellen, wie ihr Vater auf diese unpersönliche Weise zu Grabe getragen würde, und hatte gewusst, dass sie das um ihrer Mutter willen nicht zulassen durfte.

„Vergessen Sie auch nicht“, hatte der Mann noch hinzugefügt, „falls Sie darüber nachdenken, das Erbe auszuschlagen, und keinen Auftrag zur Beerdigung erteilen, haben Sie hinterher auch keinerlei Ansprüche mehr auf das Eigentum Ihres Vaters. Wenn Ihr Vater nicht oder nicht ausreichend versichert war, wird der Sozialdienst Ihnen als nächstem Angehörigen darüber hinaus die Kosten für Beerdigung ohnehin in Rechnung stellen.“

Über das Finanzielle machte sie sich gar keine Gedanken. Wenn es ein Erbe gab, dann wollte sie es ohnehin nicht haben. Und wenn das Geld nicht reichte, wäre das auch kein Problem. Sie hatte das Geld, das er nach seinem Umzug an ihre Mutter überwiesen hatte, nicht angerührt, also konnte sie es nun hierfür nehmen.

Kathy richtete ihre Aufmerksamkeit wieder auf Paul und fasste die Informationen, die ihr der Beerdigungsunternehmer gegeben hatte, für ihn zusammen.

„Ich habe keine Trauerkarten drucken lassen", fügte sie hinzu. „Ich weiß ja doch nicht, wem ich eine schicken sollte. Aber eine Anzeige habe ich in Auftrag gegeben. Die erscheint nach der Beerdigung in zwei überregionalen Zeitungen, sodass es doch so etwas wie eine Bekanntmachung gibt." Sie rieb sich müde den Nacken. „Und vielleicht muss auch in Amerika noch jemand informiert werden. Aber das weiß ich erst, wenn ich die Sachen in seiner Wohnung genau durchgegangen bin", schloss sie.

„Es wäre sicher sinnvoll, wenn du dir dafür Hilfe holst", riet ihr Paul. Er setzte sich wieder aufrecht hin und sah sie eindringlich an. „Es wird dich ganz schön mitnehmen, wenn du die Sachen deines Vaters durchsuchst."

Bisher hatte Kathy jeden Gedanken daran bewusst verdrängt. Vielleicht würde sie ein Entrümpelungsunternehmen einschalten. „Das regele ich schon", antwortete sie.

Sie sah auf die Uhr und erhob sich, bevor Paul ihr noch mehr Fragen stellen konnte. „Wenn es dich nicht stört, gehe ich wieder an die Arbeit, Paul. Ich hänge ein bisschen hinterher, weil ich am Mittwoch nichts tun konnte, und jetzt fehlt mir auch noch der Montag. Obwohl – die Beerdigung ist schon um halb elf, da kann ich vermutlich am Nachmittag wieder ins Büro kommen."

„Das lässt du mal schön bleiben", entschied Paul für sie. „Ich möchte dich hier am Montag nicht sehen. Nimm dir nach der Beerdigung ein bisschen Zeit für dich selbst." Er stand auf und ging zur Tür. „Wo wird er eigentlich beerdigt?"

„Ganz normal, hier in der Stadt. Warum?"

„Vielleicht komme ich auch. Nicht wegen ihm, aber wegen dir. Jedenfalls, wenn du nichts dagegen hast." Den letzten Gedanken fügte er etwas zögernd an.

Bisher hatte Kathy Beruf und Privatleben immer strickt auseinandergehalten, und wenn es nach ihr ging, brauchte Paul wirklich nicht zu kommen. Sie würde es schon schaffen. Aber sein Mitgefühl war herzerwärmend.

Trotzdem winkte sie ab. „Das ist lieb von dir, aber es ist wirklich nicht nötig."

Dann murmelte sie noch ein kurzes Dankeschön für das Gespräch und verschwand in ihrem Büro. Für den Rest des Tages wollte sie keinen einzigen Gedanken mehr an ihren Vater verschwenden und nur noch das tun, was sie tun musste und wofür sie bezahlt wurde.

Arbeiten. Wirklich hart arbeiten.

Kapitel 13

Montag, 16. Mai

Es war nur eine sehr kleine Gruppe von Menschen, die sich in der Friedhofskapelle versammelt hatte.

Kathy sah sich um und hatte stärker als je zuvor den Eindruck, sie würde jeden Augenblick aufwachen und alles wäre nur ein schlechter Traum. *Aber ein ziemlich bizarrer Traum.*

Sie warf einen Blick auf ihre Armbanduhr. Drei Minuten vor halb elf. Wenn es nach ihr ging, konnte die Trauerfeier beginnen. Je schneller sie vorbei war umso besser.

Glücklicherweise war das Gebäude, in dem die Beerdigungsfeier für ihre Mutter stattgefunden hatte, mittlerweile durch ein neues, viel größeres ersetzt worden, sodass der Raum, in dem sie sich nun befand, ganz anders aussah. Zu ihrer Erleichterung würde man den Sarg auch nicht am Grab ihrer Mutter vorbeitragen. Es befand sich an der Ostseite des Friedhofes, während ihr Vater an der Westseite begraben wurde.

Pünktlich um halb elf trat der Bestattungsunternehmer Bor Senior ans Rednerpult und räusperte sich.

„Verehrte Anwesende", begann er, nachdem er entschieden hatte, angesichts einer kleinen Trauergemeinde auf ein Mikrofon zu verzichten. „Wir sind heute hier versammelt, um Abschied zu nehmen von Steven Smit. Der Verstorbene wird nun hereingetragen und ich bitte Sie deshalb alle, sofern es Ihnen möglich ist, aus Respekt aufzustehen."

Kathy wusste natürlich, dass sich der Nebensatz *sofern es Ihnen möglich ist* nur auf diejenigen bezog, die aufgrund körperlicher Gebrechen nicht aufstehen konnten. Dennoch regte sich in ihr der gemeine Gedanke, einfach sitzen zu bleiben. *Aus Respekt* aufzustehen, war für sie kaum möglich. Doch noch während diese Gedanken in ihr aufstiegen, schob sie sie beiseite. Natürlich stand sie auf; sie würde sich heute zu beherrschen wissen und tun, was von ihr erwartet wurde: ihren Vater zu seiner letzten Ruhestätte geleiten.

Im Hintergrund ertönte Musik, und während die Schiebetür geöffnet wurde und der Sarg von vier Männern in Schwarz auf einem fahrbaren Gestell hereingerollt wurde, erkannte Kathy die Melodie von Psalm 51. Obwohl sie heute selten bis nie in die Kirche ging, hatte sie früher genügend Psalmen gehört, gesungen und auswendig gelernt und kannte noch Text und Melodie der bekannten Psalmen.

Sie starrte auf ihre schwarzen Pumps, weil sie den schwarzen Eichensarg nicht sehen wollte. Glücklicherweise hatte der Bestattungsunternehmer sie nicht gefragt, ob sie noch einen Blumenschmuck oder ein Foto ihres Vaters auf dem Sarg platziert haben wollte. Sie musste zugeben, dass er sie so wenig wie möglich mit Fragen belästigt hatte. Er hatte von ihr einen Blankoscheck bekommen, alles so zu regeln, wie er es für richtig hielt, und hatte alles Weitere mit Martijn Mingels abgestimmt, dem Krankenhausseelsorger.

Etwas später durften sie wieder Platz nehmen und der Bestattungsunternehmer übergab das Wort an Martijn.

Das Gebet, mit dem er die Trauerfeier eröffnete, rauschte größtenteils an ihr vorbei, ebenso die Schriftlesung aus Psalm 51.

Kathy warf einen Blick auf Paul, der in einem dunkelblauen Anzug links neben ihr saß. Er schien Martijn aufmerksam zuzuhören. Obwohl sie ihm gesagt hatte, dass er nicht zu kommen brauchte, war sie jetzt sehr froh darüber, dass er doch da war. Tatsächlich war er der Einzige im Raum, den sie kannte.

Rechts neben ihr saßen eine Frau und ein Mann, die sich als Nachbarn ihres Vaters vorgestellt hatten. Sanne und Michel. Die Nachbarin hielt eine weiße Rose in den Händen; wahrscheinlich wollte sie die am Grab niederlegen. Hinter ihnen saß Ellen; zusammen mit einer Frau, die Kathy nicht kannte. Kathy hatte sich am Freitagabend bei Ellen gemeldet und ihr mitgeteilt, wann und wo die Beerdigung stattfinden sollte. Ellen war nicht zu Hause gewesen, aber ihr Mann Peter hatte ihr die Nachricht übermittelt.

Kathy rutschte unruhig auf ihrem Stuhl hin und her. Sie musste Ellen noch einmal sprechen, weil sie noch die Tasche mit den Sachen ihres Vaters hatte. Einerseits wollte sie das am liebsten so schnell wie möglich hinter sich bringen, denn dann war sie die Angelegenheit los. Andererseits schob sie das Gespräch vor sich her, denn sie hatte gerade genug um die Ohren.

Ihr Blick fiel auf die Kirchenfenster an der Seite, wo die vier Sargträger Platz genommen hatten. Das Licht, das durch die Fenster fiel, warf lange blaue, rote und goldene Strahlen in den Raum, was für eine heitere Atmosphäre sorgte. Einen größeren Gegensatz zu all dem, was ihr gerade durch den Kopf ging, konnte es nicht geben.

Kathy wandte ihre Aufmerksamkeit wieder Martijn zu, der gerade seine Bibel zur Seite legte und alle ruhig ansah.

„So wie ich Steven Smit an dem Tag vor seinem Tod kennengelernt habe", eröffnete er seine persönliche Ansprache, „betrachte ich es als ein Vorrecht, dass ich ihm an diesem Tag die letzte Ehre erweisen und auch ein paar Worte an Sie richten darf."

Kathy versuchte, sich so weit wie möglich vor dem zu verschließen, was Martijn sagte, und konzentrierte sich auf andere Dinge, die in einem Augenblick wie diesem normalerweise unbedeutend waren. Seine Jeans hatte er gegen eine dunkelgraue Hose eingetauscht und sein weißes Oberhemd zierte jetzt eine graugesprenkelte Krawatte. Grau stand ihm gut. Die Farbe unterstrich seine blaugrauen Augen. Aber seine Frisur schrie immer noch nach einem guten Frisör. Ihre Augen verweilten auf seinen Händen und sie sah, dass er einen Ehering trug. Anscheinend war seine Frau keine von denen, die ihre Männer zum Frisör schickten. Oder er gehörte zu den Männern, die sich nicht schicken ließen.

Sie richtete ihren Blick auf die Mauer hinter ihm und versuchte, die Steinreihen zu zählen. Das war etwas, was sie schon als Kind während der Gottesdienste gemacht hatte, um sich die Zeit zu vertreiben. *Vierzehn. Fünfzehn.* Sie verlor die Reihe aus dem Blick und fing wieder von vorne an. Alles besser, als den Sarg anzuschauen. *Eins. Zwei. Drei.*

Als sie bei der siebten Reihe angekommen war, schrak sie auf. Hatte Martijn ihren Namen erwähnt?

„... die im Krankenhaus geblieben ist, bis er in sein Zimmer gebracht wurde. Es hat ihm viel bedeutet, dass sie dazu bereit gewesen ist."

Entsetzt richtete Kathy ihren Blick auf Martijn. Würde er noch mehr über sie sagen? Zu ihrer Erleichterung beließ er es vorerst bei diesem einen Satz, jetzt hörte sie allerdings aufmerksam zu.

„Enorm dankbar war er auch für den Mut, den eine ihm vollkommen unbekannte Frau aufgebracht hatte, als sie ihm eine Karte zukommen ließ, in der sie ihm mitteilte, dass Gott ihn liebt und über ihm wacht. Was für eine Gnade, dass sich Steven durch diese Botschaft als der verlorene Sohn in den Armen seines Vaters erkannte. Und ich sehe es geradezu vor mir, wie Gott die Worte, die auf der Karte standen, in der Nacht von Dienstag auf Mittwoch wiederholte, als Steven vor ihm stand: *Willkommen zu Hause.*"

In Kathy begann es zu brodeln. Ellen hatte ihr zwar erzählt, dass sie ihrem Vater diese Karte geschrieben hatte, weil sie einen inneren Drang danach verspürt hatte, aber sie hatte ihr nicht gesagt, was sie ihm geschrieben hatte. Das war ihr vollkommen neu.

Sie merkte, wie eine gewaltige Wut in ihr aufstieg. Warum hatte sich diese Ellen überhaupt eingemischt? Mit welchem Recht hatte sie ihrem Vater solch eine Karte geschrieben? Und woher hatte sie den Mut genommen, einem Menschen, den sie nicht einmal kannte, von der Liebe Gottes zu erzählen, einem Menschen, der ... einem Feigling, einem Verräter, einem Heuchler, einem ... einem ...

Kathy regte sich so furchtbar auf, dass ihr keine Worte mehr einfielen, mit denen sie ihren Vater beschreiben konnte. Sie musste sehr an sich halten, um sich nicht umzudrehen und Ellen anzufahren oder ihr wenigstens einen eindeutigen Blick zuzuwerfen.

Wofür hielt diese Frau sich eigentlich? Die heilige Ellen? Und dann auch noch diese Geschichte vom verlorenen Sohn. Kathy hatte sich noch nicht wirklich mit diesem Gleichnis beschäftigt; sie fand es zu platt, zu simpel. Zudem tat es ihrem Gerechtigkeitssinn Gewalt an. Wer alle Brücken hinter sich abbrach, konnte auch nicht mehr zurück. So einfach war das. Einfach so wieder zum Vater zurückzukriechen und dann als Kronprinz behandelt zu werden, das war etwas, was nicht in ihre Vorstellungen passte. Und der ältere Bruder war genauso ein Schlappschwanz. Statt draußen vor der Tür herumzumotzen, wäre er besser hineingestürmt und hätte dem Fest ein Ende gemacht.

Verbittert hörte Kathy mit an, wie Martijn ausführlich über die Liebe und Geduld des himmlischen Vaters sprach und wie wunderbar es doch sei, dass Steven Gottes Gnade hätte kennenlernen und annehmen dürfen. *Ja, wirklich wunderbar. Schön billig, meinst du wahrscheinlich.*

Zum Schluss zitierte Martijn noch ein paar Verse aus dem Psalm, den sie gerade gesungen und gelesen hatten, und sprach über Sünden, die weggewaschen worden seien. Kathy gab ihr Äußerstes, die Worte an sich abperlen zu lassen. Endlich sagte Martijn das *Amen* und Kathy seufzte innerlich erleichtert auf. Sie hatte sich unter Kontrolle und wusste sich zu beherrschen. Erleichtert zupfte sie an dem schwarzen Rock ihres Kostüms herum und bückte sich, um ihre Tasche vom Boden aufzuheben. Jetzt würden sie also auf den Friedhof gehen.

Doch plötzlich erklangen die ersten leisen Töne einer bekannten Melodie durch den Raum. Während das Intro weitergespielt wurde, bat Martijn die Anwesenden, sich zu erheben und in das Lied einzustimmen, das sich Steven für diesen Anlass gewünscht hatte. Kathys Beine verweigerten nun tatsächlich ihren Dienst. Und wie durch einen Schleier hindurch sah sie, dass den anderen ein Blatt mit dem Text von Martijn überreicht wurde.

Völlig ermattet schloss sie die Augen und sank in eine Welt aus heißen Tränen und Machtlosigkeit. Als sie darin zu versinken drohte, fiel ihr ein, dass sie ihrem Vater auf seiner Beerdigung nicht eine einzige Träne gönnen wollte. Nicht einmal aus Wut.

Sie merkte, dass Paul ihr seine Hand auf die Schulter legte, aber sie schüttelte sie ab. Mit all der Kraft, die noch in ihr war, öffnete sie die Augen und versuchte erneut aufzustehen. Aber mitzusingen war ihr unmöglich. Selbst das Zuhören war schon zu viel.

Und noch bevor die erste Strophe beendet war, flüchtete Kathy nach draußen, sie rannte fast.

Amazing grace,
How sweet the sound
That saved a wretch like me
I once was lost
But now I'm found
Was blind
But now I see.

Kapitel 14

Erschrocken sah Ellen, wie Kathy mit einer Hand vor dem Mund aus dem Raum stürmte. Während sie mechanisch weiter mitsang, nahm sie mit Linda, die neben ihr stand, Augenkontakt auf.

Linda zuckte fast unmerklich mit den Schultern, um anzuzeigen, dass sie auch nicht wusste, was jetzt zu tun war.

Ellen sah, dass der Mann und die Frau, die vor ihnen standen, auf Kathys Verschwinden nicht reagierten und dass der Mann, der neben Kathy gesessen hatte, ebenfalls weitersang. Er hatte aber seinen Kopf in Richtung Fenster gedreht, so als wollte er schauen, ob er Kathy draußen irgendwo entdecken könnte. War das ihr Mann? Ihr Freund? Sie hatten nicht den Eindruck erweckt, als wären sie ein Paar. Abgesehen von der Hand, die der Mann während der musikalischen Einleitung des Liedes auf Kathys Schulter gelegt hatte, hatte Ellen keinerlei Anzeichen von Kontakt ausmachen können. Aber das bedeutete natürlich gar nichts.

Was willst du, Herr, was soll ich tun?, betete Ellen. *Kathy nachgehen? Oder sie lieber in Ruhe lassen?*

Sie versuchte, sich in Kathys Lage zu versetzen. Ihr selbst wäre es nicht recht gewesen, wenn ihr jemand hinterhergelaufen wäre. Mit einem Mal fiel ihr ein altes Sprichwort ein. *Was du nicht willst, dass man dir tu, das füg' auch keinem andern zu.* Während sie sich fragte, ob sie das nun als Antwort Gottes verstehen sollte oder dies nur ihre eigenen Gedanken waren, erkannte sie, dass in diesem Sprichwort eine Anweisung Jesu steckte: *„Alles nun, was ihr wollt, dass euch die Leute tun sollen, das tut ihnen auch!"*

Durch diesen Bibelvers bekam Ellen den Frieden, weiter im Saal zu bleiben und mitzusingen.

Yea, when this flesh and heart shall fail,
and mortal life shall cease,
I shall possess, within the veil,
a life of joy and peace.

(Wenn dieses Fleisch und Herz versagen
und das sterbliche Leben endet,
werd' ich in Demut führen
ein Leben voll Freude und Frieden.)

Ellens Augen wurden feucht, als sie an ihre erste Begegnung mit Steven zurückdachte. Was für ein trauriger Anblick er gewesen war, wie mutlos er ausgesehen hatte. Die Gewissheit, dass er nun in die Ewigkeit eingegangen war und seinen Frieden gefunden hatte, erfüllte sie mit Fröhlichkeit und tiefer Ehrfurcht. Mit einem Mal fühlte sie eine große Dankbarkeit, dass Gott sie gebraucht hatte, um mit Steven Kontakt aufzunehmen.

Das Lied schloss mit der Wiederholung der ersten Strophe. Anschließend ging der Krankenhausseelsorger Mingels nach vorn, um ein Dankgebet zu sprechen. Alles Weitere überließ er dem Bestatter.

Auf Anweisung von Herrn Bor erhoben sich die sechs Träger und brachten sich neben dem Sarg in Position.

„Nun wollen wir zur Bestattung der sterblichen Überreste von Steven Smit schreiten", kündigte der Beerdigungsunternehmer an. „Ich bitte Sie, mir zu folgen."

Die Träger hoben den Sarg von dem fahrbaren Gestell und legten ihn sich auf die Schultern. Während noch einmal die Melodie von *Amazing Grace* erklang, gingen sie feierlich zur Seite des Saals. Die beiden großen Außentüren, die zum Friedhof hinausführten, öffneten sich automatisch.

Ellen blinzelte ins Tageslicht, das nun hell nach drinnen fiel, und wurde von der Symbolik berührt, dass der Sarg nun ins Licht getragen wurde.

Sie kniff Linda sanft in den Arm, die sofort verstand, was sie damit sagen wollte. „Wunderschön, nicht wahr?", flüsterte Linda.

Gerührt schob Ellen ihren Arm unter den ihrer Schwester und zusammen schlossen sie sich dem kleinen Trauerzug an.

Draußen angekommen sah Ellen erleichtert, dass Kathy wieder bei ihnen war und neben Herrn Mingels ging.

Als die Träger wenig später den Sarg über dem Grab abstellten, sah sich Ellen unauffällig um, ob sie vielleicht den Grabstein entdecken könnte, den sie im Internet gesehen hatte. Ob das vielleicht auch das Grab von Irene war. Sie hatte ausgerechnet, dass die Beerdigung von Stevens Frau ungefähr siebenundzwanzig Jahre zurückliegen musste. Wenn es das Grab, wie im Internet angegeben, noch gab, dann, so vermutete sie, musste es sich um ein Familiengrab handeln, denn Einzelgräber gehörten der Gemeinde und wären zu diesem Zeitpunkt längst abgeräumt gewesen. Sie wusste das, weil auch das Grab eines Onkels von Peter davon betroffen war. Der Stein war aber nirgends zu entdecken, und wie man an den anderen Gräbern sehen konnte, handelte es sich bei ihnen um Gemeindeeigentum. Das bedeutete, dass Steven zusammen mit zwei anderen, zwei Fremden, in einem Grab liegen würde.

Obwohl sie keine Ahnung hatte, wie die Beziehung zwischen Steven und seiner Frau Irene gewesen war, tat es Ellen doch irgendwie leid, dass er nicht neben ihr begraben wurde. Peter und sie hatten schon vor Jahren ein Testament aufgesetzt, in dem sie ihre Beerdigungswünsche festgehalten hatten. Sie hatten sich damals dazu entschieden, ein Familiengrab zu kaufen, damit sie, wenn es so weit sein sollte, zusammen bestattet werden könnten.

Plötzlich vermisste sie Peter ganz furchtbar, obwohl sie selbst darauf bestanden hatte, dass er wie gewöhnlich zur Arbeit ging. „Du hast sowieso schon so wenig Urlaubstage", hatte sie ihm gesagt. „Heb sie dir lieber für den Sommer auf. Dazu kommt, dass mir Linda angeboten hat mitzugehen, ich bin also nicht allein." Sie stand immer noch zu ihrer Entscheidung, aber trotzdem hätte sie in diesem Augenblick etwas dafür gegeben, seinen Arm um sich herum zu spüren.

Die Träger hatten sich mittlerweile zurückgezogen, sodass nun die kleine Gruppe um das Grab stand. Ellen bemerkte, dass der Mann in dem dunkelblauen Anzug wieder neben Kathy getreten war und ihr ermutigend zunickte, aber gleichzeitig auch ungefähr einen halben Meter Abstand zu ihr hielt. *Wenn das ihr Mann oder Freund ist, haben die beiden jedenfalls keine besonders enge Beziehung.*

Nun ergriff wieder der Bestattungsunternehmer das Wort. „Auf Wunsch des Verstorbenen wird Herr Mingels nun das Vaterunser mit uns sprechen. Damit ist dann die Trauerfeier beendet. Im Namen der Familie bedanke ich mich bei allen, die hier sind, und wenn Sie möchten, sind Sie anschließend noch ganz herzlich zum Kaffeetrinken eingeladen."

Ellen fragte sich, ob Kathy sich wirklich bedankte oder ob es sich um einen Standardsatz des Beerdigungsunternehmers gehandelt hatte. Es schien ihr jedenfalls nicht angebracht, noch zum Kaffeetrinken zu bleiben. Kathy hatte ihre Adresse und Telefonnummer und sie wollte eigentlich vorläufig ihr die Initiative überlassen, mit ihr Kontakt aufzunehmen. Und wenn das zu lange dauerte, dann konnte sie sie auch selbst noch anrufen oder sie aufsuchen.

Mit einem Mal wurde Ellen klar, dass sie keinerlei Kontaktdaten von Kathy hatte. Sie wusste noch nicht einmal sicher, ob sie noch Smit hieß. Wenn der Familienstammbaum im Internet auf dem neuesten Stand war, schon. Aber wenn nicht, dann war sie inzwischen vielleicht verheiratet und hatte den Namen ihres Ehemannes angenommen. Vielleicht ging auch das Zerwürfnis mit ihrem Vater so tief, dass sie von sich aus einen anderen Namen angenommen hatte. Falls diese Frau also nichts mehr von sich hören ließ, konnte sie ihr die Tasche mit Stevens persönlichen Dingen nicht überreichen. Gleichzeitig hatte sie das aber Steven versprochen. Hätte sie ihn doch bloß nach ihrer Adresse gefragt. Aber hätte sie ahnen können, dass sie ihn nicht mehr lebend antreffen würde?

Sie musste sich schnell mit Linda besprechen, vielleicht hatte die eine gute Idee.

Während das Vaterunser gebetet wurde, fiel Ellens Blick auf Kathy. In ihrem Gesichtsausdruck spiegelte sich das Wechselbad der Gefühle wider, durch das diese Frau ging. Mit großer Sicherheit befand sie sich in einem schweren inneren Konflikt.

„Und vergib uns unsere Schuld, wie auch wir vergeben unseren Schuldigern", hörte man jetzt. *Oh Vater, mach Kathys Herz weich*, betete Ellen still. *Du weißt, was sich zwischen ihnen abgespielt hat. Du kennst die Gründe, die zu dem Zerwürfnis geführt haben. Aber egal was es ist, ich bete darum, dass sie eines Tages ihrem Vater vergeben kann. Auch wenn er jetzt gestorben ist.*

„Denn dein ist das Reich und die Kraft und die Herrlichkeit in Ewigkeit. Amen."

„Amen", stimmte Ellen flüsternd ein.

Für einen Augenblick blieben alle bewegungslos stehen. Selbst die Vögel schwiegen einen Moment lang, wodurch die Stille auf dem Friedhof noch mehr unterstrichen wurde. Es war, als ob jeder den Atem anhielt und auf etwas zu warten schien. Doch der Augenblick verstrich, ohne dass etwas passierte.

Der Bestattungsunternehmer hüstelte und drehte sich zu ihnen um. „Darf ich vorangehen?“, fragte er und ging mit langsamen Schritten den Weg wieder hinauf. Unter seinen Füßen knirschte der Splitt.

Die Frau links neben Ellen machte einen kleinen Schritt nach vorn und warf ihre weiße Rose auf den Sarg. Nach einem angedeuteten Knicks zu Kathy hin drehte sie sich anschließend um und folgte zusammen mit dem Mann neben ihr dem Beerdigungsunternehmer.

Ellen wartete, um zu sehen, ob Kathy auch schon zurückging oder ob sie bis zuletzt bei dem Grab bleiben würde.

Als sie sah, dass Kathy keinerlei Anstalten machte, warf Ellen einen kurzen Blick in das Grab und ging zusammen mit Linda zum Weg zurück.

„Was sollen wir tun?“, wurde sie von ihrer Schwester in gedämpftem Ton gefragt, während sie in Richtung der Friedhofskapelle gingen. „Möchtest du noch einen Kaffee trinken oder sollen wir gehen?“

„Am liebsten würde ich gleich los“, antwortete Ellen. „Aber eigentlich muss ich noch kurz mit Kathy sprechen, denn ich habe ihre Adresse nicht.“

„Gut, dann sollten wir doch noch für einen Augenblick bleiben.“

Ellen wusste so schnell auch keine Alternative. Aber eigentlich war jetzt kein geeigneter Zeitpunkt, um Kathy nach ihrer Adresse zu fragen.

Sie blickte sich um und sah den Krankenhauspfarrer hinter ihr gehen. Das brachte sie auf eine andere Idee. „Warte einen Augenblick“, sagte sie zu Linda. „Vielleicht gibt es noch eine andere Möglichkeit.“

Sie blieben stehen und warteten, bis Herr Mingels sie eingeholt hatte. „Kann ich Sie einen Moment sprechen?“, fragte sie ihn.

Er blieb stehen. „Selbstverständlich. Jetzt gleich oder sollen wir erst hineingehen?“

„Wenn es Ihnen recht ist, lieber jetzt.“

Er drehte sich um, wahrscheinlich um zu sehen, ob Kathy auch zu ihnen kam. Ihr Begleiter war schon auf dem Weg in die Friedhofshalle, doch Kathy stand immer noch am Grab.

„Wenn Sie möchten, gerne jetzt“, sagte Herr Mingels.

Ellen streckte ihm die Hand entgegen und stellte sich vor. „Ellen de Vries.“ Ihr Name sagte ihm offensichtlich nichts, aber das war nicht verwunderlich. Sie hatte die Karte nur mit *Eine Frau aus dem Wartezimmer* unterschrieben und vielleicht hatte Steven ihren Namen auch nicht erwähnt. „Ich bin die Frau, die Herrn Smit die Karte geschickt hat“, erläuterte sie.

Auf seinem Gesicht erschien ein breites Grinsen und er schüttelte ihr herzlich die Hand. „Martijn Mingels. Angenehm. Wie schön, dass wir uns heute hier sehen. Hat seine Tochter Sie eingeladen?“

„Äh … nein, ich habe mich mehr oder weniger selbst eingeladen“, gab Ellen zu. „Aber ich würde mit Ihnen gern über seine Tochter sprechen.“

Das Lächeln auf Martijns Gesicht verschwand. „In diesem Fall kann ich wenig für Sie tun, fürchte ich. Ich habe sie bisher auch nur einmal getroffen und dabei auch nur sehr kurz mit ihr geredet.“

„Wissen Sie vielleicht, wo sie wohnt?“

Er sah sie erstaunt an. „Warum wollen Sie das wissen?“

Ellen erklärte ihm kurz ihr Problem, woraufhin Martijn grübelnd vor sich hin starrte.

„Ich habe noch keine Adresse von ihr, aber die bekomme ich sicher noch vom Bestattungsunternehmen. Aber natürlich darf ich sie nicht an Dritte weitergeben. Wissen Sie was, hier ist meine Visitenkarte.“ Während er noch sprach, holte er ein Kärtchen aus der Tasche. „Warten Sie ruhig noch ein paar Tage. Vielleicht nimmt Kathy ja von sich aus mit Ihnen Kontakt auf. Und wenn nicht, dann rufen Sie mich an. Ich werde dann dafür sorgen, dass sie die Sachen ihres Vaters bekommt.“

Ellen zögerte etwas, aber als sie sah, dass Kathy nicht mehr am Grab ihres Vaters stand, sondern eine ganz andere Richtung auf dem Friedhof eingeschlagen hatte, gab sie sich einen Ruck und nahm die Visitenkarte. „Gut. Wenn sie mit mir Kontakt aufnehmen sollte, lasse ich Sie das ebenfalls wissen.“

„In Ordnung. Schade, dass Sie nun gleich wegmüssen; ich hätte gern noch ein wenig mit Ihnen geplaudert. Es ist so eine wunderbare Geschichte."

„Das ist es wirklich. Aber darüber lieber ein andermal mehr." Sie wollte so schnell wie möglich nach Hause, um ihre Eindrücke von der Beerdigung zu verarbeiten.

Zum Abschied gab sie ihm noch einmal die Hand und ging dann rasch zu Linda, die schon langsam vorgegangen war. Beim Haupttor drehte Ellen sich noch einmal um, konnte Kathy aber nirgendwo entdecken.

Ellen ging zu ihrem grünen Toyota, den sie direkt neben dem Eingang geparkt hatte. Heute Morgen hatte sie Linda von zu Hause abgeholt und wollte sie nun auch wieder zurückbringen.

Schweigend machten sie sich auf den Weg.

„Würde es dir etwas ausmachen, wenn ich dich einfach nur bei dir absetze und dann gleich nach Hause weiterfahre, Lin?", fragte sie, als sie in ihre Straße einbogen. „Ich bin dir von Herzen dankbar dafür, dass du mitgegangen bist, aber ich wäre jetzt gern allein. Heute Abend komme ich noch einmal kurz bei dir vorbei."

„Kein Problem, Liebes. Ich hatte sowieso nicht damit gerechnet, dass du noch mit reinkommst. Ich kenne dich doch."

„Ja, sicher, aber ich fühle mich trotzdem ein bisschen unwohl. Du bist extra wegen mir mitgekommen und jetzt werfe ich dich einfach ..."

„Nein, das ist schon in Ordnung. Wir sehen uns ja heute Abend. Und wenn dir nicht danach der Kopf steht, dann ist das auch gut. Was machst du eigentlich mit Marilou? Soll ich sie für dich abholen?"

Ellen setzte den Blinker und hielt vor Lindas Haus. „Nein, sie bleibt heute über Mittag in der Schule. Ich wusste nicht genau, ob ich um halb zwölf wieder zurück sein würde, deshalb habe ich das so geregelt. Wenn sie jetzt doch früher geholt wird, gefällt ihr das überhaupt nicht, denn eigentlich bleibt sie ganz gern zum Mittagessen in der Schule."

„Schön, dann hast du ja ein bisschen Zeit für dich. Nutze sie auch."

Linda nahm ihre Tasche, umarmte Ellen noch einmal flüchtig und stieg aus.

Still fuhr Ellen nach Hause. Sie war glücklich und traurig zugleich, aber auch gespannt, wie die Geschichte mit Steven und seiner Tochter weitergehen würde und welche Rolle Gott ihr darin zuteilen würde.

„Ich lege das alles in deine Hand, Vater“, flüsterte sie leise. „Du hast alles in der Hand. Mein Leben. Und auch Kathys Leben. Und wenn du willst, dass der Kontakt zwischen uns enger werden soll, dann lässt du es mich wissen. Darauf vertraue ich.“

Kapitel 15

Kathy lief ziellos im Haus herum. Am liebsten wäre sie einfach arbeiten gegangen, aber Paul hatte ihr sehr deutlich zu verstehen gegeben, dass er sie heute nicht mehr sehen wollte. Als er sich nach der Beerdigung bei ihr verabschiedet hatte, hatte er das noch einmal unterstrichen. „Nimm dir den Rest des Tages frei, Kathy. Setz dich auf dein Fahrrad, geh spazieren oder mach irgendetwas anderes, aber wage es ja nicht, im Büro aufzutauchen."

Selten hatte sie ihn in solch strengem Ton reden hören, doch sie wusste, dass er sich Sorgen um sie machte; deshalb hatte sie sich auch gefügt.

Sie trat an die Fensterbank im Hinterzimmer und zupfte ein paar welke Blätter von den Pflanzen dort. Dann überlegte sie, ob sie die Fenster putzen sollte. Dann wäre sie wenigstens beschäftigt und, wenn sie Glück hatte, auch ein wenig abgelenkt. Aber andererseits hatte sie auch keine Lust dazu. Zudem war es völlig überflüssig, schließlich hatte sie die Fenster gerade erst geputzt.

Andere Hausarbeiten lagen auch nicht an. Einerseits war sie in dieser Hinsicht nicht besonders pingelig, andererseits hatte sie aber schon seit Jahren eine Haushaltshilfe, die an zwei Vormittagen in der Woche zum Putzen kam. Eigentlich hätte Kathy die Hausarbeit auch gut allein erledigen können, aber sie wusste, dass die Frau, die ihr dabei half, das Geld wirklich brauchte, während sie selbst ohne Probleme darauf verzichten konnte. Und es war auch ganz nett, dass sie an Wochenenden und Feiertagen nicht mit Staubsauger und Wischmopp durchs Haus toben musste. Diese Stunden konnte sie stattdessen ihren drei Hobbys widmen: Klavierspielen, Fotografieren und Gärtnern.

Sie sah durchs Fenster auf ihren großen Garten mit dem gewaltigen Kastanienbaum in der Mitte. Obwohl er eine Menge Licht schluckte und das Zimmer ein wenig dunkler machte, mochte sie den Baum sehr. Ihrer Ansicht nach musste er schon vor dem Krieg gepflanzt worden sein, noch bevor ihre Mutter als dreijähriges Mädchen mit ihren Eltern in dieses Haus gezogen war. Der Baum mochte gut und gerne fünfundsiebzig Jahre alt sein. Er stand in voller Blüte und Kathy freute sich an den prächtigen, weißen, kerzenförmigen Blütenblättern. An warmen Tagen genoss sie es, in ihrem Liegestuhl im Schatten des Baumes zu sitzen, und im Herbst ließ sie immer die Gartentür offen, damit die Kinder von der Straße mit ihren Plastiktassen in den Garten stürmen und die glänzenden Kastanien aufsammeln konnten. Aber vorher stellte sich Kathy selbst immer eine Schale voll auf den Tisch. Einfach nur wegen der Erinnerungen, die damit verbunden waren.

Früher hatte sie mit ihrer Mutter aus Kastanien, langen Holzstäbchen und Wolle unzählige Spinnennetze gebastelt. Während sie jetzt darüber nachdachte, fiel ihr auf, dass sie keine Ahnung hatte, was ihre Mutter all die Jahre mit den Spinnennetzen angestellt hatte. Sie hatten immer eine Weile an einem Deckenbalken gehangen und waren dann wahrscheinlich einfach weggeworfen worden.

Kathy drehte sich vom Fenster weg und sah sich im Zimmer um. An den Wänden hingen eine Reihe von Vergrößerungen der Fotos, die sie selbst geschossen hatte, darunter eines von dem Kastanienbaum in voller Blüte. Ein echter Blickfang. Im Hinterzimmer hing ein großes Foto, auf dem ein Sonnenuntergang auf der Heide zu sehen war. Es hatte sie ein paar Abende gekostet, bis sie genau den richtigen Lichteinfall hatte einfangen können, aber das Ergebnis konnte sich sehen lassen. Die Gardinen und Wände im gesamten Erdgeschoss hatte sie so hell wie möglich gewählt, wodurch die Naturfotos mit ihren satten, warmen oder frischen Farben besonders zur Geltung kamen. In Verbindung mit der typischen Bauweise der dreißiger Jahre atmete das Haus eine Atmosphäre, die keine Neubauwohnung bieten konnte.

Manche Menschen sahen sie trotzdem verwundert an, wenn sie hörten, dass sie in einem großen, freistehenden, alten Haus wohnte. Sicher, als am Stadtrand hübsche kleine Häuschen errichtet wurden, war sie schon ins Grübeln gekommen, ob sie nicht lieber dieses alte, renovierungsbedürftige Haus verkaufen und in eine neue, komfortable Wohnung ziehen sollte.

Aber Kathy brachte es nicht über sich. Das war das Haus, das ihre Mutter in jungen Jahren von ihren Eltern geerbt hatte und in dem Kathy selbst geboren und aufgewachsen war. Ihre Großeltern mütterlicherseits hatte sie leider nie kennengelernt. Ihr Opa war im Zweiten Weltkrieg ums Leben gekommen und einige Jahre später war ihre Oma im Alter von vierzig Jahren gestorben.

Manchmal machte es ihr zu schaffen, dass sowohl ihre Oma als auch ihre Mutter ihren fünfzigsten Geburtstag nicht mehr erlebt hatten. Auch wenn sie wusste, dass der frühe Tod der beiden nicht auf irgendwelche Erbkrankheiten zurückzuführen war, fand sie den Gedanken dennoch beklemmend. So als wäre es beinahe logisch, dass sie selbst auch nicht alt werden würde. Darüber hinaus war es ein seltsamer Gedanke, dass sie jetzt schon älter war, als ihre Oma je geworden war. Und in vier Jahren würde sie älter sein, als ihre Mutter es war, als sie starb.

Kathy schüttelte den Kopf, so als wollte sie diese trüben Gedanken buchstäblich von sich abschütteln, und setzte sich ans Klavier. Vielleicht half es, ein bisschen Musik zu machen.

Sie ließ ihre Hände kurz über die Tasten gleiten und spielte eine Sonate. Die Töne, im einen Moment flott und fröhlich, im nächsten Moment schon klagend und melancholisch, erfüllten den Raum.

Ihren Kopf hielt Kathy leicht gesenkt, die Augen hatte sie geschlossen. Den unzähligen Klavierstunden, dem intensiven Üben und ihrem angeborenen Talent verdankte sie es, dass sie in der Regel keine Noten brauchte.

Während der letzte Akkord verklang, öffnete sie die Augen und sah jetzt das gerahmte Foto ihrer Mutter an, das auf dem Klavier stand.

Es war ein Schnappschuss von ihrer Mutter, die damals ungefähr vierzig gewesen war. Sie hatte nicht gemerkt, dass sie fotografiert wurde. Der Blick ihrer Mutter war anrührend. Wer das Foto geschossen hatte, das wusste Kathy nicht, auch nicht, woran ihre Mutter in diesem Moment gerade gedacht hatte. Aber als sie das Foto oben in einer Kiste gefunden hatte, hatte es sie so beeindruckt, dass sie es zum Rahmen gegeben hatte.

Andächtig nahm sie das Bild in die Hand und betrachtete es näher. „Tag, Mama“, flüsterte sie, während sie vorsichtig mit den Fingern über das Glas strich.

In den ersten Jahren nach dem Tod ihrer Mutter war Kathy vor lauter Trauer die Luft weggeblieben, wenn sie das Foto länger als ein paar Sekunden angesehen hatte, aber in der letzten Zeit vermittelte es ihr ein Gefühl von Ruhe und Frieden. Nur heute nicht.

Heute überfiel sie beim Betrachten des Fotos dieselbe Unruhe, die sie schon am Morgen erlebt hatte, als sie nach der Beerdigung ihres Vaters noch zum Grab ihrer Mutter gegangen war. Auch da hatte sie nicht die Ruhe und den Trost gefunden, die sie sonst meist dort fand.

Tief drinnen wusste Kathy genau, warum, aber es fiel ihr schwer, es zuzugeben. Sie wusste sehr wohl, dass sie gegen den Willen ihrer Mutter gehandelt hatte, als sie ihren Vater in einem anderen Grab beerdigt hatte, das zudem noch der Gemeinde gehörte. Aber sie hatte es einfach nicht über sich gebracht, anders zu handeln. In der letzten Woche hatte sie solch hohe Hürden nehmen müssen, so viele eigene Gefühle hinunterschlucken müssen. Sie konnte einfach nicht mehr.

Allein der Gedanke, dass man das Grab ihrer Mutter hätte öffnen müssen und ihr Vater bei ihr seine letzte Ruhe gefunden hätte, war ihr zu viel. Er gehörte da nicht hin. Er mochte ja nach Ansicht von Martijn Mingels Gottes Gnade gefunden haben, auf ihre Gnade jedoch konnte er noch lange warten.

Und wie sollte sie weiterhin das Grab ihrer Mutter besuchen, den Lavendel dort pflegen, die Maiglöckchen und die Reihen von blauen Trauben, wenn das auch das Grab ihres Vaters war?

Sie versuchte, ihr Gewissen mit dem Argument zu besänftigen, dass sie sich streng genommen an das Versprechen gehalten hatte, das sie ihrer Mutter gegeben hatte. Ihre Mama hatte ja nie ein Wort darüber verloren, dass ihr Mann neben ihr begraben werden sollte. Sie hatte nur gefragt, ob sie darauf vertrauen könnte, dass Kathy für eine Beerdigung in den Niederlanden sorgen würde, falls ihm etwas in Amerika zustoßen sollte, weil sie nicht wollte, dass er ganz allein seine letzte Ruhe fand.

„Ich habe getan, was ich konnte, Mama", flüsterte sie dem Foto zu. „Vergib mir, wenn es nicht genug war."

Nachdenklich stellte sie das Foto wieder auf seinen Platz.

Erneut neigte sie den Kopf und schloss die Augen, während ihre Finger wieder nach der vertrauten, glatten Elfenbeinoberfläche der

Tasten suchten. Ihre Improvisation begann leise, traurig und eindringlich, aber bekam plötzlich, so als ob der Groll gegen ihren Vater wie ein Feuer nach außen schlug, einen anderen Klang, scharf und bitter. Schneller und immer schneller flogen Kathys Hände über die Tasten, hämmerten auf sie ein, missbrauchten sie und entlockten dem Klavier Töne, die eine große, wüste Anklage bildeten.

Nachdem sie all ihre Energie verspielt hatte und nichts anderes mehr tun konnte, als die Musik verstummen zu lassen, den Klavierdeckel zu schließen und ihren Kopf daraufzulegen, kamen die Tränen.

In einem langen, unaufhaltsamen Strom.

Kapitel 16

Ellen schaltete den Fernseher aus und räumte die Gläser vom Wohnzimmertisch.

Die Spätnachrichten dieses Montags hatten sie nicht gerade fröhlicher gestimmt. Es schien so, als gäbe es momentan nichts anderes als Anschläge und Naturkatastrophen. Und damit war noch nichts über all die Missbrauchsfälle gesagt, die überall ans Licht kamen. Kirchen, Klöster, selbst Kindertageseinrichtungen schienen nicht mehr sicher zu sein.

Sie ging in die Küche, um das schmutzige Geschirr abzustellen, und steckte dann den Kopf in Peters Arbeitszimmer, das auch im Erdgeschoss war.

„Ich gehe jetzt schlafen, Piet. Wie sieht es mit dir aus?"

Er drehte sich um und streckte sich. „Ich komme gleich. Gehe ruhig schon vor."

„Kommst du dann auch bald?" Sie wusste, wenn er wieder in seine Arbeit vertieft war, vergaß er wie so oft die Zeit und schnell war eine Stunde vergangen. Manchmal lief er auch noch eine Runde um den Block, um vor dem Schlafengehen noch ein bisschen frische Luft zu schnappen.

„Ja, wirklich."

„Okay. Schließt du unten ab?"

„Ja."

„Bis bald also." Sie zog die Tür hinter sich wieder zu und ging die Treppe hoch. Wenig später hatte sie sich ausgezogen, ein langes T-Shirt übergestreift und sich die Zähne geputzt.

Wie immer warf sie noch einen Blick in das Zimmer von Marilou, bevor sie ins Bett ging. Sie betrat den Raum, der durch den Schein eines Nachtlichtes ein wenig erhellt wurde. Marilou hatte die Decke von sich gestrampelt und ihre Beine hingen halb aus dem Bett. Auf dem Boden lag ihr Bär, den sie immer noch jede Nacht neben sich liegen hatte. Anscheinend war er durch das Gewühl herausgefallen.

Mit einem Lächeln bückte sich Ellen nach dem Bären und setzte ihn neben das Kopfkissen. Dann schob sie Marilou vorsichtig wieder zurück ins Bett und deckte sie zu. Es war zwar eine eher warme Mainacht, aber das hielt sie nicht davon ab.

Behutsam beugte sie sich über ihre Tochter und legte ihr leicht die Hand auf die Stirn. Obwohl auch Peter mit Marilou betete, bevor er sie ins Bett brachte, hatte es sich Ellen zur Gewohnheit gemacht, sie nachts noch einmal zu segnen und um Gottes Schutz und Frieden für sie zu bitten.

Zum Schluss drückte sie Marilou noch einen Kuss auf die Stirn und flüsterte ihr ins Ohr, dass sie sie lieb hatte.

Während sie über den Flur ins Schlafzimmer zurückging, hörte sie, wie Peter unten die Eingangstür verriegelte. Heute hatten sie noch nicht viel miteinander geredet, deshalb war sie besonders froh, dass er Wort hielt und auch nach oben kam.

Sie schlüpfte unter die Decke und beobachtete Peter dabei, wie er sich für die Nacht fertig machte. Wie immer zog er als Letztes seine Socken aus und warf sie vom Bettrand aus in hohem Bogen in den offenen Wäschekorb in der Ecke. Er traf nicht immer, aber diesmal landeten sie im Korb und mit einem breiten Grinsen legte er sich ins Bett.

Auch Ellen musste lächeln. Wie gut kannte sie ihn doch. Und wie sehr war sie mit diesem Mann gesegnet. Natürlich kannten sie auch schlechtere Zeiten, in denen sie sich immer wieder über dies und das gestritten hatten, aber seit ihrer Krankheit war ihre Liebe noch mehr gewachsen.

Als sie das dachte, sagte sie es ihm auch.

Als Antwort zog er sie zu sich und drückte ihr einen Kuss aufs Haar. „Du bist lieb", flüsterte er.

Er griff nach links, ohne sie loszulassen, und nahm die Bibel und die Lesebrille von seinem Nachtschränkchen. Eigentlich nervte es ihn, dass er ohne Hilfsmittel nicht mehr gut lesen konnte und so als Achtunddreißigjähriger etwas von einem alten Mann hatte. Selbst sein Haaransatz zog sich schon etwas zurück. Insofern würde es niemanden überraschen, wenn er wie sein Vater bereits früh eine Glatze bekommen würde. Obwohl ihn das nicht zu stören schien, hoffte sie doch, dass es bis dahin noch eine Weile dauern würde.

Ihr würde etwas fehlen, wenn sie mit ihren Händen nicht mehr in seinem dunkelbraunen Haar herumwühlen konnte.

Während Peter Psalm 139 vorlas – sie hatten vor ein paar Monaten vereinbart, jeden Abend einen Psalm, oder wenigstens Teile daraus, vorzulesen –, versuchte sie sich auf die Worte zu konzentrieren. *Herr, du erforschest mich und kennest mich. Ich sitze oder stehe auf, so weißt du es; du verstehst meine Gedanken von ferne.*

Ellen konnte sich noch gut daran erinnern, dass ihr dieser Text über einen allwissenden und allgegenwärtigen Gott früher eher Schrecken eingeflößt als Mut gemacht hatte. Ohne die Lippen zu bewegen schickte sie ein Dankgebet zum Himmel, dafür, dass sie Gott nicht allein als gerechten, sondern auch als liebevollen und gnädigen Gott hatte kennenlernen dürfen. Als einen Gott, der ihr in jeder Hinsicht vergab und seine Hand über ihr hielt.

Inzwischen war Peter schon ein paar Verse weiter.

Bettete ich mich bei den Toten, siehe, so bist du auch da.

Automatisch wanderten Ellens Gedanken bei diesem Vers zu Steven. Er war einfach eingeschlafen und bei Gott wieder aufgewacht. Sie konnte sich nur sehr schwer vorstellen, wie das für ihn gewesen sein musste.

Als der Psalm zu Ende war und Peter die Bibel und seine Brille zurückgelegt hatte, wartete er, bis sie ein Gebet gesprochen hatte. Sie wechselten sich jeden Tag ab; der eine las und der andere betete. Ellen musste ehrlich zugeben, dass sie nicht immer die richtigen Worte zum Beten fand und dann Peter fragte, ob er nicht beten könne. Das war auch heute Abend der Fall.

„Könntest du heute bitte beten, Piet? Als du den Psalm gelesen hast, musste ich so sehr an Steven denken. Mir fällt es schwer, in Worte zu fassen, was mich gerade innerlich umtreibt."

Ohne weiter in sie zu dringen, faltete Peter seine Hände um die ihren und fing an zu beten. Als er heute nach Hause gekommen war, hatte sie ihm schon alles von der Beerdigung erzählt. Auch das, was sie mit Martijn vereinbart hatte.

Peter dankte Gott dafür, dass Steven zum Glauben gefunden hatte, und übergab Kathy und ihre Not in die Hände Gottes. Er bat ihn darum, ihnen Gelegenheit zu geben, mit ihr in Kontakt zu treten. Sein Gebet wühlte Ellen wieder so auf. Es fiel ihr schwer, darauf zu warten, dass Kathy auf sie zukam. Ihr bleiches Gesicht, auf dem sich heute so viele unterschiedliche Gefühle gespiegelt hatten, ließ sie nicht mehr los. Schon heute Morgen wäre sie am liebsten auf sie zugegangen und hätte ihren Arm um sie gelegt. Dasselbe Verlangen verspürte sie immer noch. Nicht unbedingt, um ihr endlich die Sachen von Steven zu geben und so ihr Versprechen einzulösen, das sie ihm gegeben hatte. Nein, es war die Frau selbst, die sie heute so angerührt hatte.

„Vielen Dank", flüsterte sie Peter zu, als er das Amen gesprochen und das Licht ausgemacht hatte. „Ich hoffe so sehr, dass sie mich anruft. Doch ehrlich gesagt weiß ich eigentlich noch gar nicht, was ich ihr sagen soll. Ich will zwar darauf vertrauen, dass Gott mir die richtigen Worte gibt und das Gespräch in seine Hand nimmt, aber trotzdem ist es komisch."

„Du hast recht", stimmte er ihr zu, während er noch einmal aufstand, um die Gardine noch ein wenig mehr zur Seite zu ziehen.

„Aber das zeigt nur, dass du auf Gottes Kraft und Führung angewiesen bist. Und …", fügte er hinzu, während er sich wieder neben sie legte, „… du kennst doch den Spruch über die Berufenen, oder?"

„Die Berufenen?" Ellen wusste nicht gleich, was er damit meinte.

„*Gott beruft nicht die Begabten, sondern begabt die Berufenen*", zitierte er. „Wenn es Gottes Wille ist, dass du etwas für Kathy tust, und er dich dazu beruft, dann wird er dich auch entsprechend begaben."

Ergriffen nickte Ellen im Dunkeln. Peter hatte den Nagel mal wieder auf den Kopf getroffen.

Sie gaben sich noch einen Kuss und ruschelten noch ein wenig hin und her, um eine bequeme Stellung zum Einschlafen zu finden.

Keine fünf Minuten später hörte Ellen an Peters leisem Schnarchen, dass er schon eingeschlafen war. Sacht drehte sie ihn auf die Seite, weil sie wusste, dass er auf dem Rücken liegend immer lauter schnarchen würde. Dabei musste sie lachen.

Der in ihren Augen beinahe perfekte Ehemann hatte doch einen Minuspunkt. Er schnarchte. Und während sie noch darüber nachdachte und sich an ihn schmiegte, fiel ihr noch ein weiterer ein.

Er hatte schrecklich kalte Füße.

Kapitel 17

Donnerstag, 19. Mai

Kathy konnte es kaum abwarten, bis diese Woche endlich vorbei war.

Sie sehnte sich so danach, ihren normalen Arbeitsrhythmus wieder aufzunehmen. Durch die unerwarteten Störungen war auf ihrem Schreibtisch einiges an Arbeit liegen geblieben und jetzt fiel auch noch ihr halber Nachmittag einem Kontrolltermin beim Zahnarzt zum Opfer. Dazu kam, dass sie nur sehr ungern zum Zahnarzt ging, weil sie schreckliche Angst davor hatte, selbst vor der ganz normalen Kontrolluntersuchung.

Doch egal, ob sie Angst hatte oder nicht, sie musste dennoch gehen. Und wenn die Ampel, vor der sie stand, nicht bald auf Grün umsprang, würde sie auch noch zu spät kommen.

Inzwischen war es fünf nach halb drei. Ihr blieben gerade noch zehn Minuten, wenn sie pünktlich sein wollte. Theoretisch sollte das reichen, selbst dann, wenn sie auch bei den nächsten beiden Kreuzungen Rot hatte.

Für gewöhnlich war sie nie zu spät, aber die Besprechung, die sie protokolliert hatte, hatte sehr viel länger gedauert als geplant.

Endlich schaltete die Ampel auf Grün. Kurz überlegte sie, ob sie nicht besser rechts abbiegen und eine andere Strecke fahren sollte. Eine, die zwar vermutlich etwas länger war, aber dafür keine Ampeln hatte.

Sie warf einen schnellen Blick über die Schulter und in ihren Seitenspiegel, um zu sehen, ob von hinten alles frei war, und bog in die Seitenstraße ein.

Acht Minuten später stand sie in der Zahnarztpraxis. Sie hängte ihre kurze beigefarbene Jacke an die Garderobe, meldete sich bei der Rezeption und eilte dann in die Toilette, um sich noch schnell die Zähne zu putzen. Zum Glück lagen dort immer kleine Zahnpastatuben herum, sodass sie nur ihre Zahnbürste mitzubringen brauchte.

Sie kramte auch einen Kamm aus ihrer Tasche und kämmte sich schnell das Haar. Weil es während des Spaziergangs in der Mittagspause einen Regenschauer gegeben hatte, war es lockiger als gewöhnlich und sah etwas durcheinander aus. Nun ja, das würde den Zahnarzt kaum stören.

Während sie ins Wartezimmer ging, wurde ihr klar, dass die ganze Hetze umsonst gewesen war, denn dort saßen noch vier andere Patienten, alle in eine Zeitschrift oder Zeitung vertieft. Aber vielleicht wollten sie ja zu dem anderen diensthabenden Zahnarzt oder kamen nur zur Zahnreinigung.

„Guten Tag", sagte sie, ohne jemanden anzuschauen, und setzte sich.

Die anderen, drei Männer und eine Frau, sahen flüchtig auf und murmelten ebenfalls einen Gruß.

Kathy blätterte die Zeitschriften durch, die vor ihr auf dem Tisch lagen, aber es schienen nur Klatschblätter zu sein. Wenn es nach ihr ging, wurde es Zeit, dass in Zahnarztpraxen auch tiefsinnigere Literatur in den Wartezimmern angeboten wurde.

Während sie vor sich hin starrte, versuchte sie, die Geräusche, die aus den Behandlungszimmern drangen, zu ignorieren. *Warum kam keiner auf die Idee, diese Räume schalldicht zu isolieren?*, dachte sie nicht zum ersten Mal. Immer wenn sie in einem Wartezimmer einen Bohrer hörte, hatte sie mit intensiven Fluchtgedanken zu kämpfen. Und sie war sicherlich nicht die Einzige.

„Herr Zwijnenburg, nehmen Sie doch bitte im Behandlungszimmer zwei Platz", ertönte eine Stimme aus dem Lautsprecher. Einer der wartenden Männer stand auf und bewegte sich in Richtung des genannten Raumes. Die Zeit, in der man persönlich von einer Sprechstundenhilfe abgeholt wurde, war hier schon lange vorbei.

Kathy sah von ihrem Platz aus, wie die Eingangstür aufging und ein weiterer Patient das Wartezimmer betrat. Die ziemlich große Gestalt kam ihr irgendwie bekannt vor, aber sie wusste nicht gleich, woher. Doch als er seine dunkelgraue Regenjacke aufgehängt hatte und in ihre Richtung ging, erkannte sie mit Entsetzen Martijn Mingels, den Krankenhauspfarrer. Er war der Letzte, auf den sie hier treffen wollte.

Hastig griff sie sich doch eine der ausliegenden Klatschzeitschriften und tat so, als sei sie darin vertieft.

Nachdem der Mann die Anwesenden begrüßt und ihr gegenüber Platz genommen hatte, lugte Kathy vorsichtig über den Rand der Zeitschrift hervor. Er schien sie noch nicht bemerkt zu haben und blätterte ebenfalls den Stapel Zeitschriften durch, ohne dabei etwas nach seinem Geschmack zu finden. Es hätte Kathy auch überrascht, wenn er sich eins dieser Blättchen genommen hätte.

Als er sich wieder aufrichtete, sah sie schnell zur Seite. Doch nur wenig später konnte sie es nicht lassen, ihn noch einmal anzusehen. Er war nun mit seinem Handy beschäftigt und schrieb offensichtlich eine SMS, sodass sie Zeit hatte, ihn näher zu betrachten.

Wie bei ihrer ersten Begegnung trug er auch jetzt wieder eine Jeans, aber heute nicht in Kombination mit einem Hemd, sondern mit einem flotten Poloshirt. Auch war er anscheinend endlich beim Frisör gewesen, denn seine Haare waren nun ein Stückchen kürzer und, wenn sie sich nicht irrte, etwas anders geschnitten.

So als hätte er gespürt, dass sie ihn ansah, blickte er plötzlich auf. Für einen kurzen Augenblick trafen sich ihre Blicke, aber dann wandte Kathy sich wieder ab.

Zu ihrer Überraschung konnte sie keinerlei Anzeichen dafür entdecken, dass er sie erkannt hatte. Wenigstens ein Nicken oder etwas Ähnliches hätte sie doch erwartet. Er war hier schließlich nicht in seiner Funktion als Krankenhausseelsorger, sondern als Patient, und als solcher hatte er nichts mit ihr zu tun. Was hätte er auch sagen oder tun sollen? Er konnte sich hier doch kaum mit ihr über die Beerdigung unterhalten. Vorausgesetzt, dass sie sich überhaupt darauf einließ.

Trotzdem ärgerte es sie, dass er sie scheinbar ignorierte. Sie fragte sich, worüber sie sich eigentlich aufregte? Schließlich hatte sie ihm ja zu verstehen gegeben, dass sie ihn nicht wiedererkannt hatte. Warum war sie also nicht einfach erleichtert darüber, dass er auch nicht mit ihr reden wollte?

Vorsichtig richtete sie ihren Blick noch einmal auf ihn. Hatte sie sich vielleicht getäuscht? Sie hatte diesen Martijn Mingels schließlich erst zweimal getroffen. Vielleicht hatte er einen Doppelgänger. Es hieß doch immer, dass jeder einen hat, oder etwa nicht?

Jetzt, wo sie ihn sich näher betrachtete, schien er ihr auch etwas jünger als Martijn zu sein. Sie hatte ihn auf Ende vierzig geschätzt, aber der Mann, der ihr gegenübersaß, konnte sehr gut auch erst Mitte vierzig sein. Ganz abgesehen davon trug er im Gegensatz zu Martijn keinen Ehering.

In diesem Augenblick klappte er sein Handy zu und steckte es in seine Hosentasche. Er setzte sich etwas bequemer hin und sah sich um, wobei sie erneut Augenkontakt aufnahmen. Dieses Mal hielt er ihrem Blick etwas länger stand. Sie hatte keine Ahnung, was sie in seinen Augen lesen konnte; auf jeden Fall erkannte er sie immer noch nicht wieder. Und sein Blick war auch nicht gerade pastoral.

Plötzlich fiel ihr auf, dass die Augen dieses Mannes viel blauer waren als die von Martijn. Es handelt sich also um jemand anders. Erleichtert legte sie das Klatschblättchen zurück. Schließlich musste sie sich jetzt nicht mehr dahinter verstecken.

Als sie kurz danach merkte, dass sein Blick immer wieder zu ihr hinwanderte, fühlte sie sich erneut unbehaglich. Glücklicherweise legte gerade in diesem Augenblick jemand seine Tageszeitung zurück auf den Zeitschriftenstapel, sodass sie nun in Ruhe lesen konnte.

Gerade als sie nach der Zeitung greifen wollte, erklang wieder die Stimme aus dem Lautsprecher: „Herr Mingels kann in Behandlungszimmer vier Platz nehmen."

Die anderen lasen ungestört weiter; anscheinend fand es niemand seltsam oder schlimm, dass jemand, der als Letzter hereingekommen war, als Erster aufgerufen wurde. In einer Praxis mit mehreren behandelnden Ärzten war das auch nicht ungewöhnlich. Doch Kathy fühlte sich, als habe ihr jemand einen Schlag gegen den Kopf gegeben …

Er war es also doch.

Entsetzt starrte sie ihn an, bis er verschwunden war. *Was für ein … ein …* Er hatte genau das bestätigt, was sie tief in ihrem Herzen die ganze Zeit schon gedacht hatte; dass es in der Kirche mehr Heuchelei gab als Liebe und Fürsorge füreinander. Solange er in der Rolle des Seelsorgers steckte, konnte er also ganz normal mit ihr sprechen, ihr sogar Kraft wünschen, aber sobald er den frommen Schein nicht mehr aufrechterhalten musste, war er offensichtlich ein ganz anderer Mensch.

Und wer weiß, was ihm ihr Vater alles erzählt hatte. Dieser Mingels hatte sie schon die ganze Zeit als hartherzige Tochter abgetan und sah zweifellos auf sie herab. Vielleicht hatte sie das gerade in seinen Augen gelesen, Verachtung.

Je länger sie darüber nachdachte, desto mehr regte sie sich darüber auf. Die Angst vor der Zahnbehandlung war nun völlig vergessen. Was für ein Heuchler dieser Mann war, unglaublich. Und ausgerechnet er musste am Montag den Mund so voll nehmen, über Liebe und Gnade schwadronieren und dann auch noch behaupten, dass es nett von ihr gewesen sei, zur Aufnahme ihres Vaters ins Krankenhaus gekommen zu sein. Wenn es nach ihr ginge, dann sollte der Zahnarzt ihm im Behandlungszimmer ordentlich das Gebiss traktieren.

Zum ersten Mal in ihrem Leben war sie erleichtert, als sie im Wartezimmer eines Zahnarztes ihren Namen hörte. Schnell stand sie auf und ging ins erste Behandlungszimmer.

Fünf Minuten später stand sie wieder im Gang. Leider mit der Bitte, einen Folgetermin auszumachen. Zwei Füllungen mussten erneuert werden.

Sie nahm ihre Jacke und ging zur Theke, um gleich einen Termin auszumachen, ansonsten würde sie das nur endlos vor sich herschieben. Während sie darauf wartete, bis die Sprechstundenhilfe das Behandlungsdatum auf das Terminkärtchen geschrieben hatte, sah Kathy, wie die Tür von Zimmer vier aufging und Mingels herauskam.

Sie warf ihm einen bösen Blick zu, worauf er sie erstaunt ansah. Doch das machte ihr nichts aus, er sollte ruhig wissen, was sie von ihm hielt.

„Dann sehen wir uns kommende Woche am Freitag um neun Uhr“, sagte die Zahnarzthelferin, während sie Kathy das Kärtchen über die Theke zuschob.

Kathy nahm es, murmelte einen Dank und ging in Richtung Ausgang, zwei Schritte hinter Mingels. Als dieser die Tür aufzog, blieb er unvermittelt stehen und drehte sich um, um sie vorzulassen.

Schleimer, dachte Kathy im Stillen. *Auf deine guten Manieren gebe ich keinen Pfifferling.* Sie sah ihn noch einmal mit einem vernichtenden Blick an. Wieder meinte sie Verwirrung in seinen Augen zu entdecken, aber das ignorierte sie und ging mit erhobenem Kinn an ihm vorbei.

In diesem Augenblick kam ihr ein Mann entgegen, der hineinwollte. Er ging mit einem Kopfnicken an Kathy vorbei und entdeckte dann Mingels hinter ihr. „Hallo Jeroen", hörte Kathy den Ankommenden sagen, „was für ein Zufall, dass wir uns ausgerechnet hier treffen. Ich wollte dich heute Nachmittag anrufen, du weißt schon, wegen dem Neubauprojekt, das die Gemeinde …"

Den Rest des Satzes nahm Kathy nicht mehr wahr, denn all die Gefühle, die sie in der vergangenen halben Stunde durchlitten hatte, waren nun wieder da. Komplette Fassungslosigkeit.

Ohne dass sie sich dessen bewusst war, war sie stehen geblieben. Nicht für eine Sekunde war ihr der Gedanke gekommen, dass es sich um einen Bruder oder einen anderen Verwandten von Martijn Mingels handeln könnte, der ihm einfach nur ähnlich sah.

Erst als sich Jeroen und der andere Mann wieder trennten, wurde Kathy bewusst, dass sie immer noch auf der untersten Stufe der Treppe vor dem Eingangsbereich verharrte. Sie musste ein komisches Bild abgeben, wie sie da so stocksteif stand.

Hastig ging sie weiter.

Als sie an ihrem Auto angekommen war, fluchte sie leise. Unter ihrem Scheibenwischer klemmte ein dünnes, gelbes Stück Papier. Ein Strafzettel.

Genervt nahm sie den Abschnitt und entdeckte, dass sie beschuldigt wurde, in einer blauen Zone geparkt zu haben, ohne ihre Parkzeit auf einer Parkscheibe anzugeben. Blaue Zone? Seit wann gab es denn hier eine blaue Zone?

Sie sah sich um und bemerkte die blauen Linien neben den Parkbuchten. Jetzt fiel ihr wieder ein, dass hier vor Kurzem eine Parkzone eingerichtet worden war, aber offensichtlich hatte sie in ihrer Eile die Linien auf dem Boden und das Hinweisschild übersehen.

„Na, davon werden wir auch nicht fröhlicher, oder?", hörte sie hinter sich. Sie drehte sich um und sah, dass der Mann, der Jeroen zu heißen schien, zwei Parkplätze weiter neben einem schwarzen Sportwagen stand. Und wie man an dem Zettel in seiner Hand erkennen konnte, war er ebenfalls erwischt worden.

Es schien, als hätte er mit seiner Bemerkung sie gemeint, jedenfalls war sonst weit und breit niemand zu entdecken. Sie konnte sich allerdings nicht vorstellen, dass er noch ein einziges Wort an sie richten würde, nachdem sie ihm solch vernichtende Blicke zugeworfen hatte.

Sie blickte auf ihr Parkticket, um Haltung anzunehmen, und stopfte es in ihre Tasche. Sollte sie sich nun bei ihm entschuldigen? Oder sollte sie lieber so tun, als sei nichts geschehen? Sie entschied sich für Letzteres und gab eine neutrale Antwort. „Wirklich nicht."

„Ich wusste gar nicht, dass man hier jetzt eine Parkscheibe braucht", fuhr Jeroen fort. Er machte offensichtlich keinerlei Anstalten wegzufahren.

„Sie hatten es angekündigt, aber ich habe nicht mehr daran gedacht", sagte Kathy, während sie, mittlerweile etwas ruhiger, die Fahrertür öffnete und ihre Jacke und Tasche ins Auto legte. Es überraschte sie ein wenig, dass er so ein gesprächiger Typ zu sein schien. So hatte sie ihn im Wartezimmer nicht eingeschätzt.

Als sie gerade einsteigen wollte, sah sie aus dem Augenwinkel, dass er auf sie zuging.

„Darf ich Sie einmal etwas fragen?", wandte er sich an sie, als er neben ihrem Wagen stand.

Kathy richtete sich wieder auf und sah ihn an. Obwohl er Martijn immer noch sehr ähnlich sah, entdeckte sie jetzt immer mehr Unterschiede. Und hörte sie auch, denn dieser Jeroen hatte eine ganz andere Stimme als sein Bruder. Jedenfalls, wenn Martijn sein Bruder war. Er könnte natürlich auch ein Neffe oder so etwas sein.

Sie antwortete ihm nicht, sondern sah ihn nur fragend an.

Er schien nach Worten suchen zu müssen und spielte an seinem Schlüssel herum. „Vielleicht habe ich das auch nur falsch verstanden, aber ich hatte im Gang der Zahnarztpraxis den starken Eindruck, dass Sie ziemlich böse auf mich waren. Oder es sind." Er hob entschuldigend die Hände. „Ich weiß, das klingt seltsam. Aber da wir uns noch nie begegnet sind, weiß ich nicht, womit ich Ihren Ärger auf mich gezogen habe. Aber Sie haben mich so eindeutig wütend angesehen, dass ich doch gern wissen würde, welchen Grund es dafür gibt."

Kathy fühlte, dass ihre Wangen rot wurden. Sie wandte ihren Blick ab und beobachtete ein anderes Auto, das auf den Parkplatz fuhr. Was sollte sie jetzt sagen? Zuzugeben, dass sie sauer gewesen war, war eigentlich nicht das Problem, aber wie sollte sie ihm den Grund dafür erklären? Nun ja, eigentlich ging ihn das auch gar nichts an. Sie würde sich also bei ihm entschuldigen und dann wegfahren.

Sie legte ihre Hand leicht auf die Fahrertür, die noch offen stand, und sah ihn wieder an. „Ich … äh … Es stimmt, ich war ziemlich sauer. Aber nicht auf Sie. Ich habe Sie mit jemand anderem verwechselt. Es tut mir leid."

Auf seinem Gesicht erschien ein neugieriger Ausdruck. „Oh? Und für wen haben Sie mich gehalten?"

„Das spielt doch keine Rolle." Sie machte eine Bewegung, als wollte sie wieder einsteigen.

Doch Jeroen schien nicht so schnell aufzugeben. „Doch wohl nicht für meinen Bruder, oder doch?", fragte er. „Wir werden nämlich ziemlich oft verwechselt." Er lächelte. „Allerdings kann ich mir kaum vorstellen, dass mein braver Bruder etwas getan haben könnte, das Sie so erkennbar verärgert hat."

Kathy sah ein, dass sie sich nicht so einfach aus der Affäre ziehen konnte, und wandte sich ihm nun wieder zu. „Was die Ähnlichkeit angeht, könnte es durchaus Ihr Bruder gewesen sein", gab sie zu.

„Hieß er Martijn?"

„Ja."

„Sieh mal einer an. Dachte ich es mir doch." Sein Grinsen wurde nun breiter. „Sie wollen mir natürlich nicht erzählen, was er ausgefressen hat."

„Nein, wirklich nicht."

„Das dachte ich mir."

„Übrigens", fügte sie der Ehrlichkeit halber an, „hat er eigentlich gar nichts ausgefressen. Es war einfach nur ein Missverständnis."

„Dann ist es ja gut." Das Grinsen verschwand und er setzte wieder eine ernstere Miene auf, wodurch er seinem Bruder wieder so glich wie ein Ei dem anderen. „Ich habe zwar ab und zu eine kleine Meinungsverschiedenheit mit ihm, aber ich bin froh, dass Sie nicht sauer auf ihn sind." Das Grinsen kehrte wieder zurück. „Und auch nicht auf mich."

„Nein, auch nicht auf Sie."

„Gut so. Soll ich meinen Bruder von Ihnen grüßen, jetzt, wo Sie anscheinend nicht mehr ärgerlich auf ihn sind?"

„Tun Sie das nicht. Er kennt mich ja kaum und die ganze Geschichte ist ziemlich kompliziert."

„Schade. Dann hätte ich nämlich einen guten Grund gehabt, Sie nach Ihrem Namen zu fragen."

Kathy sah ihn argwöhnisch an. Wollte er etwa mit ihr flirten?

„Ich muss los", sagte sie, entschlossen, seine Bemerkung zu ignorieren. Zum dritten Mal machte sie Anstalten, in ihren Wagen zu steigen, fest entschlossen, nun endlich loszufahren.

Die Botschaft kam offensichtlich an. „Natürlich. Ich möchte Sie nicht länger aufhalten. Auf Wiedersehen!" Er hob zum Gruß seine Hand und ging weg.

„Wiedersehen."

Energisch zog sie die Fahrertür zu, startete den Motor und verließ den Parkplatz. Es dauerte ein wenig, bis sie Jeroens Sportwagen im Rückspiegel sah, der ihr folgte.

Als sie die Straße entlangfuhr, der Sportwagen dicht hinter ihr, wartete sie vor der nächsten Kreuzung mit dem Blinkersetzen, bis Jeroen das getan hatte. Als sein linker Blinker zu blitzen anfing, setzte sie ihren rechten.

Während beide in entgegengesetzte Richtungen davonfuhren, drückte Jeroen als Abschiedsgruß noch zweimal auf die Hupe.

„Flirt", murmelte sie. „In Wohngebieten ist das Hupen verboten." Er war scheinbar ein vollkommen anderer Typ als Martijn. Der würde jedenfalls nicht in einem Sportwagen herumfahren und Frauen hinterherhupen. Zumindest vermutete sie das. Ihr war auch nicht entgangen, dass Jeroen ihn, wenn auch etwas scherzend, seinen „braven Bruder" genannt hatte.

Plötzlich hatte sie die beiden Mingelsbrüder so satt, dass sie keinen weiteren Gedanken an sie verschwenden wollte. Sie schaltete das Radio ein und suchte nach einem Sender, der ihr etwas Ablenkung versprach. In der Regel hörte sie im Auto eine CD mit klassischer Musik, aber heute musste es etwas anderes sein.

Ein paar Augenblicke erfüllte den Innenraum ihres Autos die Stimme von Bob Carlisle mit dem Lied *Butterfly kisses after bedtime prayer.*

Hektisch suchte Kathy einen anderen Sender, denn sie wollte nicht an den Abend zurückdenken, an dem ihr Vater ihr erklärt hatte, was Schmetterlinge im Bauch sind, und ihr sanft über die Wange gestrichen hatte. Und auch den Rest des Liedes, das ein Vater seiner Tochter am Hochzeitstag vorsang, wollte sie nicht hören. Nach jenem abscheulichen Abend im Dezember 1982 hatte sie um jede schöne Erinnerung an ihn eine hohe Mauer der Entrüstung und Wut gezogen und sie würde es nicht zulassen, dass auch nur eine einzige wieder zum Vorschein kam. Dann hörte sie sich doch lieber ein langweiliges Interview mit einem Parlamentsabgeordneten an.

Kurz bevor sie zu Hause ankam, überlegte sie, ob sie noch bei einer ihrer beiden Freundinnen vorbeischauen sollte. Es war höchste Zeit, mal wieder etwas von sich hören zu lassen, jedenfalls wenn es nach Wilma oder Heleen ging. Auf dem Display ihres Handys hatte sie gesehen, dass beide versucht hatten anzurufen. Aber sie hatte noch nicht die Kraft gefunden, sich bei ihnen zu melden. Doch wenn sie jetzt eine von ihnen besuchte, dann würde sie natürlich auch etwas über ihren Vater erzählen müssen, und dafür fehlte ihr heute der Mut. Sie musste sich etwas anderes überlegen, um den Rest des Nachmittags und den langen, leeren Abend auszufüllen. Am liebsten etwas, was ihre Gedanken in Beschlag nahm und sie etwas ablenkte.

Als sie jemanden auf dem Radweg neben dem Wald joggen sah, hatte sie eine Idee. Sie würde zu Hause ihre Sportklamotten holen, in die Sportschule fahren und dort so lange trainieren, bis ihr Körper um Gnade winselte und sie an nichts anderes mehr denken konnte als an die Schmerzen in ihren Gliedern.

Kapitel 18

Martijn starrte auf den Bildschirm seines Notebooks. Kommende Woche war er wieder an der Reihe, im Krankenhaus den Gottesdienst zu leiten, aber er hatte noch keine Ahnung, welchen Text er auslegen sollte. Aber er musste sich entscheiden, denn derjenige, der für die Liturgie verantwortlich war und die Blätter kopierte, wollte immer schon eine Woche vorher die entsprechenden Lieder, Psalmen und Bibeltexte wissen.

Wenn er in seiner eigenen Gemeinde mit der Predigt dran war, dann machte er daraus gern eine ordentliche Bibelstunde, aber bei den Gottesdiensten im Krankenhaus hielt er es lieber einfach und niederschwellig. Denn zu den Besuchern gehörten regelmäßig auch Patienten, die vor ihrem Klinikaufenthalt selten oder nie in einem Gottesdienst waren und nun aufgrund ihrer Krankheit, ihrer Unsicherheit und Niedergeschlagenheit auf der Suche nach Hoffnung und Trost waren. Zu ihnen sprach er sehr gern von Gottes Liebe, tat es jedoch in einer Weise, dass sie der Predigt auch folgen konnten und nicht mittendrin abschalteten, weil sie es sowieso nicht verstanden.

Sein Blick wanderte durch das offene Fenster nach draußen. Von seinem Schreibtisch aus konnte er gut seine Tochter Marit im Garten sitzen sehen. Ihre Aufgabe als Familienpflegerin hatte sie an diesem Morgen schon hinter sich gebracht und jetzt hatte sie es sich an ihrem freien Nachmittag mit einer Kanne Tee und einem Buch in einem Liegestuhl bequem gemacht.

„Marit und ein Buch. Die beiden sind unzertrennlich", sagten sie oft von ihr. Und das stimmte auch. Normalerweise verschlang sie ihre Bücher geradezu. Eine Eigenschaft, die sie von ihrer Mutter geerbt hatte.

Er seufzte und betrachtete Karens Foto auf seinem Schreibtisch und nahm seine Bibel. Vielleicht fand er in den Psalmen einen Text, der ihn inspirierte.

Als er gerade in die Psalmen vertieft war, hörte er, wie sich die

Tür öffnete. „Tag, schönes Kind." Martijn erkannte die Stimme seines Bruders. „Musst du heute keine Babywindeln waschen oder die Tränen junger Mütter trocknen?"

„Tag, Onkelchen", ertönte Marits Stimme. Martijn entlockte sie ein Lächeln. Er wusste, dass sein Bruder es hasste, wenn Marit, die schon fünfundzwanzig war, ihn Onkelchen nannte. Er jammerte ständig, dass er sich dann statt wie siebenundvierzig eher wie ein Neunzigjähriger fühlte.

Während sein Bruder und seine Tochter sich locker und gutgelaunt unterhielten, stand Martijn auf und streckte sich. Eigentlich kam es ihm gerade gelegen, dass Jeroen jetzt vorbeikam; vielleicht half ihm die kurze Unterbrechung, um nachher umso frischer an die Arbeit zu gehen.

Er ging die schmale Treppe hinunter, stellte in der Küche den Wasserkocher an und ging nach draußen, wo sich Jeroen mittlerweile einen Stuhl geholt hatte.

„Also, Brüderchen", fragte Martijn. „Legst du bei deiner Arbeit nur ein Päuschen ein oder hast du dir heute ganz freigenommen?"

Jeroen war Architekt und hatte sich selbständig gemacht. Dadurch hatte er die Freiheit, sich seine Tage selbst einteilen zu können.

„Keins von beidem", antwortete Jeroen, während er schamlos sein drittes Plätzchen aus der Keksdose nahm, die auf dem Gartentisch stand. „Ich komme gerade vom Zahnarzt und da kam mir der Gedanke, dass ich ja auch einen kleinen Abstecher zu euch machen könnte."

„Schau mal einer an. Und der Zahnarzt hat dir nicht verboten, Zucker zu essen?", bemerkte Martijn trocken, während er sich eine Tasse Tee eingoss.

„Die Welt ist ungerecht", jammerte Marit. „Wenn ich so viel naschen würde wie Jeroen, dann würden mir die Zähne im Mund verfaulen und ich würde mindestens zwanzig Kilo mehr wiegen."

Jeroen klopfte sich selbstbewusst auf den flachen Bauch. „Die paar Plätzchen werden mir schon nicht schaden. Die renne ich doch schnell wieder weg. Und das muss ich auch", fügte er mit einem Grinsen hinzu, „denn wenn ich irgendwann doch noch eine hübsche Frau kennenlernen sollte, muss ich natürlich passabel aussehen."

Obwohl Jeroen sich über sich selbst lustig machte, wusste Martijn doch, dass er nach ein paar unglücklich verlaufenen Beziehungen immer noch hoffte, eines Tages die „Richtige“ zu treffen. Und der Richtigen würde es sicher nichts ausmachen, wenn er ein paar Kilo zu viel wog. Aber diese Bemerkung verkniff er sich lieber. „Möchtest du noch etwas Tee?“, fragte er stattdessen.

„Tee?“, wiederholte Jeroen überrascht. „Du willst mir doch nicht weismachen, dass du jetzt auf Tee umgestiegen bist?“

„Doch, bin ich“, antwortete Martijn. „Ich habe in letzter Zeit so viel Kaffee getrunken, dass ich Probleme bekommen habe, und deshalb wechsle ich nun regelmäßig zwischen Kaffee und Tee. Ich muss allerdings sagen, dass ich mich erst daran gewöhnen musste, aber nun schmeckt er mir. Möchtest du einen Schluck probieren?“

„Nein, ich bin doch nicht verrückt. Ich hätte lieber einen Kaffee. Schön stark, wenn es geht.“

„Setzt du dich ruhig hin, Papa“, bot sich Marit an. Sie legte ihr Buch auf den Tisch und stand auf. „Und gib mir die Teekanne. Ich muss sowieso rein und jemanden anrufen und danach kann ich dir noch einen Tee und Onkel Jeroen einen Kaffee bringen.“

„Jeroen!“, wiederholte Jeroen mit Nachdruck. „Wenn du mich heute noch einmal Onkel nennst, enterbe ich dich.“

„Puh, da habe ich aber Angst.“ Lachend ging Marit in die Küche, während Martijn neben seinem Bruder Platz nahm.

Beide schwiegen für einen Augenblick. „Du hast Glück, dass ich zu Hause bin“, sagte Martijn dann. „Wenn ich nicht noch meine Predigt vorbereiten müsste, wäre ich wahrscheinlich noch im Krankenhaus.“

Jeroen strich sich ein paar Krümel von der Hose. „Ach ja, ich habe es einfach mal probiert. Ich war ja sowieso in der Gegend.“

„Hat es beim Zahnarzt länger gedauert?“

„Nein, es war nur eine Kontrolluntersuchung. Und wegen der vielen Plätzchen bekomme ich immer nur einen kleinen Vortrag zu hören.“

„Du Glückspilz.“

Wieder wurde es still zwischen ihnen.

„Sag einmal, Bruderherz“, begann Jeroen.

„Ja?“

„Wenn ich sage: hübsches Gesicht, dunkelbraune, schulterlange Haare, ungefähr fünfundvierzig Jahre, schätze ich jedenfalls, gute Figur, einen rassigen Blick in den Augen und meiner Ansicht nach auch nicht auf den Mund gefallen. Ach ja, und ein blauer Ford Ka. Was fällt dir dazu ein?“

„Da hast du scheinbar jemanden gut beobachtet.“

„Haha, du bist wirklich ganz schön helle.“ Jeroen sah ihn wieder an. „Jetzt einmal ernsthaft, erinnerst du dich da an jemanden?“

Martijn dachte lange nach, aber er hatte offensichtlich keine Ahnung, von wem Jeroen sprach. „Nein, tut mir leid. Ich weiß es wirklich nicht.“

„Dann kennst du also keine Frau, die auf diese Beschreibung passen könnte?“

Martijn kramte noch einmal in seinem Gedächtnis; Jeroen schien die Sache wichtig zu sein. „Nein, wirklich nicht. Muss ich sie überhaupt kennen?“

„Äh, na ja, das habe ich jedenfalls gedacht. Sie kennt dich anscheinend.“

„Wie heißt sie denn?“

„Keine Ahnung.“

„Keine Ahnung? Und trotzdem weiß du, dass sie mich kennt?“

„Nun ja, das ist eine komische Geschichte.“

„Ich bin ganz Ohr.“ Martijn war furchtbar neugierig, denn schließlich hatte die Frau bei Jeroen einen Eindruck hinterlassen. Es hätte ihn nicht überrascht, wenn er nur deswegen hierhergekommen war, um über sie zu reden.

„Ich war also beim Zahnarzt“, fing Jeroen an, während er sich auf seinem Stuhl zurücklehnte, „und da saß diese Frau, die ich dir gerade beschrieben habe. Nach der Kontrolle habe ich sie im Gang wiedergetroffen, aber dann war sie, warum auch immer, plötzlich ziemlich wütend auf mich, denn sie hat mich so böse angesehen, dass ich tatsächlich gedacht habe, sie würde mir gleich an die Gurgel springen. Und als ich ihr wenig später die Tür aufgehalten habe, war es dasselbe. Ich war mir überhaupt keiner Schuld bewusst und war völlig verwirrt.“

Martijn sah es genau vor sich, wie sich sein Bruder, der ewige

Charmeur, durch den vernichtenden Blick dieser Frau auf den Schlips getreten fühlte.

„Als wir schließlich zu unseren Autos gingen, sah es so aus, als hätten wir beide einen Strafzettel wegen Falschparkens bekommen, und das war ein guter Anlass, um mit ihr ins Gespräch zu kommen."

„Ein ziemlich teurer Anlass", warf Martijn ein. „Aaaaber … sonst bist du doch auch nicht auf den Mund gefallen, oder?"

„Glaub mir, heute schon. Egal, ich hab sie jedenfalls gefragt, warum sie mich so böse angesehen hat, und was meinst du, was sie gesagt hat?"

„Was denn?"

„Dass sie gedacht hat, ich wäre du."

„Was?" Martijn sah Jeroen vollkommen überrascht an.

„Aber", fuhr Jeroen fort, „sie war so ehrlich, mir auch zu sagen, dass das Ganze ein Missverständnis gewesen und sie deshalb auch nicht böse auf dich sei. Mehr wollte sie nicht verraten. Ihren Namen übrigens auch nicht."

Darüber musste Martijn ein wenig nachdenken. Eines begriff er jedoch sofort: „Und jetzt würdest du gern wissen, wer das gewesen ist."

„In der Tat."

Martijn pustete sich eine Locke aus dem Gesicht, die ihm in die Augen hing. Es wurde wirklich Zeit, dass er zum Frisör ging, aber er vergaß es in der Regel. Auch Karen hatte ihn früher immer mehrmals daran erinnern müssen, bis er endlich ging. „Ich weiß es wirklich nicht, Brüderchen. Kannst du mir noch einmal beschreiben, wie sie aussah?"

Gehorsam wiederholte Jeroen seine Beschreibung noch einmal und sah seinen Bruder hoffnungsvoll an.

Martijn schüttelte bedächtig den Kopf. „Es tut mir leid. Irgendwie kommt mir die Frau, die du beschrieben hast, bekannt vor, aber ich habe keine Ahnung, wo ich sie hinstecken soll."

„Schade", sagte Jeroen mit einem leicht enttäuschten Unterton in der Stimme. „Lass es mich aber auf jeden Fall wissen, falls es dir doch noch einfällt."

„Versprochen." Martijn drehte den Kopf in Richtung Küche,

von woher sie Marit reden hörten. „Wenn du mich fragst, wird das Telefongespräch noch eine Weile dauern. Ich werde mich selbst um Kaffee und mehr Tee kümmern."

„Gute Idee", stimmte Jeroen zu, während er sich über die beinahe leere Keksdose beugte und die Krümel herauspickte. „Und wo du gerade in die Küche gehst: Bring doch auf dem Rückweg noch Nachschub an Keksen mit."

Als Jeroen, der noch bis nach dem Abendessen geblieben war, gegen sieben Uhr wieder gegangen und Marit ins Stadtzentrum aufgebrochen war, um mit ihren Freundinnen shoppen zu gehen, setzte sich Martijn erneut an seine Predigt.

Während er darauf wartete, dass sein Notebook aus dem Ruhezustand hochfuhr, blickte er wieder auf das Foto von Karen. Es war nun beinahe drei Jahre her, dass er seine Frau zu Grabe getragen hatte, aber manchmal kam es ihm vor, als sei es erst gestern gewesen. Sie hatten so wenig Zeit gehabt, voneinander Abschied zu nehmen. Innerhalb von ein paar Wochen hatte der Krebs sein vernichtendes Werk vollbracht und ihr Körper den Kampf verloren. Aber nicht ihr Geist. Obwohl sie in dieser traurigen Zeit auch geschockt und wütend gewesen war, war ihr Glaube doch enorm gewachsen und sie hatte sich noch kurz vor ihrem Tod Gott mit den Worten anvertraut: „Vater, in deine Hände befehle ich meinen Geist."

Die Lieder, die sie für ihre Trauerfeier ausgesucht hatte, handelten allesamt von Vertrauen, Lebensübergabe und der Sehnsucht, zu Gott zu gehen. So schwer ihr der Abschied von Marit und ihm auch gefallen war.

Er wandte seinen Blick von dem Foto ab und gab das Passwort in seinen Computer ein. Danach nahm er seine Bibel zur Hand, die noch aufgeschlagen war. Das Lesebändchen lag bei Psalm 51, den er am Montag bei der Beerdigung von Steven Smit vorgelesen hatte.

Plötzlich fiel es ihm ein. „Natürlich!", rief er laut. „Was bin ich doch für ein Döskopp." Die Frau, die Jeroen bis ins Detail beschrieben hatte, war keine andere als Kathy Smit. Sogar an den blauen Ford Ka konnte er sich jetzt erinnern. In so einem Wagen hatte er sie am Montag wegfahren sehen, als er noch mit Bor gesprochen hatte.

Er ließ sich auf seinen Stuhl sinken und verschränkte die Hände hinter dem Kopf. Kathy Smit. Was für ein Zufall, dass Jeroen sie heute Vormittag getroffen hatte.

Aber in diesem Augenblick schoss ihm eine Frage durch den Kopf.

Warum war Kathy so furchtbar böse auf ihn gewesen?

Selbst wenn es nur ein Missverständnis gewesen war?

Kapitel 19

Samstag, 21. Mai

Den ganzen Vormittag regnete es schon in Strömen. Kathy schob ihre Kaffeetasse zur Seite und griff nach dem Schreibblock, der schon seit einer halben Stunde vor ihr auf dem Tisch lag. Es war an der Zeit, eine Liste zusammenzustellen, eine Liste mit all den Dingen, die sie noch erledigen musste.

Sie arbeitete immer gern mit Listen; dann behielt sie die Übersicht. Darüber hinaus gab es ihr immer ein gutes Gefühl, wenn sie etwas nach getaner Arbeit abhaken konnte. Vor allem die Häkchen, die sie in Kürze auf diese Liste setzen würde, würden ihr Erleichterung verschaffen. Eine immense Erleichterung.

Mit großen Buchstaben schrieb sie *To do* oben auf das Blatt und bemerkte dabei, dass die Kugelschreibermine beinahe leer war. Mit einem Seufzen erhob sie sich, um einen neuen zu holen. Nahezu alle ihre Muskeln protestierten, denn sie hatte es am Donnerstag wirklich übertrieben. Der Schmerz, den sie sich gewünscht hatte, war jetzt da, aber trotzdem fragte sie sich bei jeder unbedachten Bewegung, ob das Ganze wirklich so eine gute Idee gewesen war. Doch jetzt, wo sie sich aufgerappelt hatte, um einen neuen Stift zu holen, konnte sie sich auch gleich noch einen Kaffee einschenken.

Etwas später ließ sie sich vorsichtig wieder auf ihren Stuhl gleiten und zog den Schreibblock noch dichter zu sich heran.

1. *Mietwohnung von Steven kündigen.*
2. *Käufer für den Hausrat finden.*

Nachdenklich betrachtete sie das Papier und starrte auf den Namen. Sie hatte sich vorgenommen, von nun an nicht mehr Begriffe wie „mein Vater“ oder „Papa“ zu gebrauchen. Steven war unpersönlicher, mit der Bezeichnung seines Vornamens konnte sie besser auf Abstand zu ihm gehen. Dass sie darauf nicht früher gekommen war.

Die Wohnung zu kündigen dürfte nicht allzu schwierig sein. Sie hatte seine Mappe mit den Papieren, die man ihr zusammen mit ein paar Kleidungsstücken und anderen persönlichen Dingen aus dem Krankenhaus mitgegeben hatte. Darin hatte sie entdeckt, dass seine Wohnung nur gemietet war. Zum Glück, denn ein möglicher Verkauf hätte sie viel mehr Zeit gekostet und außerdem war es fraglich, ob sie die Wohnung überhaupt verkauft bekäme, denn der Immobilienmarkt sei momentan äußerst schwierig, hatte sie gehört.

Jetzt musste sie also nur im Internet nach jemandem suchen, der den Hausrat abholen würde. Vorher würde sie sich aber selbst ein Bild darüber machen, was sich alles in der Wohnung befand, die gar nicht so weit weg in derselben Gegend war. Vielleicht fand sie sogar noch ein paar Dinge, die ihrer Mutter gehört hatten. Das war zwar nicht besonders wahrscheinlich, aber unmöglich war es auch nicht.

Sie kaute auf ihrem Stift herum. Eine Angewohnheit aus ihrer Kindheit, die sie inzwischen aber abgelegt hatte. Nur manchmal kam sie wieder hoch. Vor allem in Augenblicken, in denen sie angespannt war.

Natürlich hatte sie sich selbst immer wieder eingeredet, dass sie die Angelegenheit auch ganz entspannt angehen konnte. Schließlich lebte ihr Vater nicht mehr, und wenn alle organisatorischen Dinge erledigt waren, würde sie endlich Ruhe haben. So einfach war das. Und vielleicht konnte ihr der Notar auch das eine oder andere abnehmen.

3. Kontakt mit dem Notar aufnehmen.

Die Mappe ihres Vaters enthielt Informationen über seine Konten und Versicherungen, daneben aber auch Angaben über den Notar, bei dem er sein Testament eröffnet haben wollte. Sie würde den Mann anrufen und ihm mitteilen, dass Steven gestorben war und sie vorhatte, das Erbe auszuschlagen. Hoffentlich war sie damit alles los.

Nachdenklich betrachtete sie den Zettel. Was musste noch alles erledigt werden? Den Beerdigungsunternehmer hatte sie am Dienstag noch einmal gesprochen, um den restlichen Papierkram und vor allem das Finanzielle zu regeln. Dankesbriefe zu verschicken war nicht angebracht.

Erwartete dieser Krankenhausseelsorger eigentlich, dass sie noch einmal vorbeikam und sich bei ihm bedankte? Am Montag nach der Beerdigung hatte sie nicht mehr mit ihm gesprochen, sondern war schnell durch den Seiteneingang verschwunden. Nicht besonders nett von ihr, das musste sie zugeben. Es war ihr zwar ziemlich egal gewesen, aber sie war ehrlich genug einzugestehen, dass er die Beerdigung einwandfrei geleitet hatte. Abgesehen von der Tatsache, dass sie den Inhalt seiner Predigt geradezu zum Kotzen fand. Aber trotzdem konnte sie ihm ruhig ein Kärtchen schreiben. Oder etwas in der Art.

4. Mich beim Klinikseelsorger bedanken.

Blieb nur noch eine Sache.

5. Mit Ellen Kontakt aufnehmen.

Nach einigem Zögern strich sie den letzten Punkt und setzte stattdessen ein Fragezeichen auf die Liste. Eigentlich war sie sich noch gar nicht sicher, ob sie die Tasche mit den Sachen ihres Vaters wirklich haben wollte. Was hatte Ellen an jenem Nachmittag noch einmal genau gesagt? Sie konnte sich nicht mehr genau daran erinnern; weil sie solche Kopfschmerzen gehabt hatte, dass die Hälfte der Geschichte an ihr vorbeigerauscht war. Aber wenn sie es richtig verstanden hatte, dann war es Ellen ganz recht gewesen, ihr die Tasche irgendwann später zu geben.

Noch einmal betrachtete sie das Fragezeichen und entschied sich dazu, es stehen zu lassen. Sie würde später noch einmal darüber nachdenken.

Als ihr nichts mehr einfiel, klappte sie den Schreibblock zu. Fünf Punkte. Das war gut so.

Ein Blick auf die Uhr zeigte ihr, dass es schon kurz vor elf war. Und sie war immer noch im Schlafanzug. Ein eindeutiger Hinweis darauf, dass sie aus dem Rhythmus gekommen war.

Mit steifen Schritten ging sie die Treppe hoch. Im Schlafzimmer nahm sie ein großes Handtuch aus dem Wäscheschrank und in ihrem Medizinschränkchen suchte sie nach zwei Paracetamoltabletten. Eine heiße Dusche und Schmerzmittel. Das würde sie wieder frisch machen.

Wenig später stellte sie sich unter den warmen Wasserstrahl der Dusche. Sie schloss die Augen, vergaß für einen Augenblick alles, was sie jemals über den sparsamen Umgang mit Wasser gehört hatte, und gönnte sich beinahe eine halbe Stunde lang die Entspannung durch das angenehm warme Wasser. Danach drehte sie den Thermostatregler ein Stückchen zurück, bis das Wasser beinahe zu kalt für ihre Haut war, und regelte dann die Temperatur wieder langsam nach oben. Schließlich drehte sie die Brause ganz ab. Sie fühlte sich schon etwas besser. Sicher auch deshalb, weil die Schmerztabletten langsam zu wirken begannen.

Als sie sich abtrocknete, beschloss sie, heute Wilma und Heleen anzurufen, um sich mit ihnen zu verabreden. Weil es sich komisch anfühlte, ein Gespräch mit Freundinnen auf eine To-do-Liste zu setzen, hatte sie es vorhin nicht getan, aber es war jetzt an der Zeit, sie auf den neuesten Stand zu bringen. Mit beiden hatte sie in dieser Woche schon einmal telefoniert, ihnen aber nichts von ihrem Vater erzählt. Das tat sie lieber im persönlichen Gespräch. Wahrscheinlich würden sie nicht gerade begeistert reagieren, dass sie sie so lange aus allem herausgehalten hatte. Selbst unter der kurzen Todesanzeige hatte schließlich kein Name gestanden.

Sie föhnte sich die Haare, machte sich einen Zopf und holte ein hellrotes Top und einen weißen Hosenanzug aus ihrem Kleiderschrank.

Wieder unten angekommen, genehmigte sie sich ihre dritte Tasse Kaffee an diesem Morgen und holte ihr Notebook aus der Tasche. Es wurde Zeit für die Punkte 1 und 2 auf ihrer Liste. *Mietwohnung von Steven kündigen und Käufer für den Hausrat finden.*

Kapitel 20

Unruhig lief Martijn in seinem Arbeitszimmer auf und ab. Er stand vor einem großen Dilemma. Immer wieder gingen ihm die Worte von Jeroen durch den Kopf, seit er Donnerstag beim Weggehen noch einmal auf seine Begegnung mit Kathy zurückgekommen war. *„Ich finde schon noch heraus, wer sie ist. Zufällig weiß ich, dass sie kommenden Freitag wieder zum Zahnarzt muss, diesen Termin hat sie mit der Sprechstundenhilfe ausgemacht. Und vermutlich werde ich am selben Tag auch unter plötzlichen Zahnschmerzen leiden oder irgendetwas Ähnlichem."* Martijn kannte seinen Bruder und wusste, dass er das ernst gemeint hatte. Wenn sich Jeroen einmal etwas in den Kopf gesetzt hatte, ließ er sich so schnell nicht wieder davon abbringen.

Zunächst hatte Martijn einfach nur darüber geschmunzelt. Aber jetzt, wo er wusste, um welche Frau es sich handelte, machte er sich so seine Gedanken. Es beunruhigte ihn, dass sein Bruder sich in Kathy verliebt haben könnte.

Kompliziert an der ganzen Sache war, dass er Jeroen nichts über sie sagen konnte, ohne sein Berufsgeheimnis zu verletzen. Zudem wusste er sehr gut, wie Jeroen reagieren würde. Er würde ihm erklären, dass er kein kleiner Junge mehr sei und Martijn nicht mehr der große Bruder, der auf ihn aufpasste und dem er sich unterordnen musste. Und ganz sicher würde seine Warnung genau das Gegenteil bewirken. Eigenwillig wie Jeroen war, würde er nur um so entschlossener diese Frau wiedertreffen wollen.

Plötzlich hörte Martijn Marits Stimme und wurde in seinem Gedankengang unterbrochen. „Hey, Papa, störe ich?"

„Du störst doch nie. Komm ruhig herein."

Sie ging ins Zimmer und drehte sich auf silbernen Sandalen schnell im Kreis herum, wobei ihr weiter Rock und ihre rote, elegante Jacke um sie herumwirbelten. „Tada!", rief sie. „Was hältst du davon?"

Er fühlte sich um ein paar Jahre zurückversetzt in die Zeit, als Karen so vor ihm gestanden hatte. Wie ähnlich seine Tochter doch ihrer Mutter war, jetzt, wo sie ihre dunkelblonden Haare hochgesteckt hatte und ihr ein paar Locken ins Gesicht fielen. „Sehr schön", sagte er mit belegter Stimme.

„Schön genug für heute Abend?"

Heute Abend? Was war denn heute Abend? Zum Glück fiel es ihm gleich wieder ein. Natürlich, da wollte sie mit ein paar jungen Leuten aus der Gemeinde in ein Musical gehen. Schon die ganze Woche hatte sie sich darauf gefreut. Und wenn er ihre Bemerkungen darüber, wer alles mitging, richtig deutete, dann war der neue Gitarrist ihrer Gospelband, der ebenfalls mit von der Partie war, der Grund dafür, warum sie sich so herausgeputzt hatte.

Er sah sie stolz und gleichzeitig amüsiert an. „Da muss sich ein Junge schon ziemlich zusammenreißen, wenn er sich mit so einem hübschen Mädchen neben sich noch auf ein Musical konzentrieren soll."

Marit wurde rot im Gesicht, widersprach aber nicht. „Gut, dann gehe ich jetzt, denn es ist schon Viertel nach sieben und wir haben uns für halb acht verabredet. Ich weiß noch nicht, wann ich zurück bin und ob wir gleich nach dem Musical nach Hause gehen, also warte nicht auf mich, ja?"

„Ja, in Ordnung. Komm her, dann kriegst du auch noch ein Küsschen." Er zog sie dicht an sich heran. „Mmm. Du siehst nicht nur wunderbar aus, du riechst auch gut." Er drückte ihr einen Kuss ins Haar und ließ sie dann wieder los. „Einen schönen Abend, Liebes. Lass es dir gut gehen."

„Das werde ich. Tschüss, Papa."

„Tschüss, Mädel." Er sah ihr nach, während sie zur Tür ging. „Erzähl mir morgen, wie das Musical war. Wie heißt es noch einmal?"

„*The Prodigal Son*", antwortete sie ihm über die Schulter. An der Tür winkte sie ihm noch einmal zu und ging dann weg.

Der verlorene Sohn. Mit einem Schlag war Martijn wieder ganz bei Steven Smit, der ihm die Karte mit dem Bild zu dieser biblischen Geschichte gezeigt hatte. Das Gespräch mit dem Mann hatte Martijn erfreut und gleichzeitig auch tief bewegt. Froh war er darüber gewesen, dass sich Steven mit seinem himmlischen Vater hatte versöhnen lassen. Bewegt war er über die Traurigkeit und das sehnsüchtige Verlangen gewesen, das er bemerkt hatte, als der Mann von seiner Tochter erzählt hatte.

„Fast achtundzwanzig Jahre lang habe ich jeden Tag auf einen Brief gehofft, auf einen Telefonanruf oder was auch immer“, hatte er mit trauriger Stimme gesagt. „Es ist nichts passiert. Aber jetzt, wo ich sie vorige Woche wiedergesehen und in ihre Augen geschaut habe, weiß ich, warum meine Hoffnung vergeblich gewesen ist. Sie hat mir nicht nur nicht vergeben können, sie hat auch angefangen, mich zu hassen. Aus tiefstem Herzen.“

Weil Steven schon so schwach gewesen war, war es Martijn ratsam erschienen, nicht weiter darauf einzugehen, sondern einen Tag später wiederzukommen, um dann weiter mit ihm zu sprechen. Wie hätte er ahnen können, dass der Mann in der folgenden Nacht sterben würde?

Kathys Verhalten während ihres kurzen Gesprächs im Krankenhaus und während der Beerdigung hatten den Eindruck gefestigt, den Steven ihm mitgeteilt hatte. Diese Frau hasste ihren Vater und schien enorm verbittert.

Und in diese Frau hatte sich Jeroen anscheinend verliebt.

Martijn setzte sich an seinen Schreibtisch, lehnte sich mit den Ellenbogen auf die Tischplatte und ließ seine Stirn in seine gefalteten Hände sinken.

„Himmlischer Vater“, betete er, „du weißt, wie oft ich für meinen Bruder gebetet habe, wie sehr ich mir wünsche, dass er glücklich wird. Und du weißt auch, wie sehr ich es ihm gönne, die Liebe kennenzulernen, die du zwischen Mann und Frau gewollt hast. Doch noch mehr wünsche ich mir, dass er eine Frau findet, die dich kennt und liebhat, besonders jetzt, wo er dich schon so lange aus den Augen verloren hat.“

Martijn schwieg und rang nach den Worten, die er gern aussprechen wollte. Er hatte Angst davor, dass seine Gedanken noch mehr an Schärfe gewinnen würden, sobald er sie aussprach. Und er wollte nicht richten. Er wollte die Menschen so ansehen, wie Jesus sie sah; mit Liebe und Mitgefühl. Auch Kathy Smit. Egal wie verärgert, bitter und unversöhnlich sie auch war. Wenn er ehrlich war, musste er zugeben, dass er sie lieber nicht mit Jeroen zusammensah. Wenn Steven recht hatte, hatte sie mit der Kirche abgeschlossen, vielleicht sogar mit Gott. Als Pastor, als Hirte, konnte er sich so weit zusammenreißen und in ihr ein verlorenes Schaf sehen, aber als Bruder von Jeroen sah er in ihr vor allem eine Bedrohung.

„Herr", stammelte er mühsam, „ich weiß, dass ich da nicht auf dem richtigen Weg bin. Dein Herz schlägt für sie so sehr wie für Jeroen und für mich. Aber ich habe einfach Angst. Ich habe Angst, dass Jeroen sein Herz an diese hübsche, aber verbitterte Frau verliert."

Er schwieg und hoffte auf einen inneren Frieden, aber seine Gedanken drehten sich noch schneller als zuvor. Es kostete ihn so schrecklich viel Mühe, seinen Bruder loszulassen, ihn in Gottes Hände zu legen und darauf zu vertrauen, dass Gott schon wusste, was er tat.

Nach langem Ringen gab er sich schließlich geschlagen. „Du hältst die Fäden in der Hand, Herr. Wenn es dein Plan ist, dass sich die beiden wiederbegegnen, dann soll es so sein." Er seufzte tief. „Aber zeige mir dann, wie ich loslassen kann. Und …" Er schwieg, weil er wieder einen inneren Kampf ausfocht. „Und vergib mir", fügte er endlich hinzu. „Vergib mir, dass ich hart über diese Frau geurteilt habe. Lehre mich, für sie zu beten, damit sie wie ihr Vater deine Gnade kennenlernen und Heilung erleben kann. Amen."

Müde bis auf die Knochen richtete er sich auf. Müde, aber auch mit Blei in den Beinen. Denn kaum hatte er das *Amen* ausgesprochen, war ihm sein letzter Satz wie ein Bumerang um die Ohren geflogen.

Hieß es nicht, bete *und* arbeite?

Vielleicht sollte er nicht nur für sie beten. Sondern auch hingehen und ihr von der Gnade erzählen.

Kapitel 21

Sonntag, 22. Mai

Kathy blinzelte in das Sonnenlicht, das durch den Spalt zwischen den Vorhängen in ihrem Schlafzimmer fiel, und richtete sich ein wenig auf, um zu sehen, wie spät es war. *Fünf vor zehn.* Später als sie gedacht hatte. Das kam daher, dass sie gestern Abend bei Heleen gewesen und erst nach Mitternacht nach Hause zurückgekehrt war. Aber es war gut, dass sie da gewesen war.

Sie ließ sich zurücksacken, schloss die Augen und dachte an Heleen, die wie sie ebenfalls allein wohnte. Als sie sie gestern angerufen hatte, um sich mit ihr zu verabreden, hatten sie sich noch für denselben Abend verabredet. Das Gespräch über ihren Vater war ihr sehr schwergefallen. Heleen hatte sich mit dem Wenigen begnügt, was sie ihr erzählte hatte, und nicht weiter nachgebohrt. Bei Wilma würde das sehr viel schwerer werden. Nun ja, das war erst am Dienstagabend.

In der Ferne erklangen Kirchenglocken. Als Kind hatte sie sich über das Geläut gefreut und zu dem Rhythmus einen Reim gedichtet. *Bimm-bamm-bimm-bomm, die-Glock'-ruft-komm.* Aber seit ihre Mutter gestorben war, verband sie mit Glockenläuten nicht mehr eine Einladung zum Gottesdienst, sondern Tod und Beerdigung.

Das Läuten erstarb langsam, bis es ganz aufhörte. In Gedanken sah Kathy den Pfarrer vor sich, wie er, gefolgt von Ältesten und Diakonen, in die Kirche einzog. Als Kind hatte sie nie verstanden, warum der Älteste dem Pfarrer beim Predigtstuhl zu Beginn und am Ende des Gottesdienstes die Hand gab. „Zuerst überträgt der Älteste dem Pfarrer die Verantwortung und danach bekommt er sie wieder zurück", hatte ihr ihre Mutter erklärt. Trotzdem fand sie es auch weiterhin seltsam.

Kathy öffnete wieder die Augen und drehte sich auf die Seite. Sie hatte keine Ahnung, warum sie auf einmal an die Kirche denken musste. Schon seit Jahren ging sie nicht mehr hin. Vielleicht hatte es mit den Ereignissen von vergangenem Montag zu tun.

Vor ihrem inneren Auge erschien das Bild des Krankenhausseelsorgers. Predigte Martijn eigentlich auch sonntags? Erhob er sich jetzt gerade von seinem Predigtstuhl, vielleicht sogar im Talar? Sie konnte ihn sich kaum in so einem langen Gewand vorstellen. Im Krankenhaus hatte er mit seiner Jeans so gar nicht wie ein Pfarrer gewirkt. Aber vielleicht war er das ja auch gar nicht.

Ihre Gedanken wanderten von Martijn zu seinem Bruder Jeroen mit seinen flotten Sprüchen und seinem schnittigen Sportwagen. Heleen hatte sie nichts von dieser Begegnung erzählt, aber wenn sie ganz ehrlich war, musste sie bekennen, dass ihr sein kurzer Flirt doch Spaß gemacht hatte. Natürlich würde sie das niemals vor anderen offen zugeben.

Kathy entwich ein Seufzen und dann schlug sie die Decke zurück. Sie hatte lange genug im Bett gelegen.

Nach einer kurzen Dusche zog sie sich schnell an. Zu ihrer Erleichterung spürte sie den Muskelkater vom Vortag kaum noch. Sie ging nach unten, schaltete die Kaffeemaschine an und legte zwei braune Butterbrötchen in den Toaster.

Während sie darauf wartete, dass die Brötchen so weit waren, sah sie durch das Küchenfenster nach draußen. Der Regen von gestern war weitergezogen und es war herrliches Wetter. Vielleicht konnte sie sogar im Garten frühstücken. Einer plötzlichen Eingebung folgend beschloss sie, sich ein ausgedehntes Frühstück zu gönnen. Sie kochte sich ein Ei, schälte drei Orangen und legte alles auf ein Tablett. Jetzt noch schnell als Beilage die gestrige Zeitung dazu und dann ab in die wunderschöne Morgensonne.

Rund eine Stunde später hatte sie die Zeitung ausgelesen, das Kreuzworträtsel gelöst, zweimal ihre Kaffeetasse nachgefüllt und genügend Mut gesammelt, um das zu tun, was sie sich für den Nachmittag vorgenommen hatte. Sie wollte zu Stevens Wohnung gehen.

Gestern hatte sie mit einem Entrümpelungsunternehmer Kontakt aufgenommen und einen Termin ausgemacht. Morgen würde sie ihm den Schlüssel bringen, damit er sich die Wohnung ansehen und einen Vertrag mit ihr schließen konnte. Sobald sie ihre Unterschrift unter dieses Dokument gesetzt hatte, würde alles abgeholt werden. Darüber hinaus würde die Wohnung auch besenrein hinterlassen werden. Sie würde damit also kaum Arbeit haben.

Während sie das Geschirr abräumte und den Abwasch machte, wanderten ihre Gedanken zu Stevens Nachbarin. Sie musste noch eben schnell herausfinden, ob Sanne zu Hause war, und sie nach dem Schlüssel für seine Wohnung fragen. Dann konnte sie den an das Entrümpelungsunternehmen weitergeben.

An dem Abend, als Steven ins Krankenhaus eingeliefert worden war, hatte Sanne angerufen und sich nach seinem Gesundheitszustand erkundigt. Sie hatte sich auch angeboten, in seine Wohnung zu gehen und sich darum zu kümmern, eventuell noch brennende Lampen auszuschalten und alles andere zu tun, was anlag. Kathy hatte das Angebot gern angenommen. Je länger sie selbst diese Wohnung nicht betreten musste, desto besser war es.

Aber heute würde sie das wohl tun müssen, denn sie hatte nicht vor, sich morgen freizunehmen oder abends dorthin zu gehen.

Sie hängte das Geschirrtuch an den Haken und nahm den Schlüsselbund, den sie neben die Mappe mit den Papieren gelegt hatte. Es war nur ein sehr kleiner Schlüsselbund; ein Schlüssel, der schon immer daran gewesen war, und einer, den sie von Ellen bekommen hatte.

Mit einem Seufzen ließ sie den Bund in ihre Handtasche gleiten und zog ihre Straßenschuhe an. Vielleicht war es eine gute Idee, erst noch ein Stündchen im Wald spazieren zu gehen, bevor sie in seine Wohnung ging und sich mit seiner Lebensumgebung konfrontiert sah.

Dann würde sie das Kapitel Steven endlich abschließen können.

Kapitel 22

„Wer hat Lust, mit mir eine Runde Rad zu fahren?“ Peter streckte sich und erhob sich vom Tisch.

„Jetzt sofort?“, fragte Ellen, während sie die Teller aufeinanderstapelte und nach der leeren Suppenschüssel griff. „Lass uns bis um drei Uhr warten. Dann kann ich mich noch ein bisschen in den Garten setzen und lesen.“

„Wenn ich mich jetzt nicht aufmache, schlafe ich ein“, antwortete Peter. „Und das wäre ein Jammer, schließlich ist heute mein freier Sonntagnachmittag.“

„Ich komme mit, Papa“, rief Marilou enthusiastisch.

„Dann würde ich mir an deiner Stelle erst noch das Gesicht waschen“, riet ihr Ellen. „Sonst kann jeder sehen, dass du Tomatensuppe gegessen hast.“

Marilou wischte sich schnell mit dem Handrücken über den Mund. „Sauber.“

„Das denke ich nicht, Süße“, sagte Peter, während er sie sanft an ihrem Pferdeschwanz zog. „Jetzt hast du es an der Hand.“

Während sich Marilou die Hände wusch und Schuhe anzog, trug Ellen das Geschirr in die Küche und räumte die Spülmaschine ein.

„Weißt du schon, ob du mitkommen möchtest?“, fragte Peter, nachdem er draußen die Weißbrotkrümel von der Tischdecke gefegt hatte.

„Das hängt davon ab, wie weit ihr fahren wollt“, sagte Ellen und warf einen Blick auf die Uhr über dem Kühlschrank. Dabei stellte sie erleichtert fest, dass es noch viel früher als erwartet war. Seit voriger Woche wurden in ihrer Gemeinde aus Platzgründen am Sonntagmorgen zwei Gottesdienste angeboten; einer um neun Uhr und einer um halb zwölf. Vorige Woche waren sie in den zweiten Gottesdienst gegangen, heute in den ersten. Obwohl es ihr etwas schwergefallen war, an einem Sonntagmorgen schon um halb acht aufzustehen, war es nun wunderbar, dass es noch so früh war und sie noch so viel Zeit hatten.

„Ein Stündchen oder so. Vielleicht auch ein bisschen länger", sagte Peter, während er hinter sie trat und seine Arme um sie legte. „Ich fände es jedenfalls sehr schön, wenn du mitkämst."

„Ich auch, Mama!", rief Marilou vom Flur aus. „Dann darfst du auch bestimmen, wo wir hinfahren."

„Tja, so ein Angebot kann keiner guten Gewissens ablehnen", lachte Ellen. Wenn sie eine Radtour miteinander machten, ließen sie meistens Marilou an den Kreuzungen bestimmen, in welche Richtung es weitergehen sollte. Dass sie diese Entscheidung heute ihrer Mutter überließ, zeigte sehr deutlich, wie sehr sie sich wünschte, dass sie mitfuhr.

Während Peter die Fahrräder vors Haus schaffte, füllte Ellen schnell noch etwas Wasser und Futter in den Napf für Joris. Sie ging als Letzte nach draußen und schloss die Tür hinter sich ab.

„Wohin möchtest du heute?", fragte Peter, als sie im Sattel saßen und Marilou vorneweg fuhr.

„Das ist mir eigentlich egal", sagte Ellen. Sie fuhr etwas dichter neben ihn. „Vielleicht macht es Marilou Spaß, wenn wir ein bisschen am Hirschgehege entlangfahren. Ich habe gehört, dass dort Hirschkälber zur Welt gekommen sein sollen", fügte sie leise hinzu, um die Überraschung nicht vorwegzunehmen.

„Ausgezeichneter Plan."

Ellen trat in die Pedale und radelte neben ihre Tochter. „Jetzt rechts ab, Marilou."

Auf dem Fahrradweg war viel los und das schöne Wetter hatte viele Spaziergänger ins Freie gelockt. Begierig sog Ellen die Frühlingsluft ein. Der Mai war ihr Lieblingsmonat.

Als sie am Hirschgehege anhielten und Marilou die Kälbchen sah, war ihr die Freude darüber ins Gesicht geschrieben. „Darf ich sie streicheln, Mama?", fragte sie mit einem verlangenden Blick.

„Dazu sind sie viel zu scheu. Aber vielleicht fressen die großen Hirsche ein wenig Gras, wenn du es ihnen hinhältst." Ellen nahm das Fahrrad ihrer Tochter und lehnte es gegen einen Baum. „Sollen wir uns dort ein bisschen auf die Bank setzen?", wandte sie sich an Peter, während Marilou damit beschäftigt war, Gras zu rupfen.

Auf seinem Gesicht machte sich eine allzu bekannte Sorgenfalte breit. „Bist du jetzt schon müde?"

„Nein, natürlich nicht, nur ein bisschen bequem."

Gerührt sahen sie zu, wie Marilou versuchte, ihre Hand so weit wie möglich durch den Zaun zu strecken, um einen Hirsch anzulocken. „Komm her, Papa!", rief sie, während sie Peter mit ihrer freien Hand zuwinkte. „Da kommen zwei Hirsche."

Ellen folgte Peter mit ihrem Blick, während er zu seiner Tochter ging und beide die Hirsche fütterten. Nicht zum ersten Mal schoss es ihr durch den Kopf, welch ein Jammer es war, dass sie nach Marilou nicht mehr schwanger geworden war. Sie hätte Peter gern noch mehr Kinder geschenkt und hatte immer von einer großen Familie geträumt. Leider war es anders gekommen.

Ihre Gedanken schweiften zu Steven, der ebenfalls eine Tochter gehabt hatte und diese auch noch verloren hatte. Nur die Erinnerung an sie war ihm noch geblieben. Und die Fotos. Es bereitete Ellen keine Mühe, sich vorzustellen, wie er regelmäßig mit einem Foto seiner Tochter in der Hand dagestanden haben musste, um sich mit bittersüßen Schnappschüssen von damals zu trösten.

Plötzlich empfand sie das Verlangen, sofort zu seiner Wohnung zu radeln. Nicht, dass sie dort etwas zu suchen gehabt hätte, aber trotzdem wollte sie es gern. Das konnte sie Peter auch gleich sagen.

Nach einer Viertelstunde stand sie auf und ging auf ihren Mann und ihre Tochter zu. „Kommt ihr mit? Es ist schon fast zwei Uhr und ich würde gern weiter."

Zehn Minuten später radelten sie langsam an dem Wohnblock vorbei, in dem Steven gewohnt hatte. „Guck mal", deutete Ellen nach links. Sie hatte Peter gesagt, warum sie hierher wollte. „Dort hat er gewohnt, an der Ecke, im zweiten Stock. In der Wohnung mit den gelb karierten Gardinen."

Wenn sie jetzt hier so entlangradelte, in der strahlenden Sonne, mit ihrem Mann und ihrer Tochter, kam es ihr so vor, als hätte sie alles nur geträumt. Oder als ob sie nie in der Wohnung gewesen wäre. Niemals irgendeinen Steven gekannt hätte. Aber seine Tasche, die zu Hause lag, bis Kathy sie holen kommen würde, war der offensichtliche Beweis, dass all das wirklich passiert war.

„Wer hat denn da gewohnt, Mama?", fragte Marilou.

„Ach, so ein Mann, den die Mama gekannt hat. Aber er lebt leider nicht mehr."

„Und warum sind wir dann hierhergefahren?"

Die Frage lag auf der Hand. Die Antwort nicht. Ellen konnte es sich selbst nicht erklären, warum sie hierher hatte kommen wollen. „Einfach nur, um Papa zu zeigen, wo er gewohnt hat."

„Wie hieß denn der Mann?"

„Herr Smit." Ellen seufzte tief. Marilou konnte manchmal eine Frage nach der anderen stellen. Zweifellos würden nun noch mehr folgen. Und sie einfach zu übergehen, hatte bei ihr noch nie funktioniert. Vielleicht war es doch keine so gute Idee gewesen, hier vorbeizuradeln, wenn ihre Tochter dabei war.

„War das ein netter Mann?"

„Ja, klar, sehr nett."

„Hatte er auch eine Frau?"

„Ja, aber seine Frau lebt auch nicht mehr."

„Wie traurig." Marilou schniefte sehr ernst. „Und wer sorgt jetzt für ihre Kinder? Oder hatten sie keine?"

„Doch. Eine Tochter."

„Wer sorgt denn jetzt für sie?"

„Niemand. Sie ist schon erwachsen, so wie Mama und Papa auch."

„Oh."

Marilous Neugier war anscheinend befriedigt, denn sie stellte keine weiteren Fragen mehr. Jedenfalls zunächst einmal. Der nachdenkliche Ausdruck in ihren blauen Augen ließ Ellen jedoch vermuten, dass die eine oder andere Frage noch in ihr brodelte. Eine, über die sie wahrscheinlich erst noch ein bisschen nachdenken wollte.

„Wollen wir auch auf der anderen Seite entlangfahren?", schlug Ellen vor. Sie bogen am Ende der Straße links ab und fuhren dann sofort wieder nach links. Jetzt konnten sie sein Wohnzimmerfenster sehen. Auf der Fensterbank standen noch seine Grünpflanzen; augenscheinlich hatte Kathy noch nichts ausgeräumt. Während sie das dachte, schoss ihr der Gedanke durch den Kopf, dass sie vielleicht genau deswegen hierher hatte kommen wollen. Um herauszufinden, ob die Wohnung schon leer geräumt worden war. *Anscheinend nicht.*

Kurz vor der nächsten Einmündung drehte sie sich zu Peter um, der hinter ihr fuhr, Marilou an seiner Seite. „Jetzt nach rechts?", rief sie. Dann würden sie beim Gartencenter herauskommen und über einen Fahrradweg durch ein kleines Wäldchen wieder in ihr Stadtviertel kommen. „Dann radeln wir noch ein bisschen durch den Wald."

„Zur Seite!", schrie Peter.

Schnell drehte sich Ellen wieder nach vorn um und merkte dabei, dass sie fast mitten auf der Straße fuhr. Erschrocken bremste sie und zog den Lenker nach rechts. Glücklicherweise hatte der blaue Wagen, der ihr entgegenkam, ebenfalls abgebremst, ansonsten hätte sie jetzt vermutlich daruntergelegen.

Schnell nahm sie Augenkontakt zu der Fahrerin auf und wollte ihr durch das halb geöffnete Fenster eine Entschuldigung zurufen. Aber das Wort „Sorry" blieb ihr im Hals stecken, als sie sah, wen sie da vor sich hatte. Und an dem Gesichtsausdruck der Frau konnte man ablesen, dass sie sie ebenfalls erkannt hatte. Beide bremsten zunächst weiter ab, aber während Ellen vom Fahrrad stieg, sah die Frau wieder vor sich auf die Straße und gab Gas.

Verdutzt sah Ellen dem wegfahrenden Auto hinterher. „Du liebe Güte, da fehlte nicht mehr viel", sagte Peter, der auch angehalten hatte und mit Marilou zu ihr gekommen war. „Alles okay?"

„Ja", brachte Ellen mechanisch hervor. Sie hatte das Gefühl, in ihren Beinen sei Wackelpudding, und klammerte sich an ihrem Lenker fest.

„Du bist ja ganz weiß im Gesicht, Mama", sagte Marilou besorgt.

„Das kommt von dem Schreck, Liebes", antwortete Ellen mit etwas zittriger Stimme. „Was die Mama gemacht hat, war ziemlich dumm." Sie zog ihre Tochter an sich und warf Peter über ihren Kopf hinweg einen vielsagenden Blick zu. „Aber es war auch ein doppelter Schreck."

Peter sah sie an, als ob er nichts begriff. „Inwiefern?"

„Am Steuer des Wagens saß Kathy Smit." Plötzlich hatte sie trotz ihrer Emotionen eine Eingebung. „Vielleicht ist sie auf dem Weg zu der Wohnung ihres Vaters."

„Gut möglich", stimmte Peter zu.

Ellen strich sich mit der Zunge über die Lippen. „Meinst du, ich sollte ihr hinterherfahren?"

Kapitel 23

Als hätte sie den Autopiloten eingeschaltet, bog Kathy in der Nähe des Appartementkomplexes auf einen Parkplatz ein. Mit zitternden Händen drehte sie den Schlüssel im Zündschloss und legte die Stirn auf das Lenkrad.

Was wollte diese Ellen in der Nähe von Stevens Wohnung? Oder war sie etwa hier in der Nachbarschaft zu Hause? Sie hatte damals zwar ihre Adresse bekommen, aber den kleinen Zettel nicht eines Blickes gewürdigt. Kathy entfuhr ein Seufzen, als sie merkte, dass sie zitterte. Vielleicht sah sie langsam Gespenster und es war einfach nur Zufall, dass Ellen hier vorbeiradelte. Sie hatte zuerst gar nicht bemerkt, dass sie es gewesen war; sie war einfach nur erleichtert gewesen, dass sie die Radfahrerin nicht überfahren, sondern rechtzeitig gebremst hatte. Aber in dem Augenblick, als Ellen sie angesehen hatte, war Kathy wie vom Blitz getroffen gewesen und hatte beinahe automatisch noch weiter abgebremst. Doch als sie Ellen absteigen sah, war ihr nichts Besseres eingefallen, als schnell weiterzufahren. Und immer noch spürte sie ihr Herz heftig schlagen. *Hör endlich auf, dich so lächerlich zu machen*, riss sie sich zusammen. *Warum reagierst du so übertrieben?* Eine Frage, auf die sie keine Antwort hatte. Sicher, der Beinahe-Unfall hatte sie ziemlich geschockt. Und nein, sie hatte nicht damit gerechnet, dass diese Ellen ihr hier entgegenkommen würde. Heute schon gar nicht. Aber trotzdem war ihre Reaktion sehr übertrieben. Was war nur aus der ruhigen, beherrschten Kathy von vor drei Wochen geworden?

Einem Impuls folgend hob sie den Kopf und startete den Motor wieder. Wenn Ellen absichtlich durch diese Gegend geradelt war, dann wäre es gut möglich, dass sie ihr gefolgt war und mit ihr wieder über die Tasche reden wollte.

Sie wendete den Wagen und fuhr los. An der Kreuzung bog sie links ab. Für den Fall, dass Ellen ihr gefolgt war, würde sie von rechts kommen.

Als sie die Einmündung passiert hatte, warf sie einen Blick in den Rückspiegel und sah, dass sie mit ihrer Vermutung richtig gelegen hatte. Sie erkannte das knallrote Trikot der Radfahrerin, die sie in Richtung Wohnblock abbiegen sah. Zum Glück war sie schon weggefahren. Sie hatte keine Ahnung, was sie jetzt tun sollte. Ihren Waldspaziergang hatte sie schon hinter sich und zurück nach Hause wollte sie auch nicht. Außerdem musste sie irgendwann im Laufe des Tages in diese Wohnung.

Sie entschied sich, zunächst einmal ein halbes Stündchen durch die Gegend zu fahren. Danach war sicher die Luft rein und sie konnte wieder hierher zurückkehren.

Auf ihrer willkürlichen Fahrt kam sie am Hirschgehege vorbei, das Erinnerungen an ihre Kindheit wachrief. Ihre Mutter hatte sich meistens eine Stunde hingelegt, während ihr Vater – *Steven* korrigierte sie sich – sie zur Sonntagsschule gebracht und wieder abgeholt hatte. Auf dem Heimweg waren sie immer am Hirschgehege vorbeigegangen und … *Stopp!*

Sie zwang sich dazu, an etwas anderes zu denken und die Familien mit Kindern, die sie dort stehen sah, zu ignorieren. Und erst recht die Väter mit ihren kleinen Töchtern.

Um drei Uhr fuhr sie zum Appartementkomplex zurück. Ihre Nervosität war einem Gefühl der Gelassenheit gewichen. Den Rest des Nachmittags wollte sie einfach an sich vorbeirauschen lassen und dann heute Abend sehen, wie groß der Schaden war.

Sie stieg aus und blickte sich um. Zum Glück war von Ellen keine Spur mehr zu sehen.

Während sie den Eingangsbereich des Wohnblocks betrat, betrachtete sie den Schlüsselbund in ihrer Hand, den sie von Ellen bekommen hatte. An dem Bund waren wahrscheinlich der Wohnungsschlüssel und ein weiterer, der so aussah, als gehörte er zu einem Abstellraum. Sie entschied sich, mit dem am wenigsten persönlichen Raum zu beginnen, und suchte in dem unteren Bereich des Gebäudes nach einem Kellerverschlag mit der Nummer 18, der Nummer von Stevens Wohnung. Sie öffnete die Tür und warf einen Blick hinein. Hier war sie schnell fertig; der Abstellraum war vollkommen leer. Erleichtert machte sie die Tür wieder zu und ging zum Haupteingang zurück. In der Eingangshalle hingen keine Briefkästen, anscheinend wurde die Post durch Schlitze in den Wohnungstüren zugestellt.

Weil sie nach der Autofahrt wieder etwas Bewegung gebrauchen konnte, entschied sie sich gegen den Aufzug und nahm die Treppe. Sie zögerte einen Augenblick. Was sollte sie zuerst tun? Die Nachbarin ansprechen oder in Stevens Wohnung gehen? Sie entschied sich für Ersteres, denn dann hatte sie es selbst in der Hand, wann dieses Gespräch stattfinden würde. Das war besser, als wenn Sanne sie in der Wohnung bemerkte, hereinkam und sie ansprach.

Plötzlich wurde ihr klar, dass sie keine Ahnung hatte, auf welcher Seite von Stevens Wohnung Sanne wohnte; sie hatte ja nur ihre Telefonnummer. Das schien jedoch kein Problem zu sein; Nummer 18 war eine Eckwohnung. Zudem gab das Namensschild an Nummer 16 deutlich zu erkennen, wer dort wohnte: *Michel und Sanne, Nicki und Vera Looij.*

Den Kopf drehte sie bewusst in Richtung von Stevens Wohnung, während sie bei Nummer 16 klingelte. Es blieb einen Augenblick still; vielleicht war niemand zu Hause. Kathy sah durch das Fensterchen in der Tür eine rote Kinderjacke an der Garderobe hängen und darunter Kinderschuhe stehen, aber das musste nicht automatisch bedeuten, dass jemand zu Hause war. Während sie gerade überlegte, ob sie noch einmal klingeln oder weggehen sollte, öffnete sich die Tür plötzlich und sie sah in die Augen eines blonden Lockenköpfchens von ungefähr fünf Jahren.

„Hallo“, sagte Kathy zu dem Mädchen. „Ist deine Mama zu Hause?“

Das Kind schüttelte verlegen den Kopf.

Kathy zögerte einen Moment, doch dann fragte sie weiter. „Und dein Papa?“

„Der ist da.“ Das Mädchen drehte sich um und rannte weg.

„Papa!“, hörte Kathy es rufen. „Da steht eine Frau an der Tür und …“ Den Rest konnte Kathy nicht mehr verstehen.

Etwas später erschien der Mann, der zusammen mit Sanne zur Beerdigung gekommen war.

„Guten Tag, Frau Smit“, sagte er mit einem Blick, der Wiedererkennen ausdrückte.

„Kathy“, sagte sie schnell. „Sagen Sie ruhig einfach Kathy.“

Der Mann nickte. „Gut, Kathy also. Was kann ich für Sie tun?"

„Äh … kommende Woche soll die Wohnung von … nebenan ausgeräumt werden und dann muss ich alle Schlüssel beim Vermieter abgeben. Deshalb wollte ich fragen, ob Sie mir den Schlüssel zurückgeben könnten, den Ihre Frau noch hat."

„Aha, ich verstehe." Der Mann kratzte sich am Kopf und gähnte. „Tut mir leid, ich bin auf dem Balkon eingeschlafen und immer noch nicht wirklich wach", entschuldigte er sich. Er drehte sich zu seiner Tochter um, die hinter ihm stand. „Vera, hat die Mama gesagt, wann sie wiederkommen will?"

Das Mädchen schüttelte den Kopf, worauf sich der Mann wieder Kathy zuwandte. „Es tut mir leid", sagte er. „Sanne ist im Augenblick mit unserer anderen Tochter unterwegs. Und ehrlich gesagt habe ich keine Ahnung, wo sie den Schlüssel hingelegt haben könnte. Sind Sie noch ein bisschen hier?"

Kathy zuckte leicht mit den Schultern. „Vermutlich nicht."

Der Mann dachte einen Augenblick nach. „Gut, dann rufe ich Sanne schnell an."

„Das geht nicht, Papa", ertönte Veras Stimme. „Mamas Handy liegt noch auf dem Esstisch. Ich glaube, sie hat es vergessen."

„Nun ja, dann ist es auch gut", sagte Kathy zu Sannes Mann.

„Wissen Sie was, ich schaue einmal, ob ich ihn finden kann", bot der Mann an. „Sobald ich ihn gefunden habe, bringe ich ihn vorbei."

„Das ist nicht nötig", antwortete Kathy schnell. „Ich klingele einfach noch mal kurz, bevor ich gehe."

„Auch gut. Bis nachher dann."

Mit trägen Schritten ging Kathy weg. Nun musste sie es hinter sich bringen. Sie steckte den Schlüssel ins Schloss der blauen Wohnungstür und drehte ihn um. Langsam machte sie die Tür auf und trat über die Schwelle. Das Blut schoss ihr ins Gesicht und ihr Mund wurde ganz trocken. Das Herz schlug ihr bis zum Hals und ein Gefühl von Panik ergriff sie. Mit aller Kraft musste sie sich zusammenreißen, um nicht einfach wegzurennen.

Bleib ruhig, Kathy, sagte sie zu sich selbst. *Es passiert doch gar nichts. Es ist nur ein Anfall von Hyperventilation.* Entschlossen machte sie die Tür hinter sich zu, lehnte sich mit dem Rücken dagegen und konzentrierte sich auf ihre Atmung. Drei Züge holte sie Luft durch die Nase, dann hielt sie den Atem an und atmete schließlich fünfmal durch den Mund wieder aus. Drei – anhalten – fünf. Drei – anhalten – fünf.

Langsam spürte sie, dass die Panik verschwand. „Gut so", flüsterte sie. „Du kannst das. Schalte einfach deinen Blick auf unendlich und den Verstand auf null."

Sie stellte ihre Handtasche auf den Boden, wischte ihre klammen Hände an ihrer dunkelblauen Hose ab und sah sich um.

Rechts von ihr war die Küche. Links ein Zimmer, dessen Tür zu war. Wahrscheinlich das Schlafzimmer. Sie ging ein Stück den Flur entlang, bis es rechts um die Kurve ging. Dort konnte sie sich entscheiden, ob sie zunächst links ins Wohnzimmer ging oder erst schaute, was sich hinter den vier Türen auf der rechten Seite befand. Wahrscheinlich zwei andere Zimmer, das Bad und die Toilette. Die Wohnung war offenbar ähnlich aufgeteilt wie die von Heleen, aber die weißen Türen mit Aluminiumklinken verliehen ihr ein eher einfaches Ambiente. Heleen dagegen hatte für ihre Zimmertüren poliertes Eichenfurnier und antike Messingbeschläge gewählt.

Kathy blieb stehen und versuchte praktisch zu denken. Von der Straße her vernahm sie die Geräusche eines vorbeifahrenden Motorrads, aber hier drinnen herrschte eine seltsame Stille, in der die üblichen Wohnungsgeräusche nicht zu hören waren. Nicht einmal das Ticken einer Uhr. Es war dieselbe Stille, die sie nach dem Tod ihrer Mutter verspürt hatte. Das Schweigen eines Sterbehauses.

Sie kämpfte mit dem beinahe unwiderstehlichen Drang, laut zu husten und damit der Stille etwas entgegenzusetzen. Oder zu rufen. Alle Türen und Fenster aufzureißen, um so viel Straßenlärm wie möglich hereinzulassen. In das Wohnzimmer zu gehen, um zu sehen, ob es dort ein Radio oder einen Fernseher gab, den sie anschalten konnte. Alles nur, um die Stille zu beenden. Aber trotzdem tat sie nichts von alledem und versuchte stattdessen, sich auf ihre Aufgabe zu konzentrieren, denn sie wollte so schnell wie möglich wieder hier weg.

Doch wo sollte sie anfangen? Bei der hintersten Tür vielleicht. Genau wie sie gedacht hatte, eine Toilette. Außer einem Toilettenpapierhalter und einer Klobürste stand nichts darin. Selbst die

Wände waren kahl. Als sie jedoch die Tür wieder schließen wollte, fiel ihr Blick auf einen Geburtstagskalender, der an der Innenseite hing. Anscheinend hatten die Jahre in Amerika Steven von dieser niederländischen Gewohnheit nicht abgebracht.

Der Kalender war klein und einfach gestaltet, er schien noch nicht sehr alt zu sein. Er fesselte geradezu ihren Blick. Stevens Handschrift war immer noch so zierlich und klein wie früher, aber sie schien etwas zittriger geworden zu sein. Das hatte sie schon bemerkt, als sie seine Mappe mit Papieren aufgeschlagen hatte. Doch das war es gar nicht, was ihren Blick gefangen hielt. Es ging vielmehr um das, was er geschrieben hatte, in das Feld vom 23. Mai. *Irene †.*

Natürlich hatte sie selbst jedes Jahr daran gedacht, dass der morgige Tag der Todestag ihrer Mutter war. Aber sie hatte nicht erwartet, dass dieses Datum hier auf dem Kalender vermerkt sein würde. Was hatte ihm dieser Tag noch zu sagen gehabt?

Unwillkürlich drängte sich ihr eine Frage auf. Er hatte doch wohl nicht vorgehabt, morgen auch das Grab ihrer Mutter zu besuchen? Die Möglichkeit, dass er ihr dort eines Tages unerwartet hätte begegnen können, erschreckte sie. Genauso wie die Frage, die sie sich als Nächstes stellte. Waren die weißen Rosen, die sie am Ostersonntag auf dem Grab ihrer Mutter entdeckt hatte, von ihm gewesen?

Kathy hatte sich damals gefragt, wer das Grab besucht haben könnte, denn sie fand dort nur sehr selten Blumen von anderen. Schließlich hatte sie angenommen, ein Angehöriger habe vielleicht das Grab besucht, denn auf der letzten Ruhestätte von Opa und Oma Nagel hatten auch frische weiße Rosen gelegen. Nicht einen Moment lang hatte sie an die Möglichkeit gedacht, dass die Blumen von Steven stammten. Sie hatte ihn immer auf Abstand gehalten. Jetzt war er gestorben. Und deshalb war sie hier. In seiner Wohnung.

Ihr Blick wanderte zu den beiden anderen Daten, die auf dem Kalender eingetragen waren. Sie sagten ihr nichts. Langsam griff sie nach dem Kalender und riss ihn vom Nagel. Als Kind hatte sie ihre Neugier nie bezwingen können, weil sie wissen wollte, ob ihr Name in dem Kalender eines anderen eingetragen war. Als sie erwachsen war, hatte sie sich diese Angewohnheit verboten. Jetzt allerdings konnte sie es nicht lassen.

Sie schlug den Kalender von Mai auf April zurück und wollte schon zum März weiterblättern, als ihre Hand mitten in der Bewegung stockte. Denn auch unter dem April stand eine Bemerkung, die sie dort nicht erwartet hatte: *22. April – Hochzeitstag 1954.*

Was war das? Warum war ihm dieses Datum überhaupt noch wichtig gewesen? Sie hatten sich doch längst nicht mehr geliebt! Eigentlich brauchte sie gar nicht mehr zum März zurückzublättern. Wenn er diese Daten für wichtig genug gehalten hatte, um sie jedes Jahr in einen neuen Kalender zu übertragen, dann hatte er ihren Geburtstag auch eingetragen.

Ihre Vermutung war richtig.

Für einen Moment schloss sie die Augen. Wenn ein einfacher Blick in eine Toilette, einen Raum, in dem sie keine emotionalen Überraschungen erwartet hatte, so viel in ihr lostrat, wie heftig würde es dann erst in den anderen Zimmern werden?

Sie entschied sich, den Kalender nicht wieder aufzuhängen. Das Entrümpelungsunternehmen brauchte ihn nicht zu entsorgen, das würde sie selbst übernehmen.

Sie schloss die Tür und merkte, dass sie enormen Durst bekommen hatte. Dummerweise hatte sie vergessen, sich etwas zu trinken mitzunehmen. Sie würde in der Küche vermutlich etwas finden, aber es erschien ihr unvorstellbar, sich hier einen Kaffee zu kochen oder einen Saft aus dem Kühlschrank zu holen. Ein Glas Wasser hingegen konnte sie sich wahrscheinlich gönnen.

Sie legte den Kalender neben ihre Tasche und ging in die Küche. Vor der Anrichte stand ein Rollator. Ein komischer Platz, dachte sie, aber dann fiel ihr ein, dass Sanne ihr erzählt hatte, sie habe Steven auf dem Küchenboden gefunden. Wahrscheinlich hatte er seinen Rollator dabeigehabt.

Die Küche war in einem tadellosen Zustand. Kathy hatte keine Ahnung, ob Sanne hier aufgeräumt hatte oder ob Steven immer noch so ordentlich gewesen war wie früher. Der Gasofen blitzte ihr geradezu entgegen und nirgendwo war ein Stäubchen zu sehen.

Sie nahm ein Glas aus dem Hängeschrank und füllte es mit Wasser. Während sie es langsam trank, sah sie sich um. Wahrscheinlich war sie mit diesem Raum auch schon fertig. Es fiel ihr auf, dass die gelb karierten Gardinen hier und da schon sehr zerschlissen waren. Vielleicht hatte Steven die Gardinen und Teppichböden beim Einzug vom Vormieter übernommen oder sie gehörten sogar zum Inventar der Wohnung. Es wäre jedenfalls ratsam, das morgen herauszufinden, bevor sie den Auftrag gab, Gardinen, Teppichböden und das Linoleum aus der Küche zu entfernen.

Schnell spülte sie ihr leeres Glas aus und trocknete es mit dem blau gestreiften Geschirrtuch ab, das am Haken hing. Dann inspizierte sie die Schränke. Darin fand sie ein paar wenige Vorräte, aber nicht viel. Sie würde einfach eine Klappbox aus ihrem Wagen holen und alles, was noch original verpackt war, hineintun. Die örtliche Tafel nahm so etwas immer gerne an.

Der kleine Einbaukühlschrank war praktisch leer, Sanne hatte alle offenen Verpackungen schon entsorgt. Es lagen nur noch zwei Tetrapacks Orangensaft darin und ein Stück eingeschweißter Hartkäse. Das konnte auch mit zur Tafel.

Nach der Konfrontation mit dem Kalender war die Küche eine Kleinigkeit. Hier gab es keinerlei Hinweise auf den Verstorbenen. Obwohl … sie überlegte ein wenig, wo sie das kleine antike Besteckschränkchen an der Wand schon einmal gesehen hatte. Nach näherem Hinsehen kam es ihr sehr bekannt vor, aber sie konnte auf die Schnelle nicht herausfinden, woher. Vielleicht würde es ihr später wieder einfallen.

Sie ging in das Zimmer, das der Küche gegenüberlag, und holte tief Luft, bevor sie die Tür öffnete. Das konnte gut und gerne Stevens Schlafzimmer gewesen sein.

In dem Raum stand nur ein Einzelbett mit einer nackten Matratze und einem leeren Nachtschränkchen. Im Einbauschrank befanden sich ein Kissen und eine Decke, ansonsten waren die Fächer leer. Gut. Wieder ein Zimmer fertig.

Jetzt an die Dusche. Sie verströmte noch etwas den Duft nach Rasierwasser, aber die Marke war eine andere als die, die er früher benutzt hatte.

Auch mit diesem Raum war sie schnell fertig. Nichts Besonderes. Nichts, was sie seelisch belastet hätte. Zumindest nicht, wenn sie die Bilder ignorierte, die sich ihr aufdrängten, Bilder von ihm, wie er vor dem Spiegel gestanden und sich mit einem Pinsel vor dem Rasieren das Gesicht eingeschäumt hatte. Wenn sie dann hereingekommen war, hatte er ihr immer mit dem schaumigen Pinsel über die Nase gestrichen.

Noch zwei Türen und das Wohnzimmer. Das Zimmer hinter der ersten Tür war leer. Das bedeutete, dass sich hinter der anderen Tür sein Schlafzimmer befinden musste. Sie überlegte einen Augenblick, ob sie es betreten oder lieber erst ins Wohnzimmer gehen sollte. Dieser Moment absoluter Stille wurde durch die Türklingel unterbrochen. Brachte der Nachbar nun doch den Schlüssel vorbei? Sie musste ihm öffnen.

Auf dem Weg zur Wohnungstür sah sie schon durch das Fensterchen, dass es Sanne war, die davorstand.

„Hallo“, sagte Sanne, noch bevor Kathy die Tür ganz geöffnet hatte. „Michel hat mir gesagt, dass Sie nach dem Schlüssel gefragt haben.“

„Stimmt.“ Höflichkeit und Widerwillen kämpften in Kathys Kopf miteinander. Sollte sie Sanne hereinbitten? Sie verspürte wenig Lust dazu. „Die Wohnung wird geräumt und dann will ich dem Vermieter die Schlüssel zurückgeben. Deshalb hatte ich danach gefragt.“

Sanne machte keinerlei Anstalten wegzugehen. „Brauchen Sie beim Ausräumen Hilfe?“, bot sie sich an.

„Nein, wirklich nicht, vielen Dank“, antwortete Kathy höflich.

Ein ungemütliches Schweigen.

„Nach der Post habe ich jeden Tag gesehen und alles auf einen Stapel gelegt. Haben Sie den schon entdeckt?“, fragte Sanne dann.

„Die Post?“

„Ja, ein paar Briefe und die Tageszeitung, die Ihr Vater abonniert hatte. Das liegt alles auf dem Tisch im Wohnzimmer.“

„Da bin ich noch nicht gewesen.“

„Oh.“ Sanne räusperte sich und schien die Botschaft verstanden zu haben, die Kathy durch ihre steife Haltung vermittelte. Sie holte den Schlüssel aus der Hosentasche. „Dann werde ich mal wieder nach drüben gehen“, sagte sie, während sie ihr den Schlüssel überreichte.

„Ja, vielen Dank.“ Erleichtert nahm Kathy ihn entgegen.

„Ich hätte Ihren Vater gern besser kennengelernt. Er scheint ein netter Mensch gewesen zu sein.“

Oh ja, so nett. Kathy schluckte die Bemerkung hinunter, aber ihr fiel nichts anderes ein, was sie hätte erwidern können.

„Na gut, dann gehe ich wohl besser“, sagte Sanne schließlich, nachdem sie wieder stehen geblieben war.

„Ja“, antwortete Kathy. „Vielen Dank für alles, was Sie getan haben. Es war nett von Ihnen, dass Sie sich letzte Woche um die Wohnung gekümmert haben.“ *Das war auf jeden Fall keine Lüge.*

„Das war nicht der Rede wert.“

„Trotzdem danke.“ Kathy machte die Tür etwas weiter zu. „Einen schönen Tag noch.“

„Ebenfalls.“ Damit drehte Sanne sich um und ging.

Als Kathy die Tür gerade schließen wollte, sah sie sie zurückkommen. Überrascht machte Kathy die Tür wieder auf und blickte sie fragend an.

„Ich frage mich, ob ...“, sagte Sanne in einem zögerlichen Tonfall, „verstehe ich Sie richtig, dass Sie seine Wohnung heute das erste Mal betreten?“

„Ja, so ist es.“ Kathy sah sie abwehrend an. Was ging Sanne das überhaupt an. Warum rückte sie damit jetzt heraus?

„Aber dann begreife ich eine Sache nicht.“

„Was denn?“

„Auf dem Besteckschränkchen in der Küche stand ein altes Foto. Von Ihrem Vater und einem kleinen Mädchen.“

Kathy merkte, wie sie eine Gänsehaut bekam.

„Und als Ihr Vater eingeliefert wurde, hing im Wohnzimmer auch noch ein Foto an der Wand“, fuhr Sanne fort. „Das habe ich gesehen, als ich dort die Post hingebracht habe. Wenig später waren beide Fotos verschwunden.“ Sie schwieg und strich sich durch ihr blondes Haar. „Aber wenn Sie gar nicht hier gewesen sind ... wenn Sie die Fotos gar nicht an sich genommen haben ...“

Kathy wusste, welche Frage nun kommen würde. Und sie hatte auch eine Vermutung, was die Antwort sein würde.

„... wo sind die Fotos dann jetzt?“

Kapitel 24

„Oh nein, nicht auch das noch“, schimpfte Ellen. „Wie oft soll ich dir noch sagen, dass du deinen Kram nicht überall herumliegen lassen sollst?“, fügte sie hinzu und warf Marilou einen vorwurfsvollen Blick zu.

Auf dem Weg in den Garten war sie mit einem Tablett, auf dem drei Gläser Fruchtsaft standen, über eine herumliegende Barbiepuppe gestolpert. Glücklicherweise war sie nicht gefallen, allerdings war durch das Auffangmanöver der Saft aus den Gläsern geschwappt.

„’tschuldigung, Mama“, sagte Marilou, als sie vom Flur ins Wohnzimmer gelaufen kam.

„Dafür kann ich mir jetzt auch nichts kaufen. Schau dir doch mal die Überschwemmung hier an“, tadelte sie ihre Tochter.

„Na ja, zum Glück ist nichts kaputtgegangen“, mischte sich Peter ein. „Gib mir das Tablett, dann wische ich schnell drüber.“ Er hob die Barbiepuppe auf, legte sie auf den Tisch und wollte Ellen das Tablett abehmen.

„Das brauchst du nicht, das kann ich auch selbst“, zischte Ellen ihn an und lief zurück in die Küche.

Sie goss den Saft in neue Gläser und tat die verkleckerten zum Abwasch ins Spülbecken, wobei sie den Wasserhahn mit Schwung weiter aufdrehte als nötig. Hektisch spülte sie das Tablett ab und wischte mit dem Geschirrtuch darüber.

„Du bist ganz schön gereizt“, sagte Peter mit verschränkten Armen in der Türöffnung.

Ellen wusste, dass er recht hatte. Gereizt war noch milde ausgedrückt, sie war geradezu geladen. Dafür gab sie Kathy Smit die Schuld. Diese Frau konnte ihr im Augenblick wirklich gestohlen bleiben.

Als sie heute Nachmittag hinter ihr hergeradelt war, hatte sie den blauen Ford schon wieder wegfahren sehen, bevor sie den Appartementkomplex von Steven erreicht hatte. Zur Sicherheit war sie noch bis zu seiner Wohnung gelaufen, aber da war niemand gewesen. Danach hatte sie noch ungefähr eine Viertelstunde darauf gewartet, ob Kathy noch auftauchen würde. Schließlich war sie nach Hause gefahren und hatte festgestellt, dass Peter und Marilou, die scheinbar noch ein bisschen Fahrrad gefahren waren, noch gar nicht da waren.

„Lass mich in Ruhe", sagte Ellen, während sie die frischen Gläser auf das Tablett stellte und es hochhob. „Ich reiße mich schon wieder zusammen." *Hoffe ich jedenfalls.* Wenn sie so gelaunt war wie jetzt, dann brauchten andere gar nicht viel zu sagen, sondern sie explodierte schon wegen Kleinigkeiten.

Sie ging nach draußen, stellte das Tablett auf den hölzernen Gartentisch und setzte sich auf einen Gartenstuhl, auf dem ein Kissen mit Blumenmuster lag. „Such dir mal etwas Leckeres dazu aus", hörte sie Peter im Haus zu Marilou sagen. „Dann nehmen wir das mit nach draußen."

Ellen schloss die Augen und versuchte, etwas ruhiger zu werden. Peter und Marilou hatten es nicht verdient, dass sie so launisch war. Sie durfte sich einfach nicht so viele Gedanken machen. Schließlich konnte sie nicht beweisen, dass Kathy heute Nachmittag tatsächlich zu Stevens Wohnung unterwegs gewesen war. Aber wenn ihr Gefühl stimmte, dann hatte Kathy Smit in dem Moment, als sie beinahe kollidiert waren, eine Begegnung mit ihr vermeiden wollen. Dann hatte Ellen ein Problem. Denn wie groß war dann die Chance, dass Kathy irgendwann die Tasche von Steven abholen würde?

„So, schau einmal", sagte Peter.

Ellen öffnete die Augen und sah, dass Peter für jeden von ihnen einen Schokoriegel mitgebracht hatte. Hinter ihm ging Marilou mit einem Puzzle in der Hand. Es war schon alt und stammte noch von Linda und ihr. Es zeigte ein Körbchen mit lauter Katzenjungen.

„Darf ich auch ein Kätzchen haben, Mama?", bettelte Marilou, während sie die Schachtel auf den Tisch legte. „Iris hat noch zwei."

„Fang damit nicht schon wieder an, Marilou", warnte Ellen sie. „Du weiß genau, dass ich mir nicht vorstellen kann, wie hier zwei Katzen leben sollen. Zweimal so viel Futter, zweimal so viele Haare und doppelt so oft das Katzenklo sauber machen."

„Und wenn ich dir mit dem Katzenklo helfe?"

„Wie lange geht das gut, was meinst du?"

Marilou zuckte mit den Schultern und hob ihr Glas zum Mund.

Ellen nutzte die Chance, um das Thema zu wechseln. „Onkel Wouter und Tante Linda haben ein paar Hühner gekauft. Vielleicht hast du ja Lust, sie dir einmal anzusehen."

Marilou behielt den Glasrand im Mund, nickte aber so heftig, dass ihr Pferdeschwanz hin und her tanzte.

„Ich gehe kurz mit", sagte Peter. „Dann kann ich auch gleich einmal schauen, was sie für einen Hühnerstall gebaut haben." Er warf einen Blick auf seine Armbanduhr. „Wenn der große Zeiger unten steht, ist es halb vier", sagte er Marilou, während er ihr sein Handgelenk vor die Nase hielt. „Dann gehen wir los. Das ist in fünf Minuten."

Peter und Marilou plauderten noch ein wenig, während Ellen schweigend ihren Saft austrank und ihren Schokoriegel aß. Schön, dass Peter dafür sorgte, dass sie einen Augenblick für sich allein hatte. Dann konnte sie mit sich selbst ins Gericht gehen und ihre schlechte Laune loswerden. Oder vielleicht ein halbes Stündchen schlafen.

Du könntest auch für Kathy beten, hörte sie eine innere Stimme sagen. *Damit hilfst du ihr … und dir selbst auch.*

Unwillig rutschte Ellen auf ihrem Stuhl hin und her. Ja, es stimmte. Im Gebet konnte sie Menschen und Dinge loslassen und Frieden finden. Aber sie hatte im Augenblick schlichtweg keine Lust zu beten. Eigentlich war sie einfach nur genervt. Genervt von Kathys Widerspenstigkeit und genervt von sich selbst. Wie hatte sie Steven nur versprechen können, dafür zu sorgen, dass Kathy die Tasche mitnahm und ihren Inhalt anschaute? Warum hatte sie sich überhaupt darum gekümmert? Sie kannte doch nur die eine Seite der Geschichte. Vielleicht war Kathy ja völlig zu Recht so wütend auf ihn. Ob sie ihrem Vater nicht vergeben wollte oder konnte, war schließlich ihre Sache.

UND MEINE SACHE.

Ellen tat einen tiefen Seufzer. „Und deine Sache", gab sie murrend zu. „Ich hätte es wissen müssen."

„Was hast du gesagt?", fragte Peter.

„Ach nichts." Sie stand auf und ging in Richtung Haus. „Ich lege mich ein bisschen hin. Weckt ihr mich, wenn ihr zurückkommt?"

„In Ordnung. Legst du dich oben hin? Dann schließe ich ab, wir gehen nämlich jetzt."

„Nein, aufs Sofa. Lass die Tür ruhig offen." Sie ging zurück und gab Peter und Marilou jeweils einen Kuss. „Grüßt schön von mir."

Ein paar Minuten später lag Ellen langgestreckt auf dem Sofa. Die Stille im Zimmer kämpfte gegen die Unruhe in ihrem Kopf. Müde schloss sie die Augen und versuchte zu schlafen.

Etwas später merkte sie, dass Joris auf das Sofa gesprungen kam und sich auf sie legte. Er schnurrte behaglich und grub seine Pfoten in Ellens roten Pullover.

„Hups, weg mit dir", schimpfte Ellen, während sie ihn von sich herunterschob. „Dein Frauchen ist nicht in Stimmung."

Entrüstet zog sich der Kater auf einen der Sessel zurück und fing an sich zu lecken.

Ellen setzte sich auf und seufzte. Sie war einfach zu unruhig zum Schlafen. Sie warf einen Blick ins Bücherregal. Nein, auf Lesen hatte sie auch keine Lust. Sollte sie auch lieber zu Linda und Wouter gehen? Vielleicht würde sie dadurch Steven und Kathy aus dem Kopf bekommen. Oder vielleicht auch nicht, schließlich könnte es sein, dass Linda sie nach ihnen fragte.

Sie stand auf und ging an den Kühlschrank, um nach einem weiteren Schokoriegel zu suchen. Nicht dass sie ein Verlangen danach verspürt hätte, nein es war das Gefühl der Unruhe. Zum Glück lag dort noch ein Riegel, aber als sie sich gerade das zweite Stückchen in den Mund geschoben hatte und sich das dritte abbrechen wollte, stellte sie ernüchtert fest, dass Schokolade noch nie ein Problem wirklich gelöst hatte. Beten dagegen schon. Sie legte den Rest des Riegels zurück und faltete die Hände.

Mit geschlossenen Augen suchte sie nach Worten. „Himmlischer Vater", begann sie. „Ich gebe zu, dass ich im Augenblick ziemlich geladen bin und sicher nichts dagegen hätte, wenn du dir jemand anderen gesucht hättest, der zu Steven geht. Und mit Kathy redet. Am liebsten würde ich morgen einfach die Tasche bei diesem Krankenhauspfarrer abgeben und einen dicken Strich unter die ganze

Sache ziehen. Fertig. Schluss. Vorbei.“ Sie fuhr sich über das Gesicht und faltete erneut die Hände. „Aber wie du gesagt hast, ist die Geschichte für dich noch nicht fertig. Du lässt mich noch nicht in Ruhe. Und auch wenn mein Gefühl heute nicht mitkommt, ich habe dir ganz bewusst versprochen, dass du mich gebrauchen kannst.“

Während sie so betete, sah sie sich selbst wieder neben Stevens Bett sitzen, hörte seine schwache Stimme, las die Gefühle in seinen Augen und nahm seine zittrigen Hände in die ihren, um zusammen mit ihm zu beten.

Langsam wurde sie ruhiger und in Gedanken erlebte sie wieder den Augenblick in seiner Wohnung, als sie mit Tränen in den Augen die Fotos von Vater und Tochter vorsichtig eingepackt und mitgenommen hatte. Nach und nach verspürte Ellen wieder das Verlangen, dass auch Kathy sie sehen möge.

Nein, sie würde die Tasche nicht bei Martijn Mingels vorbeibringen, sondern sie Kathy persönlich übergeben. Sie war zutiefst davon überzeugt, dass ihre Aufgabe noch nicht beendet war. Dass der Tag kommen würde, an dem sie Kathy sehen und sprechen würde, und dass es für Stevens Tochter nun an der Zeit war, in die Vergangenheit zurückzukehren, als es noch nicht zum Bruch zwischen Vater und Tochter gekommen war. In die Zeit, in der sie als kleines Mädchen auf seinen Füßen getanzt hatte.

Kapitel 25

Kathy starrte Sanne an und wusste auf die Schnelle nicht, was sie auf ihre Frage antworten sollte. Vor ihren Augen flimmerte das Bild von Ellen auf und wie sie mit der Tasche in der Hand in dem Familienzimmer des Krankenhauses stand. Es konnte nicht anders gewesen sein, *sie* musste die Fotos mitgenommen haben. Aber warum?

„Äh … ich glaube, ich weiß, wer sie hat", sagte sie schließlich. „Machen Sie sich darum also keine Sorgen."

Sanne zuckte mit den Schultern. „Okay, auch gut. Also, dann noch einmal auf Wiedersehen." Sie verabschiedete sich und drehte sich um.

„Tag auch." Kathy schloss die Tür und ging wieder in die Küche. Ein Glas Wasser reichte nicht, um einen solchen Nachmittag zu überstehen. Während sie sich an die Anrichte lehnte und ein weiteres Glas Wasser trank, versuchte sie die Neuigkeiten zu verarbeiten. Es konnte kaum anders sein, das Kind auf den Fotos war sie selbst. Es ärgerte sie, dass diese Fotos für Steven noch wichtig gewesen zu sein schienen, so wichtig, dass er sie durch Ellen hatte holen lassen. Warum? Und war das alles oder hatte sie noch mehr für ihn einpacken müssen? Dinge, die Sanne nicht so ohne Weiteres entdeckt und vermisst hatte, die aber trotzdem vorher hier gewesen waren?

Energisch schüttelte sie den Kopf und stellte das Glas auf die Anrichte. Also jetzt noch einmal abwaschen und abtrocknen. Vielleicht war das aber auch ein bisschen früh, falls sie noch ein Glas Wasser trinken wollte. Einen Augenblick lang spielte sie mit dem Gedanken, nach Hause zu fahren. Doch dann würde sie morgen Abend noch einmal hierherkommen müssen. *Nein, Zähne zusammenbeißen und durch, Kathy*, feuerte sie sich selbst an. *Viel schlimmer kann es kaum noch werden.*

Bevor sie es sich anders überlegen konnte, ging sie mit schnellen Schritten ins Wohnzimmer. Die Tür stand offen und sie hatte schon die Essecke gesehen. Sie lief bis zur Mitte des Raums und sah sich um. Das Zimmer war einfach möbliert und mit Sicherheit nicht nach Stevens Geschmack, jedenfalls soweit sie sich an früher erinnerte. Er hatte eine Vorliebe für antike Möbel gehabt. Aber vielleicht hatte er neben den Teppichböden und Gardinen auch die Möbel mitgemietet. In Gedanken machte sie sich eine Notiz, morgen den Vermieter auch danach zu fragen.

Wie die Küche sah auch das Wohnzimmer sehr ordentlich aus. Keine herumliegenden Zeitschriften oder andere Dinge. Die Pflanzen auf der Fensterbank waren gegossen. Wahrscheinlich hatte Sanne sich in den letzten Tagen darum gekümmert. Eigentlich sollte sie etwas netter zu der jungen Frau sein, dachte Kathy. Vielleicht würde sie ihr einen Blumenstrauß als Dankeschön zukommen lassen.

Ihr Blick glitt zu dem großen Fauteuil, dem dreisitzigen Sofa, dem Wohnzimmertisch und den altmodischen Eichenmöbeln an der Wand. Die Regale musste sie in jedem Fall durchschauen. Auf einem Beistelltischchen standen ein kleiner Fernseher und ein Telefon. *Telefon abmelden*, notierte sie sich in Gedanken. *Und auch Strom, Gas und Wasser.* An so etwas hatte sie gestern überhaupt nicht gedacht, als sie ihre To-do-Liste geschrieben hatte.

Sie machte eine Vierteldrehung und betrachtete das übrige Zimmer. An der Wand hing noch ein Bild, das einen Hirsch an einem Bachlauf zeigte. Unwillkürlich musste sie an ein Psalmwort von früher denken. *Wie der Hirsch lechzt nach frischem Wasser.* Seltsam, dass man so etwas nie mehr zu vergessen schien.

Außer der Essecke mit vier Eichenstühlen und einem Eichentisch mit einer persischen Decke darauf gab es auf dieser Seite des Zimmers nichts. Sie nahm die Post vom Tisch, um sie durchzusehen. Tatsächlich lagen einige Zeitungen dort – *Abonnement kündigen!* – und drei Briefe. Kathy nahm sie in die Hand und las den Absender. Einen Brief von einem Energieversorgungsunternehmen, einen von einer ihr unbekannten Adresse und einen von einem Autohaus Withuys. *Autohaus Withuys?* Das war der Opelhändler vor Ort.

Ihr war noch nie der Gedanke gekommen, dass Steven ein Auto haben könnte. Komisch eigentlich. Andererseits hatte sie bisher auch kaum darüber nachgedacht, wie viel Zeit zwischen seiner Rückkehr in die Niederlande und seiner Aufnahme ins Krankenhaus vergangen war. Sie hatte zwar die Vermutung, dass er schon seit ein paar Wochen wieder hier war, aber nicht weiter nachgeforscht.

Wie schnell war er eigentlich krank geworden? Anscheinend war er bei seiner Ankunft in den Niederlanden aber noch so rüstig gewesen, dass er hatte Auto fahren können. Doch wo waren dann die Autoschlüssel? Am Schlüsselbrett hingen sie jedenfalls nicht. Und bisher hatte sie auch noch keine Fahrzeugpapiere gefunden.

Sie legte den Brief zurück und beschloss, ihn ungeöffnet zu den Papieren zu tun, die sie dem Notar übergeben wollte. Wenn es doch ein Auto gab oder vielleicht eins bestellt worden war, sollte er sich darum kümmern. Den Brief des Energieversorgers steckte sie ein, denn der würde sich bei der Suche nach der Adresse als hilfreich erweisen.

Blieb nur noch der Brief mit dem unbekannten Absender. Ein Herr J. Verweij. Der Name sagte ihr überhaupt nichts. Auch der Utrechter Poststempel nicht. Leider waren weder Straße noch Postleitzahl angegeben, sonst hätte sie ihn einfach zurückschicken können. So musste sie den Umschlag wohl oder übel öffnen, um herauszufinden, worum es ging und ob der Absender über Stevens Tod informiert werden musste.

Als sie den Brief aus dem Umschlag holte, fiel ein Schwarz-Weiß-Foto zu Boden. Heute war wirklich der Tag, an dem sich alles um Fotos zu drehen schien. Sie hob das Bild auf und sah in das Gesicht eines Mannes, den sie noch nie gesehen hatte. Sie schätzte ihn auf ungefähr fünfunddreißig. Kerzengerade stand er da und sah mit seinen dunklen Augen stolz in die Kamera. *Wer war das?* Nun betrachtete sie das Foto etwas genauer und sah dann das dreieckige Abzeichen, das am Revers seiner Anzugjacke steckte. Ein Abzeichen, das sie aus dem Geschichtsunterricht als das Symbol der NSB wiedererkannte, der „Nationaal-Socialistische Beweging", jener faschistischen Partei der Niederlande, die während des zweiten Weltkrieges mit den deutschen Besatzern kollaboriert hatte.

Mechanisch faltete sie den Brief auseinander.

Sehr geehrter Herr Smit,
in der vergangenen Woche habe ich mehrmals versucht, sie telefonisch zu erreichen, aber leider ohne Erfolg. Deshalb wende ich mich nun schriftlich an Sie.
Bezüglich Ihres Anliegens, weitere Daten über Ihren Vater, Herrn

S. J. Smit, zu sammeln, muss ich Sie leider darüber in Kenntnis setzen, dass ich Ihnen nicht weiterhelfen kann und auch nur über die Informationen verfüge, die Sie mir bereits im Zusammenhang mit Ihrem Anliegen unterbreitet hatten. Beiliegend sende ich Ihnen daher das Foto zurück, das Sie mir für meine Nachforschungen überlassen hatten.
Wenn ich mehr für Sie tun kann, lassen Sie es mich bitte wissen.
Mit freundlichen Grüßen
J. Verweij

Bestürzt ließ sich Kathy auf einen Stuhl sinken und betrachtete das Foto eingehend. War dies ihr Großvater väterlicherseits? Und war er NSB-Mitglied gewesen? Hatte er … hatte er auch Juden angezeigt? Widerstandskämpfer verraten? Und wie viel hatte ihr Vater davon gewusst? Schnell rechnete sie zurück und stellte fest, dass er bei Kriegsbeginn erst neun Jahre alt gewesen war. Wie musste es für ihn gewesen sein herauszufinden, dass der eigene Vater zur NSB gehört hatte? Sie war so verdutzt, dass sie gar nicht merkte, dass sie ihn nicht mehr Steven nannte.

Ihre Gedanken wanderten zu seiner Mutter, ihrer Großmutter. War sie auch in der NSB gewesen? Kathy kannte Geschichten von Kollaborateuren, die nach dem Krieg verhaftet und jahrelang eingesperrt worden waren. Sofort drängte sich ihr eine weitere Frage auf. Waren ihre Großeltern sehr früh verstorben oder hatte ihr Vater ihre Existenz verschwiegen? Hatte er mit ihnen gebrochen?

Diese und noch mehr Fragen schossen ihr durch den Kopf. Fragen, auf die sie keine Antworten wusste. Es waren zu viele, um sich an einem einzigen Nachmittag damit zu befassen. Aber eines war sicher. Sie musste hier weg, so schnell wie möglich. Und morgen Abend wiederkommen und die Schränke, die Regale und das Schlafzimmer durchforsten. Heute Nachmittag hielt sie es hier keine Minute länger aus.

Mit wankenden Knien stand sie auf und legte den Brief auf den Tisch, und das Foto darauf. Als sie es nun mit einem gewissen Abstand betrachtete, fiel ihr plötzlich die Ähnlichkeit auf. Die breite Stirn, der hohe Haaransatz, die dunklen Haare, das schmale Kinn.

Kathy schlug sich die Hand vor den Mund. Der Mann auf dem

Foto, der erwiesenermaßen ihr eigener Großvater zu sein schien, hatte genau dasselbe herzförmige Gesicht, das sie jeden Morgen im Spiegel sah.

Sie besaß das Gesicht eines Verräters.

Kapitel 26

Montag, 23. Mai

Martijn ging durch den Flur des Krankenhauses. Den ganzen Vormittag über hatte er Gespräche mit Patienten geführt und freute sich nun sehnsüchtig auf seine Mittagspause. Eigentlich war es dafür noch zehn Minuten zu früh, aber in dieser kurzen Zeit wollte er kein neues Gespräch mehr beginnen.

Er fingerte ein bisschen Kleingeld aus seiner Hosentasche und fütterte damit den Automaten im Eingangsbereich, um sich einen Becher Suppe zu ziehen. Als er gerade frisch im Krankenhaus angefangen hatte, war er meistens in die Personalkantine gegangen, aber sein immer enger werdender Hosenbund hatte ihm nach ein paar Monaten deutlich zu verstehen gegeben, dass die Leckereien während der Mittagspause nicht ohne Folgen geblieben waren. Um es sich selbst nicht schwerer als nötig zu machen, mied er seitdem die Kantine und brachte sich für gewöhnlich ein paar Vollkornbrötchen von zu Hause mit. Aber einen Becher Suppe schlug er ungern aus, weil es das flaue Gefühl in seinem Magen beruhigte.

Das dünne Plastikbecherchen war so heiß, dass er sich glatt die Finger verbrannte. Er unterdrückte einen Schrei, stellte den Becher auf den Tisch und zog ein Papiertaschentuch aus der Pappschachtel, die dort immer stand. Weil es kein Waschbecken gab, machte er das Taschentuch mit dem Gießkännchen zum Blumengießen nass und presste es auf die schmerzende, rote Stelle auf seiner Hand. Hoffentlich gab es keine Brandblase.

Wenig später warf er das Taschentuch in den Mülleimer und holte die Brotdose aus seiner Tasche. Nach dem Essen würde er nach draußen gehen und sich an der frischen Luft ein wenig die Beine vertreten. Sein Essen nahm er lieber in Ruhe in seinem Büro ein. Er setzte sich auf einen der roten Klappstühle und sprach ein schlichtes Tischgebet.

Gerade als er in sein Käsebrötchen gebissen hatte, klingelte sein

Handy. *Es soll wohl nicht sein.* Er holte es aus der Hosentasche und überlegte, ob er den Anruf annehmen oder ihn wegdrücken sollte, um später zurückzurufen. Auf dem Display war nur „Rufnummer unterdrückt" zu lesen, womit die letzte Möglichkeit ausfiel. Schnell schluckte er seinen Bissen hinunter und drückte den grünen Knopf. Schließlich hatte seine offizielle Mittagspause noch gar nicht angefangen.

„Guten Tag, hier ist Martijn Mingels."

„Äh … guten Tag, Sie sprechen mit Kathy. Kathy Smit."

Martijn verschluckte sich beinahe an den letzten Brötchenkrümeln und saß kerzengerade da. Er musste zweimal husten und versuchte, seine Überraschung zu verbergen. „Guten Tag, Frau Smit."

Am anderen Ende der Leitung blieb es still. Anscheinend suchte sie nach den richtigen Worten. „Ich rufe an, um mich zu bedanken", sagte sie dann. „Ich fand es … es war sehr nett, dass Sie die Beerdigung übernommen haben."

Martijn war es nicht entgangen, dass sie nicht in der Ich-Form gesprochen hatte, und das konnte er verstehen. Sie war auf jeden Fall ehrlich.

„Vielen Dank. Ich bin froh, dass Sie mir die Gelegenheit gegeben haben, mein Versprechen Ihrem Vater gegenüber einzulösen."

Sie ging offensichtlich nicht auf seine Bemerkung ein. „Ich hätte mich natürlich gleich nach der Beerdigung bedanken müssen, aber da … nun ja, da bin ich nicht dazu gekommen."

„Das macht nichts. Es ist sehr aufmerksam von Ihnen, dass Sie sich trotzdem noch mal gemeldet haben."

Wieder wurde es still. Martijn vermutete, dass Sie das Gespräch mit dem folgenden Satz beenden würde, und soweit es ihn betraf, war das auch in Ordnung so. Aber zu seiner eigenen Überraschung hörte er sich selbst sagen: „Ich habe von meinem Bruder gehört, dass Sie sich begegnet sind."

Warum habe ich das jetzt gesagt? Er stand auf und ging zum Fenster. *Warum fange ich ausgerechnet von Jeroen an? Wenn ich dieses Gespräch schon in die Länge ziehen will, dann sollte ich wenigstens von Gott reden.*

Wie an der Verwunderung in Kathys Stimme zu hören war, war sie von seiner Bemerkung genauso überrascht wie er selbst. „Äh …

ja, das stimmt. Ich hatte allerdings nicht damit gerechnet, dass er Ihnen das erzählt."

„Sagen Sie doch bitte du", schlug Martijn vor, wobei er wieder einem Impuls folgte.

„Gut."

„Aber wo wir nun gerade davon sprechen …", fuhr er fort, während er eine Amsel dabei beobachtete, wie sie unterhalb des Fensters mit ihrem Schnabel den Rasen durchwühlte. „Ich gebe zu, dass es mich brennend interessieren würde, warum Sie so wütend auf mich waren."

„Ich dachte, wir sind beim Du?"

„Gut", wiederholte Martijn ihre Reaktion von eben und wartete darauf, dass sie etwas sagte.

„Ich war tatsächlich etwas wütend", gab sie zu. „Aber wie ich schon Ihrem, äh … deinem Bruder gesagt habe, war alles ein Missverständnis. Nicht wirklich wichtig."

„Das kann ich sicher selbst beurteilen, wenn ich weiß, worin das Missverständnis bestand." Martijn ging an den Tisch und nahm einen kleinen Schluck Suppe, die jedoch immer noch zu heiß war. Vorsichtig stellte er sie wieder ab. Eine Verbrennung reichte ihm.

„Ich möchte die Angelegenheit lieber begraben", sagte Kathy. Ihre Stimme hörte sich sehr höflich an, dennoch meinte er, einen Anflug von Ärger herauszuhören.

„Wie du willst." Plötzlich fiel ihm ein, dass er auf dem Friedhof von der Frau angesprochen worden war, die Steven die Karte geschrieben und noch ein paar Dinge von Steven für Kathy hatte. Wie hieß sie nochmal? *Elly … Ella. Nein, Ellen.* Jetzt wusste er es wieder. *Ellen de Vries.* Er versuchte immer, sich eine Eselsbrücke auszudenken, um sich Namen zu behalten, und er wusste noch, dass ihr Nachname in einem starken Kontrast zu ihrer warmen Ausstrahlung gestanden hatte. „Darf ich dich dann noch etwas anderes fragen?"

„Und das wäre?"

„Ich habe nach der Beerdigung noch mit Ellen de Vries gesprochen."

„Oh."

Jetzt war er sich sicher, einen gewissen Ärger herausgehört zu haben. Sogar eine abwehrende Haltung. Trotzdem fuhr er fort. „Sie hat noch ein paar Dinge von deinem Vater für dich."

„Das weiß ich."

Sie fragte nicht einmal, woher er davon wusste; es war ziemlich eindeutig, dass sie keine Lust hatte, auf die Angelegenheit mit Ellen einzugehen. Trotzdem ließ er die Sache nicht einfach auf sich beruhen, obwohl er selbst nicht wusste, warum. War es wegen Jeroen? Wollte er mehr über diese Frau erfahren, die das Interesse seines Bruders geweckt hatte? Oder suchte er unbewusst nach einem Aufhänger für ein vertrauliches Gespräch, weil ihm eine leise Stimme zuflüsterte, dass es vielleicht Führung war, dass sie selbst in Kontakt zu ihm getreten war?

„Hast du dich schon bei ihr gemeldet?"

„Nein."

Das war eindeutig, die Tür war zugeschlagen. Auf jeden Fall für den Augenblick. „Nun ja, ich hoffe, dass das bald geschieht."

„Vielleicht."

Während er nach einem Satz suchte, mit dem er das Telefonat abrunden könnte, wunderte er sich über die Wendung, die ihr Gespräch genommen hatte. Eigentlich war sie diejenige gewesen, die nach einem Schlusssatz gesucht hatte. Plötzlich wurde er ganz ruhig. Wer weiß, vielleicht war es wirklich Führung, dass sie ihn jetzt anrief. Und wenn das nicht so war, dann würde er es schon rechtzeitig merken.

„Noch eine Frage, Kathy", sagte er in ruhigem Ton. Seine Worte kamen zügiger als gerade eben. „Jetzt, wo dein Vater gestorben ist, ist meine Aufgabe als Krankenhausseelsorger in gewisser Weise beendet. Und ich habe dir ja schon gesagt, dass ich von dem Zerwürfnis zwischen euch weiß. Während der Beerdigung habe ich etwas von deinem inneren Ringen mitbekommen." Noch während er redete, war er aufgestanden und wieder zum Fenster gegangen. Die Amsel war mittlerweile weggeflogen. „Gut möglich, dass dir das wie ein Überfall vorkommt, aber ich würde mit dir gern über deinen Vater reden. Wärst du dafür offen?"

Am anderen Ende der Leitung blieb es still.

„Du musst mir nicht sofort antworten", fuhr Martijn deshalb fort. „Warte ruhig, bis die Frage etwas gesackt ist. Wir könnten uns einfach hier treffen, in meinem Büro oder an irgendeinem anderen ruhigen Plätzchen hier im Krankenhaus."

Noch bevor er seinen Vorschlag ausgesprochen hatte, bereitete er sich schon auf ein scharfes Nein vor. Es würde ihn wirklich überraschen, wenn es anders kommen sollte.

Aber es kam anders. „Ich werde darüber nachdenken", hörte er sie sagen, in einem Tonfall, als stünde sie unmittelbar davor, sich zu ergeben. „Du hörst morgen von mir. Auf Wiedersehen, Martijn."

Bevor er wieder zu sich kommen und irgendetwas entgegnen konnte, war die Verbindung unterbrochen.

Er wusste nicht, wie lange er so dagestanden hatte, das Telefon in der Hand, aber als er nach dem Becher Suppe griff, um noch einen Schluck zu nehmen, war sie nur noch lauwarm.

Frauen. Was würde er darum geben, sie zu verstehen.

Kapitel 27

Kathy verstand sich selbst nicht mehr. Sie stopfte das Handy in ihre Tasche, kramte die Frühstücksbox hervor und erhob sich von ihrem Schreibtisch. Halb eins. Zeit für eine Pause. Sie war froh über das schöne Wetter, das es ihr ermöglichte, an die frische Luft zu gehen.

Sie steckte ihren Kopf in Pauls Büro, um ihm mitzuteilen, dass sie für eine halbe Stunde verschwand, aber der telefonierte gerade. Als er sich ihr zuwandte, hielt sie ihr Brot hoch und deutete auf ihre Armbanduhr. Mittagspause. Er nickte, um ihr zu signalisieren, dass er verstanden hatte, und konzentrierte sich wieder auf sein Telefonat.

Kathy ging durch die gläserne Drehtür des Bürokomplexes nach draußen und atmete tief durch. Als sie die Straße überquert hatte und in den kleinen Park gegenüber von Instalco eingebogen war, stellte sie sich selbst die Frage, die schon seit Minuten in ihr gärte. *Warum habe ich Martijn versprochen, darüber nachzudenken?*

Sie hatte zum Telefon gegriffen, um wieder einen Punkt auf ihrer To-do-Liste abhaken zu können, jetzt musste sie einen weiteren hinzufügen. Im Grunde waren es sogar zwei: eine Entscheidung treffen und Martijn wieder anrufen. Nicht im Traum hätte sie daran gedacht, dass er sie zu einem Gespräch einladen würde. Doch als er ihr diese Frage gestellt hatte, hatte sie für einen kleinen Moment den Eindruck gehabt, dass es vielleicht gar keine so schlechte Idee war. Schließlich hatten sich Martijn und Steven am Tag vor dessen Tod noch einmal gesprochen. Und sie hatten sicher nicht nur über das Wetter geplaudert. Wer weiß, was Steven ihm so kurz vor der Operation noch alles anvertraut hatte.

Bis gestern hatte sie keine Sekunde vorgehabt, Martijn danach zu fragen, wie das Gespräch verlaufen war. Aber bis gestern hatte sie auch noch nicht gewusst, dass sie einen Großvater mit einer NSB-Vergangenheit hatte; eine schockierende Entdeckung, die sie in der letzten Nacht einige Stunden Schlaf gekostet hatte und die sie auch jetzt noch nicht einfach beiseiteschieben konnte.

Es gab zwar nur eine kleine Chance, aber wer weiß, vielleicht hatte Steven mit Martijn über ihn gesprochen. Oder mit Ellen. Wenn es nicht anders ging, würde sie wohl doch irgendwann die Tasche holen müssen. Sie musste wissen, ob an den Händen ihres Großvaters Blut klebte. Auch wenn sie keine Ahnung hatte, was sie tun würde, wenn sich diese Vermutung bewahrheiten sollte.

Nach einer Runde durch den Park setzte sie sich auf eine leere Bank und holte ein belegtes Brötchen aus ihrer Frühstücksdose. Sie biss einmal ab. Normalerweise genoss sie ihr Mittagessen und es schmeckte ihr, aber nicht heute. Nach einem weiteren Bissen warf sie die Scheibe Käse in den Mülleimer und riss das Brötchen in kleine Stückchen, die sie an die Enten im Park verfütterte.

Sie setzte sich wieder hin und sah auf die Uhr. Noch eine Viertelstunde. Eigentlich hatte sie in der Mittagspause Blumen für das Grab ihrer Mutter kaufen wollen, damit sie nach der Arbeit direkt auf den Friedhof gehen konnte, aber es war viel zu warm, um die Blumen den ganzen Nachmittag im Auto liegen zu lassen. Sie hätte sie natürlich auch mit ins Büro nehmen können, aber dann hätten ihr die Kollegen sicher ein paar Fragen gestellt. Fragen, auf deren Beantwortung sie keine Lust hatte. Sie fand es in Ordnung, ein bisschen miteinander zu plaudern, aber niemals über persönliche Dinge. Dass sie sich in der vergangenen Woche Paul gegenüber geöffnet hatte, glich einem kleinen Wunder. Seit der Beerdigung hatte sie kaum mit ihm gesprochen; denn er hatte den Rest der Woche im Ausland verbracht, um einen neuen Auftrag zu akquirieren.

Weil zwei Bissen Brot doch zu wenig waren, um den ganzen Nachmittag durchzuhalten, holte sie ein paar Radieschen und ein Stück Salatgurke aus ihrer Frühstücksdose. Die würden sie zwar wahrscheinlich nicht satt machen, waren aber besser als nichts. Während sie in ein Radieschen biss, fühlte sie einen kurzen, stechenden Schmerz in einem ihrer Schneidezähne. Eine unangenehme Erinnerung an den Zahnarzttermin, der ihr am Freitagmorgen bevorstand.

Von links näherte sich ihr ein älteres Ehepaar. Die Frau saß im Rollstuhl, der von ihrem Mann geschoben wurde, und deutete auf ein paar junge Enten. Kathy konnte nicht verstehen, was sie sagte, aber der Mann hielt an und holte ein paar Brötchen aus einer Plastiktüte, die an einem Handgriff des Rollstuhls baumelte.

Etwas wehmütig beobachtete Kathy, wie es diesen beiden Menschen, so alt sie auch waren, noch ein so erkennbares Vergnügen bereitete, die Enten zu füttern. Würde ihre Mutter noch leben, wäre sie jetzt achtundsiebzig. Vielleicht würde sie dann auch in einem Rollstuhl sitzen und sie, Kathy, würde mit ihr in den Park gehen. Steven hätte sich trotzdem vor langer Zeit vom Acker gemacht.

Manchmal fragte sich Kathy, was aus ihrem Leben geworden wäre, wenn ihre Mutter nicht krank geworden wäre. Hätte Steven sie trotzdem verraten und im Stich gelassen? Und wenn ja, wäre sie dann immer bei ihrer Mutter wohnen geblieben? Hätte sie bis ins hohe Alter für sie gesorgt?

Sie stand auf und strich ihren zartgelben Rock glatt. Es hatte keinen Sinn, sich Fragen zu stellen, die man doch nicht beantworten konnte. Sie nahm ihre Frühstücksdose und erhob sich von der Bank in Richtung Bürogebäude.

„Guten Tag", sagte sie mit einem Kopfnicken zu dem Paar.

„Tag, Fräulein." Die Antwort des Mannes entlockte Kathy ein Lächeln. Fräulein, dieses Wort hörte man nur noch selten. Obwohl er damit technisch gesehen recht hatte, schließlich war sie ja nicht verheiratet.

„Schönes Wetter, nicht wahr?", sagte die Frau, die anscheinend Lust auf ein Schwätzchen hatte.

Kathy lächelte ihr zu. „Ja, das stimmt. Ich muss nur leider wieder ins Büro. Einen schönen Tag noch."

„Vielen Dank. Und für Sie auch."

Als sie weiterging, wanderten Kathys Gedanken doch wieder zu ihrer Mutter. Hatte sie von der NSB-Vergangenheit ihres Schwiegervaters gewusst? „Opa Smit", flüsterte sie leise. Wie komisch das klang. Dieser Mann war für sie bisher nie etwas anderes als ein Name gewesen. Zudem ein Name, der nur selten erwähnt worden war. Vom Gefühl her passte das Wort Opa auch nicht zu ihm. In ihrer Vorstellung war ein Opa jemand, der sein Enkelkind auf den Schoß nahm, der sein Portemonnaie zückte, wenn man ihm das Zeugnis vorlegte. Jemand mit einem Kränzchen aus grauen Locken auf dem ansonsten kahlen Kopf und einem lieben Blick in den Augen. Wie gern hätte sie als Kind so einen Opa gehabt. Nicht dass sie das ihrer Mutter jemals erzählte hätte, aber tief in ihrem Herzen war sie immer ein bisschen neidisch auf die Freundinnen gewesen, die so einen Opa gehabt hatten. Oder sogar zwei.

Sie betrat das Bürogebäude, machte sich ein bisschen frisch und holte sich einen Becher Tee. Punkt ein Uhr saß sie wieder an ihrem Schreibtisch.

Während sie ein neues Dokument öffnete, um ein Memo zu schreiben, nahm sie einen Schluck Tee. Erneut schoss ihr der Schmerz durch den Schneidezahn. Dieses Mal stechender und länger als gerade eben. Wenn das so weiterging, musste sie unter Umständen noch einmal anrufen und fragen, ob sie auch schon früher einen Termin bekommen könnte.

Sie stellte den Becher ab und legte ihre Finger auf die Tastatur. Jetzt erst einmal an die Arbeit.

Gegen sechs bog Kathy auf den Parkplatz des Friedhofs ein und stellte den Motor ab. Wegen der dicken Kiesschicht auf den Wegen zwischen den Gräbern zog sie ihre Pumps aus und die flachen Schuhe an, die sie heute Morgen vorsorglich ins Auto gelegt hatte. Sie nahm die Rosen, die sie gerade gekauft hatte, vom Rücksitz. Die zartrosa Farbe der Blütenblätter erinnerte sie an ihre Mutter; sie war verrückt gewesen nach Zartrosa. Und nach Lila.

Hinter der Hecke ging sie zuerst zu dem öffentlichen Wasserhahn und füllte Wasser in die kleine Tonvase, die sie zusammen mit den Rosen gekauft hatte.

Vorsichtig ging sie dann mit der Vase zum Grab ihrer Mutter und nickte im Vorbeigehen einem älteren Mann zu, dem sie oft auf dem Friedhof begegnete. Noch nie hatte sie ein Wort mit ihm gewechselt und sie wusste auch nicht, welchen Angehörigen er verloren hatte, aber trotzdem freute sie sich immer, ihn zu sehen. Die liebevolle Zuwendung, mit der er eines der Gräber so treu besuchte und versorgte, rührte sie an und gab ihr ein Gefühl der Verbundenheit. Sie war nicht der Typ Mensch, der Fremde einfach so ansprach, aber wenn sie das irgendwann werden sollte, dann würde sie gern mal mit ihm reden.

Am Grab ihrer Mutter stellte sie die Vase auf eine Steinplatte neben dem Grabstein und tat die Rosen hinein. „Für dich, Mama."

In Gedanken war sie wieder bei ihrer Beerdigung. Wie jung sie da noch gewesen war, gerade erst neunzehn – noch nicht einmal erwachsen, zumindest damals war das so gewesen. Selbst ihr Erbe war noch vom Amtsgericht verwaltet worden. Zum Glück hatte sie einfach in dem Haus wohnen bleiben können, das erst knapp zwei Jahre später offiziell ihr Eigentum geworden war.

Wenn sie zurückblickte, war es für sie unvorstellbar, dass der Tod ihrer Mutter schon so lange zurücklag. Sie hatte schon länger ohne sie als mit ihr gelebt. „Trotzdem vermisse ich dich immer noch", flüsterte sie. „Ich vermisse dich und ich vermisse eine Mutter." Und einen Vater. Nicht Steven, sondern einen Vater.

Sie blinzelte, um die aufkommenden Tränen zu unterdrücken. „Ich fühle mich manchmal so allein. So schrecklich allein." Sie biss sich auf die Lippen. „Wenn ich bloß mit dir reden könnte, statt dir nur etwas zu erzählen."

Erinnerungen wurden wach, Erinnerungen an den Tag, an dem sie zum letzten Mal ernsthaft mit ihrer Mutter gesprochen hatte. Ihre Mutter war eine Woche zuvor auf eigenen Wunsch aus dem Pflegeheim entlassen worden, damit sie zu Hause sterben konnte. Kathy hatte stundenlang an ihrem Bett gesessen, jede Minute ausgekostet, die sie noch zusammen hatten. In den allerletzten Tagen war nur noch wenig Kommunikation möglich gewesen, weil das Morphin immer höher dosiert werden musste. Doch das letzte wirkliche Gespräch stand Kathy immer noch sehr eindrücklich vor Augen. Sie starrte den Grabstein an und ließ ihren Erinnerungen freien Lauf.

„Ich mache mir Sorgen um dich, mein kleines Mädchen", sagte ihre Mutter, während sie liebevoll ihre Hand nach Kathy ausstreckte.

„Das brauchst du nicht, Mama. Ich bin vielleicht noch jung, aber ich weiß mir schon zu helfen." Kathy legte ihren Kopf auf den Bettrand, neben den ausgemergelten Körper ihrer Mutter, die ein rosa Bettjäckchen trug.

„Das weiß ich auch." Ihre Mutter streichelte ihr über den Kopf und hielt ihr dann die Hand unters Kinn. „Schau mich einmal an."

Kathy hob den Kopf und sah nicht nur Liebe, sondern auch Sorge in den graublauen Augen.

„Ich weiß, dass du dir zu helfen weißt", fuhr ihre Mutter fort. „Du hast einen wachen Verstand mitbekommen. Darüber hinaus hast du im letzten Jahr bewiesen, dass du schon sehr selbständig bist, obwohl du noch jung bist. Das ist es auch nicht, worüber ich mir Sorgen mache."

„Worüber denn sonst?"

„Ich kenne doch mein Mädchen. Das kleine Mädchen, das sich hinter dieser erwachsenen Haltung versteckt."

Kathy wandte den Blick ab.

„Siehst du, jetzt tust du es schon wieder."

„Was denn?" Ihre Stimme hörte sich erschrocken an.

„Dich verstecken. Warum darf ich nicht sehen, dass du weinst?"

Kathy blinzelte mit den Augen und hob den Kopf etwas. „Weil du es schon schwer genug hast, ohne dass du mich weinen siehst."

„Wirklich? Ist das der einzige Grund?"

Kathy sah sie verständnislos an.

„Oder", ihre Mutter wischte mit einer zärtlichen Bewegung eine Träne von Kathys Wange, „möchtest du nicht, dass ich weiß, wie es dir geht? Willst du niemanden sehen lassen, wie du dich fühlst?"

Kathy wandte wieder den Blick ab. Ihre Mutter kannte sie besser, als sie gedacht hatte.

„Du erinnerst mich sehr an meine eigene Mutter", sagte sie sanft. „Sie war auch immer so beherrscht, schien immer so stark zu sein. Nur ganz selten ließ sie erkennen, was sie wirklich dachte, was tatsächlich in ihr passierte. Erst kurz vor ihrem Tod war sie bereit, sich zu öffnen, und da habe ich entdeckt, wie tief einsam sie sich eigentlich die ganze Zeit gefühlt hatte – weil sie niemanden an sich herangelassen hatte."

Es wurde still im Zimmer. „Hüte dich davor, Kathy. Verschließ dich nicht vor anderen. Bald bin ich nicht mehr da und dein Vater … scht." Sie hob ihre Hand als Zeichen dafür, dass sie ausreden wollte, als sie Kathys Protest sah. „Dein Vater ist weg. Bald bist du ganz allein. Ich bete, dass Gott dir helfen möge. Und dass du dir auch helfen lässt." Liebevoll drehte sie mit der Hand Kathys Kopf in ihre Richtung und sah sie eindringlich an. „Sorge dafür, dass Menschen um dich sind. Menschen, denen du vertraust. Menschen, die durch die Fenster deines

Herzens hineinsehen können. Versprich mir, Mädchen, dass du diese Fensterläden aufstößt."

Während die Vögel in den Bäumen des Friedhofs ihr wunderschönes Lied zum Besten gaben, löste sich die Erinnerung an jenes Gespräch langsam auf. Nur der letzte Satz hallte wie ein Echo durch ihren Kopf. *Versprich mir, dass du die Fensterläden aufstößt.*

„Es tut mir leid, Mama", flüsterte Kathy, während ihre Schultern ein ganz klein wenig zuckten. „Es tut mir wirklich leid, aber das ist mir nicht gelungen."

Kapitel 28

„Ich verstehe es einfach nicht“, seufzte Ellen.

„Was verstehst du nicht?“, fragte Peter, während er in den Hauswirtschaftsraum kam, in dem Ellen wie an jedem Montagabend stand und bügelte.

Sie deutete auf den Wäschekorb, in dem noch zwei unterschiedliche Socken lagen. „Ich frage mich, warum dauernd Socken verschwinden. Mittlerweile habe ich eine ganze Schublade voller einzelner Socken.“

„Tauchen sie nicht irgendwann wieder auf?“

„Nein, und es passiert jedes Mal. Schau doch, ich habe wieder eine Socke von dir und eine von mir übrig. Komisch, oder?“

„Tatsächlich.“ Peter schnappte sich die Socken aus dem Korb und betrachtete sie eingehend, so als könnte er auf ihnen einen verborgenen Hinweis finden, der das Problem erklären würde. „Eigentlich können sie nicht durch den Abfluss gespült werden.“

„Nein, ich glaube, das ist unmöglich.“ Ellen nahm sie ihm aus der Hand und stopfte sie in die erwähnte Schublade. „Aber wo sollen sie sonst geblieben sein?“

„Nun ja, sie tauchen bestimmt wieder auf.“

„Nicht wirklich. Das ist ja das Seltsame.“ Ellen ging an Peter vorbei aus dem Raum und stellte den Korb ins Badezimmer. Ein paar Augenblicke später war sie wieder da und räumte das Bügeleisen ins Regal.

Peter klappte das Bügelbrett zusammen und lehnte es gegen die Wand. „Ich hätte eine Lösung“, sagte er. „Wir kaufen einfach für uns alle nur noch identische Socken.“

Ellen sah ihn fragend an. „War das jetzt ein Scherz oder ist das Männerlogik?“

Er grinste. „Das musst du selbst entscheiden.“ Er zog sie zu sich und gab ihr einen Kuss, den sie gern erwiderte.

„Weswegen ich eigentlich gekommen bin“, sagte er, nachdem er sie wieder losgelassen hatte, „Marilou hätte es gern, wenn du noch einmal nach ihr schaust."

„Gut. Magst du gleich noch eine Tasse Kaffee?"

„Gern. Ruf mich, wenn es so weit ist." Er drehte sich um und ging nach unten in sein Arbeitszimmer.

Ellen ging in das Zimmer ihrer Tochter und setzte sich zu ihr auf den Bettrand. Vor noch nicht allzu langer Zeit hatten sie die Kindertapete gegen eine neutrale weiße ausgetauscht, auf die sie mit Schablonen verschiedene Blumen und Schmetterlinge gemalt hatten. In Verbindung mit dem hellen Holzboden, den sonnengelben Rollgardinen und den langen weißen Übergardinen war daraus ein fröhliches Mädchenzimmer geworden.

„Ich dachte, du schläfst schon", sagte sie zu Marilou.

Ihre Tochter schüttelte den Kopf. „Ich kann nicht einschlafen. Es ist noch so hell draußen."

„Das kommt daher, dass nun bald Sommer ist." Ellen sah nach den Gardinen, durch die das Licht in den Raum fiel. Vielleicht hätten sie doch einen Stoff kaufen sollen, der den Raum besser verdunkelt hätte.

„Fahren wir wieder in Urlaub?"

„Bestimmt. Zuerst müssen wir aber noch überlegen, wann und wohin. Das hängt ein bisschen davon ab, wie viel Stress Papa auf der Arbeit hat."

In Marilous Augen spiegelte sich ein nachdenklicher Ausdruck wider. „Und kümmert sich Tante Linda dann um Joris?"

„Ich denke schon." Sie strich Marilou eine Locke aus der Stirn. „Hättest du Lust, im Sommer wieder Oma und Opa de Vries zu besuchen? Oder Opa und Oma Zeeland?"

„Ja, große."

Ellen hörte einen abwesenden Unterton in Marilous Stimme, der ihr zeigte, dass sie mit ihren Gedanken ganz woanders war. „Was beschäftigt dich denn gerade?"

„Die Frau gestern."

„Welche Frau meinst du denn?" Ellen kam nicht mit. „Eine aus der Gemeinde oder wer?"

„Nei-ein. Die Frau, die keinen Vater und keine Mutter mehr hat."

Kathy. Ellens Gedanken schweiften zum gestrigen Tag zurück und ihr fielen die Fragen wieder ein, die ihr Marilou gestellt hatte. Jetzt kam also die Frage, die sie erst noch ein wenig bedenken wollte.

„Mama …"

„Ja?"

„Wenn du stirbst und Papa auch … wer sorgt denn dann für mich?"

Ellen war sprachlos. Sie beugte sich zu ihrer Tochter hinunter und streichelte sie. „Das lag dir die ganze Zeit auf der Seele? Mach dir darüber keine Gedanken, Schatz. Wenn es einmal dazu kommen sollte, dass es uns nicht mehr gibt, dann bist du längst verheiratet. Oder wohnst zusammen mit vier Kätzchen in einer hübschen Wohnung."

Sie ahnte wohl, dass die Frage ihrer Tochter damit noch nicht beantwortet war.

„Aber … wenn du wieder krank wirst? Und Papa auch stirbt? So wie der Vater von der Frau gestern?"

Ellen nahm Marilous Hand in ihre und dachte nach. Zu Beginn ihrer Schwangerschaft hatten sie überlegt, Linda und Wouter zu fragen, ob sie bereit dazu wären, als Vormund für das Kind zu sorgen, falls Peter und ihr etwas zustoßen sollte. Aber dazu war es nicht gekommen. Doch als sie vor zwei Jahren krank geworden war, hatte sich die Frage wieder aufgedrängt. Mit aller Macht. Was wäre, wenn sie jetzt ausfiel und Peter als einziges Elternteil zurückblieb? Da hatten sie ihre früheren Überlegungen in die Tat umgesetzt und Wouter und Linda mit der Frage konfrontiert. Als sie aus ganzem Herzen zugestimmt hatten, waren sie zum Notar gegangen und hatten es festgemacht. Zum Glück hatte jedoch die Behandlung angeschlagen. Daher war es ihnen, Gott sei Dank, erspart geblieben, ihre Tochter auf das Abschiednehmen vorbereiten zu müssen. Und Marilou hatte von sich aus nie danach gefragt. Bis zu diesem Augenblick.

„Wie lange trägst du das schon mit dir rum?" Sie spielte noch etwas auf Zeit.

Marilou zuckte mit den Schultern und sah in eine andere Richtung. „Manchmal denke ich da einfach dran."

Einen Augenblick lang schloss Ellen die Augen – *Gib mir bitte die richtigen Worte, Herr* – und holte tief Luft. „Hör zu, Schatz, im Moment brauchst du keine Angst zu haben, dass Mama wieder krank werden könnte. Ich bin gerade erst beim Doktor gewesen und da war alles in Ordnung. Ich muss erst wieder in gut einem halben Jahr dorthin. Mach dir also keine Sorgen." Sie schwieg, dann fuhr sie fort: „Aber", fügte sie hinzu, „wir wissen alle, dass im Leben auch schlimme Dinge passieren können. Am liebsten würde ich dir versprechen, dass Papa und ich mindestens hundert Jahre alt werden. Doch das kann ich nicht. Das verstehst du sicher, oder?"

Marilou nickte ernst, ohne etwas zu sagen.

„Es kommt vor, dass eine Mama oder ein Papa sterben, wenn ihre Kinder noch zu klein sind, um selbst für sich sorgen zu können. Und ganz manchmal passiert es auch, dass ein Kind gar keinen Papa und keine Mama mehr hat. Dann sorgt jemand anders für das Kind. So jemanden nennt man einen Vormund."

Marilous Blick war ununterbrochen auf ihr Gesicht gerichtet. „Aber wer ist das dann?"

„Wir haben mit Onkel Wouter und Tante Linda ausgemacht, dass sie für dich sorgen, wenn uns etwas passieren sollte."

Marilou schien diese Information erst verarbeiten zu müssen und Ellen schluckte gequält. Ihr brach es das Herz sich vorzustellen, wie Marilou ohne Peter und sie zurechtkommen müsste. Egal wie gut und liebevoll Wouter und Linda für sie sorgen würden, die Eltern konnten sie nicht ersetzen. In diesem Augenblick spürte Ellen, dass sie kurz davor stand, von ihrer alten Angst vor der Krankheit erneut übermannt zu werden. Sie schloss die Augen und sprach ein Gebet. Es war die einzige wirklich wirksame Waffe, die ihr in solchen Augenblicken zur Verfügung stand.

Himmlischer Vater, ich gebe dir meine Angst und bitte dich, mir im Gegenzug Ruhe und Frieden zu schenken. Du bist der Gott des Lebens und du hast auch mein Leben in der Hand. In dir bin ich geborgen, an allen Tagen, die du mir zuteilst – und ich bete, dass das noch viele sein mögen. Schon allein wegen unserer wunderbaren Tochter. Ich danke dir, dass sie mit ihrer Frage zu mir gekommen ist. Hilf ihr, ohne Angst zu leben und ihre Kindheit unbeschwert zu genießen. Amen.

Sie öffnete die Augen und sah, dass Marilou mit ihrer freien Hand nach ihrem Teddy griff. „Verstehst du das ein bisschen?"

Marilou nickte. „Aber wenn ich jetzt zu Tante Linda ziehe, kann dann Joris auch mitkommen?"

„Bestimmt. Und dein Teddy auch. Aber meine Kleine, mach dir darüber jetzt keine Gedanken. Dazu gibt es gar keinen Grund." Sie streichelte ihre Tochter erneut und nahm dann ein Buch vom Regal, um ihr noch etwas vorzulesen. Marilou mit einem Kopf voller Sorgen einschlafen zu lassen, erschien ihr keine gute Idee. Und außerdem liebte sie es, wenn ihr Ellen aus den Büchern vorlas, die sie als Kind schon gehabt hatte.

„Gut, möchtest du noch, dass ich dir aus *Saskia und Jeroen* vorlese?"

Marilou nickte. Als Ellen ihr ein ganzes Kapitel von den Zwillingen vorgelesen hatte, die nur Flausen im Kopf hatten, legte Ellen das Buch weg und stand auf. „Jetzt schlaf schön, Süße. Gute Nacht." Sie beugte sich vor und gab ihrer Tochter einen Kuss.

„Nacht."

Ellen stand auf und ging zur Tür. Als sie schon in der Tür stand, wurde sie noch einmal zurückgerufen.

„Mama?"

Ellen blieb stehen und drehte sich um. „Ja?"

„Ich mache mir keine Gedanken. Versprochen."

„Gut so."

„Aber weißt du, was ich auch gedacht habe?"

„Was denn?"

„Tante Linda ist doch manchmal traurig darüber, dass sie keine Kinder hat, oder?"

Ellen wusste nicht, worauf Marilou hinauswollte. „Ja, aber wie kommst du jetzt darauf?"

„Na ja", es wurde still, „ich will natürlich nicht, dass du oder Papa sterben, aber wenn das doch passieren sollte … und ich bei Tante Linda wohnen muss …" Sie vollendete den Satz nicht.

„Was ist dann?"

„Dann bekommt Tante Linda doch noch ein Kind."

Kapitel 29

Wieder war Kathy auf dem Weg zu Stevens Wohnung. Am liebsten wäre sie zu Hause geblieben, aber sie hatte keine Wahl. Sie musste noch einmal dorthin, um die Fächer im Wandschrank und das Schlafzimmer durchzuschauen.

Heute Nachmittag hatte sie allen möglichen Papierkram erledigt und den Vermieter angerufen. Die Wohnung war in der Tat mit Teppichen, Gardinen und Möbeln übernommen worden, allerdings wurde dafür keine Miete gezahlt. Steven hatte dem Vormieter einfach alles abgekauft, also konnte auch alles entsorgt werden.

Sie stellte ihren Wagen auf dem Parkplatz ab, nahm all ihren Mut zusammen und stieg aus. *Komm, nur noch ein letztes Mal. Dann bist du die Sache los.*

Auf dem Spielplatz lungerten ein paar Teenager herum. Es war schon fast halb neun, die kleineren Kinder waren vermutlich alle schon im Bett. Kathy fiel ein, dass Wilma sich einmal darüber beschwert hatte, dass abends Jugendliche auf den Spielplätzen ihr Unwesen trieben. Ganz in der Nähe von Wilmas Haus kam es regelmäßig vor, dass Kinder tagsüber beim Spielen leere Marijuanatütchen oder Spritzen fanden. Und sogar gebrauchte Kondome. Kathy konnte sich sehr gut vorstellen, dass sich ihre Freundin über die Sicherheit ihrer Kinder Sorgen machte. Morgen Abend würde sie sie fragen, wie weit ihre Pläne, eine Nachbarschaftsstreife ins Leben zu rufen, gediehen waren.

Sie ging an den Jugendlichen vorbei in Richtung des Appartementkomplexes und reagierte nicht, als ihr hinterhergepfiffen wurde.

„Hey, Frauchen, bist du dir sicher, dass du nicht zu mir willst?", rief eine pubertierende Bohnenstange.

Kathy ging stur weiter. *Nicht hinschauen, einfach so tun, als hättest du nichts gehört.*

„Die wäre nichts für dich, Alter", hörte sie einen anderen spotten. „Die hat viel zu viel Stil für dich."

Und vielen Dank – was immer das wert war. Zu ihrer Erleichterung hatte sie den Eingangsbereich erreicht und ging zielstrebig die Treppe hinauf. Heute fiel es ihr weniger schwer als gestern, die Wohnung zu betreten. Entschlossen steuerte sie das Wohnzimmer an. Ihre graue, kurzärmlige Weste hängte sie über einen Stuhl und öffnete die erste Tür der Anbauwand aus Eiche. Ein paar Vasen, Blumentöpfe und ein Kerzenständer. Nichts Persönliches.

Im nächsten Fach standen nur ein paar Weingläser, vier Schnapsgläser und eine halb volle Bonbonschale. Es fing also gut an.

Im dritten Schrankfach fand sie einen dünnen Ordner mit der Aufschrift *Dokumente.* Kathy nahm die Mappe und blätterte sie flüchtig durch. Hinter dem ersten Trennblatt waren ein paar Rechnungen, die mit der Wohnung zu tun hatten. Aus der Abrechnung für die Gemeindeabgaben war zu erkennen, dass Steven Mitte März in diese Wohnung gezogen sein musste. Vermutlich direkt aus Amerika.

Hinter dem zweiten Trennblatt waren die übrigen Rechnungen, der Abonnementvertrag für die Zeitung sowie ein Beleg über die erste monatliche Zahlung für ein Patenkind im Ausland. Daran war noch ein weiteres Blatt geheftet, und während Kathy es betrachtete und den Namen las, der unter dem Foto eines russischen Mädchens stand, fiel ihr die Kinnlade herunter. *Katerina.*

Sie wusste zwar, dass dieser Name in Russland nicht selten war, aber es war trotzdem ein seltsamer Zufall. Steven musste bewusst nach einem Mädchen mit demselben Namen wie seine Tochter gesucht haben. Was hatte ihn nur dazu bewogen? Hatte er versucht, damit seine Schuldgefühle loszuwerden, nachdem er das Vertrauen und die Liebe seiner eigenen Tochter verspielt hatte?

Eingehend betrachtete sie das Foto des Mädchens. Der misstrauische Blick in ihren dunklen Augen traf sie völlig unvorbereitet. Dieses Kind hatte seine Unbefangenheit ganz offensichtlich verloren. Was würde passieren, wenn Kathy die Patenschaft beendete? Hatte die Organisation für solche Fälle ein Auffangnetz oder bekäme das Kind dann keine Hilfe mehr, bis ein neuer Spender gefunden war? Kathy hatte keine Ahnung, wie so etwas vonstattenging.

Energisch klappte sie die Mappe zunächst einmal zu. Darüber musste sie später etwas länger nachdenken. Nicht jetzt. Sie legte den Ordner auf den Tisch und ging wieder zum Wandschrank. Nur noch ein Fach. Und eine Schublade.

Hinter der vierten Tür entdeckte sie eine kleine Stereoanlage. Aus der Rückwand des Faches war ein viereckiges Stückchen herausgesägt worden, wodurch die Kabel zu den Lautsprecherboxen oben auf der Schrankwand liefen. Neben der Musikanlage lag ein Stapel CDs. Kathy überflog die Titel und sah ein paar Exemplare, die sie ebenfalls in ihrer Sammlung hatte, etwa *Beethovens Klaviersonaten, Händels Wassermusik* und das *Violinkonzert von Tschaikowsky.* Es war eindeutig, woher sie ihre Vorliebe für klassische Musik hatte. Sie konnte sich noch erinnern, dass Steven früher eine große Schallplattensammlung gehabt hatte. Als er weggezogen war, hatte er sie mitgenommen. Sie fragte sich, wo die Platten jetzt wohl waren, verwarf den Gedanken daran aber schnell wieder. Es war sowieso egal. Sie würde sie doch nicht haben wollen.

Jetzt nur noch eine Schublade. Die war zum Glück nicht allzu voll; nur Schreibzeug, ein Päckchen Briefumschläge, ein Telefonbuch und ein Adressbüchlein. Kathy entschied sich, jetzt keinen Blick hineinzuwerfen, es aber mitzunehmen. Vielleicht befand sich darin die Adresse von Onkel Roel. Dann konnte sie ihm noch eine Todesanzeige schicken. Und wenn sie durch das Gespräch mit Martijn nicht weiterkommen sollte und auch die Tasche bei Ellen keine Informationen lieferte, dann könnte sie mit ihrem Onkel Kontakt aufnehmen. Wer weiß, vielleicht wusste er mehr. Vielleicht hatte sogar sein Umzug ins Ausland mit ihrem Großvater zu tun gehabt.

Plötzlich wurde ihr klar, dass sie anscheinend unbewusst schon beschlossen hatte, zu Martijn zu gehen und die Tasche bei Ellen abzuholen. *Nicht zu glauben.* Wenn ihr jemand vor ein paar Wochen gesagt hätte, dass Stevens Leben, oder vielmehr sein Tod, sie so beschäftigen würden, hätte sie die Person lauthals ausgelacht.

Sie machte die Schublade zu und legte das Adressbuch zu dem Ordner auf dem Tisch. Diese Dinge würde sie mit nach Hause nehmen, dann konnte das Entrümpelungsunternehmen den Rest hier erledigen.

Als sie an die Entrümpelung dachte, fiel ihr ein, dass sie sich wegen des antiken Besteckschränkchens in der Küche noch entscheiden musste. Warum kam es ihr nur so bekannt vor? Sie konnte sich nicht erinnern, dass es früher im Haus ihrer Eltern gestanden hatte, denn daran würde sie sich erinnern. Aber wo hatte sie es nur schon gesehen? Solange sie nicht sicher wusste, dass das Schränkchen und das Kaffeeservice mit den rosa Rosen, das hinter den Schiebeglastüren stand, nichts mit der Familie ihrer Mutter zu tun hatte, wollte sie es lieber behalten.

Sie ging in die Küche und holte die schlanken, zierlich geblümten Tassen und Untertassen sowie das Milchkännchen und die Kaffeekanne heraus. Danach versuchte sie vorsichtig, das Schränkchen anzuheben, um herauszufinden, ob sie es allein tragen konnte. Zu ihrem Leidwesen war es schwerer, als sie gedacht hatte. Wie sollte sie es von hier wegbekommen?

In Gedanken ging sie die verschiedenen Möglichkeiten durch. Normalerweise hätte sie sich auf die Hilfe von Gerard, dem Mann von Wilma, verlassen können, aber der erholte sich gerade von einem Bruch.

Wenn sie Paul darum bat, würde er ihr wahrscheinlich auch helfen. Aber das wollte sie lieber nicht. Sie schätzte es wirklich, dass er sich nach Stevens Tod so um sie gekümmert hatte, aber tief in ihrem Herzen fand sie es nicht in Ordnung. Arbeit war Arbeit und Privates privat. Und daran wollte sie auch nichts ändern. Oder besser gesagt, da wollte sie wieder hinkommen. Vielleicht wäre es besser, wenn sie ihm das auch ehrlich sagte, denn als sie heute Nachmittag nach Hause gegangen war, hatte er sie gefragt, wie es ihr gehe, und sie hatte ihm nicht wirklich höflich geantwortet. Und auf die wiederholte Einladung, einen Abend bei ihm und Annemijn zu verbringen, hatte sie bisher gar nicht reagiert. Das hatte er nicht verdient. Schon allein deswegen schien es ihr keine gute Idee zu sein, ihn jetzt um Hilfe zu bitten.

Wen sollte sie sonst fragen? Plötzlich schoss ihr der Name Martijn durch den Kopf, doch sie verwarf den Gedanken sofort als abwegige Idee. Wie kam sie überhaupt darauf? *Er hatte es kommen sehen.*

Vielleicht könnte sie auch den Mann von Sanne fragen. Der war mit seinem muskulösen Körper stark genug, um das Besteckschränkchen zur Not auch allein ins Auto zu schleppen. Das Problem war nur, dass sie auch jemanden brauchte, der ihr beim Wiederausladen half.

Blieb nur noch das Entrümpelungsunternehmen. Vielleicht konnten die Arbeiter das Schränkchen einfach zu ihr nach Hause bringen. Morgen würde sie einmal nachfragen. Es konnte aber sicher nicht schaden, das Service jetzt schon mitzunehmen. Zum Glück hatte sie die Zeitungen der letzten Tage noch nicht weggeworfen, so konnte sie das Service gut darin verpacken.

Das Schlafzimmer war ziemlich groß und geräumig. Vor den Fenstern hingen beige Veloursvorhänge und weiße Spitzengardinen. An den runden Druckstellen auf dem beigen Linoleum war zu erkennen, dass hier früher ein Doppelbett gestanden hatte, aber nun war der Raum nur noch mit einem Einzelbett möbliert, auf dem eine braune Tagesdecke lag. Das Bett war gemacht. Kathy hatte keine Ahnung, ob Steven das am Morgen seiner Einweisung ins Krankenhaus noch erledigt hatte oder ob das Sannes Werk war. Jetzt, wo sie darüber nachdachte, fiel ihr auf, dass sie nirgendwo Müll hatte herumliegen sehen und dass der Wäschekorb im Bad auch leer gewesen war. Scheinbar war Sanne eine Vorzeigenachbarin.

Und wer hatte sich eigentlich darum gekümmert, dass man Steven zum Begräbnis mit einem Anzug bekleidet hatte? Seltsam, dass sie nicht schon früher darüber nachgedacht hatte. Vielleicht musste sie Herrn Bor danach fragen. Vielleicht auch nicht. Doch was machte das schon für einen Unterschied?

Sie ging an den Wäscheschrank aus dunklem Eichenholz, der an der gegenüberliegenden Wand stand. Links hingen einige Hemden, Hosen, Jacketts, Krawatten und ein Gürtel. In den Fächern lagen Socken, Unterwäsche, ein Schlafanzug und Bettzeug. Genau das, was man in einem Wäscheschrank erwarten konnte.

Kathy schloss die Schranktür und seufzte erleichtert. Es war vollbracht! Schnell sah sie sich noch einmal um, ob sie auch nichts vergessen hatte, und bemerkte dabei das Buch, das unter das Bett gerutscht war. Anscheinend hatte Steven es dort hingelegt, um vor dem Einschlafen noch darin zu lesen.

Ohne weiter darüber nachzudenken, bückte sie sich und hob es auf. Dann blieb sie plötzlich bewegungslos stehen, als sie dreimal den Titel las. *Verseuchte Jugend. Die Kinder von NSB-Mitgliedern nach dem Krieg.*

Einen offensichtlicheren Beweis konnte sie kaum bekommen;

Steven war nicht im Reinen gewesen mit seiner Vergangenheit – die auch ihre Vergangenheit war. Denn ob sie es wollte oder nicht, sie war mit ihrem Großvater verwandt.

Nur mit Mühe konnte sie den Blick von dem Buch losreißen und ging aus dem Zimmer. Auch wenn sie bis jetzt noch ihre Zweifel gehabt hatte, nun wusste sie es sicher: Morgen würde sie definitiv mit Martijn einen Termin vereinbaren. Und danach zu Ellen gehen.

Kapitel 30

Dienstag, 24. Mai

Martijn klappte sein Buch zu und streckte sich. Es war später, als er gedacht hatte, aber das Bibelstudium über die Zeichen der Liebe, wie sie in 1. Korinther 13 beschrieben werden, hatte ihn so eingenommen, dass er darüber die Zeit ganz vergessen hatte. Jetzt war es halb fünf und er musste noch einkaufen gehen, denn er hatte Marit versprochen, dass er um sechs Uhr das Essen auf dem Tisch haben würde.

Meistens standen sie abwechselnd in der Küche, aber seitdem sie ausnahmsweise eine Wöchnerin außerhalb ihres Einzugsbereiches versorgte, kam sie erst so spät nach Hause, dass er ihr angeboten hatte, die ganze Woche das Kochen zu übernehmen. „Lieb von dir, Papa", hatte sie in einem dankbaren Ton gesagt. „Nach einem langen Tag und einer langen Heimfahrt ist es wunderbar, wenn man sich zu Hause einfach nur an den Tisch setzen kann."

„Du hast keine Ahnung, wie lieb ich wirklich sein kann", hatte er trocken erwidert.

Doch als er sein Portemonnaie, seine Autoschlüssel und sein Telefon nahm, stellte er sich selbst eine Frage, die mit seinem Nachdenken über 1. Korinther 13 zu tun hatte. War es wirklich selbstlose Liebe, die ihn dazu brachte, Marits Kochpflichten zu übernehmen, oder handelte es sich zum Teil, vielleicht sogar zum größten Teil, um Eigeninteresse? Tat er es nicht vor allem deshalb, weil er nur sehr ungern so spät aß? Für sich genommen musste das gar nicht falsch sein, trotzdem beschäftigte ihn der Gedanke.

„Ja, Mingels", sagte er zu sich selbst, „gib ruhig ehrlich zu, dass es vor allem Eigeninteresse ist. Und das gilt für das meiste in deinem Leben."

Er öffnete das Garagentor und stieg in seinen grauen Renault. Vielleicht war es eine gute Idee, das Bibelstudium in der kommenden Woche in die Tat umzusetzen und sein Denken und Tun ehrlich unter der Frage zu betrachten, welche Rolle die selbstlose Liebe darin spielte.

Als er gerade am Supermarkt angekommen war, klingelte sein Handy. Das Geräusch erinnerte ihn daran, dass Kathy Smit sich heute noch einmal bei ihm melden wollte. Er fingerte es aus seiner Hosentasche und klickte es in den Halter des Carkits.

„Martijn Mingels hier, guten Tag."

„Hey, Bruder. Störe ich?", war Jeroens Stimme aus den Lautsprechern zu hören.

„Nein, gar nicht. Ich sitze gerade im Auto. Schieß also los."

„Du wirst doch wohl beim Fahren die Finger vom Handy lassen, oder?", fragte er scherzend.

Auf Martijns Gesicht erschien ein breites Lächeln. „Natürlich. Du kennst mich doch, ich bin ein Braver."

„Ja, deinem kleinen Brüderchen bist du immer als großes Vorbild hingestellt worden."

„Genau." Martijn grinste. „Aber nun schieß los, warum rufst du an?"

„Ich suche eine Mitfahrgelegenheit."

„Eine Mitfahrgelegenheit? Du meinst im Auto?"

„Ja, was denn sonst?"

„Was weiß ich? Vielleicht bist du mittlerweile zu träge geworden, um zu Hause die Treppe zu benutzen." Martijn machte es Spaß, mit seinem Bruder ein bisschen zu scherzen. Und er wusste, dass es Jeroen genauso ging. Aber genauso gern saßen sie einen ganzen, langen Abend zusammen und plauderten über dies und das. Zumindest, wenn es nicht speziell um Glaubensdinge ging. Denn dann war Jeroen schnell verschwunden.

„Ja, jetzt, wo du es sagst, so ein Treppenlift ist eigentlich gar keine so schlechte Idee. Aber Scherz beiseite: Ich bin in der Autowerkstatt wegen eines kaputten Auspuffs. Sie können ihn zwar noch mal flicken, aber nicht mehr heute. Deshalb wollte ich den Wagen über Nacht hierlassen und jetzt …"

„Jetzt soll ich dich abholen kommen." Martijn setzte schon den Blinker und bog in eine Seitenstraße ein, um zu drehen. Er wusste, in welcher Werkstatt Jeroen sein Auto reparieren ließ.

„Ja, gern. Sie haben leider keinen Leihwagen mehr für mich.

Komm aber nur, wenn du Zeit hast, ich kann mir auch ein Taxi rufen. Oder zur Not den Bus nehmen."

„Ist in Ordnung, bin schon unterwegs." Mit einem Grinsen fuhr Martijn in Richtung Werkstatt; diese Aktion fiel auf jeden Fall in den Bereich selbstlose Liebe.

Zehn Minuten später entdeckte er seinen Bruder, der an einer Straßenecke auf ihn wartete. „Schön, dass du mich abholst", sagte er, nachdem er eingestiegen war.

„Gern geschehen." Martijn fuhr wieder an. „Musst du zufällig noch einkaufen? Ich muss noch zum Supermarkt. Wenn du willst, kannst du gerne mitkommen. Oder soll ich dich lieber erst nach Hause bringen?"

„Das ist mir egal. Ich finde beides gut." Jeroen entspannte sich im Sitz und streckte seine Beine weit vor, soweit das in dem Auto möglich war.

„Du kannst auch gern bei uns mitessen", bot Martijn an. „Es gibt Nasi."

„Mmm. Klingt zwar verlockend, aber ich muss heute Abend noch mit dem Entwurf eines Bürokomplexes beginnen, und wenn ich bei euch esse, wird es doch wieder zu spät dafür. Ich schiebe mir einfach eine Pizza in den Ofen und mache mich gleich an die Arbeit. Ist für dich auch einfacher, denn sonst müsstest du dich heute Abend noch mal aufraffen und mich nach Hause bringen."

„Na ja, das ist …" Martijn wurde durch den Klingelton seines Telefons unterbrochen. Er warf einen Blick auf das Display. *Rufnummer unterdrückt.*

„Hübsches Gedudel", bemerkte Jeroen. „Vivaldi?"

„Ja." Er nahm den Anruf entgegen und meldete sich mit „Martijn Mingels." Noch während er seinen Namen nannte, hatte er die bange Ahnung, dass Kathy am anderen Ende der Leitung war. Gestern war ihre Nummer auch unterdrückt gewesen. Hätte er den Anruf doch bloß weggedrückt. Doch dazu war es nun zu spät.

„Hallo Martijn, hier ist Kathy Smit", ertönte es aus den Autolautsprechern. „Ich wollte noch mal anrufen."

Sie hätte sich keinen besseren Moment aussuchen können. „Stimmt."

„Ich habe darüber nachgedacht und würde gern einen Termin mit dir ausmachen."

Martijn warf Jeroen einen schnellen Blick zu. Der saß nun gar nicht mehr entspannt da, sondern schien aufmerksam zuzuhören. „Äh … gut. Sehr gut. Ich sitze allerdings gerade im Auto und kann deshalb nicht in meinen Terminkalender schauen. Ich rufe dich heute Abend zurück, okay?“

„Ja, in Ordnung. Hast du meine Nummer?“ Martijn spürte Jeroens Blick auf sich ruhen und konnte nicht weiter nachdenken. Hatte er ihre Nummer? Keine Ahnung. Oder stand sie auf dem Formular, das er von dem Bestattungsunternehmen bekommen hatte? „Äh, nein, ich glaube nicht.“

„Soll ich dann heute Abend noch einmal anrufen?“

„Gern. Oder warte, am Donnerstagmorgen hätte ich eigentlich eine Besprechung, aber die ist abgesagt worden. Könntest du da?“

„Wann genau?“

Oh, ja, ein Zeitfenster wäre gut. „Zehn Uhr?“

„Gut. Ich muss das noch mit meiner Arbeit regeln. Wenn es nicht klappen sollte, melde ich mich morgen wieder.“

„Ausgezeichnet.“

„Wo soll ich hinkommen?“

Er war mit seinen Gedanken wirklich nicht bei dem Gespräch. Zum Glück war sie ganz bei der Sache. „Melde dich einfach an der Rezeption, dann hole ich dich dort ab.“

„Alles klar. Bis dann.“

„Ja, bis dann.“ Martijn schaltete das Telefon aus und tat so, als beobachtete er zwei Fahrradfahrer, die vor ihm herfuhren. Jeroen sagte kein Wort, aber die Stille im Auto war bedrückend. Martijn war sich beinahe hundertprozentig sicher, dass sein Bruder, der ein Elefantengedächtnis für Gesichter, aber auch für Stimmen hatte, Kathys Stimme erkannt hatte. Schließlich hielt er es nicht mehr länger aus und sah zur Seite.

Anscheinend hatte Jeroen nur darauf gewartet. „Kathy Smit“, wiederholte er den Namen in einem neutralen Tonfall.

Martijn entgegnete nichts.

„Frau, hübsches Gesicht, gute Figur, dunkelbraunes Haar. Habe ich sie letzte Woche nicht so beschrieben?“

„Ja, ungefähr so.“ Martijn fuhr am Supermarkt vorbei. Das war nicht der richtige Moment, um zusammen einkaufen zu gehen.

„Aber du wusstest doch nicht, wer das war?"

„Zu diesem Zeitpunkt nicht." *Wie soll ich das erklären?* „Es ist mir erst danach eingefallen."

„Wann denn?", fragte Jeroen, immer noch in demselben neutralen Tonfall.

„Äh ... abends." Ehrlich war ehrlich. Weil Jeroen nicht darauf antwortete, fuhr er fort. „Ich habe vorige Woche ihren Vater beerdigt. Aber Kathy bin ich insgesamt nur zweimal begegnet."

Martijn überlegte, ob er noch mehr erzählen sollte, und wartete darauf, dass Jeroen eine Frage stellte.

„Und jetzt hast du eine Verabredung mit ihr", hörte er ihn schließlich sagen.

„Ja. Aber nur wegen ihres Vaters", beeilte sich Martijn, die Sache richtigzustellen.

Jeroen ging darauf nicht ein. Für den Rest der Fahrt verlor keiner mehr ein Wort, doch Martijn hatte den Eindruck, dass es unter der Oberfläche noch ordentlich brodelte. *Komm schon, spuck es aus*, dachte er etwas verärgert, *lass uns die Sache nicht größer machen, als sie ist. Ihr habt euch doch bisher auch nur einmal gesehen.* Vielleicht sollte er ihm das einfach sagen. Doch während er noch nach den richtigen Worten suchte, dachte er an sein intensives Gebet nach Jeroens Besuch. Er wusste, dass er seinen Ärger herunterschlucken musste. Denn an diesem Tag war ihm klar geworden, dass Kathy auf seinen Bruder mehr Eindruck gemacht hatte, als ihm lieb war.

Martijn hielt vor Jeroens Haus, stellte den Motor ab und wandte sich seinem Bruder zu, der sich auch gerade zu ihm umdrehte.

„Hör zu", sagten beide gleichzeitig mit ernstem Gesichtsausdruck. Von der scherzhaften Neckerei war keine Spur mehr zu entdecken.

„Du zuerst", sagte Martijn.

„Gut." Jeroens Kiefermuskeln zitterten. „Wir sollten uns nicht gegenseitig für dumm verkaufen. Du kennst mich gut genug, um zu wissen, dass ich letzte Woche nicht einfach so nach dieser Kathy gefragt habe. Ich kann dir nicht erklären, warum, aber während unserer Plauderei auf dem Parkplatz ist etwas mit mir passiert. Etwas, weswegen ich sie kennenlernen möchte. Deshalb zuerst die Frage, die mir am meisten unter den Nägeln brennt: Ist sie noch zu haben?"

Er könnte Nein sagen. Einfach als Notlüge, die für alle das Beste wäre. Um jede Hoffnung im Keim zu ersticken.

Martijn schluckte zweimal und antwortete dann: „Soweit ich weiß, ja."

Jeroen massierte sich mit der Hand den Hals und ließ sie dann wieder sinken. „Und weiter … wenn du wissen willst, ob ich eifersüchtig auf dich bin, weil du am Donnerstag eine Verabredung mit ihr hast, selbst wenn die", er schrieb mit den Fingern zwei Anführungszeichen in die Luft, „rein sachlicher Natur ist, dann gebe ich zu, dass ich eifersüchtig bin."

Martijns Blick wanderte zu der großen Hortensie im Vorgarten von Jeroen. Am liebsten hätte er laut gerufen, dass es nichts gab, worauf man eifersüchtig sein müsste, aber an Jeroens Tonfall hatte er gemerkt, dass er noch nicht zu Ende gesprochen hatte.

Tatsächlich kam noch mehr. „Aber das ist es ja gar nicht, was mir im Moment am meisten im Magen liegt."

Als darauf nichts mehr folgte, sah Martijn seinen Bruder wieder an. „Nicht?"

„Nein."

„Was denn sonst?"

An der Art und Weise, wie Jeroen sich eine imaginäre Fussel von der Hose fegte, konnte Martijn ablesen, dass es seinem Bruder schwerfiel auszusprechen, was ihn wirklich störte. „Sag es einfach", ermutigte er ihn. „Wir haben doch immer ehrlich miteinander reden können, oder?"

Jeroen drehte ihm das Gesicht zu. *Wie sehr wir uns doch ähneln*, schoss es Martijn plötzlich durch den Kopf. *Es ist manchmal, als würde ich in einen Spiegel schauen.*

„Das ist es ja gerade", sagte Jeroen. „Du hast mich enttäuscht."

„Enttäuscht?", wiederholte Martijn, während er Jeroens Blick standhielt.

„Ja. Enttäuscht, denn du bist nicht ehrlich gewesen. Du hast mir am Donnerstag versprochen, dass du es mich wissen lässt, wenn dir einfällt, wie die Frau heißt. Am Freitag haben wir telefoniert, am Sonntagabend hast du noch ein Gläschen Wein bei mir getrunken. Aber beide Male hast du nicht ein Wort über sie verloren." Er schwieg einen Moment und fuhr dann fort. „Und wenn ich heute nicht zufällig bei dem Gespräch dabei gewesen wäre, dann hätte ich wahrscheinlich auch nichts davon erfahren."

„Aber", verteidigte sich Martijn, „was hätte ich denn sagen sollen? Dass ich weiß, wer sie ist, aber wegen des Beichtgeheimnisses ihren Vor- und Zunamen nicht weitergeben darf?"

„Genau. Das hättest du sagen können. Und du weißt, dass ich diese Antwort akzeptiert hätte, dass ich nicht versucht hätte, ihn doch noch aus dir herauszukitzeln."

Martijn schwieg.

„Aber aus der Tatsache, dass du mir nichts gesagt hast, obwohl du mir das versprochen hast, muss ich schließen, dass mehr dahintersteckt, Bruderherz. Und ich würde gern wissen, was."

Kapitel 31

Schmerzlich getroffen wandte Martijn seinen Blick ab. Zu keinem Zeitpunkt hatte er vorgehabt, seinen Bruder zu enttäuschen oder gar ihm wehzutun. Er hatte ihn nur schützen wollen! Aber wie sollte er Jeroen das erklären, ohne noch mehr von Kathy zu erzählen?

„Es steckt wirklich nichts dahinter", murmelte er undeutlich. *Zumindest nichts, was ich dir erzählen kann.* Wiederum wanderten seine Augen zu der Hortensie, die in voller Blüte stand. Wer den Strauch im Winter gesehen hatte, hätte es nicht für möglich gehalten, dass die Pflanze so prächtige Blüten bekommen würde. Das Bild traf ihn innerlich. Kathy schien auch nicht gerade in Blüte zu stehen, aber wer wusste schon, was die Wärme von Gottes Liebe und sein lebendiges Wasser in ihr bewirken würden?

Er strich sich mit der Hand durchs Haar und wandte sich wieder Jeroen zu, der nun vor sich hinstarrte. Er fühlte sich nicht gut dabei, ihm keine ehrliche Antwort geben zu können. *Herr, gib mir Weisheit,* betete er im Stillen.

Noch während er das betete, fühlte er sich wie ein Heuchler. In der letzten Woche hatte er die Geschichte mit Jeroen und Kathy im Gebet in Gottes Hände gelegt. Aber danach hatte er sie ihm schnell wieder aus den Händen gerissen, weil er einfach nicht loslassen konnte. Nicht loslassen wollte. Tatsächlich hatte er ganz bewusst Jeroen gegenüber geschwiegen. Und jetzt konnte er zwar ganz fromm um Weisheit beten, aber wenn er ehrlich sein wollte, dann müsste er jetzt Jeroen gegenüber zugeben, dass es ihm nicht in erster Linie um das Beichtgeheimnis gegangen war, sondern vor allem darum, ihm Kathy vom Leib zu halten.

Er räusperte sich mehrmals und wagte dann den Schritt. „Okay, du hast recht", gab er zu. „Es steckte doch etwas dahinter."

Jeroen sah ihn abwartend an.

„Wie soll ich das erklären?" Martijn spielte mit seinem Trauring, den er immer noch trug. Ein stechender Schmerz, Karen verloren zu haben, durchfuhr ihn, aber dieser Gedanke ließ ihn auch die richtigen Worte finden. „Du weißt besser als jeder andere, wie glücklich ich mit Karen gewesen bin und was für eine wunderbare Frau sie gewesen ist. Sie verloren zu haben, schnürt mir immer noch die Kehle zu. Nicht allein, dass ich sie als Mensch verloren habe, sondern auch als Gefährtin, als Geliebte." Seine Stimme stockte für einen Augenblick. „Marit hat mich neulich gefragt, ob ich mir eine zweite Ehe vorstellen könnte und ob ich mich einer anderen Frau als Karen hingeben könnte."

Er starrte geradeaus ohne den Verkehr wahrzunehmen. „Natürlich habe ich mir diese Frage auch schon selbst gestellt. Vor allem dann, wenn ich andere Pärchen gesehen oder wenn ich in der Gemeinde Hochzeiten hatte. Meine erste Reaktion auf diese Frage war immer ein entschiedenes *Nein* gewesen, doch ganz langsam wird daraus ein *Vielleicht.*" Er rieb sich das Kinn. „Wer weiß, vielleicht kommt irgendwann einmal der Tag, an dem ich mit der Liebe für eine andere Frau gesegnet werde."

„Ich würde es dir von Herzen gönnen, Bruder." Der distanzierte Ton schien aus Jeroens Stimme verschwunden zu sein. „Ich weiß natürlich nicht, wie es ist, eine Frau wie Karen zu verlieren, aber wie es ist, allein zu sein, davon kann ich auch ein Lied singen."

Martijn lag es auf der Zunge zu sagen, dass er im tiefsten Grund nicht allein war und dass Jeroen das auch nicht zu sein brauchte, aber er schluckte den Satz lieber hinunter. Jetzt bloß keine evangelistischen Bemerkungen, egal wie zutreffend sie waren.

„Aber", hörte er, „was hat das mit Kathy zu tun? Oder ..." Jeroen sah Martijn argwöhnisch an. „Oder versuchst du mir gerade beizubringen, dass euer Treffen am Donnerstag gar nicht beruflicher Natur ist?"

„Nein, natürlich nicht." Martijns Stimme hörte sich entschieden an. Er selbst hatte Kathy noch nie unter diesem Gesichtspunkt betrachtet. „Ich ..." Sein Blick fiel mehr oder weniger zufällig auf die Uhr am Armaturenbrett und er sah, dass es schon nach halb sechs war, also zu spät, um noch einzukaufen und um sechs Uhr das Abendessen auf dem Tisch zu haben. *Heute gibt es also Nasi aus einer anderen Küche.*

„Sag einmal", fragte er, wobei er seinen vorherigen Satz nicht vollendete. „Marit rechnet damit, dass es um sechs Uhr Essen gibt.

Ich weiß, dass du andere Pläne hast, aber wenn du nun die Pizza einfach im Gefrierfach lässt und wir zusammen etwas beim Chinesen holen, was hältst du davon? Dann erzähle ich dir unterwegs, was meine Gedanken über die Ehe mit Karen mit Kathy zu tun haben, dann essen wir einen Happen und ich fahre dich wieder nach Hause."

Jeroen schien etwas zu zögern, schließlich stimmte er zu. „Also gut."

Martijn startete den Motor, fädelte seinen Wagen wieder in den Verkehr ein und fuhr in Richtung des chinesischen Restaurants.

„Was ich dir jetzt sage, muss auf jeden Fall unter uns bleiben. An dem Tag, bevor Kathys Vater starb, habe ich ihn noch einmal besucht. Wenn ich das Gespräch mit ihm zusammenfassen sollte, dann würde ich sagen, es war etwas ganz Besonderes. Ich habe es dann als Privileg empfunden, dass ich zusammen mit dem Bestattungsunternehmen die Beerdigung übernehmen durfte." Er bremste, weil ein Fahrradfahrer gefährlich nach links schlingerte, und überholte ihn dann in gehörigem Abstand.

„Durch dieses Gespräch und durch die beiden Begegnungen, die ich mit Kathy hatte, weiß ich, dass sie einiges durchgestanden hat, was sie zu der Frau gemacht hat, die sie jetzt ist. Oder zu sein scheint."

Jeroen reagierte nicht, sondern starrte vor sich hin.

„Es steht mir nicht zu, ein Urteil zu fällen, und das möchte ich auch nicht, aber ...", er rang nach Worten, „so sehr, wie du mir eine neue Liebe gönnst, gönne ich sie dir. Und darum musste ich an Karen denken; ich hoffe, dass du einmal genauso glücklich wirst, wie sie und ich es gewesen sind, und dass du eine Frau findest, die dich von ganzem Herzen liebt."

„Und du glaubst, nachdem du sie zweimal getroffen hast, dass Kathy das nicht kann?" In Jeroens Stimme lag ein abwehrender Tonfall. Oder war es eher ein Angriff?

Martijn bremste und bog in den Parkplatz des Restaurants ein. „Das habe ich nicht sagen wollen. Ich weiß nur, dass sie sehr verletzt ist und ..."

„Und dann ist dein Beschützerinstinkt mal wieder mit dir durchgegangen und du hast Angst, dass ich mich in die falsche

Frau verlieben könnte, weil du denkst, dass ich damit nicht umgehen kann."

„Äh … ich hätte es lieber etwas anders formuliert, aber wenn du es so zusammenfassen möchtest …" Martijn stellte den Motor ab und löste seinen Gurt.

Jeroen öffnete ebenfalls seinen Gurt und machte die Beifahrertür auf. „Weißt du", sagte er mit einem Blick auf Martijn, während er schon fast ausstieg. „Es ist ja schön, dass du dich so um mich kümmerst, aber ich glaube, dass du mit deiner ganzen Fürsorge eine Sache aus den Augen verlierst."

„Und die wäre?"

„Dein kleines Brüderchen ist schon seit einer ganzen Weile groß."

Kapitel 32

Am Dienstagabend klopfte Kathy gegen halb neun bei ihrer Freundin an die Hintertür, die offen stand, und betrat das Haus. Sie war absichtlich nicht früher gekommen; meistens war Wilma um acht Uhr herum noch ziemlich beschäftigt.

Mittlerweile hatten sich ihre beiden Söhne, vierzehn und sechzehn Jahre alt, bestimmt schon nach oben zurückgezogen, um ihre Hausaufgaben zu machen, während der Nachzügler, ein fünfjähriger Junge, schon lange im Bett lag. Wilmas Mann Gerald war jeden Dienstagabend zur Probe im Männergesangsverein.

In der Küche hing der Geruch von selbst gebackenem Apfelkuchen. „Hmm, hier riecht es aber lecker", sagte sie zu ihrer Freundin, die gerade dabei war, Kaffeepulver in eine Filtertüte zu löffeln.

Wilma zählte die Löffel ab und schob den Kaffeefilter an seinen Platz. „Hallo, komm herein. Ja, ich hatte Lust auf selbst gebackenen Kuchen."

Kathy stellte ihre Handtasche ab und bückte sich, um den braunen Labrador zu streicheln, der aus dem Garten in die Küche gestürmt war, um sie enthusiastisch zu begrüßen. „Hey, Boef."

„Wo sollen wir uns hinsetzen?", fragte Wilma. „Nach draußen oder ins Wohnzimmer?"

„Das ist mir egal."

„Dann ins Wohnzimmer", entschied Wilma. „Da können wir besser reden, denn die Jungs oben haben oft das Fenster offen." Sie schob den Hund wieder nach draußen und ging zum Hauswirtschaftsraum. „Geh du ruhig schon ins Wohnzimmer. Ich zeige meinen Haaren nur noch schnell, wie ein Kamm aussieht, und stelle die Waschmaschine an. Bis dahin ist auch der Kaffee durchgelaufen."

„Prima." Kathy nahm ihre Tasche wieder und ging ins Wohnzimmer. Überall war es ein bisschen unordentlich, aber das störte Kathy kein bisschen. Sie selbst könnte nicht in so einer Umgebung leben, doch auf die eine oder andere Weise war es bei Wilma ziemlich gemütlich.

Sie hob einen Stapel Zeitungen und Zeitschriften von dem dunkelroten Zweisitzer und ließ sich in die dicken Kissen sacken. Kaum dass sie es sich bequem gemacht hatte, sprang ihr auch schon Wilmas Katze auf den Schoß. Vorsichtig nahm Kathy sie hoch und stellte sie auf den Boden. „Das ist keine gute Idee, Pussi. Deine schwarzen Haare auf meiner weißen Hose, das gefällt mir gar nicht."

Beleidigt lief die Katze weg. Kathy fischte eine Zeitung aus dem Stapel und blätterte sie flüchtig durch. Die meisten Meldungen waren nicht mehr aktuell. Sie stand auf und ging an das überfüllte Bücherregal, um zu schauen, ob sie dort etwas zu lesen fände. Es war ihr egal, was, Hauptsache, es lenkte sie ab.

Die meisten Bücher, die sie sah, kannte sie schon. Aber auf dem mittleren Brett fiel ihr ein dicker Wälzer auf, den sie noch nicht kannte. Auf dem Buchrücken stand *Das Leben*. Vielleicht irgendein philosophisches Werk. Sie zog es aus dem Regal und entdeckte zu ihrer Überraschung, dass es sich um eine Studienbibel handelte. Sie hatte keine Ahnung gehabt, dass Gerald und Wilma sich für so etwas interessierten.

Kathy fiel auf, dass das Cover viel farbenfroher war als der schwarze Einband ihrer eigenen Bibel, die sie in der Sonntagsschule zum Abschied bekommen hatte. Ohne Nachzudenken drehte sie das Buch um und las den ersten Satz des Klappentextes auf der Rückseite. *Was bedeutet die Bibel für mich heute?* Diese Frage überfiel sie geradezu, doch nahezu im selben Augenblick hörte sie die Stimme ihrer Freundin.

„Und es ward Kaffee. Mit warmem Apfelkuchen." Wilma kam mit einem Tablett ins Wohnzimmer und stellte es auf den Couchtisch. Ihr kurzes braunes Haar, das gerade eben noch in alle Richtungen abgestanden hatte, lag nun etwas ordentlicher.

Kathy schob das Buch zurück ins Regal. „Wunderbar! Ich werde mich kaum noch bewegen können, wenn ich erst einmal den Apfelkuchen verdrückt habe."

Wilma lächelte. „Vielleicht ist das ja ein kleiner Anreiz, etwas öfter vorbeizuschauen. Ich habe den Eindruck, du bist schon eine ganze Weile nicht mehr hier gewesen."

„Na ja, ich muss zugeben, dass es wirklich schon ziemlich lange her ist, seit ich das letzte Mal bei euch war. Viel zu lange", fügte sie hinzu. Sie setzte sich wieder auf ihren Platz auf dem Sofa. „Ich hätte viel früher kommen sollen."

„Du hast wahrscheinlich zu viel um die Ohren." Wilma nahm ihren Kaffeebecher und machte es sich gegenüber von Kathy auf dem breiten Fauteuil bequem.

„So in der Art." Kathy stach mit ihrer Gabel in den Apfelkuchen und nahm einen Bissen. Heute Morgen hatte sie wieder ziemliche Zahnschmerzen gehabt, aber heute Nachmittag waren sie wieder verschwunden. Ein bisschen Süße durfte sie sich also gönnen. „Kompliment. Du könntest bei einem Backwettbewerb mitmachen. Ich frage mich immer, wo du neben deiner Familie und der Arbeit in der Bibliothek noch die Zeit für so etwas hernimmst."

„Nun ja, in der Bibliothek arbeite ich ja nur zwei Tage die Woche. Da bleiben noch fünf übrig."

Wenn Wilma die Dinge betrachtete, schienen sie immer etwas weniger kompliziert. In den vier Jahren, in denen Kathy sie nun schon kannte, hatte sie sie die ganze Zeit darum beneidet, dass sie nahezu immer das Positive sah, immer auf der Suche war nach dem Guten im Menschen. Das war eine der Eigenschaften gewesen, die Kathy an ihr so anziehend gefunden hatte, als sie sich bei einem Fotokurs kennengelernt hatten. Damals hatte Wilma ihr dabei geholfen, in der Bibliothek ein bestimmtes Buch über Fotografie zu finden. Und obwohl Kathy stets darauf achtete, nicht zu schnell mit jemand vertraut zu werden, hatte sich die Freundschaft mit Wilma doch im Laufe der Zeit so vertieft, dass sie nun nicht mehr darauf verzichten wollte.

„Läuft es gut auf der Arbeit?", fragte Kathy.

„Ja, ziemlich." Wilma nahm sich auch ein Stück Kuchen. „Ich komme mir da immer noch vor wie ein Fisch im Wasser."

„Und wie läuft es zu Hause?"

„Die zwei Älteren sind ganz schön am Pubertieren. Aber ich habe mir sagen lassen, dass es mit Mädchen noch heftiger wäre, deshalb kann ich eigentlich nicht jammern. Und zwischen Gerald und mir ist auch alles wunderbar. Du kennst doch unser Lebensmotto: arm, aber gesund."

Ohne es zu wollen, fiel Kathy in das Lachen mit ein. *Arm* war nun wirklich nicht das Wort, das einem einfiel, wenn man Wilma betrachtete. Andererseits gab es keins, was tatsächlich zu ihr gepasst hätte.

„Aber nun erzähl du doch einmal", sagte Wilma, nachdem sie ein wenig über ihre Pläne für die Nachbarschaftsstreife geplaudert hatten. Sie stellte ihren Teller zurück und machte es sich mit dem Kaffeebecher auf dem Sofa gemütlich. „Womit hattest du denn die ganze Zeit so viel zu tun? War es die Arbeit?"

„Nein, das eigentlich nicht." Kathy rührte in ihrem mittlerweile kalt gewordenen Rest Kaffee herum und versuchte zu überlegen, was sie sagen sollte. Sie hatte schon zu Hause darüber nachgedacht, aber wie bei Heleen war sie sich auch hier nicht sicher, ob sie heute Abend lieber über ein paar oberflächliche Dinge reden oder etwas von dem erzählen wollte, was sie wirklich beschäftigte. Es würde ihr schwerfallen, aber wenn sie es sich aussuchen konnte, dann war es bei Wilma noch am leichtesten.

„Kratz mir bitte nicht den Boden aus der Tasse", bemerkte Wilma trocken. Erst dadurch wurde Kathy bewusst, dass sie immer noch ihren Kaffee umrührte.

„Entschuldige, ich war in Gedanken." Sie trank den letzten Schluck Kaffee und stellte den Becher ab. „Du hast mich gefragt, womit ich die ganze Zeit zu tun hatte. Das ist eine lange Geschichte."

Mehr oder weniger unumwunden erzählte sie, was sich in den letzten Wochen ereignet hatte und dass sie Stevens Wohnung durchstöbert hatte. Dabei fiel ihr auf, dass sie so sachlich wie möglich von der Wohnungsauflösung erzählte. Die Geschichte mit der Tasche, die noch bei Ellen war, oder was sie über ihren Großvater herausgefunden hatte, behielt sie für sich. Schließlich wollte sie die Fensterläden nicht bis zum Anschlag aufstoßen. Sie einen Spaltbreit zu öffnen, war schon schwierig genug.

Als Kathy zu Ende erzählt hatte, wurde es still im Raum.

„Du bist mir wahrscheinlich böse, weil ich dich die ganze Zeit über außen vor gelassen habe", sagte Kathy unsicher. Dabei sah sie ihre Freundin an, die aufgestanden war und die Kaffeebecher nahm.

„In drei Minuten bin ich wieder da."

Innerhalb kürzester Zeit kam sie mit zwei vollen Bechern wieder ins Wohnzimmer und setzte sich. Aber nicht Kathy gegenüber, sondern direkt neben sie. Sie wendete sich ihr zu und sagte dabei mit ernstem Gesichtsausdruck: „Mein liebes Mädchen. Schlag dir bitte aus dem Kopf, dass ich dir böse bin. Wenn du mir die Sache nicht früher erzählen wolltest, respektiere ich das. Aber“, ihre braunen Augen sahen jetzt noch ernster aus, „du weißt selbst, dass du es auch anders hättest machen können. Als du die Nachricht vom Tod deines Vaters bekommen hast, da hättest du mich anrufen können, selbst wenn es mitten in der Nacht gewesen wäre. Oder du hättest mir sagen können, wann er beerdigt wird. In solchen Augenblicken brauchst du jemanden an deiner Seite, da darfst du nicht allein sein. Gerade nicht in deiner Situation, auch wenn er in deinem Leben schon lange keine Rolle mehr spielt und du dich von ihm verabschiedet hast. Tatsache ist doch – wenn du es gewollt hättest, hättest du nur zehn Tasten an deinem Telefon drücken müssen, um mit ihm Kontakt aufzunehmen. Doch jetzt seit seinem Tod ist euer Bruch unwiderruflich. Und ich kann mir vorstellen, dass sich das jetzt ganz anders anfühlt. Oder schätze ich das falsch ein?“

Kathys Blick fiel auf die Katze, die ihr jetzt wieder um die Beine strich und ihr am liebsten auf den Schoß gesprungen wäre. Hatte Wilma recht? War es seit seinem Tod anders geworden?

„Ich weiß es nicht“, sagte sie nach einigem Überlegen. „Der Abschied, oder wie du das nennen willst, hatte für mich immer etwas Endgültiges. Aber ich muss zugeben, es ist schon ein seltsamer Gedanke, dass er nun nicht mehr lebt. Auf der einen Seite ist es beruhigend; ich muss keine Angst mehr haben, dass er wieder versucht, Kontakt zu mir aufzunehmen. Auf der anderen Seite ist es aber auch beunruhigend, denn dadurch, dass ich einen Haufen Dinge regeln muss, habe ich in den vergangenen Wochen öfter an ihn gedacht, als mir lieb ist.“

Wilma betrachtete sie eindringlich. „Aber trotzdem hast du doch alles geregelt. Darf ich fragen, warum?“

„Diese Frage habe ich mir auch schon zigmal gestellt.“ Kathy blickte aus dem Fenster und sah Boef auf dem Rasen hin und her laufen. Solch einen Wildfang im eigenen Garten zu haben, konnte sie sich nicht vorstellen.

Sie richtete ihre Aufmerksamkeit wieder auf Wilma. „Ich kann mir eine Menge Gründe vorstellen, aber letztlich kommen verschiedene Faktoren zusammen.“

„Zum Beispiel?" Wilma wollte immer konkrete Antworten.

„Zum Beispiel die Tatsache, dass ich es gegenüber meiner Mutter nicht verantworten konnte, ihn durch den Sozialdienst beerdigen zu lassen, und die Tatsache, dass ich mich als seine einzige Tochter mehr oder weniger verpflichtet fühlte, die Dinge anzupacken oder zumindest dafür zu sorgen, dass sie angepackt wurden." Sie musste daran denken, wie sie sich einfach so vom Krankenhaus hatte vereinnahmen lassen und sich um alles Notwendige gekümmert hatte. „Zum Teil liegt es auch daran, dass ich anscheinend nicht gut Nein sagen kann", fügte sie hinzu. „Zumindest nicht in dieser Situation."

„Bist du dir sicher, dass das die einzigen Gründe waren?"

„Ja." Kathy nahm den Kaffee, der schon wieder fast kalt geworden war, und trank einen Schluck. Sie hatte eine Ahnung, worauf Wilma mit ihrer Frage hinauswollte, aber sie stellte sich lieber dumm. Natürlich wusste sie, dass das nicht funktionieren würde.

„Könnte es nicht sein – sei mir nicht böse, wenn ich das so offen frage –, dass du dich doch nicht so sehr von deinem Vater gelöst hattest, wie du gedacht hast?"

In der Tat, es funktionierte nicht.

„Nein, das ist es nicht." Kathys Antwort kam schnell. Sie konnte sich gut vorstellen, dass sich Wilma nicht in jemanden hineinversetzen konnte, der den Kontakt zu seinem Vater abbrach und dabei nicht einmal ein schlechtes Gewissen hatte. Doch trotzdem war es so.

„Und dennoch", fuhr Wilma mit der Entschlossenheit eines Terriers fort, „will mir das einfach nicht in den Kopf. Für jemanden, die nichts mehr für den eigenen Vater empfand, hast du auf seinen Tod ziemlich heftig reagiert."

„Wer hat behauptet, dass ich nichts mehr für ihn empfand?" Kathy sah ihre Freundin mit gerunzelter Stirn an. „Ich empfinde noch einiges für ihn – zum Beispiel Wut und Zorn. Ich glaube, deshalb bin ich während der Beerdigung auch so ärgerlich geworden; ich konnte es einfach nicht aushalten, dass ihn dieser Krankenhauspastor einfach so in den Himmel predigte. Das geht gegen mein Gerechtigkeitsgefühl. Anscheinend kann man sich in seinem Leben alles Mögliche erlauben, um dann ein paar Minuten vor dem Tod noch wie ein verlorener Sohn wieder zu Hause auf der Matte zu stehen."

Während sie das sagte, fiel ihr die Ironie in ihrer Wortwahl auf. Sie hatte gedankenlos ein oft gebrauchtes Bild verwendet, aber hatte Martijn in seiner Ansprache nicht auch über den verlorenen Sohn geredet?

„Kurzum“, fasste sie zusammen, „mach dir keine Illusion, meine Reaktion auf seinen Tod hat nichts mit irgendwelchen in mir schlummernden Gefühlen von Liebe oder so zu tun. Sorry.“

Während Wilma die Katze streichelte, die jetzt auf ihren Schoß gesprungen war, sah sie erneut Kathy an. „Okay, das war deutlich. Aber trotzdem ... Meinetwegen kannst du das alles selbst glauben, aber versuch mir nicht einzureden, dass du so knallhart bist, wie du vorgibst.“ In Wilmas Augen erschien ein sanfter Ausdruck. „Du erscheinst immer so selbstsicher, so stark, aber eigentlich hast du doch Angst davor, dass dir jemand zu nahe kommen könnte. In den vier Jahren, in denen ich dich jetzt kenne, habe ich ab und zu einmal einen kleinen Blick auf die andere Kathy werfen können; die Frau, die unsicher und verletzlich ist und die sich verzweifelt danach sehnt, zu lieben und geliebt zu werden. Und ich kann es kaum abwarten, dass sich diese Kathy öfter sehen lässt.“

Kapitel 33

Mittwoch, 25. Mai

Ellen nahm ihre Einkaufstasche aus dem Schrank und ging nach draußen. Wenn die Wettervorhersage stimmte, sollte es morgen regnen und kühler werden, aber heute schien die Sonne und der Himmel war strahlend blau. Das Thermometer zeigte schon jetzt, um Viertel vor neun, einundzwanzig Grad an. Linda und sie hätten es heute Morgen nicht besser treffen können.

Sie fuhr mit dem Fahrrad zum Haus ihrer Schwester und klingelte gut gelaunt mit ihrer Fahrradklingel, als sie sie vor dem Haus entdeckte. „Bist du fertig für den Markt?"

„Selbstverständlich." Linda schob ihr Fahrrad durch das Gartentor. „Aber versprich mir, dass wir nicht nur nach Stoffen schauen", sagte sie mit einem vielsagenden Blick.

Ellen stimmte in ihr Lachen ein. Als sie das letzte Mal auf dem Markt gewesen waren, hatte sie Linda zu einem Stoffhändler nach dem anderen geschleift, immer auf der Suche nach einem hellblauen Baumwollstoff, der schließlich nirgendwo aufzutreiben war. „Ich verspreche es. Und um die Geschichte vom letzten Mal wiedergutzumachen, lade ich dich auf einen Kaffee und ein Stück Buttercremetorte ein."

„In Ordnung."

„Also gut. Steht dir übrigens gut, deine Hallelujazwiebel."

Linda sah sie verwirrt an. „Welche Hallelujazwiebel?"

„Kennst du den Ausdruck nicht? So nennt Peter es, wenn Frauen ihr Haar hochstecken."

„Ach, das meinst du." Linda tastete nach ihrem Haar, das sie auf die Schnelle zu einem Knoten zusammengebunden hatte, und lachte. „Wouter hat er auch schon gefallen."

Kurz bevor sie auf dem Marktplatz angekommen waren, passierten sie das Krankenhaus. „Sag mal, hast du noch einmal etwas von Kathy Smit gehört?", fragte Linda.

Weil die Sonne sie blendete, setzte Ellen sich während der Fahrt die Sonnenbrille auf. „Nein, noch nichts. Ich denke schon eine Weile darüber nach, ob ich nicht Martijn Mingels anrufen sollte."

„Wen?"

„Den Krankenhausseelsorger, weißt du?"

„Ach ja, natürlich, ich hatte nur seinen Namen vergessen. Aber warum?"

„Um ihn zu fragen, ob er vielleicht Kontakt zu Kathy hat."

„Hast du denn seine Telefonnummer?"

„Bei der Beerdigung hat er mir doch seine Visitenkarte gegeben." Plötzlich fiel Ellen ein, dass sie zwar seine Nummer und Adresse hatte, aber sie ihm nicht umgekehrt ihre Kontaktdaten gegeben hatte. „Er konnte mich ja gar nicht kontaktieren, weil er meine Nummer nicht hat."

Linda sah sie kurz von der Seite an. „Wozu bräuchte er die denn?"

Ellen zuckte mit den Schultern. „Ich weiß nicht, vielleicht auch nicht. Aber falls er mich erreichen wollte, konnte er es jedenfalls nicht."

„Nun gut, aber das kannst du ja ändern, wenn du ihn anrufst." Linda bremste und deutete auf die große Kirche vor ihnen. „Sollen wir unsere Fahrräder dort abstellen?"

Während sie auf der Suche nach Stoffen waren, dachte Ellen wieder, wie gut es war, dass sie nach Marilous Geburt ihren Beruf als Erzieherin an den Nagel gehängt hatte. Natürlich hatte sie am Anfang die Arbeit und den Austausch mit den Kolleginnen sehr vermisst, aber jetzt genoss sie es, zu Hause zu sein, viel Zeit für ihre Familie zu haben und ehrenamtlich in Marilous Schule mitzuarbeiten.

„Wie läuft es denn bei dir im Buchladen?", wollte sie von ihrer Schwester wissen.

Linda stellte eine kunstvoll geblasene Zierflasche zurück. „Gut", antwortete sie. „Aber ich merke schon, dass die Menschen etwas sparsamer geworden sind. Ich glaube, viele von ihnen leihen sich lieber ein Buch aus, anstatt es zu kaufen."

„Zu diesen Leuten gehöre ich sicher auch", gab Ellen zu. „Und wie ist es mit Wouter? Hat der noch genügend zu tun?"

„Manchmal mehr als mir lieb ist."

„Na, dann kann er sich ja mit Peter zusammentun." Ellen blieb vor einem Stand stehen, bei dem Waffeln mit Sirup verkauft wurden. „Sag mal, Lin, sollen wir uns in Erinnerung an gute, alte Zeiten eine Tüte mit Bruchgebäck gönnen?"

Linda klopfte sich auf den Bauch. „Also wirklich, Sirupwaffeln und Buttercremetorte. Nein danke, dann sehe ich aus wie eine Tonne."

„Na ja, damit du so aussiehst, braucht es etwas mehr als einen vernaschten Vormittag." Linda konnte essen, was sie wollte, ohne den Zeiger an der Waage auch nur zum Zucken zu bringen; das war etwas, was sie von sich nicht behaupten konnte. „Aber du hast sicher recht, beides zusammen ist ein bisschen viel des Guten."

„Wie geht es eigentlich Marilou?", fragte Linda, nachdem sie den ganzen Markt durchwandert und es sich unter der gelb gestreiften Markise einer Konditorei bei einem Cappuccino und einem Stück Torte bequem gemacht hatten.

„Super. Sie macht wahrscheinlich demnächst ihr bronzenes Schwimmabzeichen."

Linda kratzte die dicke Glasur von ihrem Buttercremestück, um sie sich bis zuletzt aufzuheben. „Schön, lass mich wissen, wann, und ich komme zum Zuschauen."

„Darüber würde sie sich sicher sehr freuen." Ellen nahm einen Schlag buttergelbe Sahne zu sich. „Weißt du eigentlich, dass mich Marilou am Montag gefragt hat, wer für sie sorgt, wenn Peter und mir etwas zustoßen sollte?"

Linda ließ ihre Gabel beinahe fallen und sah Ellen verdutzt an. „Wie kommt sie denn auf einmal darauf?"

„Wir sind am Sonntag an Stevens Wohnung vorbeigeradelt und Marilou wollte wissen, was wir da wollten. Na ja, du kennst sie ja. Wenn sie einmal zu fragen beginnt, kann sie nicht mehr aufhören."

„Und? Habt ihr ihr gesagt, dass sie dann zu uns ziehen kann?"

„Ja." Ellens Blick fiel auf den Nachbartisch, wo ein älteres Ehepaar Kaffee mit Mandeltorte genoss. Es rührte sie zu sehen, wie sorgfältig der Mann die Serviette auf dem Schoß der Frau, die im Rollstuhl saß, zurechtzupfte. Ellen hoffte inständig, dass Peter und sie zusammen alt werden und immer für Marilou da sein könnten. Jetzt, aber auch später, wenn sie einmal auf eigenen Füßen stand.

„Und wie hat sie darauf reagiert?", fragte Linda weiter.

Ellen wandte ihre Aufmerksamkeit wieder ihrer Schwester zu. „Sie hat zuerst gefragt, ob Joris auch mitkommen darf."

Linda lächelte. „Natürlich."

„Aber danach hat sie noch eine ganz andere Bemerkung gemacht."

Die Tränen liefen Linda über die Wangen, als Ellen ihr erzählte, was Marilou gesagt hatte. „Sie ist wirklich ein Schatz", sagte sie gerührt.

„Wie sollte es auch anders sein", entgegnete Ellen. „Sie schlägt doch nach ihrer Tante."

Ellen stellte die tiefrote Pfingstrose, die sie auf dem Markt gekauft hatte, in eine Vase, räumte ihre Einkäufe ein und warf einen Blick auf die Uhr. Viertel vor zwölf. Bevor sie Marilou abholen musste, hatte sie also noch genügend Zeit, um Martijn anzurufen. Sie holte die Visitenkarte und tippte seine Nummer in ihr Telefon. Bedauerlicherweise meldete sich nur der Anrufbeantworter. Na ja, so konnte sie auf jeden Fall ihre Nummer hinterlassen, dann hatte er sie wenigstens. Sie sprach eine kurze Nachricht auf das Band und legte auf.

Zu ihrer Überraschung rief er schon ein paar Minuten später zurück. „Tut mir leid", entschuldigte er sich. „Es passte vorhin gerade nicht."

„Das macht doch nichts. Ich kann das gut verstehen." Sie ging mit dem schnurlosen Telefon in die Küche und holte ein halbes Graubrot aus dem Gefrierfach.

„Nur so zur Sicherheit", sagte Martijn, „ich spreche doch mit der Ellen, die mich letzte Woche auf dem Friedhof angesprochen hat, nicht wahr?"

Ellen fiel auf, dass er das sehr vorsichtig formulierte. Sie fand es sehr höflich von ihm, dass er weder die Namen Steven noch Kathy erwähnte, bevor er sich nicht sicher war, wen er am Apparat hatte. „So ist es", antwortete sie, während sie, das Telefon zwischen Kopf und Schulter eingeklemmt, ein paar Scheiben Brot abschnitt. So zu telefonieren, war nicht leicht, aber sie musste es tun, weil sonst das Brot nicht schnell genug auftauen würde.

„Schön, dass ich Sie sprechen kann."

„Sagen Sie doch ruhig du."

„In Ordnung, ich bin Martijn."

„Alles klar." Ellen nahm den Hörer wieder in die Hand und ging ins Wohnzimmer. „Ich habe angerufen, weil ich gern wissen wollte, ob du nach der Beerdigung noch etwas von Kathy Smit gehört hast."

Es blieb einen Moment still. „Weshalb fragst du?", hörte sie ihn sagen.

„Na ja, ich habe hier doch immer noch diese Tasche mit den Sachen ihres Vaters, trotzdem hat sie mich bisher noch nicht einmal angerufen. Ich wollte einfach nur wissen, ob du noch etwas von ihr gehört hast und, wenn ja, ob du eine Ahnung hast, ob sie noch vorbeikommt."

Martijn schien eine Weile zu überlegen. „Ich habe tatsächlich mit ihr geredet, aber ich finde es schwierig abzuschätzen, ob sie noch Kontakt zu dir aufnehmen möchte."

„Habt ihr auch über mich gesprochen?"

„Kaum."

„Schade. Dann muss ich wohl einfach abwarten."

„Vielleicht könnte ich auch einen anderen Vorschlag machen", bot Martijn an.

„Und der wäre?"

„Wie wäre es, wenn ich die Tasche bei dir abhole? Ich sehe sie hoffentlich demnächst. Vielleicht ergibt sich dabei eine Gelegenheit, ihr die Tasche zu überreichen."

Ellen musste einen Augenblick nachdenken, doch dann schüttelte sie den Kopf. „Das ist ein sehr nettes Angebot, aber ich möchte sie ihr lieber persönlich übergeben."

„Auch gut, natürlich." Er räusperte sich. „Vielleicht ist die Frage etwas unangebracht, aber weißt du eigentlich, was in der geheimnisvollen Tasche ist? Womit ich natürlich nicht unterstellen möchte, dass du einen Blick hineingeworfen hast", beeilte er sich hinzuzufügen. „Aber vielleicht hat es dir Steven ja gesagt."

Ellen hörte den Deckel des Briefschlitzes klappern und ging in den Hausflur.

„Nein, er hat mir nichts gesagt." Sie bückte sich, um die Postwurfsendungen und zwei Umschläge aufzuheben. „Aber das brauchte er auch nicht, schließlich habe ich die Tasche selbst gepackt."

„Oh ..."

„Er hatte mich am Dienstag vor seinem Tod gefragt, ob ich ein paar Dinge aus seiner Wohnung holen könnte. Den Schlüssel habe ich Kathy schon zurückgegeben, aber die Tasche ist noch hier." Sie überlegte, ob sie ihm noch mehr erzählen sollte, doch bevor sie zu einer Entscheidung gekommen war, ergriff Martijn das Wort.

„Ich kann mir denken, dass du sie ihr lieber persönlich gibst. Wenn ich mit ihr spreche, werde ich jedenfalls tun, was ich kann, damit sie dich anruft."

„Gut." Sie überlegte immer noch, aber dann fasste sie einen Entschluss. Es könnte zwar ein Fehler sein, den Schleier nur ein bisschen zu lüften, allerdings könnte es auch weiterhelfen. „Martijn?"

„Ja?"

„Könntest du ihr etwas von mir ausrichten?"

„Und das wäre?" Auch jetzt fiel Ellen wieder seine Zurückhaltung auf; er wollte anscheinend nichts versprechen, bevor er nicht ganz genau wusste, ob er es auch halten könnte.

„Sag ihr, dass die Tasche nicht nur mit ihrem Vater zu tun hat."

„Oh. Mit wem denn noch?"

Ellen holte tief Luft, bevor sie darauf antwortete. *Herr, ich hoffe, dass es gut ist, wenn ich das sage.*

„Mit ihrer Mutter."

Kapitel 34

Donnerstag, 26. Mai

Verschwitzt und durchnässt vom Nieselregen kam Martijn von seiner morgendlichen Joggingrunde zurück. Manchmal musste er sich wirklich überwinden, seinen Trainingsanzug und seine Sportschuhe anzuziehen, aber hinterher hatte es ihm noch nie leidgetan. Momentan nahm er oft seinen MP3-Player mit und hörte beim Laufen Lobpreismusik. Es tat gut, sich so auszupowern und dabei gleichzeitig seinen Schöpfer zu preisen.

Nach einer ausgiebigen Dusche fuhr er gegen halb neun motiviert und voller Tatendrang ins Krankenhaus. Als er an dem chinesischen Restaurant vorbeikam, in dem er am Dienstag Nasi geholt hatte, musste er an Jeroen denken. Es war gut, dass sie so offen und ehrlich miteinander gesprochen hatten. Es war ihm tatsächlich nicht so bewusst gewesen, dass Jeroen inzwischen erwachsen war und seine Entscheidungen ohne seine Einmischung treffen wollte.

Martijn hatte ihn nicht mehr danach gefragt, ob er immer noch vorhatte, Kathy morgen beim Zahnarzt abzupassen. Er musste ernst damit machen, sich in das Leben seines Bruders nicht mehr einzumischen. Zum Glück wusste er, wem er seinen Bruder immer wieder anbefehlen konnte. Und Kathy auch. Gestern hatte er nichts mehr von ihr gehört, deshalb nahm er an, dass mit ihrem Termin heute alles klarging.

In seinem Büro angekommen, arbeitete er seinen Papierkram ab. Doch je mehr sich der kleine Zeiger auf seiner Uhr in Richtung zehn vorschob, umso unruhiger wurde er. Er ließ den Schriftkram liegen und versuchte herauszufinden, woher die innere Unruhe kam. Während seiner Arbeitszeit führte er beinahe jeden Tag seelsorgerliche Gespräche, auch sehr persönliche. Im Krankenhaus werden Menschen häufig mit ihrer Verletzlichkeit konfrontiert und es kam regelmäßig vor, dass sie ihre unverarbeiteten Gefühle und Ängste vor ihm ausbreiteten. Auch sprach er recht oft mit Angehörigen von Menschen, die er begleiten durfte. Warum also machte er sich nun vor dem Gespräch mit Kathy solche Gedanken? Hatte er Angst, er könnte ihr nicht unbefangen zuhören, weil er Stevens tiefe Trauer über die abweisende Haltung seiner Tochter miterlebt hatte? Oder fürchtete er, dass er sie weder ansehen noch ihr zuhören konnte, ohne an Jeroen denken zu müssen?

Schwerfällig erhob er sich. Es war beinahe halb zehn, vielleicht sollte er zur Entspannung noch ein bisschen im Garten des Krankenhauses spazieren gehen. Er räumte seine Papiere zusammen. Dabei fiel ihm der Zettel in die Hand, auf den er gestern die Nummer von Ellen de Vries gekritzelt hatte. Es war erstaunlich, wie sich diese Frau durch Stevens Leben hatte anrühren lassen.

Ruf sie an!, schoss es ihm durch den Kopf. *Bitte sie, in der nächsten Stunde zu beten.*

Er tat die Eingebung nahezu sofort als nicht umsetzbar ab. Er konnte sie doch nicht einfach so anrufen! Vielleicht arbeitete sie gerade. Oder sie würde es seltsam finden, dass er sie um so etwas bat.

Dennoch ließ ihn der Gedanke nicht mehr los. Warum sollte er sie nicht darum bitten? Er wusste, welche Kraft in wichtigen Momenten von einem unterstützenden Gebet ausgehen konnte. Und wenn er bedachte, dass sie darauf gekommen war, Steven die Karte zu schicken, dann würde sie es vielleicht sogar begrüßen, wenn er sie darum bat, für das Gespräch mit Kathy zu beten.

Als er es sich noch einmal durch den Kopf gehen ließ, kam er zu dem Schluss, die Sache sei einen Anruf wert, und griff zum Telefon. Er hatte nur ihre Festnetznummer; mal schauen, ob sie zu Hause war.

Schon nach dem zweiten Läuten hob sie ab.

Mit wenigen Worten erklärte Martijn ihr den Grund für seinen Anruf. Und ihre Antwort ließ auch nicht lange auf sich warten.

„Du rufst genau im richtigen Moment an. Gerade wollte ich einen riesigen Berg Wäsche wegbügeln und dabei lässt es sich so wunderbar beten."

Martijn stimmte ihr zu. „Das hat meine Frau auch immer getan", sagte er mit kratziger Stimme. „Sie hat immer für denjenigen gebetet, dessen Kleidungsstück sie gerade bügelte."

Ellen reagierte nicht sofort. „Du hast gesagt, *sie hat gebetet*", erwiderte sie vorsichtig. „Jetzt nicht mehr?"

„Sie ist vor ein paar Jahren gestorben."

Martijns Blick fiel auf das Foto auf seinem Schreibtisch. Es gehörte zur selben Serie wie das Bild, das zu Hause in seinem Arbeitszimmer stand, und war an einem Tag aufgenommen worden, als Karen und er am Strand gewesen waren. Sie hatte ihre Schuhe und Strümpfe ausgezogen, ihre Hose umgekrempelt und war ein Stück durchs Wasser gelaufen. „Komm auch!", hatte sie gerufen und ihm ihr lachendes Gesicht zugedreht. Ihr rotes Halstuch hatte im Wind geflattert und aus ihren Augen hatte ihn ihre Liebe angestrahlt. Er hatte an diesem Nachmittag nicht genug von ihr bekommen können und das Foto berührte ihn immer noch.

„Wie schlimm für dich", sagte Ellen.

Der Klang ihrer sanften Stimme holte ihn vom Strand wieder zurück in sein Büro.

„Ja." Im Krankenhaus hatte er schon viele Todesfälle aus nächster Nähe miterlebt, aber seit er Karen verloren hatte, wusste er, wie schlimm es war, einen geliebten Menschen zu verlieren. „Aber ich bin dankbar dafür, dass ich so viele schöne Erinnerungen an sie habe. So wie die mit dem Beten beim Bügeln."

„Und ich mache das gern."

Plötzlich wurde ihm etwas deutlich. Dass er daran aber auch nicht schon früher gedacht hatte! „Wenn ich noch einmal auf deine Frage von gestern zurückkommen darf, ob ich Kathy etwas über den Inhalt der Tasche sagen könnte ..."

„Ja?"

„Ich verstehe ja, dass du ihr einen Anreiz geben möchtest, die Tasche zu holen, aber ich glaube, es wäre besser, wenn wir die Sache etwas ruhen ließen. Sie könnte es sonst falsch verstehen, wenn sie herausfindet, dass wir über sie gesprochen haben."

„Ach ja, natürlich", antwortete sie sofort. „So weit habe ich gar nicht gedacht."

„Ich zuerst auch nicht."

Als er das Gespräch beendet hatte, stand Martijn auf und kniete sich vor seinen Stuhl. Oft betete er einfach im Sitzen, doch in Augenblicken wie diesem, wo er sich bewusst war, dass er Kathy aus eigener Kraft nicht erreichen konnte, kniete er sich am liebsten hin. Um Worte ringend, bat er um Führung, um Taktgefühl und die richtigen Worte. „Vater, segne mich – damit ich für Kathy ein Segen sein kann.“

Eine Minute vor zehn wurde er von der Arzthelferin in der Aufnahme angerufen, die ihm mitteilte, dass er Besuch habe. Er strich sein weißes Hemd glatt und klopfte sich die Jeans aus, damit niemand sehen konnte, dass er gerade gekniet hatte. Immer noch angespannt, aber jetzt doch etwas ruhiger als gerade eben, verließ Martijn sein Büro und ging zum Empfangsbereich.

Kathy stand dort und drehte ihm den Rücken zu. Ihr Blick war auf einen Zeitschriftenständer an der Wand gerichtet. Er ging auf sie zu und sprach sie an. „Guten Morgen, Kathy.“

Sie drehte sich um und schüttelte seine ausgestreckte Hand. Ihre Finger fühlten sich kühl an, nahezu eiskalt. „Guten Morgen, Martijn.“

Er deutete in Richtung des Ganges, aus dem er gekommen war. „Kommst du mit?“ Schweigend gingen sie in sein Büro.

„Nimm Platz“, forderte er sie auf. „Möchtest du einen Kaffee oder Tee?“

Kathy ließ ihre Handtasche von der Schulter gleiten und nahm auf einem der Klappstühle Platz. „Einen Kaffee bitte. Schwarz, ohne Milch und Zucker.“

„Kommt sofort. Ich bin gleich wieder da.“ Er ließ die Tür zu seinem Büro offen stehen und ging zum Kaffeeautomaten im Gang. Etwas später stellte er einen Becher Kaffee und einen Becher Tee auf den Tisch und setzte sich ihr gegenüber auf einen Stuhl.

„Du hast es also geschafft, dir heute freizunehmen, sonst wärst du nicht hier.“ Er riss ein Beutelchen Zucker auf und rührte es in seinen Tee.

„Ja.“ Sie griff nach ihrem Becher und nahm ihn in die Hand. Am Zittern ihrer Finger konnte er erkennen, dass sie genauso angespannt war wie er.

„Was machst du eigentlich beruflich?“ Er hatte sich das noch nie gefragt, aber die Frage eignete sich gut, um das Eis zu brechen. Hoffte er jedenfalls.

„Ich bin Sekretärin."

„Arbeitest du hier in der Stadt?"

„Ja."

Offene Fragen, stell ihr offene Fragen, Martijn!, sagte er zu sich selbst. *So bekommst du nicht mehr als ein Ja oder Nein. Und fall nicht gleich mit der Tür ins Haus.*

„Es freut mich sehr, dass du gekommen bist", sagte er. Sie sah ihn kurz mit einem Blick an, den er nicht deuten konnte, und erwiderte nichts. „Wie du weißt, habe ich mit deinem Vater nur ein einziges Mal gesprochen, aber dieses Gespräch werde ich so schnell nicht wieder vergessen." Er trank einen Schluck Tee und entschied sich dafür, ihr den Ball zuzuspielen und dann zu schauen, wie sie reagieren würde. „War die Beerdigung so, wie du sie dir vorgestellt hattest?"

Für einen kurzen Augenblick meinte er, so etwas wie Panik in ihren Augen aufblitzen zu sehen, aber dieser Moment war so schnell wieder vorbei, dass er sich auch getäuscht haben konnte.

Sie stellte ihren Becher wieder ab. Ihre Hand zitterte noch ein wenig mehr als gerade eben. Unwillkürlich musste er an Steven denken; seine Hände waren auch so zittrig gewesen.

„Es war nicht einfach für mich", sagte sie. „Zum Glück musste ich selbst nichts machen."

„Nur anwesend sein", vollendete er.

„Genau." Sie schlug die Augen nieder und rutschte etwas auf ihrem Stuhl hin und her.

„Dein Vater hat mir erzählt, dass ihr schon lange keinen Kontakt mehr hattet."

„Stimmt."

„Und dass er das furchtbar schlimm fand."

Sie zuckte mit den Schultern und antwortete nichts.

„Trotzdem bist du gekommen, als er ins Krankenhaus eingewiesen wurde." Er ließ die Bemerkung in der Luft hängen, wartete ab, ob sie darauf reagieren würde, aber sie hüllte sich in Schweigen. „Warum?", fragte er schließlich.

Jetzt sah sie ihn wieder an und seufzte leise, aber hörbar. „Du bist wie meine Freundin. Die hat mir genau dieselbe Frage gestellt."

„Und was hast du ihr geantwortet?"

„Kurz zusammengefasst: Ich hatte keine andere Wahl."

Er ließ die Antwort sacken. „Selbstverständlich hattest du die", sagte er endlich. „Du hättest dich doch auch weigern können."

„Nein, das konnte ich nicht."

„Warum nicht?"

In ihrem Gesicht blitzte Verärgerung auf. „Das willst du wirklich gern wissen, oder?"

Er lächelte. „Wenn du es mir erzählen möchtest." Er wollte es nicht zu weit treiben, um sie nicht noch mehr zu verärgern. Jedenfalls nicht gleich am Anfang des Gesprächs.

Zu seiner Überraschung nutzte sie die angebotene Fluchtmöglichkeit nicht. „Seine Nachbarin hat mich angerufen und mir mitgeteilt, dass er ins Krankenhaus eingeliefert wird. Da war ich so überrumpelt, dass mir einfach nichts anderes eingefallen ist, als hinzugehen. Ich habe mich um die Aufnahme gekümmert und bin dann wieder nach Hause gegangen. Acht Tage später wurde mir dann mitgeteilt, dass er gestorben ist."

„Und dann bist du wieder ins Krankenhaus gegangen."

„Ja."

Er schwieg.

„Weil ich ihn nicht durch den Sozialdienst begraben lassen wollte. Das hätte meine Mutter nicht gewollt. Deshalb habe ich Herrn Bor um die Beerdigung gebeten. Den Rest kennst du."

Sie nahm wieder ihren Becher in die Hand und trank ihn leer.

„Möchtest du mir von deinem Vater erzählen?"

Ihre graugrünen Augen wurden enger. „Was willst du denn wissen?"

„Was immer du mir erzählen möchtest." Noch während er das sagte, wurde ihm klar, dass das kein einfaches Gespräch werden würde. Sie wollte ihm gar nichts erzählen. Er war es gewesen, der um dieses Gespräch gebeten hatte. *Hilf mir*, schickte er ein Stoßgebet nach oben. *Mir wird das zu viel.*

Sie pflückte eine Fussel von ihrer Leinenhose und sah ihn mit einem Blick an, den man beinahe herausfordernd hätte nennen können. Er richtete sich auf, um die etwaige Reaktion auf seine Ungeschicklichkeit auffangen zu können, aber zu seiner Überraschung kam etwas völlig anderes.

„Gilt bei euch Pastoren nicht die Regel: ‚Über die Toten nur Gutes'?"

Stolz sah sie ihn an und ihre Blicke blieben aufeinander gerichtet. In diesem Moment bemerkte er etwas von der Anziehungskraft, die sie auf Jeroen ausgeübt hatte. Sie war zweifellos sehr hübsch. Mit wunderbar langen Wimpern. Um sich auf keinen Fall eine Blöße zu geben, trank er schnell den letzten Schluck Tee. „Wie kommst du auf diese Frage?"

„Du hast mich gefragt, ob ich dir etwas über Steven erzählen möchte. Aber es sollte dich eigentlich nicht überraschen, wenn ich dir sage, dass meine Erinnerungen an ihn – ich will es einmal vorsichtig ausdrücken – nicht besonders positiv sind. Und die Regel ist doch, dass man über die Toten nichts Schlechtes sagen soll, oder?" Wieder war eine kleine Herausforderung in ihren Augen, in ihrer Stimme.

Martijn dachte einen Augenblick darüber nach, wie er die Antwort formulieren sollte. Sie war die Erste, die ihm überhaupt jemals diese Frage gestellt hatte. „Ich weiß nicht, wie du darauf kommst, dass das eine Regel ist. Meiner Meinung nach ist das nur etwas, was man so sagt, und zudem etwas, was ich ganz anders verstehe als du. Damit ist doch nur gemeint, dass man nichts Böses über einen Toten sagen soll, weil er sich nicht mehr verteidigen kann. Aber dabei geht es doch vor allem um Verleumdungen.

Vielleicht hat diese Redewendung aber auch etwas mit einer Vorstellung zu tun, die es früher oft gegeben hat; dass nämlich der Geist eines Toten Rache an denen nimmt, die etwas Böses über ihn sagen. Oder so ähnlich." Er beugte sich ein wenig nach vorn, ließ seine Ellenbogen auf den Knien ruhen und legte die Hände aneinander; eine Haltung, die er beinahe automatisch einnahm, wenn das Gespräch etwas in die Tiefe ging.

„Diese Redensweise bedeutet jedenfalls nicht, dass du in deiner Situation nicht darüber sprechen darfst, was zwischen euch beiden schiefgegangen ist und weswegen du so böse auf ihn bist, dass du den Kontakt zu ihm abgebrochen hast. Obendrein, das möchte ich hier ganz deutlich sagen, hat Steven mit Nachdruck betont, dass du zu Recht böse auf ihn gewesen bist. Er hat einfach nur gehofft, dass dein Zorn irgendwann verrauschen würde und du dich nicht länger seiner Bitte um Vergebung verschließen würdest."

Martijn wusste nicht, ob sie bemerkte, dass sie ihre Hände zu Fäusten geballt hatte, ihm selbst war es jedenfalls nicht entgangen. Sie konnte zwar so tun, als ob ihr der Vater völlig egal war, ihre Körperhaltung aber sprach eine ganz andere Sprache.

„Ich habe keine Ahnung, worauf er diese Hoffnung gegründet hat." In ihren Augen flammte etwas auf, was wie eine Mischung aus Wut und Enttäuschung aussah, und ihre Stimme war plötzlich eine Oktave höher. „Sein Verhalten ist unverzeihlich. Dafür gibt es keine Vergebung. Damals nicht und heute nicht. Es ist einfach etwas, was ich nicht vergeben kann."

Martijn wartete einen Moment, holte tief Luft und spielte ihr dann den Ball wieder zu. „*Kannst* du es nicht? Oder *willst* du es nicht?"

Kapitel 35

Kathy hatte es nun vollends die Sprache verschlagen. Fassungslos starrte sie Martijn an. Sie fuhr sich mit der Zunge über die Lippen und rang um Worte. Was war das für ein Krankenhausseelsorger? Wie kam er dazu, ihr solch eine Frage zu stellen? Schließlich fand sie die Sprache wieder. „Bist du immer so direkt?"

Er sah ihr direkt in die Augen. „Nein, nicht immer."

„Das ist auch gut so."

„Warum?"

„Nun ja, wenn du die Patienten hier im Krankenhaus immer so angehst, werden sie nicht so schnell wieder gesund."

„Aber du bist ja keine Patientin." Er schien unbeirrbar.

„Nein, zum Glück nicht. Ich kann noch aufstehen und weggehen, wenn ich will."

Er lächelte zaghaft. „Trotzdem sitzt du noch hier."

Damit ging ein Punkt an ihn. Und sie würde auch so lange sitzen bleiben, bis sie wusste, ob Steven über ihren Großvater gesprochen hatte. Oder bis sich zumindest eine Möglichkeit auftat, danach zu fragen. Doch Martijn hatte eindeutig das Heft in der Hand und das Gespräch hatte nun eine Wendung genommen, die sie nicht erwartet hatte. Und auch nicht gewollt hatte.

Sie betrachtete ihn, wie er ihr gegenübersaß. Leicht nach vorn gebeugt, aufs Gespräch konzentriert. Und er war noch immer nicht beim Frisör gewesen.

„Was ist es nun?", fragte er.

„Ich verstehe nicht, was du meinst."

„Kannst du nicht vergeben? Oder willst du es nicht?"

„Beides." Das war die Antwort, die ihr zuerst einfiel. Sie hatte immer gedacht, dass sie es nicht konnte, aber in den zurückliegenden Wochen hatte sie auch gemerkt, dass sie es nicht wollte. Noch nie gewollt hatte.

Seine graublauen Augen sahen sie aufmerksam an. „Würdest du

es denn gerne wollen?", fragte er mit einer gewissen Sanftheit in der Stimme.

Würde sie es wollen? *Nein. Nein. Ja. Nein! Keine Ahnung.* „Darauf soll ich jetzt sicher ‚ja' sagen, oder?"

„Warum?"

Die Gegenfrage überraschte sie. „Aus deiner Perspektive betrachtet ist das doch die Antwort, die man sich am meisten wünscht."

„Ich hätte lieber eine ehrliche Antwort."

Sie überlegte einen Augenblick. „Abgesehen von der Tatsache, dass ich es nicht kann", sagte sie dann, „gebe ich zu, dass ich es auch nicht will."

„Das ist eine ehrliche Antwort." Er rieb sich das Kinn und schien in Gedanken zu sein.

„Weißt du eigentlich überhaupt, was zwischen Steven und mir gewesen ist?", fragte sie schließlich.

Mit einem Schlag war er wieder ganz bei der Sache. „Nur andeutungsweise."

„Entschuldige, wenn ich das frage, aber wie kannst du mir dann mit Vergebung kommen, wenn du gar keine Ahnung davon hast, was überhaupt passiert ist?"

„Es reicht doch, wenn du es weißt, oder?"

Diese Antwort, oder besser gesagt, diese Gegenfrage fand sie doch etwas zu einfach. Wie konnte er über etwas reden, von dem er so wenig wusste? „Aber", schleuderte sie ihm entgegen, „es kann doch wohl nicht sein, dass du rücksichtslos von jemandem forderst, er solle vergeben! Wie –"

„Moment mal", unterbrach er sie. „Jetzt legst du mir Worte in den Mund, die ich nicht gesagt habe."

Sie sah ihn verwirrt an. „Ich verstehe nicht, was du meinst."

„Habe ich gesagt, dass du vergeben *musst*?"

Sie ging das Gespräch in Gedanken noch einmal durch. „Äh … nein."

„Siehst du. Ich habe dich schlichtweg gefragt, ob du nicht vergeben kannst oder es nicht willst."

Widerwillig gab sie ihm recht.

„Und danach hast du mir sofort unterstellt, ich würde sagen oder meinen, du müsstest deinem Vater vergeben." Er setzte sich aufrecht hin.

„Meinst du das denn nicht?"

„Diese Frage ist jetzt noch gar nicht dran."

„Das stimmt vielleicht, ich will es aber trotzdem wissen."

„Gut, ich gebe zu, dass ich das für das Beste halten würde."

„Aber meinst du wirklich, dass dann damit alles vergeben ist?"

„Hör zu." Er beugte sich zu ihr vor. „Wenn du unbedingt eine Schwarz-Weiß-Antwort willst … Jesus hat uns aufgetragen, einander zu vergeben. Und darum beantworte ich deine Frage mit Ja. Aber", er hob seine Hand, als sie ihm widersprechen wollte, „für jemanden, dem etwas Schlimmes angetan wurde, jemanden, der in der Tiefe seiner Seele verletzt wurde, ist diese Antwort viel zu kurz gegriffen. Denn obwohl wir zur Vergebung aufgerufen sind, heißt das noch lange nicht, dass das einfach ist. Im Gegenteil. Und auch die Menge dessen, was vergeben werden muss, kann ganz unterschiedlich sein. Hat jemand nur eine Rose aus dem Vorgarten gestohlen, und ich meine das symbolisch, oder hat er den ganzen Garten geplündert und ist danach noch mit einer Planierraupe hindurchgefahren? Oft entscheidet das Ausmaß des Schadens, den jemand angerichtet hat, darüber, ob man vergebungsbereit ist oder nicht."

Sie nickte schweigend. Es war auf jeden Fall eine Erleichterung, dass er nicht ihre ganze Wut, ihren Hass und ja, auch ihren Schmerz einfach wegwischte.

„Aber wenn du es ganz eindeutig wissen willst: Natürlich hoffe und bete ich, dass der Tag kommt, an dem du deinem Vater vergeben kannst. Schon allein um deiner selbst willen, um frei zu werden von der Bitterkeit, die dich fest im Griff hat. Denn auch wenn ich dich kaum kenne, habe ich doch so eine Vermutung, warum du nach draußen gerannt bist, als wir *Amazing Grace* gesungen haben. Wahrscheinlich findest du, dass es ihm viel zu leicht gemacht worden ist, als er sich kurz vor seinem Tod noch schnell ‚bekehrt' hat."

Wie hast du das nur erraten?

„Doch indem ich dir das sage, eile ich der Sache voraus. Die Frage, die ich dir gestellt habe, war, ob du deinem Vater nicht vergeben kannst oder nicht vergeben willst. Und dafür muss ich nicht wissen, was er getan hat. Ich weiß von ihm, dass es etwas war, das dein Vertrauen und das deiner Mutter zerstört hat, dass er sich dabei selbst schuldig gemacht hat und um Vergebung gebeten hat. Bei Gott und bei dir."

„Aber nicht bei meiner Mutter."

„Das weiß ich nicht. Darüber hat er mir nichts gesagt."

Sie spürte, wie die Bitterkeit in ihr hochkam. „Glaub mir, das hat er wirklich nicht getan. Sonst hätte ich es erfahren."

„Nehmen wir trotzdem einmal an, er hätte es getan … Hätte ihm deine Mutter dann vergeben?"

Die Frage warf Kathy zurück in die ersten Wochen, kurz nachdem Steven nach seinem Verrat nach Amerika gezogen war, oder besser gesagt, Hals über Kopf geflohen war. Sie hatte auf alle mögliche Weise ihrer Wut Ausdruck verliehen, hatte Türen geknallt, mit Gegenständen um sich geworfen, geweint und geschrien. Und geflucht. Aber nicht in Gegenwart ihrer Mutter. Die hatte mit sich selbst schon genug zu tun gehabt. Und mit den Schmerzen in ihrem Körper, denen sie jeden Tag die Stirn bieten musste. Darüber hinaus hätte ihre Mutter ihr das auch nicht erlaubt. Denn unter den Tränen und der Trauer war in ihrem Blick auch immer noch die Liebe für ihren Mann zu lesen gewesen. Und das war so geblieben bis zu dem Moment, als sie die Augen für immer geschlossen hatte.

„Möglich", gab Kathy zu. Sie fühlte sich plötzlich furchtbar müde. Am liebsten wäre sie aufgestanden und weggegangen, aber sie war immer noch nicht die Frage losgeworden, wegen der sie eigentlich gekommen war. „Können wir über etwas anderes sprechen?"

Wenn Martijn davon überrascht war, wie abrupt sie das Thema wechselte und sein Anliegen abschmetterte, dann ließ er sich das jedenfalls nicht anmerken. „Worüber?"

Sie drehte an dem goldenen Armband, das sie sich selbst zum einundzwanzigsten Geburtstag geschenkt hatte. Das goldene Armband von Steven, das er ihr zum achtzehnten Geburtstag überreicht hatte, lag irgendwo auf dem Grund des Rheins.

„Ich würde gern wissen, ob mein Vater, äh … Steven etwas über seinen Vater erzählt hat."

„Über seinen Vater? Nein, nicht dass ich mich erinnern könnte."

Er faltete seine Hände und ihr Blick fiel auf seinen Trauring. Die blonde Frau, die sie aus den Augenwinkeln auf dem Foto sehen konnte, das auf seinem Schreibtisch stand, erschien aus diesem Abstand betrachtet ein paar Jahre jünger zu sein als er, war aber zweifellos seine Ehefrau.

„Warum denkst du, dass er mit mir über ihn gesprochen haben könnte?“

Seine Frage hallte wie ein Echo durch ihre Gedanken. „Ich würde es einfach gern wissen. In seiner Wohnung gab es Hinweise darauf, dass er sich mit seinem Vater beschäftigt hatte.“

„Tut mir leid, aber ich fürchte, da kann ich dir nicht weiterhelfen.“

„Schade.“ Sie warf demonstrativ einen Blick auf ihre Armbanduhr, nahm ihre Tasche und stand auf, obwohl das vielleicht ein bisschen überhastet und unhöflich wirkte. Doch nun wusste sie, was sie hatte wissen wollen, und wollte so schnell wie möglich wieder weg. „Ich sehe gerade, dass es schon halb elf ist, ich muss wieder zurück an die Arbeit.“

Auch er erhob sich. „Vergiss nicht, dass ich mit deinem Vater nur einmal gesprochen habe und eigentlich noch nicht einmal besonders lange. Warum fragst du nicht Ellen de Vries? Die hat auch mit ihm geredet.“

Sie sah ihn prüfend an. Versuchte er nun, sie zu Ellen zu schicken, oder war es einfach nur ein ehrlich gemeinter Rat? Wie dem auch sei, er hatte ja recht. Jetzt, wo es klar war, dass sie von Martijn nicht mehr in Erfahrung bringen konnte, musste sie ihr Glück bei Ellen versuchen.

Es ging einfach nicht anders.

Kapitel 36

Freitag, 27. Mai

Martijn lag auf seinem Bett und starrte an die Zimmerdecke. Durch einen schmalen Spalt in den ansonsten ganz zugezogenen Gardinen fiel etwas Mondlicht ins Zimmer und zeichnete gruselige Schatten. Die roten Ziffern seines Radioweckers verrieten ihm, dass es schon lange nach ein Uhr war, aber er hatte noch immer kein Auge zugetan. Wieder und wieder ging er das Gespräch durch, das er mit Kathy geführt hatte, und jedes Mal kam er zu demselben Schluss: Er hatte es vermasselt. Und das in jeder Hinsicht.

Im Stillen zählte er auf, was alles schief gelaufen war: Er war viel zu schnell zur Sache gekommen, hatte sich viel zu sehr auf das Thema Vergebung konzentriert, hatte zu wenig zugehört, zu viel geredet und nicht ein Wort über Gott verloren. Na ja, kaum ein Wort.

Unzählige Male hatte er sich im weiteren Verlauf des Tages gefragt, warum er es so eilig gehabt hatte. Normalerweise begann er seine Gespräche sehr viel gelassener, versuchte, die Person, die ihm gegenübersaß, etwas besser kennenzulernen und eine vertrauensvolle Atmosphäre zu schaffen. Bei Kathy dagegen war er nach ein paar kurzen Jas und Neins ziemlich schnell auf den Punkt gekommen.

Hatte er sich durch die Angst unter Druck setzen lassen, dass sie vielleicht nur ein persönliches Gespräch mit ihm führen wollte? Zum Abschied hatte er ihr noch angeboten, dass seine Tür für sie immer offen stehe und sie herzlich willkommen sei, wenn sie weiter mit ihm reden wolle, aber er erwartete nicht ernsthaft, dass sie noch ein zweites Mal kommen würde. So verrückt würde sie nicht sein.

Plötzlich ärgerte er sich maßlos über den schmalen Streifen Licht, der in sein Zimmer fiel. Er warf seine Sommerdecke zurück, stieg aus dem Bett und zog mit einem kräftigen Ruck an der Gardine. Im selben Augenblick löste sich die Verankerung der Gardinenstange aus der Wand und die hölzerne Gardinenstange fiel samt Gardine zu Boden.

Martijn fluchte leise, wofür er sich selbst sofort einen Rüffel gab. Er nahm die Gardinenstange und betrachtete hilflos das Loch in der Zimmerdecke, aus dem ein Dübel halb herausschaute. Dass sich das heute Nacht noch reparieren ließe, war undenkbar. Er würde wohl morgen ein neues Loch bohren müssen.

Hinter ihm wurde die Schlafzimmertür geöffnet. „Papa?", hörte er eine schläfrige Stimme sagen. „Was machst du da?"

Er drehte sich um und sah Marit im Schlafanzug in der Tür stehen. Ihre Haare hatte sie zu einem Zopf geflochten, der ihr über den Rücken ging. Anders ließ sich ihre Haarpracht morgens nicht durchkämmen.

„Ich wollte die Gardine ganz zuziehen, aber ich habe sie wohl etwas zu hart angepackt. Tut mir leid, dass ich dich geweckt habe."

Sie gähnte und hielt sich die Hand vor den Mund. „Oh, es hat sich so angehört, als wärst du wenigstens aus dem Bett gefallen."

„Zum Glück nicht. Aber eine abgerissene Gardine ist auch nicht gerade ein Grund zum Jubeln. Jedenfalls nicht bei Vollmond."

„Dann schlaf doch einfach im Gästezimmer."

„Ich schaue mal. Du gehst jetzt erst einmal schön wieder ins Bett."

„Gut." Sie gähnte erneut und schlurfte dann den Gang entlang in ihr Zimmer. Etwas später hörte er, wie sich ihre Zimmertür schloss, und endlich das Knarzen ihres Bettes. Hoffentlich schlief sie schnell wieder ein.

Er zog die Gardinen von der Stange, hängte sie über den Stuhl in der Zimmerecke und legte sich wieder ins Bett. Meistens lag er auf dem Rücken, aber jetzt drehte er sich auf die Seite, den Rücken zum Fenster, um möglichst wenig vom Lichteinfall gestört zu werden. Lieber schlief er auf der Seite, als sich im Gästezimmer das Bett zu richten. Er hatte eben eine besondere Verbindung zu dem Bett, in dem Karen und er so viele Jahre nebeneinander geschlafen hatten.

In den ersten Monaten nach ihrem Tod hatte er nachts regelmäßig im Halbschlaf nach ihr getastet, nur um sich dann zu erinnern, dass sie nicht mehr neben ihm lag. Mittlerweile war er daran gewöhnt, das Bett ganz für sich allein zu haben. Ihm war klar, dass sich manche Leute nach dem Tod des Partners lieber ein Einzelbett anschafften, damit sie nicht mehr mit dem leeren Platz neben sich konfrontiert wurden. Aber solange dieses Bett nicht unter ihm zusammenbrach, würde er nirgendwo anders schlafen.

Nach einer weiteren halben Stunde, in der er sich hin und her wälzte, reichte es ihm. Er stand wieder auf und ging die Treppe hinunter. Warme Milch mit Honig war schon immer ein wirksames Schlafmittel gewesen.

Etwas später saß er mit seinem Becher am Küchentisch und nahm die Bibel zur Hand, die in der Ecke lag. Er schlug sie beim Lesezeichen auf und stieß auf das Gleichnis vom barmherzigen Samariter. Seine Mundwinkel verzogen sich etwas. Nicht gerade eine Geschichte, um ihn aufzurichten.

Gut, in gewisser Weise sah er schon eine Parallele: Er hatte auch bei jemandem angehalten, der am Wegesrand gelegen hatte, und er wollte auch gern helfen. Aber trotzdem hatte er das Gefühl, dass er alles andere als Öl und Wein auf die Wunden gegossen hatte, wie das im Gleichnis geschehen war, er hatte eher Salz hineingerieben.

Frustriert klappte er die Bibel wieder zu und starrte eine Weile vor sich hin, während er mechanisch ab und zu an seiner warmen Milch nippte. Ganz langsam überkam ihn ein Gefühl von Müdigkeit. Er machte das Licht in der Küche aus und ging wieder leise nach oben, wo er sich erneut ins Bett legte. Dieses Mal auf den Rücken.

Zum letzten Mal in dieser Nacht drehten sich seine Gedanken um Kathy. Er betete darum, dass Gott das Gespräch trotz seiner ungestümen Vorgehensweise doch vielleicht dazu gebrauchen könnte, um sie näher zu sich zu ziehen und mit seinem Frieden zu erfüllen. Dann schlief er erschöpft ein.

Kapitel 37

Die ganze Nacht über hatte Kathy kein Auge zugetan.

Wie gerädert stand sie um halb sieben auf und ging ins Badezimmer. Sie drehte die Mischbatterie ihrer Regenwaldduschbrause bis zum Anschlag auf und ließ das warme Wasser in dicken Tropfen über ihren Körper fließen.

Eine halbe Stunde später ging sie die Treppe hinunter, immer noch so müde wie zuvor. Der Tag stand wie ein Berg vor ihr. Wenn sie gestern nicht wieder Zahnschmerzen gehabt hätte, würde sie ihren Zahnarzttermin verschieben. Das wäre auch eigentlich besser, denn so häufig wie in den letzten Wochen war sie ihrer Arbeit noch nie ferngeblieben, sah man mal von den Ferienzeiten ab.

Sie holte die Zeitung aus dem Briefkasten, tat etwas Joghurt und Müsli in ein Schälchen und setzte sich an den Küchentisch. Sie schmeckte kaum, was sie aß, und auch die Zeitungsartikel, die sie während des Essens las, drangen nicht wirklich in ihr Bewusstsein vor. Das Einzige, mit dem sie sich beschäftigte, waren die Gesprächsfetzen, die ihr immer wieder durch den Kopf geisterten, ohne dass sie etwas dagegen tun konnte.

Dein Vater hat sich schuldig gemacht. Hätte deine Mutter ihm vergeben? Kannst du ihm nicht vergeben oder willst du es nicht? Hätte deine Mutter ihm vergeben? Ich bete dafür, dass du deinem Vater irgendwann vergeben kannst. Hätte deine Mutter ihm vergeben? Hätte deine Mutter ihm vergeben? Hätte deine …

„Hör auf!" Sie schrie es einfach hinaus. „Hör auf, hör auf, hör auf, hör auf!" Sie nahm die Zeitung und warf sie quer durch den Raum. Der Löffel flog hinterher. Als sie schon mit einer schnellen Armbewegung auch die Müslischale mit dem Joghurt vom Tisch fegen wollte, bemerkte sie, was sie tat. Sie legte ihre zitternden Hände auf die Tischplatte, beugte sich vor und weinte, schrie ihr Leid hinaus.

„Mama", schluchzte sie. „Ich weiß nicht mehr weiter. Ich weiß nicht mehr weiter."

Ihre Tränen schienen kein Ende zu nehmen; es war, als ob in ihrem Innern alle Dämme brachen und sich nun eine Flut von Emotionen ihren Weg nach draußen bahnte.

Zweimal versuchte sie, diese Flut aufzuhalten, indem sie sehr tief seufzte und die Luft anhielt, um ihre Atmung unter Kontrolle zu bekommen, aber ihr Körper weigerte sich, ihrem Willen zu gehorchen. Nach ein paar Minuten wurde aus dem unbeherrschten Schreien ein leises Weinen, bis es endlich von allein aufhörte.

Als sich ihr verkrampfter Körper entspannte, holte Kathy zitternd Luft. „Was soll ich jetzt tun?", flüsterte sie leise. Sie wischte sich mit der Hand über die nassen Wangen und betrachtete die Tropfen auf dem Boden, die das Chaos in ihrem Kopf widerzuspiegeln schienen. Alles, was sie achtundzwanzig Jahre lang mühevoll zusammengehalten hatte, lag nun kreuz und quer durcheinander. *Es fehlt nicht viel und du kannst dich einliefern lassen.*

Sie versuchte, Ordnung in ihr Gedankenchaos zu bringen. Warum hatte sie gerade ihre Selbstbeherrschung verloren? Es hatte wohl mit ihrer Reaktion auf das Gespräch mit Martijn zu tun. Auf seine direkte Frage.

Jahrelang hatte sie gedacht, dass sie nicht vergeben *konnte*. Erst vor ein paar Wochen hatte sie entdeckt, dass es vielleicht zur Hälfte auch eine Frage des Willens war. Trotzdem hatte sie das erst gestern zum ersten Mal so ausgesprochen.

Doch heute Nacht hatte sie gemerkt, dass die Sache damit für sie noch nicht erledigt war. Zu neunzig Prozent *wollte* sie nicht vergeben und nur zu zehn Prozent war sie nicht dazu in der Lage. Eine Entdeckung, die sie geschockt hatte, von der sie nicht wusste, wie sie damit umgehen sollte.

Genauso hatte sie Martijns Bemerkung getroffen, als er ihr gesagt hatte, er würde für sie beten. Wie lange war es schon her, dass jemand für sie die Hände gefaltet hatte? Ihre Mutter, ja, die hatte für sie gebetet. Aber danach? *Dein Vater*, war es ihr heute Nacht durch den Kopf geschossen. Doch diesen Gedanken hatte sie schnell wieder beiseitegeschoben. Die Vorstellung jedoch, dass Martijn jetzt für sie betete, rührte etwas in ihr an, das sie nicht benennen konnte, ja nicht einmal beschreiben konnte.

Die meiste Zeit in der Nacht hatte sie allerdings mit der Frage wachgelegen, ob ihre Mutter Steven vergeben hatte. *Möglicherweise,* hatte sie Martijn geantwortet. Aber tief in ihrem Inneren wusste sie, dass die Antwort anders lautete.

Nicht dass ihre Mutter ihr gegenüber irgendetwas in dieser Richtung gesagt hätte. Sie hatte auch nie die Chance dazu bekommen, denn immer, wenn sie über Steven reden wollte, hatte Kathy das Gespräch sofort beendet. Doch ihre Mutter hatte deutliche Signale in dieser Richtung ausgesandt … Jetzt musste sie zugeben, dass ihre Mutter ihm höchstwahrscheinlich vergeben hatte. Warum sonst hatte sie sein Foto bis zuletzt in ihrer Nähe haben wollen? Warum sonst hätte sie darauf bestehen sollen, dass er zur Beerdigung eingeladen wurde? Und warum sonst hätte sie Kathy darum gebeten, dafür zu sorgen, dass er nicht mutterseelenallein in Amerika begraben wurde? Und all die quälenden Fragen hatten eine weitere Frage ans Licht gebracht. Eine, auf die sie keine Antwort wusste … Wenn ihre Mutter diejenige war, die er am meisten betrogen, belogen und verraten hatte, warum hatte sie ihm dann vergeben? Und welchen Grund hatte sie dann noch als seine Tochter, ihm diese Vergebung vorzuenthalten?

„Was soll ich jetzt tun?“, flüsterte sie noch einmal. Mühsam erhob sie sich und räumte die Zeitung, den Löffel und das Schälchen zur Seite. Mit einem großen Stück Küchenrolle wischte sie die Joghurt-Müsli-Schmiere, so gut es ging, weg. Es war ein Glück, dass die Schüssel den Sturz auf die Küchenfliesen überlebt hatte, denn sonst müsste sie auch noch Scherben zusammenfegen. Obwohl das in symbolischer Hinsicht sicher gepasst hätte.

Das durchgeweichte Küchenpapier warf sie weg und wischte den Boden mit einem feuchten Tuch sauber. Ein paar Minuten später waren alle Spuren beseitigt. Wenn es nur im Kopf auch so einfach ginge.

Langsam ging sie nach oben und putzte sich die Zähne. Sie beugte sich über das Waschbecken und betrachtete kritisch ihr Spiegelbild.

Sie hatte schon besser ausgesehen. Ihre Wangen waren rot, die Augen geschwollen und das leichte Make-up, das sie heute Morgen aufgetragen hatte, war zerlaufen. Darüber hinaus war ihr Haar völlig zerzaust. Sie bürstete es erneut, holte dann ein Haargummi und knotete es zu einem Pferdeschwanz zusammen. Danach schminkte sie sich ab, musste aber auf Mascara und Lidschatten verzichten, weil ihre Hände noch viel zu sehr zitterten.

Bevor sie das Badezimmer wieder verließ, warf sie noch einen Blick in den Spiegel. Dabei fiel ihr auf, wie ähnlich sie Steven sah. Vor allem die Augen. Nicht allein wegen ihrer graugrünen Farbe, sondern auch wegen ihres blassen Aussehens. Mit einem Mal war sie wieder im Krankenhaus, an dem Tag, an dem sie ihn nach all den Jahren zum ersten Mal wiedergesehen hatte.

„Ihr Vater ist schon zu uns gebracht worden", sagte die Krankenschwester, nachdem sie sich bei der Notaufnahme gemeldet hatte. „Kommen Sie bitte mit."

Kathy lief so langsam wie möglich hinter der Frau her und versuchte alle ihre Gefühle zu unterdrücken. Dass sie überhaupt hier war, grenzte an ein Wunder und hatte nichts mit etwaigen Gefühlen für ihren Vater zu tun. Und das musste sie ihm auch so schnell wie möglich deutlich zu erkennen geben. Bevor er sich etwas anderes in den Kopf setzte.

„Look who is here, Mister Smit." Die Schwester wusste offensichtlich nicht, dass ihr Vater ausgezeichnet Niederländisch sprach. Zumindest konnte sie sich kaum vorstellen, dass er seine Muttersprache verlernt hatte.

Die Frau machte einen Schritt zur Seite, wodurch Kathys Sicht auf den Mann frei wurde, der vor ihr in einem Rollstuhl saß. Einen Augenblick lang dachte sie, dass es sich um ein Missverständnis handelte. Dieser spindeldürre Mann mit bloßen Füßen und einer schlabbrigen Schlafanzughose war nicht ihr Vater. Er sah sich selbst kein bisschen ähnlich.

Aber als er den Kopf hob und sie mit seinen graugrünen Augen ansah, bekam sie eine Gänsehaut. Er war es sehr wohl.

„Kathy", flüsterte er, während er eine zittrige Hand nach ihr ausstreckte.

Sie tat, als ob sie es nicht bemerkte, und nickte nur steif.

Darauf ließ er seine Hand wieder sinken und flüsterte noch einmal: „Kathy."

Sie drehte ihren Kopf zur Seite und zwang sich dazu, an den Tag zurückzudenken, an dem er ihre Mutter und sie verraten hatte. Solange sie sich diese Bilder vor Augen hielt, würde es ihr nicht schwerfallen, die zittrige Hand und den flehenden, sehnsuchtsvollen Blick an sich abperlen zu lassen wie Wasser.

„Du bist gekommen", hörte sie ihn sagen. Sie wandte sich ihm wieder zu. „Ich hatte keine andere Wahl", sagte sie mit gespannten Lippen. „Zieh daraus keine falschen Schlüsse."

„Aber …"

Sie hob die Hand wie ein Stoppzeichen. „Da gibt es kein Aber. Ich bin nur hier, weil ein paar Formalitäten erledigt werden müssen. Nur deswegen, sonst wegen gar nichts."

Seine Schultern sackten sichtlich zusammen. „Ich hatte so gehofft …" Er vollendete den Satz nicht.

Sie holte tief Luft und rief sich wieder die schmerzhaften Bilder ins Gedächtnis. „Diese Mühe hättest du dir sparen können. Sobald ich hier weg kann – und keine Minute später –, bin ich auch schon wieder verschwunden, und erwarte bloß nicht, dass ich mich zu dir setze und wir ein kleines Schwätzchen halten. Ich habe die letzten siebenundzwanzig Jahre keinen Kontakt mehr mit dir haben wollen und daran hat sich bis heute nichts geändert. Ich hoffe, dass das deutlich genug war."

Der graugrüne Glanz in seinen Augen wurde zuerst dunkler, aber nach ein paar weiteren Sekunden wurde sein Gesicht bleich und die Sehnsucht machte einer Niedergeschlagenheit Platz. „Deutlich", sagte er mit leiser Stimme, während jeglicher Lebensmut aus ihm zu entweichen schien. „Sehr deutlich."

Kathy riss sich von ihrem Spiegelbild los, bemerkte jedoch gerade noch, dass ihr wieder Tränen in die Augen getreten waren. Das waren ihre letzten Worte zu Steven gewesen und zum ersten Mal wünschte sie sich, sie hätte stattdessen etwas anderes gesagt, die Botschaft nicht auf eine so harte Weise übermittelt.

Sie zwang sich ruhig zu atmen, um nicht wieder einen Weinkrampf zu bekommen, und ging nach unten.

So beherrscht wie möglich nahm sie ihre Versichertenkarte, steckte sie in ihre Tasche und ging aus dem Haus. Es war noch etwas zu früh, aber die zusätzliche Zeit konnte sie gut gebrauchen. Es erschien ihr ratsam, das Fahrrad zu nehmen. Dann würde der Wind ihre Tränen verwischen. Sie konnte nämlich an kaum etwas anderes denken als daran, dass beim Zahnarzt jeder sofort merken würde, dass Kathy Smit ihre Selbstbeherrschung verloren hatte.

Kapitel 38

Mit ihrer Zungenspitze fuhr sich Kathy über die Zahnfüllung.

„Und, fühlt es sich glatt an?“ Der Zahnarzt hatte seinen Mundschutz abgestreift und sah sie abwartend an.

Kathy fühlte noch gar nichts. „Ja, ich glaube, es ist in Ordnung so.“

„Das ist gut. Dann sind wir für heute fertig.“ Der Arzt zog seine Latexhandschuhe aus, warf sie in hohem Bogen in den Abfalleimer und blickte sie lächelnd an. „Na, jetzt sind Sie froh, oder?“

Erleichtert stimmte sie ihm zu. Das Bohren war alles andere als angenehm gewesen, allerdings weitaus weniger schlimm, als sie befürchtet hatte. Sie hatte nicht einmal eine Betäubung gebraucht.

Sie richtete sich auf und spülte ihren Mund aus. „Wie lange darf ich nichts essen und trinken?“

„Sie können gleich damit loslegen, wenn Sie möchten. Die Füllung ist schon ausgehärtet.“

Schön. Sie verspürte Lust auf eine Tasse Kaffee. Mit einem Papiertuch wischte sie sich noch einmal über den Mund und glitt vom Stuhl.

Ein paar Minuten später stand sie vor der Praxis und betrachtete mit besorgtem Blick den Himmel. Über ihr hatten sich dunkle Wolken zusammengezogen und es war mehr als fraglich, ob sie es trocken bis zum Büro schaffen würde. Hätte sie doch bloß den Wagen genommen.

Ihr Blick wanderte beinahe automatisch dahin, wo sie ihn das letzte Mal abgestellt hatte. Für einen Augenblick hatte sie den Eindruck, ein Déjà-vu zu haben, denn dort stand ein schwarzer Sportwagen, den sie schon einmal gesehen hatte, und an ihn gelehnt stand ein Mann, den sie ebenfalls wiedererkannte. Sie blinzelte mit den Augen, aber das Bild wollte nicht verschwinden. Schlimmer noch, der Besitzer des Wagens richtete sich auf und kam geradewegs auf sie zu.

Kathy hatte keine Ahnung, wo sie hinschauen sollte. War es Zufall, dass Jeroen Mingels hier war? Bevor sie sich diese Frage beantworten konnte, stand er auch schon vor ihr.

„Und, ging alles glatt oder haben Sie auf der Folterbank gelegen?“ Um seinen Mund spielte der Hauch eines Lächelns, doch seine blauen Augen sahen sie ernst an.

Jetzt war sie völlig verwirrt. Meinte er den Zahnarzt oder spielte er auf das Gespräch mit Martijn an? Wusste er denn überhaupt, dass sie sich gestern mit seinem Bruder getroffen hatte? „Äh … wie meinen Sie das?“

„Hat Sie der Zahnarzt arg gepiesackt?“

„Ach so. Nein, es lief alles gut.“

Sein Blick hielt ihrem stand. „Was dachten Sie denn, was ich meinen könnte?“

„Nichts, ist schon gut.“ Jetzt, wo sie ihn zum zweiten Mal sah, verstand sie nicht mehr, warum sie ihn bei ihrer ersten Begegnung mit Martijn verwechselt hatte. Die Brüder sahen sich zwar ähnlich, aber Jeroen hatte eine ganz andere Ausstrahlung, viel flotter. Die Kombination aus einer jeansblauen Sportjacke, einem modern gemusterten Hemd und einer Jeans wirkte einerseits lässig, war aber andererseits trotzdem gepflegt. Sein Kinn schmückte ein Drei-Tage-Bart, der ihm richtig gut stand. Trotz ihrer üblen Nacht war Kathy aufmerksam genug, um solche Dinge zu registrieren.

„Sagen Sie …“

„Also …“

Sie hatten beide gleichzeitig einen neuen Satz angefangen und hielten zeitgleich inne.

„Ladys first“, sagte Jeroen galant.

„Oh, ich wollte eigentlich nur sagen: Also dann, auf Wiedersehen.“

„Hmm. Ich wollte etwas ganz anderes sagen.“

„Was denn?“

Er spielte mit dem Schlüsselbund in seiner Hand und sah sie dann wieder an. „Ich wollte Ihnen eine Multiple-Choice-Frage stellen.“

„Eine was?“

„Eine Multiple-Choice-Frage. Sie wissen doch, die …“

Sie winkte kurz mit der Hand. „Ja, natürlich weiß ich, was das ist. Aber ich habe keine Ahnung, worauf Sie hinauswollen.“

„Nun ja: Warum bin ich Ihrer Meinung nach hier?“ Er hob den Daumen. „A: Weil ich unerträgliche Zahnschmerzen habe und zum Zahnarzt muss.“ Sein Zeigefinger folgte. „B: Weil ich Vertreter für Zahnpasta bin und gern an alle Patienten kostenlose Proben verteilen möchte. Oder C“, er hob nun auch noch den Mittelfinger, „weil ich letzte Woche mitbekommen habe, dass Sie heute einen Termin haben, und ich Sie treffen wollte, weil ich die ganze Woche an Sie denken musste.“

Obwohl sich alles in ihr dagegen sträubte, musste sie doch innerlich lachen. Aber nach außen ließ sie sich das nicht anmerken. „Ich bin mir ziemlich sicher, dass es B ist.“

Er schien ein wenig aus dem Konzept gebracht worden zu sein, stimmte aber in ihr Lachen ein. „Eins zu null.“

Sie ließ sich immer noch nicht in die Karten schauen. „Sie sind also doch kein Vertreter?

„Nein.“

„Und Sie haben auch keine unerträglichen Zahnschmerzen?“, fragte sie so ernst wie möglich.

Er lächelte leicht. „Zum Glück nicht. Sonst könnte ich mit Ihnen jetzt keinen Kaffee trinken gehen.“

So, in diese Richtung ging es also. Normalerweise hätte sie bei so einem Geflirte relativ schnell ihre Krallen ausgefahren, aber komischerweise ließ sie sich heute darauf ein, blieb aber trotzdem vorsichtig. „Ich fürchte, dass ich Ihnen da einen Korb geben muss“, sagte sie in lockerem Tonfall. „Der einzige Kaffee, den ich jetzt trinken kann, ist der aus dem Kaffeeautomaten im Büro.“

Er ließ sich dadurch nicht abschrecken. „Und danach? Zum Beispiel heute Abend? Oder morgen?“

Innerlich malte sie sich schon aus, wie sie beide in einem hübschen Lokal bei einer Tasse Kaffee saßen. Das Bild war zwar verlockend, aber nicht realisierbar. So etwas wollte sie gar nicht erst anfangen. „Besser nicht.“

Er biss sich auf die Lippe. „Ist das Ihr letztes Wort?“

„Ja, mein letztes Wort.“ Sie knöpfte ihre rote Dreivierteljacke zu und holte den Fahrradschlüssel aus der Tasche.

„Aha“, bemerkte er, während er auf ihren Schlüssel zeigte.

Sie sah ihn fragend an. „Was meinen Sie damit?“

„Das erklärt, warum ich Ihr Auto nirgends gefunden habe. Ich hatte schon Angst, Sie hätten den Termin abgesagt."

Sie verlagerte ihr Gewicht von einem Fuß auf den anderen. „Nein, heute bin ich mit dem Fahrrad unterwegs. Aber jetzt muss ich wirklich los."

Er strich sich mit der Hand durchs Haar, steckte seinen Schlüsselbund in die Jackentasche und räusperte sich. War er nun auf einmal verlegen?

„Als Sie am Dienstag meinen Bruder angerufen haben, habe ich bei ihm im Auto gesessen", sagte er auf einmal.

Kathy musste kurz überlegen, bevor sie sich an das Gespräch erinnerte. Was hatte sie noch einmal gesagt? Nichts Besonderes. Sie hatte nur einen Gesprächstermin ausmachen wollen.

„Deshalb kannte ich auch Ihren Namen", fuhr er fort.

Sie schwieg, weil sie nicht wusste, was sie darauf antworten sollte. Was hatte er noch über sie herausgefunden? Hatten Martijn und er über sie gesprochen?

„Machen Sie sich keine Sorgen", sagte er, so als könnte er ihre Gedanken lesen. „Martijn hat kaum etwas über Sie erzählt. Und das kleine bisschen, was ich über Sie weiß, habe ich beinahe aus ihm herausprügeln müssen."

„Was denn zum Beispiel?" Wollte sie das wirklich wissen?

„Zum Beispiel, ob Sie schon vergeben sind, denn in diesem Fall hätte ich heute Morgen nicht auf Sie gewartet."

Die Ehrlichkeit stand ihm gut. „Das war alles?"

„Fast alles."

Bevor sie weiterfragen konnte, was er noch wusste, wechselte er das Thema. „Arbeiten Sie hier in der Gegend?"

„Nein, am anderen Ende der Stadt. Warum?"

Er warf einen vielsagenden Blick zu den grauen Wolken hinauf, die immer bedrohlicher aussahen. „Es sieht so aus, als würde es jeden Augenblick zu regnen anfangen. Soll ich Ihr Fahrrad auf meinen Fahrradträger schnallen und Sie zur Arbeit fahren?"

Ohne lange zu überlegen wollte sie ablehnen, aber dann zögerte sie, obwohl sie nicht wusste, warum. War es, weil sie sich auf einmal so müde fühlte und einfach keine Lust hatte, den langen Weg durch den Regen zu radeln, um dann klatschnass im Büro anzukommen?

Oder beeindruckte sie die Tatsache, dass dieser Jeroen heute Morgen hier einzig und allein auf sie gewartet hatte, doch mehr, als sie zugeben wollte? Wenn ja, dann sollte sie sein Angebot lieber nicht annehmen. Andererseits, was war schon dabei, wenn sie sich von ihm mitnehmen ließ?

„Gut", stimmte sie schließlich zu.

„Dann holen Sie Ihr Fahrrad und ich das Auto." Er nahm seine Schlüssel wieder in die Hand und ging zu seinem Wagen.

Sie setzte sich nicht gleich in Bewegung, sondern sah ihm noch nach, wie er zu seinem Auto ging. Warum hatte sie nur Ja gesagt? Hatte sie nicht schon genügend Probleme? *Warum schaltest du nicht ab und zu deinen Kopf ein?*

Mit einem tiefen Seufzer ging sie zu ihrem Fahrrad. Wenn sie heute Morgen geahnt hätte, dass sie nach diesem einigermaßen verpatzten Start in den Tag auch noch freiwillig bei Jeroen Mingels ins Auto steigen würde, wäre sie bestimmt im Bett geblieben. Und hätte sich sicherheitshalber die Decke über den Kopf gezogen.

Kapitel 39

Es goss wie aus Kübeln. Innerhalb kürzester Zeit konnte die Kanalisation die Wassermassen nicht mehr aufnehmen, wodurch die Straßen zu einer einzigen riesigen Pfütze wurden.

„Ich glaube, wir sollten besser anhalten", sagte Jeroen. „Ich kann buchstäblich die Hand vor meinen Augen nicht mehr sehen."

Kathy nickte und war froh, dass sie jetzt nicht auf dem Fahrrad saß.

Jeroen parkte den Wagen am Straßenrand, stellte den Motor ab und wandte sich ihr zu. „Ein Glück, dass ich den Fahrradträger dabeihabe." Seine Stimme war durch das trommelnde Geräusch des Regens auf dem Autodach kaum zu verstehen.

„Das kann man wohl sagen!"

Ein Gespräch war angesichts der Lautstärke des Regens beinahe unmöglich und so warteten beide schweigend, bis der Schauer nachließ.

Kathy betrachtete die beschlagenen Fensterscheiben und erinnerte sich daran, wie gern sie als Kind darauf geschrieben und gemalt hatte. Ihre Mutter war davon nie wirklich begeistert gewesen.

Sie blickte kurz zur Seite und bemerkte, dass Jeroen genau dasselbe tat. Schnell sah sie wieder geradeaus. Sie durfte ihm nicht zu oft in die Augen schauen.

So unauffällig wie möglich betrachtete sie die Inneneinrichtung des Wagens. Ein Sportlenkrad aus Leder. Die Sitze mit einem edlen Stoff bezogen, mit einem silbrigen Faden abgesteppt. Alles sauber und ordentlich. Im Ablagefach in der Tür lag nur ein Straßenatlas – wahrscheinlich für den Fall, dass ihn die Technik im Stich ließ, denn im Armaturenbrett war ein integriertes Navi.

Nach ein paar Minuten ließ der Regen nach und Jeroen startete den Motor, um mit dem Gebläse die Scheiben frei zu bekommen.

„Was machen Sie eigentlich beruflich?", fragte er, während er wieder in den fließenden Verkehr einfädelte.

Als er in einen höheren Gang schaltete, fiel ihr auf, dass er lange, schlanke Finger hatte. Ohne Ring. Angesichts seiner Bemerkung, dass er nicht auf sie gewartet hätte, wenn sie schon vergeben sei, schloss sie, dass er keine feste Beziehung hatte. „Ich bin Sekretärin."

„Hmm. Das passt zu Ihnen."

Verdutzt zog sie die Augenbrauen hoch. Woran machte er das fest? Aber sie konnte nicht nachfragen, denn er war schon wieder bei einem anderen Thema.

„Kommen Sie oft in diesen Teil der Stadt?"

„Eher selten." Die Gegend lag nicht auf dem Weg zwischen ihrer Wohnung und ihrer Arbeitsstelle und auch zum Einkaufen kam sie hier nicht vorbei.

„Schade. Hier wohne ich nämlich. Da, die nächste rechts."

Sie blickte zur Seite und sah eine breite Straße, vornehmlich mit frei stehenden Häusern und Doppelhäusern.

„Ich bin Architekt und arbeite von zu Hause aus."

„Hmm. Das passt zu Ihnen", sagte sie in demselben Tonfall wie er gerade. Es war heraus, bevor sie darüber nachdenken konnte.

Er grinste, bremste an einer Ampel, die auf Gelb gesprungen war, und setzte den Blinker nach links. Sie hatte ihm beim Losfahren gesagt, wo sie hinmusste. Scheinbar kannte er den Weg dorthin gut.

Kathy betrachtete zwei muslimische Frauen, die an der Ampel darauf warteten, dass für die Fußgänger grün wurde. Eine schob einen Kinderwagen, der unter einer Regenhaube steckte. Die andere hielt ein kleines Mädchen mit wunderschönen dunklen Locken an der Hand. Obwohl es immer noch ein bisschen regnete, hatte die Kleine große Freude daran, mit ihren Stiefelchen in die Pfützen zu stampfen und zu springen. Es war so ein rührender Anblick, dass Kathy unwillkürlich lächeln musste.

„Steht Ihnen gut", bemerkte Jeroen.

Kathy riss ihren Blick von dem Mädchen los, das nun die Straße überquerte, und sah ihn überrascht an.

„Das Lachen auf Ihrem Gesicht", erläuterte er. Er schien es ernst zu meinen.

Plötzlich fühlte sie sich verlegen. *Bleib ganz natürlich, Kathy Smit*, ermahnte sie sich selbst, während sie auf die Straße vor ihnen starrte. *Du verhältst dich wie ein Teenager.*

Die Ampel schaltete auf Grün und Jeroen gab Gas. „Bilde ich

mir das nur ein oder werden Sie gerade ein bisschen rot im Gesicht?", fragte er mit einem schnellen Seitenblick.

Zu ihrer Erleichterung war der Ernst in seiner Stimme einem neckenden Tonfall gewichen, den sie mittlerweile ein wenig kannte. „Gehen Sie lieber davon aus, dass Sie sich das nur einbilden."

Sie fuhren eine Weile schweigend weiter und das Geräusch der Reifen auf dem Straßenbelag übte eine beruhigende Wirkung auf sie aus. Obwohl sie im Wagen eines nahezu Unbekannten saß, empfand Kathy die Stille nicht als beklemmend, sondern entspannte sich nach dem Gefühlschaos am Vormittag sogar ein wenig.

Ein paar Straßen weiter, kurz bevor sie am Ziel waren, ergriff Jeroen wieder das Wort. „Sagen Sie doch einmal, ich weiß zwar mittlerweile, wie Sie heißen, aber kennen Sie überhaupt meinen Namen?" Mit einem Augenzwinkern fuhr er fort: „Oder sehen Sie in mir – falls Sie überhaupt jemals an mich denken, nur den Bruder von Martijn?"

„Nein, ich weiß, wie Sie heißen."

Wieder der schnelle Seitenblick, doch jetzt ohne Zwinkern. „Haben Sie etwa mit Martijn über mich gesprochen?" Seine Stimme hörte sich neutral an; sie hatte keine Ahnung, ob seine Frage einen doppelten Boden hatte.

„Nein", versicherte sie ihm schnell, „ich habe Ihren Vornamen mitbekommen, als jemand Sie letzte Woche beim Zahnarzt angesprochen hat. Dadurch bin ich überhaupt erst darauf gekommen, dass Sie gar nicht Martijn sind."

„Ach ja, natürlich." Er bog um die Ecke und warf einen Blick auf das Straßenschild. „Hier ist es doch, oder?"

„Ja, genau. Instalco ist noch ein Stück die Straße runter, dort, das große Gebäude mit der Glasfront."

Er sah sich mit respektvollem Blick um. „Hübsche Ecke, und sogar noch Platz für eine Grünanlage."

„Ja, das stimmt."

Jeroen fuhr auf den Parkplatz vor dem Gebäude. „Wo soll ich Ihr Fahrrad hinstellen?"

Sie deutete auf den Fahrradständer rechts von ihnen. „Am besten da."

Er fuhr dorthin und stellte den Motor ab.

Kathy nahm ihre Tasche, die sie im Fußraum des Wagens abgestellt hatte, und wollte gerade aussteigen, als sie in der Bewegung innehielt, weil jemand ihren Namen aussprach.

Seine Stimme war leise und eine gewisse Ernsthaftigkeit schwang mit. „Kathy."

Es war seltsam, ihren Namen aus seinem Mund zu hören. Sie drehte sich ihm zu und sah ihn erwartungsvoll an.

„Ich habe das ernst gemeint, als ich gesagt habe, dass dir – ich hoffe, das Du ist okay – das Lachen gut steht." Der Blick in seinen blauen Augen war aufrichtig. Und sehr intensiv.

Verwirrt schlug sie die Augen nieder.

„Als ich dich heute Morgen getroffen habe, hast du so traurig ausgesehen. Ist alles in Ordnung?"

Sie blickte starr vor sich hin, den Knopf ihrer Jacke fest im Visier, und wusste nicht, was sie sagen sollte. Was sollte sie ihm antworten? Lügen war ihr noch nie besonders leichtgefallen. Zugeben, dass es ihr nicht so gut ging, wollte sie auch nicht. Bevor sie sich versah, würde sie dann mit der anderen Hälfte der Mingelsbrüder ein persönliches Gespräch führen müssen.

Aber wäre das wirklich so schlimm?, hörte sie eine leise Stimme in ihrem Kopf.

Ja, schrie eine andere Stimme zurück. *Sehr schlimm.*

Schließlich zuckte sie leicht mit den Schultern und drehte ihm den Kopf zu. „Mir geht es gut genug, um mich wieder an die Arbeit zu machen."

Schon während sie ihn ansah, wurde ihr klar, dass sie einen Fehler gemacht hatte, dass sie ihren Blick besser auf den Ärmelknopf gerichtet hätte, denn die Wärme, die sie aus seinen Augen anstrahlte, schien selbst die kälteste Stelle ihres Herzens zu durchdringen. Zitternd holte sie Luft und sah von ihm weg.

„Schau mich einmal an", sagte er sanft.

Langsam drehte sie sich ihm wieder zu. Sie wusste selbst nicht genau, warum sie das tat und nicht einfach ausstieg. Vielleicht lag das an der Atmosphäre, die ihn umgab, an der Zärtlichkeit in seiner Stimme oder an ihrem Gefühl der Einsamkeit, gegen das sie in der letzten Zeit anzukämpfen hatte. Vielleicht sogar auch an allem drei.

„Du hast noch eine Antwort bei mir gut."

„Eine Antwort?“

„Ja. Die richtige Antwort auf die Multiple-Choice-Frage. Die Lösung war nämlich C.“

Ihr Mund wurde trocken und das Sprechen fiel ihr schwer. „C?“, wiederholte sie mit kratziger Stimme.

„Ja, C. Ich habe alles versucht, um dich zu vergessen, aber das ist mir nicht gelungen. Ich wollte nur noch eins: dich wiedertreffen.“ Sein Blick richtete sich auf ihr Gesicht, so als nähme er jedes Detail davon in sich auf, und dann trafen sich ihre Augen wieder. „Aber dich nur zu treffen, das reicht mir nicht. Ich würde dich so gern besser kennenlernen, Kathy. Mich mit dir verabreden … Darf ich am Sonntagnachmittag bei dir vorbeikommen und dich zu einer Wanderung über die Heide abholen?“

Sie schwieg. Was sollte sie auch sagen? Trotz ihrer Müdigkeit spürte sie, dass dies gerade ein sehr bedeutender Moment ihres Lebens war. Sie musste eine Entscheidung treffen, die vielleicht ihre weitere Zukunft beeinflussen würde. Positiv oder negativ. Aber woher sollte sie wissen, was die richtige Entscheidung war?

„Wenn du das nicht möchtest, werde ich das respektieren.“ Um seinen Mund spielte wieder das humorvolle Lächeln. „Und ich verspreche dir, dass ich dann nirgendwo mehr auf dich warten werde.“

Kathy wandte ihren Blick ab und sah nach draußen. Auch ohne ihn anzuschauen wusste sie, dass es ihm ernst war und dass er sie wirklich in Ruhe lassen würde, wenn sie noch einmal Nein sagte. Wollte sie das? Sie musste jetzt eine Entscheidung treffen.

Wieder legte sie ihre Hand auf den Griff in der Tür und öffnete sie. Doch bevor sie ausstieg, drehte sie sich noch einmal zu ihm um. Und irgendwo aus der Ferne hörte sie eine Stimme, die sich sehr nach der ihren anhörte und eine Antwort gab, die sie selbst überraschte.

„Sonntagnachmittag ist gut.“

Kapitel 40

Ellen lief leise summend durch das Haus und sammelte das Geschirr ein, das hier und da herumstand. Ein leeres Wasserglas auf dem Nachttisch, ein Kaffeebecher auf Peters Schreibtisch und zwei Gläser auf der Fensterbank bei Marilou, denn sie hatte heute in ihrem Zimmer mit einer Freundin gespielt.

Jetzt war das Mädchen wieder nach Hause gegangen und Marilou saß unten und schaute einen Zeichentrickfilm. Sobald Peter nach Hause kam, würden sie sie zu Wouter und Linda bringen, wo sie essen und schlafen sollte.

Ellen freute sich auf den Abend, der vor ihr lag. Heute waren Peter und sie auf den Tag genau elf Jahre verheiratet und Peter hatte in dem Restaurant, in dem sie jedes Jahr ihren Hochzeitstag feierten, einen Tisch reserviert.

Gerade als sie sich umgezogen und Parfüm aufgelegt hatte, kam Peter nach Hause. Er umarmte sie und atmete genussvoll ihren Duft ein. „Mmm … du riechst wieder wunderbar."

„Aber du noch nicht", sagte sie, während sie sich losmachte. „Geh noch schnell duschen, dann können wir los."

„Du bist ja wieder romantisch", klagte Peter. „Die Botschaft war deutlich. Aber ich gehe ja schon."

Keine halbe Stunde später hatten sie ihre Tochter bei Wouter und Linda abgeliefert und waren auf dem Weg zum Restaurant.

„Der Himmel hat sich wieder wunderbar aufgeklart", bemerkte Peter. „Ich habe zwar drinnen einen Tisch reserviert, aber vielleicht haben sie auf der Terrasse ja auch noch ein Plätzchen frei."

Ellen klappte die Sonnenblende wieder zurück, nachdem sie sich in dem kleinen Spiegel darin noch einmal kritisch inspiziert hatte, und lehnte sich entspannt in den Autositz zurück. „Wir können ja fragen. Heute Morgen hat es unglaublich geschüttet. Ich wollte eigentlich einkaufen gehen, aber dann habe ich doch lieber noch etwas gewartet."

Peter nickte. „Das war wirklich ein ziemlicher Wolkenbruch.

Zum Glück haben sie für das Wochenende besseres Wetter vorausgesagt."

Ellen fror ein wenig, als sie aus dem Auto stieg. Ihr elfenbeinfarbenes Spitzentop und der weite Rock waren eigentlich zu luftig für die Jahreszeit, aber sie wollte diese Kombination unbedingt anziehen.

„Hast du denn keine Jacke dabei?", wollte Peter wissen, dem nicht entgangen war, dass sie zitterte.

„Nein. Blöd, oder?"

„Dann setzen wir uns halt rein", entschied er.

Das Restaurant war ziemlich voll, doch sie saßen kaum, als schon der Eigentümer mit zwei Gläsern Champagner auf sie zukam. „Herzlichen Glückwunsch zu Ihrem Hochzeitstag", gratulierte er ihnen, während er die beiden Gläser mit einem eleganten Schwung vor ihnen absetzte. „Die gehen aufs Haus."

Verdutzt sah Ellen ihn an. „Wie aufmerksam von Ihnen."

„Manche Gäste haben bei uns eben einen Stein im Brett", erwiderte er. „Besonders eine so hübsche Dame wie Sie."

Ellen unterdrückte ein Grinsen, als sie das Kompliment hörte, das er mit Sicherheit allen weiblichen Gästen machte. Sie fand es auf jeden Fall angenehm, dass er sie immer gleich erkannte und persönlich begrüßte. Dass heute ihr Hochzeitstag war, musste Peter ihm verraten haben.

Nachdem sie die Speisekarte studiert und ihre Bestellung aufgegeben hatten, erhoben Peter und Ellen ihre Gläser, um einen Toast auszusprechen. Das Licht der Kerze auf dem Tisch spiegelte sich in dem Glas mit der prickelnden Flüssigkeit. „Auf uns!", sagte Peter und stieß mit Ellen an.

„Auf uns – auf noch viele glückliche und gesegnete Jahre miteinander!"

„Und gesunde", fügte Peter hinzu.

„Und gesunde."

Sie hatten gerade mit ihrer Suppe angefangen, als an dem Tisch schräg gegenüber, der für sechs Personen gedeckt war, eine kleine Gesellschaft Platz nahm. Wie Ellen es einschätzte, handelte es sich scheinbar um eine Familie mit Kindern samt Großvater und Großmutter. Es dauerte eine Weile, bis sich alle gesetzt hatten, und die ganze Zeit über führte der Großvater das Wort.

Ellen versuchte nicht allzu interessiert hinzuhören und konzentrierte sich auf ihre Tomatensuppe. Dennoch konnte sie es nicht verhindern, dass sie kurze Zeit später das Gespräch mit anhörte, das sich zwischen der Bedienung und dem älteren Mann entspann. „Kann ich das abräumen?", hörte sie die Kellnerin fragen, die auf das Gedeck vor dem leeren Stuhl deutete. „Das kommt darauf an", sagte der Mann mit einem aufdringlichen Blinzeln in Richtung der jungen, blonden Bedienung. „Wenn ich meine Gattin hier gegen zwei solche Schönheiten wie Sie eintauschen kann, dann wären wir zu sechst." Der Mann musste schrecklich laut über seinen Witz lachen, genauso wie die anderen am Tisch. Die Bedienung sagte in heiterem Tonfall, dieser Service sei nicht inbegriffen, und teilte die Speisekarten aus.

Ellens Blick fiel auf die ältere Frau. Sie lachte genauso heiter mit und erweckte keineswegs den Eindruck, als hätte sie die Bemerkung ihres Gatten in irgendeiner Weise verletzt.

„Hast du das gehört?", fragte Ellen Peter.

Er nickte und schob seine leere Suppentasse von sich. „Nicht wirklich meine Art von Humor."

„Humor?" Ellen redete so leise wie möglich. „Das ist doch nicht lustig, Piet. So eine Bemerkung macht mich einfach nur traurig, aber es scheint so, als ob seine Frau das völlig normal findet."

„Vielleicht tut sie auch nur so." Peter tupfte sich mit seiner Serviette den Mund ab. „Und sie spielt das Spiel mit, ohne sich etwas anmerken zu lassen."

Ellen starrte auf die schmale Vase mit den beiden roten Rosen, die auf dem Tisch stand, und erwiderte nichts.

Nun legte Peter seine Serviette hin und ergriff ihre Hand. „Ich will natürlich nichts schönreden und seine Bemerkung lässt wirklich nicht auf einen allzu großen Respekt für seine Frau schließen, aber ich will auch nicht sagen, dass sie nichts Gutes miteinander haben. Wahrscheinlich begreift er gar nicht, welche Tragweite seine Worte haben."

„Dann wird es Zeit, dass ihm das mal jemand klarmacht."

Peter lächelte. „Ja, aber vermutlich ist es keine gute Idee, wenn du das übernimmst." Er strich ihr sanft über die Hand. „Komm, vergiss es und sag mir lieber, welche Neuigkeiten du für mich hast."

Neuigkeiten? Ellen musste innerlich umschalten, aber dann fiel ihr wieder ein, was er meinte. Heute Nachmittag hatte sie ihm eine SMS geschrieben, dass sie ihm am Abend etwas Schönes zu sagen hatte.

Sie zog ihre Hand weg, trank einen Schluck Wasser und beugte sich Peter entgegen. „Du rätst nicht, wer mich heute Mittag angerufen hat."

„Wenn ich es sowieso nicht rate, dann brauche ich es auch gar nicht erst zu probieren", antwortete er trocken.

„Hey, jetzt mach es dir nicht so leicht. Dreimal darfst du raten."

Er dachte einen Augenblick nach. „Deine Mutter. Um dir zu sagen, dass sie in Kürze für ein paar Tage vorbeikommt."

„Nein. Das wäre zwar auch schön, aber es ist etwas anderes."

Es war wieder für einen Moment still. Während Peter angestrengt nachdachte, wurden die Suppentassen abgeräumt. „Ich gebe es auf", sagte er. „Ich habe wirklich keine Ahnung."

„Komm schon, noch einen Versuch hast du."

„Okay ... äh ... Kannst du mir nicht zumindest einen Tipp geben? Zum Beispiel den ersten Buchstaben des Namens?"

„Ein K."

„Ein K." Seine Augen blitzten auf. „Der Konditor. Um dir zu sagen, dass du einen Preis gewonnen hast und ein Jahr lang jede Woche einen Kuchen bekommst."

Ellen gab ihm unter dem Tisch einen sanften Tritt. „Haha. Jetzt aber mal ernsthaft."

„Tut mir leid, Ellen. Ich weiß es wirklich nicht. Wer hat denn angerufen?"

„Kathy."

„Kathy?"

„Kathy Smit."

Peter setzte sich aufrecht hin. „Und, was hat sie gesagt?"

Ellen sah, dass die Bedienung das Hauptgericht servieren wollte, und wartete, bis alles auf dem Tisch stand. „Sie hat gefragt, wann sie die Tasche abholen könnte."

„Großartig. Und wann kommt sie?" Er nahm das Kännchen mit der Pfeffersoße und goss sich etwas davon über sein Beefsteak.

„Morgen Nachmittag. Um zwei Uhr."

„Morgen! Dann sehe ich sie ja auch."

„Äh … eigentlich wollte ich dich fragen, ob du dich in der Zeit um Marilou kümmern könntest. Ich hoffe nämlich, dass Kathy hereinkommt und wir ein bisschen reden können. So von Frau zu Frau."

Peter lächelte. „Das verstehe ich. Wie viele Jahre bin ich nun schon mit dir verheiratet? Zehn? Elf?"

Ellen sah überrascht von ihrem Steak auf. „Weißt du das wirklich nicht?"

„Natürlich weiß ich das." Er nickte der Kellnerin zu, die an der Bar stand und ein paar Augenblicke später mit einem wunderschönen Blumenstrauß an ihren Tisch kam.

Feierlich nahm Peter ihr die Blumen ab und überreichte sie Ellen.

Überrascht betrachtete sie den Strauß mit elf dunkelroten Rosen und einer weißen. Dann las sie die Karte, die daran befestigt war. *Für meine Liebste. Eine rote Rose für jedes Jahr, das ich mit dir teilen durfte, und eine weiße Rose für das Jahr, das vor uns liegt.*

Mit Tränen der Rührung sah sie Peter an. „Vielen Dank", sagte sie leise. „Ich liebe dich."

„Und ich liebe dich."

Ellen roch an den Rosen und strich über eines der Blütenblätter. „Wie hast du das eigentlich zeitlich so genau hinbekommen?", fragte sie, plötzlich neugierig geworden.

„Bevor ich nach Hause gekommen bin, habe ich sie hier abgeliefert und mit der Kellnerin abgesprochen, wann sie sie mir bringen soll." Er grinste. „Und dann musste ich nur noch den richtigen Augenblick abwarten, an dem ich dich nebenbei fragen konnte, wie lange wir eigentlich schon verheiratet sind."

„Deine Frage hat mich schon erstaunt. Aber mit diesem Strauß hast du mich wirklich total überrascht." Vorsichtig stellte Ellen die Rosen in die Vase, die die Bedienung auf den Tisch gestellt hatte. Für einen Moment traf ihr Blick auf den des Mannes schräg gegenüber von ihnen und sie betete spontan dafür, dass diese Blumen ein stilles Zeugnis für die respektvolle Liebe zwischen einem Mann und seiner Frau sein mochten.

Eine Liebe, für die sie Gott jeden Tag dankte.

Kapitel 41

Kathy nahm den Zinktopf mit den roten Hortensien vom Gartentisch und goss das Regenwasser darin aus. Dann legte sie den Topf vorsichtig auf die Seite und schlug mit einem Hammer und einem Nagel ein kleines Loch in den Boden. So, die Pflanze würde beim nächsten Schauer nicht mehr so lange im Wasser stehen müssen.

Die Gerätschaften räumte sie wieder weg, klappte den hölzernen Gartenstuhl zusammen und stellte ihn an einem windgeschützten Platz wieder auf. Es war ziemlich kühl, aber wenn sie ihre Jacke anzog, konnte sie noch ein bisschen draußen sitzen.

Es war schon zehn Uhr vorbei, aber sie hatte heute Abend ein paar Stunden im Büro aufgeholt. Nicht dass Paul darüber, dass sie mit ihrer Arbeit hinterherhing, ein Wort verloren hätte – er würde es noch nicht einmal gutheißen, wenn er wüsste, dass sie an einem Freitagabend Überstunden machte –, aber sie selbst wollte gern, dass alles wieder seinen üblichen Gang nahm. Es war nur viel später geworden, als sie gedacht hatte. Aufgrund der durchwachten Nacht und dem intensiven Tag war es ihr nicht leichtgefallen, sich wirklich zu konzentrieren.

Sie legte ein geblümtes Kissen auf den Stuhl und ging nach drinnen, um sich eine Jacke und ein Glas Orangensaft zu holen. Etwas später lehnte sie ihren Kopf gegen die Lehne des Gartenstuhls und lauschte den Geräuschen des Abends. Irgendwo im Gras mussten ein paar Grillen sitzen; sie ließen deutlich von sich hören, ebenso wie ein paar Frösche in dem Graben hinter dem Haus. Nachts konnte sie sich schrecklich über das Gezirpe und Gequake aufregen, aber jetzt empfand sie es als ein vertrautes und beruhigendes Geräusch. Beruhigender als die Stimmen, die ihr immer noch durch den Kopf gingen.

Einen Moment lang kam es ihr so vor, als ob sie ihre Mutter wieder hörte. *Ich kenne mein Mädchen.* Dann war da wieder die schwache Stimme von Steven. *Du bist gekommen.* Auch die Bemerkung von Wilma hörte sie ständig. *Du kannst mir nicht weismachen, dass du so hart bist, wie du tust.*

Und heute Morgen war noch ein neues Echo dazugekommen. *Das Lachen steht dir gut.*

Sie öffnete die Augen und starrte in der Dämmerung vor sich hin. Sie hatte keine Ahnung, was sie von dem Wochenende erwarten sollte. Zunächst war da morgen das Treffen mit Ellen. Obwohl sie sich beharrlich gegen eine Begegnung gewehrt hatte, war sie doch froh, dass sie heute Nachmittag all ihren Mut zusammengenommen und sie gefragt hatte, ob sie die Tasche abholen könnte. Wenn sie das erst einmal hinter sich hatte, würde es ihr besser gehen.

Sie hatte keine Ahnung, ob Ellen sie hereinbitten oder an der Tür abfertigen würde, aber sie hoffte darauf, dass sie auf jeden Fall die Chance bekommen würde, sie zu fragen, ob Steven mit ihr über seinen Vater geredet hatte.

An den Sonntagnachmittag durfte sie noch gar nicht denken. Ob es richtig gewesen war, die Einladung von Jeroen anzunehmen, konnte sie noch nicht abschätzen. Aber sie hatte A gesagt und jetzt musste sie auch B sagen. Eine einmal getroffene Verabredung wieder abzusagen, davon hielt sie nichts. Allerdings hatte sie ihm gesagt, dass er sie nicht abzuholen brauchte, sie würden sich stattdessen auf der Heide treffen. Auf diese Weise konnte sie wieder verschwinden, wenn sie es wollte. Zum Glück würden sie nicht die einzigen Spaziergänger sein und das Laufen hatte zudem den Vorteil, dass man sich nicht steif und ungemütlich gegenübersaß.

Ihre Gedanken wanderten zu Heleen, die über ein Vermittlungsportal im Internet auf der Suche nach einem Freund gewesen war und dadurch einmal mit einem Mann essen gegangen war, mit dem sie sich zuvor ein paar Mal gemailt hatte. „Es war abscheulich, Kathy“, hatte Heleen erzählt. „Wir hatten eine Vorspeise und ein Hauptgericht bestellt. Aber schon bevor die Suppe serviert war, war mir vollkommen klar, dass es zwischen uns nicht Klick machte. Furchtbar! Es hat eine Ewigkeit gedauert, bis ich endlich wieder gehen konnte.“

Kathy hatte sich diese Geschichte sehr zu Herzen genommen. Nie im Leben hätte sie sich mit einem Mann, den sie kaum kannte, zum Essen verabredet. Nun, eigentlich traf sie sich überhaupt nicht mit irgendwelchen Männern. Dass sie Jeroens Einladung zu einer Wanderung angenommen hatte, lag nur daran, dass sie durch alles, was in den letzten Wochen passiert war, aus dem Gleichgewicht geraten war. Wenn sie ihn einen Monat früher getroffen hätte, hätte sie sich ganz sicher nicht mit ihm verabredet.

Oder vielleicht doch?

Sie blinzelte mit den Augen und nahm das Glas Orangensaft vom Tisch. In der Ferne schlug die Turmuhr halb elf. Sie trank das Glas leer und stand auf. Noch immer war es nicht stockdunkel, aber für heute war es spät genug. Es wurde Zeit, ins Bett zu gehen. Hoffentlich würde sie heute Nacht eine ordentliche Mütze Schlaf bekommen.

Kapitel 42

Samstag, 28. Mai

„Du bist ganz schön nervös, nicht wahr?“, fragte Peter Ellen, die schon den ganzen Vormittag keine Ruhe fand. Sie hatten gerade zu Mittag gegessen und er hatte kaum das *Amen* des Dankgebets gesprochen, da war Ellen auch schon wieder aufgestanden.

Sie stellte den Brotkorb und die Teller auf das Tablett und räumte den Tisch ab. „Ja, das stimmt“, gab sie zu.

„Warum denn, Mama?“, fragte Marilou, während sie aufstand.

Ellen fiel so schnell keine Antwort ein, deshalb ging sie mit dem Tablett in die Küche. „Mama bekommt gleich Besuch“, hörte sie Peter erklären. „Darum gehen wir beide auf die Heide und lassen unseren Drachen steigen. Wie gefällt dir das?“ Marilous Indianergeschrei entlockte Ellen ein Lächeln. „Dann hol doch schon mal deinen Flieger. Er liegt im Schuppen.“ Das ließ sich seine Tochter nicht zweimal sagen und stürmte nach draußen.

Ellen kam mit einem feuchten Tuch ins Zimmer zurück, um den Tisch abzuwischen.

„Marilou und ich lassen unseren Drachen steigen“, klärte Peter sie auf.

„Das habe ich schon gehört.“ Sie warf einen Blick nach draußen, wo sich die Sonne nun schon seit Längerem sehen ließ. „Ist es denn windig genug?“

„Es wird schon gehen.“ Peter stand auf und streckte sich. „Warum machst du dir eigentlich solche Gedanken wegen Kathys Besuch? Gestern warst du doch noch ganz froh darüber, dass sie kommt.“

Ellen fuhr mit dem Tuch über die Tischplatte. „Eigentlich mache ich mir keine Gedanken, sondern ich bin einfach nur nervös, weil ich keine Ahnung habe, wie das gleich laufen wird.“ Sie stellte die Vase mit den Rosen mitten auf den Tisch und schob die Stühle an ihren Platz. „Ich hoffe nur, dass sie reinkommt und wir ein bisschen reden können. Aber genauso wahrscheinlich ist es, dass sie lieber draußen wartet, bis ich ihr die Tasche übergebe, und dann gleich wieder verschwindet."

„Ja, das ist möglich." Er ging in den Flur, um seine Schuhe zu holen. „Vielleicht hast du es ja ein bisschen in der Hand."

„Wie meinst du das?"

Er schlüpfte in seine Schuhe und stellte einen Fuß nach dem anderen auf den Rand eines Stuhles, um die Schnürsenkel zu binden, was ihm einen missbilligenden Blick von Ellen einbrachte. „Sie sind sauber", sagte er augenzwinkernd.

„Trotzdem. Schließlich bringen wir Marilou bei, dass sie nicht mit ihren Schuhen auf die Stühle steigen soll."

Peter richtete sich auf und grinste unbeirrt. „Wie immer hast du recht. Aber um auf Kathy zurückzukommen ... Wenn sie klingelt, dann sagst du einfach: ‚Komm doch kurz mit rein.'"

„Ja, das ist eine gute Idee."

„Willst du sie auch fragen, warum sie letzten Sonntag so schnell verschwunden ist, als wir ihr vor Stevens Wohnung begegnet sind?"

Ellen dachte kurz nach. „Nein, ich denke, das wäre nicht gut", entschied sie schließlich.

Marilou kam mit ihrem Drachen ins Zimmer. „Ich hab' ihn, Papa!"

„Super. Wenn du dann noch deine Hausschuhe ausziehst und in deine Straßenschuhe schlüpfst, kann's losgehen."

Fünf Minuten später waren Peter und Marilou verschwunden und Ellen hatte die Küche in Ordnung gebracht. Sie warf einen Blick auf die Uhr, es war Viertel vor zwei. Es blieb ihr also noch eine Viertelstunde, um sich vorzubereiten. Jedenfalls, wenn Kathy pünktlich war. Und damit rechnete Ellen.

Sie ging zum Wohnzimmerschrank, holte die Leinentasche heraus und betrachtete noch einmal den Bilderrahmen. Das Foto, auf dem Kathy von der Treppe aus in die Arme ihres Vaters sprang, rührte sie an. Doch auch das Foto, das sie von dem Besteckschränkchen in der Küche mitgenommen hatte, zeigte auf wunderbare Weise die Beziehung zwischen Vater und Kind. Auch hier war Stevens Gesicht nicht zu sehen, denn der Fotograf hatte sich dazu entschieden, ganz auf das Mädchen zu zoomen, das auf den Füßen seines Vaters tanzte. Ellen fragte sich, wer die Fotos gemacht hatte. Kathys Mutter vielleicht?

Sie nahm die Vergrößerung, die sie in Stevens Wohnzimmer von der Wand abgehängt hatte, und betrachtete sie eingehend. Kathy musste darauf ungefähr vierzehn, fünfzehn Jahre alt sein. Sie saß am Klavier, das Gesicht der Linse zugekehrt. Neben ihr stand eine Frau, höchstwahrscheinlich ihre Mutter. Sie trug eine ziemlich klassische dunkelblaue Jacke und hatte die dunkelbraunen Haare hochgesteckt. Ihre rechte Hand ruhte auf Kathys Schulter, sie lächelte den Mann an, der auf der anderen Seite des Klaviers stand und Kathy ansah. An seinem Blick war deutlich zu sehen, dass er seine Tochter liebte. Und obwohl der Steven, den Ellen im Krankenhaus getroffen hatte, viel älter und dünner gewesen war als der Mann auf dem Foto, war doch in seinen Augen die ganze Zeit dieselbe Liebe für seine Tochter zu erkennen gewesen.

Ellens Gedanken wanderten zu dem Augenblick zurück, als sie ihn gefragt hatte, ob sie ihm behilflich sein könne.

Stevens Augen füllten sich mit Tränen. „Sie kommen wie gerufen", sagte er emotional berührt.

Ellen schob den Schemel dichter an sein Bett. „Sagen Sie mir, was ich für Sie tun kann."

Seine Hand bewegte sich unruhig über die Bettdecke. „Ich wollte meiner Tochter einen Brief schreiben. Aber ich schaffe das nicht mehr."

Ellen dachte an die Frau zurück, die sie in der Poliklinik neben Steven gesehen hatte. War das etwa seine Tochter gewesen?

„Soll ich ihn für Sie schreiben?"

„Nein, das brauchen Sie nicht." Er schloss für einen Moment die Augen und sah sie dann müde an. „Sie liest ihn wahrscheinlich sowieso nicht."

„Kann ich ihr vielleicht etwas ausrichten?"

Er schien einen Augenblick darüber nachzudenken. „Vielleicht schon", sagte er dann. „Aber ich möchte ihr auch gern etwas geben." Mühsam richtete er sich ein wenig auf und zog die Schublade seines Nachtschränkchens auf. Neben seinem Portemonnaie und einem Kamm lag dort ein kleiner Schlüsselbund. Er nahm ihn heraus und gab ihn Ellen. „Der runde Schlüssel ist der von meiner Wohnung. Vrijlant 18. Können Sie mir von dort etwas holen?"

„Natürlich." Ellen nahm den Schlüsselbund an sich, löste den Schlüssel davon ab und legte den Ring mit den anderen Schlüsseln wieder zurück. „Sagen Sie mir einfach, was ich holen soll."

Er beschrieb die Dinge, die er haben wollte, und erklärte ihr auch, wo sie die drei Fotos finden würde. „Ich hoffe", sagte er, während er sich langsam wieder in die Kissen sacken ließ, „ich hoffe so sehr, dass meine Tochter noch einmal kommt. Dass ich ihr das alles persönlich übergeben kann." Seine Hände zitterten noch mehr als zuvor und sein Gesicht schien immer grauer zu werden. „Wenn ich ihr nur noch einmal sagen könnte, wie sehr ich sie liebe."

Ellen brach es beinahe das Herz, als sie die Sehnsucht und die Traurigkeit in seiner Stimme hörte. Sie schob sich noch etwas dichter an ihn heran und legte mit einer zärtlichen Geste ihre Hand auf die seine. „Wie heißt Ihre Tochter denn?"

Seine Antwort war nur ein Flüstern. „Kathy. Aber ihr eigentlicher Name ist Katharina." Seine graugrünen Augen suchten Ellens. „Wissen Sie, was dieser Name bedeutet?"

Ellen schüttelte den Kopf.

„Gesegnet. Rein."

„Was für ein wunderschöner Name." Ellen meinte das von ganzem Herzen.

Ein zartes Lächeln umspielte seinen Mund. „Hat ihre Mutter ausgesucht."

Im Krankenzimmer war es einen Augenblick still. Nur das leise Schnarchen des Bettnachbarn war im Hintergrund zu vernehmen. Steven schien in Gedanken versunken und Ellen wartete, ob er noch etwas sagen würde.

„Wenn", fing er etwas später wieder an, „wenn sie wirklich nicht mehr kommen sollte ..." Wieder wurde es still.

„Ja?", fragte Ellen vorsichtig.

„... und ich hier nicht mehr herauskomme ..." Sein Blick schweifte erst durchs Fenster und blieb dann auf Ellen ruhen. „Können Sie dann dafür sorgen, dass sie diese Dinge bekommt? Und ..." Er schluckte. „Und dafür, dass sie sie nicht einfach ungesehen wegwirft?"

Ellen legte ihre beiden Hände um seine zittrige Hand und sah ihn ernst an. Wie sie das schaffen sollte, wusste sie auch nicht, aber sie würde alles in ihrer Macht Stehende tun, um ihr Versprechen einzulösen. „Ja, dafür werde ich sorgen."

„Ja, dafür werde ich sorgen", wiederholte sie. Die Fotos steckte sie wieder sorgfältig in die Tasche zu den anderen Dingen und bemerkte zu ihrer Freude, dass die Nervosität von ihr gewichen war. Stattdessen war sie nur noch dankbar.

Dankbar dafür, dass sie ihr Versprechen nun einlösen und die Tür für Kathy Smit öffnen konnte, die in diesem Augenblick geklingelt hatte.

Kapitel 43

Kathy hörte, wie das Läuten der Türklingel erstarb, und wartete darauf, dass jemand die Tür öffnete. Sie trat einen Schritt zurück und betrachtete den Briefkasten, auf dem ein Ja/Nein-Aufkleber pappte, aber in einer Ausführung, die sie bisher noch nirgendwo gesehen hatte. *Ja – Halten Sie ruhig ein Schwätzchen mit uns. Nein – Wir beißen nicht.* Trotz ihrer Anspannung musste sie lächeln, doch beinahe im selben Augenblick hörte sie Schritte hinter der Tür und ihr Lächeln war wieder verschwunden.

Die dunkelgrün gestrichene Tür des Einfamilienhauses wurde geöffnet und sie sah in Ellens Gesicht.

„Guten Tag."

Kathy räusperte sich. „Guten Tag." Ihr Blick fiel auf Ellens Hände, die leer waren.

Es blieb eine ganze Weile still. Anscheinend wusste keine der beiden, was sie jetzt tun sollte. Doch gerade als Kathy etwas sagen wollte, ergriff Ellen das Wort. „Kommen Sie doch herein", sagte sie mit einer einladenden Handbewegung.

Erleichtert, dass sie die Frage nach ihrem Großvater nicht an der Haustür stellen musste, trat Kathy über die Schwelle. Sie ging an Ellen vorbei, doch nach ein paar Schritten blieb sie stehen und sah sich um. Der Flur war nicht groß und auch hier entdeckte sie auf die Schnelle nicht die Leinentasche, die Ellen im Krankenhaus bei sich gehabt hatte.

Ellen schloss die Tür. „Gehen Sie ruhig weiter. Rechts geht es ins Wohnzimmer."

Kathy folgte der Anweisung und betrat das geräumige, helle Wohnzimmer. Die Farben der Wände und der Möbel waren ziemlich kühl, aber eine Anzahl Grünpflanzen und der dicke braune Teppichboden ließen das Zimmer gemütlich aussehen. Kathys Blick fiel auf den Esstisch, auf dem ein großer Strauß Rosen stand. Direkt neben der Vase lag die Tasche.

„Setzen Sie sich doch", bot Ellen ihr an. „Möchten Sie einen Kaffee? Oder vielleicht Tee oder etwas Kaltes?"

Kathy strich sich mit der Zunge über die Lippen. „Ein Glas Wasser wäre nett, danke."

„Gern." Ellen ging in die Küche und Kathy nahm auf einem der beiden weißen Ledersessel Platz. Auch das Sofa war mit weißem Leder bezogen, ein paar bunt gemusterte Kissen brachten aber Farbe ins Spiel und alles wirkte sehr heiter. Ihr fiel die rote Katze auf. Oder war es ein Kater?

„Ich hoffe, Sie sind auf Katzenhaare nicht allergisch", sagte Ellen, die mit zwei Gläsern Wasser zurückkam und sah, dass sie sich in die Nähe der Katze gesetzt hatte.

„Nein, kein Problem." Sie warf noch einen Blick auf das Tier. „Ist das eine Katze oder ein Kater?" Nicht, dass sie das besonders interessiert hätte, aber so wurde zumindest das Schweigen beendet.

„Ein Kater." Ellen stellte die Gläser ab. „Aber seit einem Jahr ist er eher ein Sie-wissen-schon-was-Kater." Als hätte sie der Kater verstanden und wäre darüber beleidigt, dass sie mit einer Fremden über seine Kastration redete, sprang er vom Sofa und verschwand durch die offene Schiebetür nach draußen.

„Wie heißt er denn?" *Was für ein Geschwätz!*

Ellen lächelte. „Joris. Aber Marilou, unsere Tochter, nennt ihn manchmal Dickie-Dick."

Kathys Blick fiel auf die Wand, an der das Foto eines fröhlich lachenden Mädchens hing, ohne jeden Zweifel dasselbe Mädchen, das sie am Sonntagnachmittag kurz gesehen hatte, als Ellen beinahe unter die Räder gekommen war. Kathy hoffte inständig, dass Ellen sie heute nicht darauf ansprach. Sie fand es selbst mittlerweile völlig übertrieben, wie sie in ihrer Anspannung reagiert hatte.

Sie betrachtete das andere Bild an der Wand, auf dem ein Brautpaar zu sehen war, das vor einem Leuchtturm stand.

„Ich komme aus Zeeland", klärte Ellen sie ungefragt auf. Anscheinend war sie ihrem Blick gefolgt. „Dort sind wir auch getraut worden."

„Schönes Foto." Kathy nahm einen Schluck Wasser zu sich, während Ellen sich setzte.

„Wie geht es Ihnen?"

Eigentlich hatte Kathy gar keine Anteilnahme erwartet. Sie hatte eher mit einer Verurteilung gerechnet. War sie nicht eine schlechte Tochter? Ellen musste zudem einen miserablen Eindruck von ihr haben, denn wer rannte schon mitten in der Trauerfeier für den eigenen Vater aus der Kirche? Um etwas Zeit zu schinden, nahm sie noch einen Schluck Wasser und stellte dann das Glas langsam zurück. „Äh … mir geht es gut."

Ellen erwiderte nichts, sondern wartete zunächst einmal ab, ob sie noch mehr sagen würde.

„Ist das die Tasche?", fragte Kathy mit einem Nicken in Richtung Tisch.

„Ja." Kathy erwartete, dass Ellen nun erneut aufstand und zum Tisch ging, aber zu ihrer Überraschung blieb sie ruhig sitzen.

„Ich bin froh, dass Sie gekommen sind", sagte sie nur.

Kathy betrachtete sie, wie sie so dasaß. Besonders hübsch war sie nicht gerade und die rosa Sommerjacke, die sie trug, ließ ihre Haut etwas blass aussehen, aber trotzdem ging eine gewisse Ausstrahlung von ihr aus, weswegen man sie einfach anschauen musste.

Die folgende Frage traf sie wieder völlig unerwartet.

„Sind Sie böse auf mich?"

Kathys Gedanken schossen zu dem Augenblick zurück, als sie nach der Trauerfeier Ellen gegenüber eine enorme Wut gespürt hatte. Komischerweise wusste sie gar nicht, ob sie immer noch böse auf sie war. „Warum fragen Sie?", fragte sie deshalb ausweichend.

„Nun", Ellens graublaue Augen sahen sie ruhig an, „ich glaube, ich wäre in Ihrer Situation ziemlich wütend gewesen."

Darauf wusste Kathy nichts zu antworten.

„Und ich kann mir gut vorstellen, dass Sie sich gefragt haben oder vielleicht immer noch fragen, warum sich ein wildfremder Mensch um Sie bemüht."

Kathy spürte, dass ihre Wangen zu glühen begannen. Wenn sie tatsächlich so rot waren, wie sie sich anfühlten, dann würde ihr Ellen mit Leichtigkeit ansehen, dass sie mit ihrer Bemerkung ins Schwarze getroffen hatte. Dennoch konnte sie es nicht so einfach zugeben. „Das habe ich mich tatsächlich gefragt."

„Und jetzt nicht mehr?"

Fragte sie sich das immer noch? Nein, eigentlich nicht, denn sie hatte mittlerweile eine leise Ahnung, wie die Antwort aussah. Auch wenn sie es immer noch für eine ziemlich unglaubwürdige Geschichte hielt, dass Ellen angeblich von Gott zu Steven geschickt worden war.

Kathy zermarterte sich das Hirn, was sie darauf antworten sollte. Auf eine Predigt hatte sie keine Lust. Wenn sie so etwas hören wollte, ging sie in die Kirche. Nun ja, vielleicht war es das Beste, aus seinem Herzen keine Mördergrube zu machen und zu sagen, was sie dachte. Und selbst wenn das verkehrt sein sollte, dann war es auch nicht so schlimm, denn heute würden sich die Wege von Ellen und ihr sowieso wieder trennen.

„Wenn ich alles zusammenzähle, was Sie mir damals im Krankenhaus gesagt haben", begann sie, „und was ich während der Trauerfeier gehört habe, habe ich natürlich eine Vorstellung davon, was Sie dazu bewogen hat, sich um Steven und damit schließlich auch um mich zu bemühen. Damit will ich allerdings nicht sagen, dass ich es auch verstehe. Aber ehrlich gesagt habe ich keine Lust auf so ein Gespräch über Gott, Glaube und Gnade. Ich bin nur wegen der Tasche hier." *Und wenn möglich auch wegen ein paar Informationen über meinen Großvater.*

Ellen blinzelte noch nicht einmal mit den Augen. „Das verstehe ich."

Schön.

„Hätten Sie etwas dagegen, wenn ich Ihnen zu der Tasche noch ein paar Sätze sage?"

„Äh … nein."

Ellen stand auf, nahm sie vom Tisch und kam mit ihr zurück. „Wie Sie schon wissen, hat mich Ihr Vater gebeten, ihm diese Dinge aus seiner Wohnung zu holen."

Kathy richtete ihren Blick geradewegs auf die Tasche, die Ellen in der Hand hielt, und bemerkte, dass ihr Unwille, etwas über ihren Inhalt zu erfahren, in der letzten Woche einer gewissen Spannung Platz gemacht hatte. Was war, abgesehen von den Dingen, die Sanne schon bei seiner Einlieferung für ihn zusammengesucht hatte, für Steven so wichtig gewesen, dass er es im Krankenhaus bei sich haben wollte? *Die Fotos*, schoss es ihr durch den Kopf. Aber gab es da noch mehr?

„Er hatte gehofft, Sie würden ihn noch einmal besuchen kommen.“ Ellens Stimme war leise. Aber nicht richtend. „Damit er Ihnen diese Dinge persönlich übergeben könnte.“

Kathy musste schlucken und nippte schnell an ihrem Wasserglas.

„Doch jetzt muss ich das an seiner Stelle tun.“

Was erwartete Ellen von Kathy? Sie wusste es nicht. Sollte sie ihre Hand nach der Tasche ausstrecken oder war Ellen noch nicht fertig und wollte ihr erst erzählen, was sich darin befand? Sie wollte doch wohl nicht, dass sie sich den Inhalt hier und jetzt ansah?

„Ich werde Ihnen nicht sagen, was in der Tasche ist.“ Es war beinahe so, als ob Ellen ihre Gedanken lesen konnte. „Das müssen Sie sich zu Hause in Ruhe selbst anschauen.“

Kathy nickte.

„Ich hoffe nur, dass Sie es wirklich tun. Seine große Angst war nämlich, dass Sie sich diese Mühe nicht machen.“

Nach dem, wie sie sich ihm gegenüber zuletzt geäußert hatte, war diese Angst durchaus berechtigt. „Ich glaube, das hätte ich wirklich nicht getan, wenn Sie mir schon im Krankenhaus die Tasche gegeben hätten“, gab sie Ellen gegenüber zu. „Aber mittlerweile … mittlerweile haben sich die Dinge so entwickelt, dass ich doch gern wissen möchte, was in der Tasche ist.“

Wenn Ellen sie jetzt fragte, um welche Entwicklungen es sich dabei handelte, konnte sie das Gespräch leicht auf ihren Großvater lenken. Sie ging jedoch nicht wirklich darauf ein, sondern musterte die Tasche mit einem Blick, als müsse sie sich überwinden, sie ihr nun anzuvertrauen. Aber dann wandte sie sich wieder Kathy zu und sah sie ruhig an.

„Dann gebe ich sie Ihnen jetzt. Aber …“

Kathy wartete, wie es weiterging, und registrierte aus den Augenwinkeln, dass der Kater wieder ins Wohnzimmer kam. „Aber?“, fragte sie schließlich mit einem Blick auf Ellen, als es still blieb.

„Ihr Vater hat noch eine dringende Bitte geäußert.“ Sie hielt einen Augenblick inne. „Er bittet Sie, dass Sie, bevor Sie sich alles andere anschauen …“

In Ellens Tonfall lag etwas, was Kathy die Luft anhalten ließ.

„… sich zuerst die Kassette anhören, die Ihre Mutter für Sie aufgenommen hat.“

Kapitel 44

Ellen sah, wie alle Farbe aus Kathys Gesicht wich. Sie konnte sich sehr gut vorstellen, wie geschockt sie war. Obwohl sie versucht hatte, ihr die Nachricht so behutsam wie möglich zu übermitteln, handelte es sich immer noch um eine Bitte, die nicht leicht zu verdauen war. Sie dankte Gott im Stillen dafür, dass sie sie nicht an dem Tag nach Stevens Tod hatte äußern müssen.

„Eine … eine Kassette?“, stammelte Kathy.

„Ja.“ Plötzlich kam ihr eine praktische Frage in den Sinn. „Haben Sie überhaupt ein Gerät, auf dem Sie sie abspielen können?“

„Ja, ich glaube schon, aber …“

Der Rest der Antwort ging in einem Seufzen unter, aber auch ohne dass Kathy es ausgesprochen hätte, wusste Ellen, was sie hatte sagen wollen. Egal, was auf der Kassette zu hören war, es musste eine enorme Belastung sein, nach so vielen Jahren die Stimme der eigenen Mutter noch einmal zu hören.

Sanft legte Ellen die Tasche auf Kathys Schoß und ging mit den Gläsern in die Küche, um sie nachzufüllen. Sie ließ sich dafür so viel Zeit wie möglich, um Kathy einen Augenblick für sich zu gönnen. Und sie selbst konnte auch gut ein paar Minuten gebrauchen. *Himmlischer Vater, danke, dass Kathy hier ist. Aber wie schwer muss das für sie sein! Sie liegt mir wirklich am Herzen.* Ellen starrte durch das Fenster nach draußen, ohne konkret etwas in den Blick zu nehmen. *Lass sie erkennen, dass ich das tatsächlich ernst meine und sie dir noch tausendmal mehr am Herzen liegt. Vater, tröste sie in ihrer Trauer und heile ihre Verletzungen. In Jesu Namen.*

Sie wartete noch ein bisschen und ging dann zurück. Kathy hatte sich kaum gerührt; nur ihre Hand lag jetzt auf der Tasche, so als wollte sie sie beschützen.

Ellen stellte das Wasserglas vor ihr ab. „Bitteschön.“

„Vielen Dank.“ Kathys Stimme klang abwesend.

Von draußen hörte man eilige Schritte am Tor und eine Kinderstimme. „Bahn frei! Jetzt komme ich!“

Ellen setzte sich und wartete ruhig ab, ob Kathy noch etwas sagen oder fragen wollte. Nicht zum ersten Mal fiel ihr ihre elegante Erscheinung auf. Die graugrüne Kostümjacke passte wunderbar zu ihren Augen und dem braunen Haar, das sie heute nach hinten gekämmt und mit einer kunstvoll verzierten silbernen Spange hochgesteckt hatte.

Schließlich ergriff Kathy wieder das Wort. „Entschuldigung", sagte sie mit einer leicht verlegenen Geste. „Das hat mich ziemlich überfallen."

„Das kann ich mir vorstellen."

Plötzlich bekam ihre Stimme einen schneidenden Ton. „Wissen Sie, was auf dem Band zu hören ist?"

„Nein."

„Oh." Die Schärfe war verschwunden. Sie schüttelte leicht den Kopf und betrachtete noch einmal die Tasche. „Was immer ich auch erwartet hatte, das war es sicher nicht."

Ellen erwiderte nichts.

„Er weiß, wie er mich überraschen kann."

„Wer?"

Kathy sah sie verwundert an. „Steven natürlich. Wer denn sonst?"

„Oh." Ellen fiel auf, dass sie kein einziges Mal „mein Vater" sagte, sondern ständig nur von Steven sprach. Sie versuchte sich zu erinnern, ob das bei ihrer ersten Begegnung auch schon so gewesen war, aber sie konnte es nicht mit Sicherheit sagen.

„Hat er Ihnen auch gesagt, warum ich mir zuerst die Kassette anhören soll?"

Ellen zögerte etwas. Sie hatte diese Frage zwar mehr oder weniger erwartet, aber sie war sich immer noch nicht sicher, wie viel sie von dem preisgeben durfte, was Steven ihr erzählt hatte. „Es schien ihm einfach besser so."

Kathy gab sich damit nicht zufrieden. „Aber warum?"

Ihr blieb nichts anderes übrig. „Er hat gedacht, nein, er hat gehofft, dass Sie dann eher bereit sind, etwas zu lesen, wenn Sie sich vorher das Band angehört haben."

„Etwas zu lesen?"

„Ja." Sollte sie ihr wirklich erzählen, was sie alles in der Tasche finden würde? Das schien ihr keine gute Idee zu sein. Kathy anscheinend auch nicht, denn sie bohrte nicht weiter, sondern nahm einen Schluck aus ihrem Glas.

Sie selbst trank auch noch einen Schluck und fing ein neues Thema an. „Ist die Wohnung von Ihrem Vater leer?"

„Ja. Inzwischen schon." Plötzlich schoss Kathy auf ihrem Stuhl nach vorn; sie schien mit ihren Gedanken wieder bei dem Gespräch zu sein. „Ich würde gern noch eine Sache fragen."

„Was denn?"

„Hat Steven mit Ihnen über seinen Vater gesprochen?"

Ellen schüttelte den Kopf. „Nein. Es hat Ihren Vater ziemlich viel Kraft gekostet, überhaupt zu sprechen. Nachdem er mich gefragt hat, ob ich die Sachen für ihn holen könnte, bin ich noch einen Augenblick bei ihm geblieben, aber wir haben nur sehr wenig miteinander gesprochen." Sie hatten noch von Gottes großer Liebe geredet, und danach hatte sie ihm ein paar Verse aus der Bibel vorgelesen und mit ihm gebetet, aber das schien Kathy nicht wirklich zu interessieren.

Kathy trank ihr Glas aus und stand auf. Ihre Handtasche trug sie über die Schulter, während sie die Leinentasche mit einem festen Griff in der Hand hielt. „Ich muss los", sagte sie.

„Der Krankenhausseelsorger hat ihn auch noch einmal besucht. Vielleicht hat Ihr Vater mit ihm über Ihren Großvater gesprochen", überlegte Ellen laut, während sie mit Kathy zur Tür ging.

„Nein, hat er nicht. Ich habe ihn schon danach gefragt."

Kurz vor der Tür drehte Ellen sich um. „Vielen Dank, dass Sie die Sachen persönlich abgeholt haben. Das ist Ihnen sicher nicht leichtgefallen. Und ich kann mir gut vorstellen, dass es Sie auch unglaublich viel Mühe kosten wird, sich mit den Dingen auseinanderzusetzen."

Kathy betrachtete den Schlüsselbund, den sie aus ihrer Handtasche geholt hatte.

„Falls Ihnen noch weitere Fragen kommen sollten oder wenn Sie einfach jemanden zum Reden brauchen: Sie wissen, dass Ihnen diese Tür immer offen steht."

Jetzt sah Kathy sie an. „Ich werde darauf zurückkommen. Vielen Dank."

Ellen hatte keine Ahnung, ob das einfach nur eine höfliche Antwort gewesen war oder ob Kathy das tatsächlich als Möglichkeit in Erwägung zog, aber das würde sie mit der Zeit herausfinden. Sie öffnete die Tür und sah Kathy dabei zu, wie sie in ihren Wagen stieg, ihre Handtasche und die Leinentasche auf den Beifahrersitz legte und den Motor anließ.

Geh mit ihr, Gott.

Ellen hatte gerade zwei Zwiebeln in Ringe geschnitten, als Peter und Marilou wieder hereinkamen.

„Wie ich sehe, hätte ich keine fünf Minuten früher kommen dürfen", sagte Peter, während er liebevoll mit der Hand durch Ellens Haare fuhr.

Sie sah ihn fragend an. „Warum nicht?"

„Na ja, wenn ich früher hier gewesen wäre, dann hättest du das Zwiebelschneiden doch mit Sicherheit an mich delegiert."

Ellen lächelte. Peter hatte vollkommen recht. Wenn es nur irgend ging, überließ sie ihm diese Aufgabe. Denn ihm tränten dabei die Augen nicht so wie ihr. Aber zum Glück waren die Zwiebeln heute nicht so scharf gewesen. Sie nahm eine rote Paprika und wusch sie unter dem Wasserhahn. „Ihr habt ganz schön lange Drachen steigen lassen."

„Mein Drachen hat sich die ganze Zeit in irgendetwas verheddert und dann musste Papa immer die Leine durchschneiden", erzählte Marilou, die eben noch Joris gestreichelt hatte und nun auch in die Küche gekommen war. „Und dann mussten wir in den Laden gehen und eine neue Schnur kaufen. Und wir haben auch ein Eis gekauft. Beim Kindergarten."

„Sieh mal einer an." Ellen schnitt die Paprika in kleine Stücke. „Ich fürchte, da habe ich etwas verpasst."

„Was gibt's denn zu essen?" Peter schnappte sich ein Stück Paprika vom Schneidebrett und steckte es sich in den Mund.

Ellen schlug ihm spielerisch auf die Finger, als er gerade nach dem zweiten Stückchen greifen wollte. „Makkaroni, aber eigentlich *mit* Paprika."

„Ich will keine Makkaroni", maulte Marilou, „ich will Pommes."

„Du magst Makkaroni doch gern“, erwiderte Ellen.

Marilou gab noch nicht auf. „Wir essen fast nie Pommes. Bei Laura gibt es jeden Samstag Pommes.“

Ellen nahm ein paar große Champignons und ein Stück Küchenrolle, um sie sauber zu machen. „Das ist ja schön für Laura, aber wir essen heute Abend Makkaroni. Punkt.“

„Darf ich einen Keks haben?“

„Nein, wir essen gleich. Auf jetzt, du kannst bis dahin noch ein bisschen spielen.“

„Darf ich *Otje* schauen?“ Diese DVD hatte sie zwar schon einige Male gesehen, aber sie konnte nicht genug davon bekommen.

„Wegen mir.“ Ellen wandte sich Peter zu, der an der Küchenanrichte lehnte und sich gerade ein Stück Gurke aus dem Salat fischte. „Kannst du ihr die DVD einlegen? Und hör endlich mit dem Naschen auf! Was ist denn los, bist du so ausgehungert oder was?“

Er grinste breit. „So in der Art.“ Er ging hinter Marilou ins Wohnzimmer und war eine Minute später wieder zurück. „Wie ist es hier denn heute Nachmittag gelaufen?“

„Ziemlich gut, glaube ich.“

„Ist sie reingekommen?“

„Ja.“

„Schön, das ist ja schon mal etwas. Hast du noch ein bisschen mit ihr reden können?“

Ellen zuckte leicht mit den Schultern. „Genau wie du es sagst. Ein bisschen halt. Aber ich habe keine Ahnung, wie Kathy es empfunden hat. Weißt du“, sie öffnete den Kühlschrank und holte das Hackfleisch heraus, „es gab so viel, was ich ihr gern gesagt hätte, so viele Fragen, die ich ihr hätte stellen wollen.“ Sie gab einen Schuss Olivenöl in die Pfanne und stellte das Gas an. „Aber das ging natürlich nicht. Jedenfalls nicht in einem ersten Gespräch.“

„Im ersten Gespräch? Glaubst du, es wird noch mehr geben?“

„Das hoffe ich jedenfalls.“

Peter holte eine Flasche Wein und zwei Gläser. „Möchtest du auch etwas?“, fragte er, während er sich ein Glas einschenkte.

„Nur ein Schlückchen.“ Ellen tat das Hackfleisch in die Pfanne und briet es an, während sie versuchte, ihre Gefühle von heute Nachmittag in Worte zu fassen. „Als sie hereinkam, war sie ziemlich angespannt. So habe ich es wenigstens empfunden. Ist ja auch klar. Aber irgendwie war sie heute trotzdem auch anders als neulich im Krankenhaus oder auf der Beerdigung. Nicht so hartherzig, nicht so sauer. Manchmal war es sogar so, als würde in ihrer Haltung so etwas wie Unsicherheit und Verletzlichkeit durchscheinen." Sie drehte die Flamme unter der Pfanne mit dem Hackfleisch etwas herunter und gab die Makkaroni in einen Topf mit kochendem Wasser. „Als ich ihr von der Kassette erzählt habe, hatte ich auf einmal das Gefühl, dass jetzt alle Masken fallen."

„Das kann ich mir vorstellen." Peter nahm einen Schluck von seinem Wein und stellt das Glas vor sich ab. „Kann ich dir eigentlich irgendwie helfen?"

„Du kannst den Käse reiben. Ich habe vergessen, fertig geriebenen zu kaufen."

Er holte den Käse und die Reibe und machte sich ans Werk. „Hat Kathy noch einen Blick in die Tasche geworfen oder hast du ihr noch mehr über den Inhalt erzählt?"

„Weder noch. Ich dachte, es wäre besser, wenn sie sich alles in Ruhe zu Hause anschaut. Dabei braucht sie mich nicht."

„Gab es auch eine Möglichkeit, mit ihr über den Glauben zu sprechen?"

Ellen nahm eine andere Pfanne, um das Gemüse zu dünsten. „An einer Stelle habe ich versucht, das Gespräch in diese Richtung zu lenken, aber sie hat mir sofort gesagt, dass sie keine Lust hat, über Gott und den Glauben zu reden. Und das habe ich dann auch nicht getan."

„Das war klug von dir. Ansonsten hätte sie es wahrscheinlich doch nur in den falschen Hals bekommen."

„Genau." Ellen mischte Hackfleisch und Gemüse und goss pürierte Tomaten dazu. Währenddessen fragte sie sich, was Kathy wohl gerade tat. Hatte sie sich die Kassette schon angehört?

„Fertig", sagte Peter, während er die Reibe in die Spülmaschine räumte und den Käse in den Kühlschrank zurücklegte. „Kann ich noch etwas für dich tun?"

Ellen holte ein paar Gewürzdosen aus dem Schrank. „Ja. Du kannst beten. Denn ich habe da so eine Ahnung, dass Kathy gerade alle Hilfe nötig hat, die sie bekommen kann."

Kapitel 45

Kathy starrte auf die Leinentasche, die sie vor sich auf den Küchentisch gelegt hatte. Sie hatte keine Ahnung, wie lange sie nun schon so dasaß und die Tasche anstarrte. Schon ein paar Mal hatte sie zögernd ihre Hand ausgestreckt, um den Inhalt auszupacken, aber immer wieder war sie im letzten Moment davor zurückgeschreckt. Aber wie sollte sie sich jemals darauf vorbereiten? Verglichen damit war das Betreten von Stevens Wohnung eine Kleinigkeit gewesen. Damals hatte sie keine Ahnung gehabt, ob sie auf irgendetwas Wichtiges stoßen würde, aber hier sah die Sache anders aus. Jetzt wusste sie mit Sicherheit, dass das kein Zuckerschlecken werden würde.

Sie hatte nicht die leiseste Ahnung, was ihre Mutter auf das Band gesprochen haben könnte. Und auch nicht, wann. Stammte die Kassette noch aus der Zeit vor dem Zerwürfnis? Oder hatte ihre Mutter ein Band nach Amerika geschickt, ohne ihr etwas davon zu sagen? Es gab nur eine Möglichkeit, das herauszufinden. Sie musste sich die Kassette anhören. Aber um das tun zu können, musste sie die Tasche öffnen. Und sich auch mit dem übrigen Inhalt auseinandersetzen, wozu sicher auch die drei verschwundenen Fotos aus der Wohnung gehörten.

Irgendwo im Hintergrund registrierte sie das Läuten eines Telefons. Es klingelte mindestens schon zum zehnten Mal, aber es kam ihr so vor, als sei sie auf ihrem Stuhl festgewachsen. Als könne sie nicht aufstehen. Aber das machte nichts. Schließlich wollte sie jetzt sowieso mit niemandem reden.

Sie wartete, bis das Klingeln aufgehört hatte, und brachte erneut ihre Hand in die Nähe der Tasche. Kurz überlegte sie, ob sie einfach die Augen schließen und die Kassette auf diese Weise aus der Tasche fischen sollte, aber was gewann sie schon damit? Sie würde die Sache einfach nur hinauszögern. Es ging um jetzt oder nie. Und *nie* war keine Option. Nicht mehr. Sie würde bis drei zählen und dann die Tasche öffnen.

Eins. Zwei. Zweieinhalb.

Drei.

Mit zitternden Fingern zog sie die Tasche zu sich heran, nahm sie auf den Schoß und holte tief Luft für den nächsten Schritt.

Ohne hinzuschauen steckte sie ihre Hand hinein. Ihre Finger ertasteten etwas Rechteckiges mit Glas daran. Genau was sie gedacht hatte. Ein Bilderrahmen.

Vorsichtig zog sie ihn heraus, aber so, dass sie nur die Rückseite zu sehen bekam. Ein paar Sekunden später legte sie ihn auf den Tisch. Mit der Bildseite nach unten.

Erneut steckte sie ihre Hand in die Tasche und fand die anderen beiden Fotos. Sie war froh, dass sie auch gerahmt waren; denn so konnte sie am Glas erfühlen, wo die Vorderseite war. Sie seufzte erleichtert, als alle drei auf dem Tisch lagen. Die erste Hürde war genommen.

Jetzt noch der Rest.

Ganz vorsichtig, so als würde sie ihre Hand in ein Wespennest stecken, brachte Kathy die Gegenstände einen nach dem anderen zum Vorschein und legte sie auf den Tisch. Sie zwang sich dazu, zunächst einmal nicht darauf zu reagieren, sondern erst einmal die Tasche komplett auszuräumen.

Mit einem Seufzer der Erleichterung faltete sie sie sorgfältig zusammen, wodurch sie ein paar Sekunden Zeit gewann, und legte sie auf den Stuhl neben sich. Nun war es so weit, den Inhalt in Augenschein zu nehmen.

Langsam glitten ihre Augen über die Gegenstände. Drei gerahmte Bilder, ein großer, dicker Briefumschlag, eine Kassette, eine kleine, rechteckige Schachtel, die sie sofort als Verpackung der Luxustaschentücher wiedererkannte, die Steven früher gern gekauft hatte, und die Schachtel eines Juweliers.

Jetzt wusste sie also, was in der Tasche gewesen war, aber gleichzeitig wusste sie es auch nicht.

Ihr Blick glitt zurück zu der Kassette und sie nahm sie in die Hand. Auf der Hülle stand nur *Für Steven*. Mehr Informationen lieferte sie nicht.

Wenn Ellen ihr nicht gesagt hätte, dass ihre Mutter das Band besprochen hatte, dann hätte sie es vielleicht gar nicht abgespielt.

Doch jetzt, wo sie es in Händen hielt, wirkte es beinahe wie ein Magnet. Die Kassette bot die Möglichkeit, die Stimme ihrer Mutter zu hören. Wie heftig das auch sein würde.

Sie stand auf, ging mit der Kassette zum großen Wohnzimmerschrank und holte den Kassettenrekorder heraus, den sie vor wenigstens fünfzehn Jahren gekauft hatte, weil sie einen Italienischkurs belegt hatte. Seither hatte sie ihn nicht wieder gebraucht, aber jetzt war sie froh, dass sie ihn nicht weggeworfen hatte.

Die Schnur war gerade lang genug, dass sie den Apparat auf den Wohnzimmertisch stellen konnte. Sie setzte sich aufs Sofa und wollte das Band einlegen, als ihr Telefon wieder klingelte. Wer auch immer da anrief, er hatte jedenfalls Durchhaltevermögen. Vielleicht war es jetzt aber auch jemand anders.

Kathy stand auf, zog den Telefonstecker aus der Dose und holte danach ihr Handy aus ihrer Handtasche, um es ebenfalls auszuschalten. Das war kein Moment, in dem sie gestört werden wollte.

Während sie zum Sofa zurückging und vor dem Haus einen Mann laufen sah, der gerade seinen Hund Gassi führte, fühlte sie sich mit einem Mal etwas unfrei. Sie schloss die Hintertür zu und ging mit dem Kassettenrekorder nach oben.

Im Schlafzimmer schloss sie das Fenster, stellte den Kassettenrekorder auf den Nachttisch und setzte sich auf das Bett, mit dem Rücken an das hölzerne Kopfende gelehnt.

Mit ihrer Rechten tastete sie nach dem Knopf, auf dem *Play* stand, und schloss die Augen. „Los geht's, Mama."

Ein leichtes Rauschen. Stille. Eine leise Stimme.

„Ich glaube, es funktioniert jetzt."

Stille.

„Lieber Stephan. In Gedanken sehe ich dich vor mir, wie du jetzt den Kopf schüttelst. Du hast dich immer dagegen gewehrt, Stephan genannt zu werden. Aber trotzdem nenne ich dich so. Denn vor mir brauchst du dich für deine Vergangenheit nicht zu schämen."

Stille.

Husten.

„Heute ist der 11. Mai. Ich weiß nicht, wie lange dieses Band braucht, bis es bei dir ist. Ich hoffe, dass du es noch rechtzeitig bekommst, denn ich spüre, dass ich nicht mehr lange zu leben habe."

Stille.

„Eigentlich wollte ich dir einen Brief schreiben. Aber dazu habe ich keine Kraft mehr. Ihn irgendjemandem zu diktieren, ist auch keine Lösung; was ich sagen will, geht nur dich und mich etwas an. Ich habe die Nachbarin Ria gebeten, mir einen Kassettenrekorder und ein Band zu besorgen. Das hat sie gemacht. Und jetzt ist sie unten. Sie kommt erst wieder, wenn ich sie rufe."

Husten.

„Kathy weiß hiervon nichts. Das ist auch gut so. Sie würde es sowieso nicht verstehen. Sie ist immer noch sehr böse und will nicht, dass man in ihrer Gegenwart deinen Namen nennt. Und ich kann ihr nicht alles erzählen, ohne dass ich dein Vertrauen breche. Aber sie ist sehr lieb zu mir. Weil sie so für mich sorgt, war es möglich, dass ich wieder nach Hause konnte und nun in vertrauter Umgebung meine Augen für immer schließen kann."

Im Hintergrund das Läuten der friesischen Uhr im Flur. Eins. Zwei. Drei. Vier. Fünf. Sechs. Sieben. Acht. Neun. Zehn.

„Kathy hat gerade Fahrstunde. Sie kommt erst um halb elf zurück. Aber so lange brauche ich gar nicht, um dir zu sagen, was ich dir sagen möchte. Eigentlich kann ich alles in einem Satz zusammenfassen: Ich habe dir vergeben."

Stille.

„Ich weiß, was du jetzt denkst. Wenigstens glaube ich, dass ich das weiß. Trotzdem hoffe ich, dass du mir glaubst. Denn ich habe dir nicht nur vergeben, ich liebe dich auch noch immer. Trotz allem, was passiert ist. Ich habe dich von dem Tag an geliebt, als wir uns das erste Mal begegnet sind. Und das wird auch so bleiben bis zu dem Augenblick, in dem Gott mich zu sich nach Hause holt."

Stille.

„Ich weiß, dass du mit dir selbst viel härter ins Gericht gehst, als das irgendein anderer jemals tun könnte, deswegen bist du auch weggegangen. Aber du bist nicht so wie dein Vater. Versprich mir, dich nicht mehr mit ihm zu vergleichen."

Stille.

„Vor neunundzwanzig Jahren habe ich gewusst, was ich tat, als ich dir vor Gott und den Menschen mein Jawort gegeben habe. Und ich gebe zu, dass es manchmal fast zu schwer war, es zu halten, aber trotzdem sage ich mit Bestimmtheit, dass es mir nie leidgetan hat. Keinen Tag. Keine Stunde. Keine Minute. Keine Sekunde. Selbst dann nicht, als du gegangen bist."

Ein Seufzen.

„Ich vermisse dich. Ich vermisse dich furchtbar. Aber ich hoffe, dass der Tag kommt, an dem wir uns wiedersehen werden. Hier oder bei Gott. Ich weiß nicht, wie es zwischen ihm und dir steht. Vielleicht bist du auch immer noch vor ihm auf der Flucht. Genauso wie vor uns. Und vor dir selbst. Aber Stephan, er will dir auch vergeben. Und dir helfen, dich selbst nicht länger zu verurteilen."

Stille.

„Und ich flehe ihn an, dass irgendwann auch der Tag kommen möge, an dem Kathy dir vergibt."

Stille.

„Vielleicht musst du ihr erzählen, warum du getan hast, was du getan hast, und was davor geschehen ist. Erzähl ihr von früher, zeig ihr deine Schwachheit. Das wird ihr helfen zu begreifen. Und zu vergeben."

Lange Stille.

„Ich muss aufhören. Aber ich muss dir noch *eine* Sache sagen. Ich werde Kathy bitten, dafür zu sorgen, dass du neben mir begraben wirst, wie es sich gehört – obwohl …"

Husten.

„… obwohl du dann vielleicht den Rest deines Lebens in Amerika geblieben bist und dir dort eine neue Existenz aufgebaut hast. Aber wenn das nicht so ist, dann wünsche ich mir, dass wir in demselben Grab ruhen dürfen, bis der Schall der letzten Posaune ertönt."

Stille.

„Kathy wird über meine Bitte nicht erfreut sein. Und das ist noch harmlos ausgedrückt. Trotzdem wird sie es mir schließlich versprechen. Weil sie mich liebt. Und dich auch, obwohl sie das in letzter Zeit selbst nicht mehr glaubt. Doch ich bin fest davon überzeugt, dass ihre Liebe nicht erstorben ist. Sie ist nur irgendwo tief, tief weggesperrt. Und es liegt an dir, sie wieder auszugraben."

Stille.

„Auf Wiedersehen, Liebling. Vielen Dank, dass ich deine Frau sein durfte."

Stille.

Klick.

Kapitel 46

Martijn drückte zum dritten Mal auf die Wahlwiederholung an seinem Telefon, aber wieder nahm keiner ab. Kathy war nicht zu Hause. Oder ging einfach nicht ans Telefon. Einen Augenblick lang überlegte er, sie auf dem Handy anzurufen, aber dann sah er doch davon ab. Wenn sie weg war, wollte er sie nicht stören, und wenn sie zu Hause war und nicht abnahm, dann würde sie auch nicht an ihr Handy gehen.

Er legte den Zettel mit ihren Adressdaten, die er vom Beerdigungsunternehmer erfragt hatte, auf seinen Schreibtisch. Das Telefonat musste eben warten.

Gedankenverloren ging er in die Küche zurück, wo das schmutzige Geschirr vom Abendessen noch auf ihn wartete. Marit hatte gekocht, also war er heute mit dem Abwaschen dran. Während er den groben Schmutz abspülte, hörte er, wie sie oben geschäftig hin und her lief. Sobald er in der Küche kein heißes Wasser mehr brauchte, wollte sie unter die Dusche. Es würde ihn nicht überraschen, wenn sie sich danach wenigstens viermal umzog, bis sie mit ihrem Outfit für ihre Verabredung zufrieden war. Es war ihm nicht verborgen geblieben, dass sie Lex, den neuen Gitarristen, außergewöhnlich attraktiv fand. Und anscheinend stieß das auf die entsprechende Gegenreaktion, denn um neun Uhr wollten beide in der Stadt miteinander etwas trinken gehen. Er war neugierig, wie sich die Sache weiterentwickeln würde. Marit verliebte sich nicht so schnell, aber wenn, dann richtig.

Beinahe automatisch wanderten seine Gedanken zu Jeroen, der anscheinend vom selben Virus infiziert war. Martijn hatte sich regelrecht das Hirn zermartert, ob sein Bruder Kathy tatsächlich vor der Zahnarztpraxis abgefangen hatte. Und wenn ja, wie die Begegnung verlaufen war.

Aber noch mehr fragte er sich, wie es Kathy wohl ging. Es war ihm immer noch nicht gelungen, das Gespräch vom Donnerstag zu vergessen. Und immer noch ging sie ihm nicht aus dem Kopf.

Schließlich hatte er sich dazu entschieden, sie anzurufen. Einfach nur, um zu fragen, wie es ihr ging. So seltsam war das nicht nach so einem Gespräch wie am Donnerstag. Aber wenn er ehrlich zu sich selbst war, wusste er, dass es noch einen anderen Grund für den Anruf bei ihr gab. Er musste einfach ein Gespräch führen, das ihm wieder klarmachte, dass sie die Tochter von Steven war und er der Krankenhausseelsorger, der sich schlichtweg um die Angehörige eines Patienten kümmerte, der seiner Fürsorge anvertraut worden war. Nicht weniger. Aber auch nicht mehr.

Diese Bestätigung brauchte er, um sie wieder durch seine „Krankenhauspfarrerbrille" zu sehen. Er wollte sie nicht als die Frau betrachten, an die Jeroen sein Herz verloren hatte, von einem Moment auf den anderen.

Allzu gern hätte er gewusst, ob sie schon bei Ellen gewesen war. Vielleicht konnte er Ellen ja einfach anrufen. Aber nicht am frühen Samstagabend um sechs Uhr. Das konnte er ihrer Familie nicht zumuten.

Als der letzte Topf gespült war, spritzte er etwas Geschirrspülmittel in die Spüle und ließ sie mit heißem Wasser volllaufen. Danach ging er in den Flur. „Du kannst jetzt duschen gehen!", rief er vom unteren Bereich der Treppe hinauf.

„Juchhu."

Innerhalb einer Viertelstunde war der Abwasch erledigt und sogar der Gasofen geschrubbt. Marit war eine gute Köchin, im Gegensatz zu ihm. Wenn er kochte, dann klagte sie hinterher immer, dass die ganze Küche ein einziger Saustall sei und er das halbe Essen auf dem Gasherd verteilt habe, womit sie leider fast immer recht hatte.

Er hängte das Geschirrtuch an den Haken und sah sich um. Was könnte er jetzt tun? Die Predigt für morgen war fertig. Die Gardine in seinem Schlafzimmer hatte er heute sicher an der Zimmerdecke befestigt und der Garten sah auch ordentlich aus. Er könnte höchstens den Rasen mähen, denn das Gras war gerade eine Kleinigkeit zu hoch, um noch gepflegt auszusehen.

Martijn ging nach draußen und holte den Rasenmäher aus dem Schuppen. Mit langen, regelmäßigen Schritten schob er ihn über den Rasen. Vielleicht konnte er gleich noch ein bisschen joggen gehen. Heute Morgen hatte er nur eine kurze Strecke zurückgelegt.

Plötzlich hörte er durch das Brummen des Rasenmähers hindurch die Stimme von Marit. Er stellte den Motor aus, drehte sich um und sah seine Tochter nur mit einem Badetuch bekleidet in der Türöffnung zur Küche stehen.

„Telefon, Papa."

Er ließ den Mäher stehen und ging auf sie zu. „Wer ist es denn?", rief er, aber Marit war schon verschwunden.

Er wurde ein wenig nervös. War das vielleicht Kathy? Zögernd nahm er das Telefon, das auf dem Küchentisch lag. „Martijn Mingels."

„Tag, Brüderchen."

Einen kurzen Augenblick lang war er enttäuscht. „Hallo."

„Hast du schon Pläne für heute Abend?"

„Nicht wirklich. Ich mähe gerade den Rasen und danach gehe ich eine Runde joggen. Warum?"

„Na ja, ich langweile mich ein bisschen und wollte fragen, ob du Lust hättest, mit mir zusammen die Stadt ein wenig unsicher zu machen."

Martijn wusste nicht recht, was hinter dem lockeren Tonfall steckte. Hatte sich Jeroen gestern einen Korb geholt oder war er einfach nur besonders heiter? „Und was verstehst du unter ‚unsicher machen'?"

„Einfach nur irgendwo in der Innenstadt einen Biergarten aufsuchen, etwas trinken und ein bisschen quatschen und so. Also, was meinst du?"

Wenn er ehrlich war, dann hatte er keine Lust, in die Stadt zu gehen. Denn nach dem Biergarten würde Jeroen sicher auch noch eine Kneipe ansteuern wollen. Und meistens war Martijn bei solchen Gelegenheiten dazu gezwungen, sich Musik anzuhören, die er zu Hause niemals auflegen würde. „Wir können doch auch hier etwas trinken. Oder meinetwegen auch bei dir."

Jeroen schien einen Augenblick darüber nachzudenken. „Gut, auch in Ordnung", stimmte er zu. „Dann komm du bei mir vorbei."

„Gut. Ich bin dann so gegen neun bei dir."

Kurz nach neun Uhr lehnte Martijn sein Fahrrad an die Seitenwand von Jeroens Haus und schloss es ab. Er fühlte sich etwas besser, nachdem er gejoggt und ausgiebig geduscht hatte.

Jeroen hatte es sich auf einem modernen schwarzen Sofa gemütlich gemacht und sah sich einen Film an, schaltete aber den Fernseher sofort aus, als Martijn durch die offen stehende Schiebetür hereinkam und ihn begrüßte.

Jeroen nahm seinen leeren Kaffeebecher von der Glasplatte des Wohnzimmertisches und stand auf. „Möchtest du etwas trinken? Ein Bierchen? Oder lieber einen Wein?"

„Lieber nur einen Kaffee. Den hatte ich heute Abend noch nicht."

„Kaffee? Ich dachte, du trinkst nur noch Tee?"

„Stimmt. Aber es gibt auch Ausnahmen."

„Also gut, einen Kaffee. Wo sollen wir uns hinsetzen? Hier drinnen?"

Martijn warf einen Blick nach draußen, wo die Sonne den Tag mit ihren letzten Strahlen verabschiedete. Der Abend heute war etwas angenehmer als gestern. „Ich würde mich lieber raussetzen. Lass uns auf die Terrasse gehen."

Während Jeroen noch in der Küche beschäftigt war, ging Martijn schon nach draußen und setzte sich auf einen der grauen Gartenstühle. Er streckte die Beine aus und sah sich um. Der große Garten war so angelegt, dass er immer in Blüte stand, und wie im Vorgarten bildeten auch hier die großen Hortensien einen echten Blickfang. Direkt neben der Terrasse war ein Teich angelegt, in dem ein paar prächtige Fische schwammen. Jeroen hatte es mit diesem Garten und auch seinem Haus unglaublich gut getroffen. Beides war zwar etwas groß für nur eine Person, aber wer weiß, vielleicht würde sich das ja eines Tages noch ändern.

„Kaffee", sagte Jeroen, als er zwei Becher auf den Tisch stellte. „Ich trinke dann auch einen mit. Hast du Lust auf etwas zu beißen?"

„Hängt davon ab, was es ist."

„Du kannst es dir aussuchen: entweder ein paar weiche Spekulatius oder Honigwaffeln."

Martijn grinste. „Wenn bei dir Spekulatius weich werden können, dann stimmt etwas nicht. Ich nehme lieber die Honigwaffel."

Jeroen verschwand wieder in der Küche und kam mit einer Keksdose und einer Packung Honigwaffeln zurück. „Mach dir mal keine Sorgen, mit mir stimmt alles. Nur ab und zu bin ich ein bisschen zerstreut, deshalb habe ich die Keksdose gestern nicht richtig zugemacht. Aber egal", fügte er mit einem Grinsen hinzu, „man kann auch weiche Spekulatius noch wunderbar in den Kaffee tunken."

„Nein, danke." Martijn nahm eine Sirupwaffel aus der Verpackung und biss hinein. „Lecker", sagte er mit vollem Mund.

„Vom Markt. Das ist der Vorteil, wenn man sein eigener Chef ist. Ich kann einkaufen gehen, wann ich will."

„In der Tat."

„Und auch zum Zahnarzt gehen, wann immer ich Lust dazu habe."

Martijn hatte gerade wieder in seine Waffel beißen wollen, hielt jedoch mitten in der Bewegung inne. Er hatte gehofft und auch ein bisschen erwartet, dass Jeroen von sich aus über Kathy reden würde, aber noch nicht sofort. Er ließ seine Hand wieder sinken. „Erzähl mir mehr von ihr."

Jeroen strich sich mit der Hand durch die Haare und sah Martijn an. „Du müsstest auch wieder einmal zum Friseur."

„Ja, ich weiß. Aber du schweifst ab."

„Das ist schon in Ordnung, denn das macht dich so schön neugierig."

Als ob ich das nicht schon wäre. Er hielt lieber seinen Mund. Einfach nichts zu sagen, funktionierte noch am besten.

„Ich bin gestern beim Zahnarzt gewesen. Kathy übrigens auch."

Sie waren sich also begegnet.

Jeroen tauchte einen Spekulatius in seinen Kaffee und aß ihn mit wenigen Bissen auf. „Hast du am Donnerstag noch mit ihr geredet?"

Wenn Jeroen das nicht wusste, dann hatte Kathy ihm anscheinend nichts über das Gespräch mit ihm erzählt. „Ja."

„Hat sie da auch schon so schlecht ausgesehen?"

Hatte sie das? Er konnte sich nicht erinnern. „Mir ist nichts aufgefallen."

„Na ja. Vielleicht hatte sie einfach nur schlecht geschlafen."

Dann war sie nicht die Einzige.

„Ist ja auch egal ..." Jeroen schwieg für einen Augenblick und nahm noch einen Schluck Kaffee.

Gerade als Martijn den Gesprächsfaden wieder aufnehmen wollte, fuhr er fort. „Übrigens ... morgen sehe ich sie wieder. Wir haben uns um drei Uhr auf der Heide verabredet."

Es kostete Martijn nur wenig Mühe sich vorzustellen, wie Jeroen und Kathy dort nebeneinanderher wanderten. Doch wenigstens gefiel ihm der Gedanke.

„Und was meinst du dazu?"

Was sollte er schon sagen? „Herzlichen Glückwunsch." Er hörte selbst, dass seine Stimme etwas seltsam klang. Das lag daran, dass er sich so seine Gedanken machte.

Er nahm noch einen Schluck Kaffee und versuchte, die Freude seines Bruders aufrichtig zu teilen. Allein, es wollte ihm nicht wirklich gelingen. Denn plötzlich, wie ein Blitz aus heiterem Himmel, wurde ihm etwas klar und ihm war es, als würde ihm auf einmal der Boden unter den Füßen weggezogen.

Vorsichtig stellte er seinen Kaffeebecher ab und schluckte mühsam. Einmal. Zweimal. Dreimal. Aber das würgende Gefühl in seiner Kehle verschwand nicht. Im Gegenteil, es raubte ihm beinahe den Atem, als er der Wahrheit ins Auge sah.

Er war eifersüchtig.

Diese Erkenntnis schockierte ihn so sehr, dass er beinahe in Panik geriet. Er nuschelte etwas davon, dass er auf die Toilette müsse.

In dem kühlen, gefliesten Raum hielt er seine Hände unter das kalte Wasser des Hahnes und versuchte dabei, seine Gedanken zu ordnen. Warum reagierte er so unerwartet? Kam es daher, dass sich sowohl Marit als auch Jeroen, zwei Menschen, die ihm nahestanden, verabredet hatten? Dass er die prominente Stellung, die er in ihrem Leben spielte, einbüßte? Oder war er eifersüchtig, weil das einfach zur Einsamkeit dazugehörte?

Ein paar Minuten später betätigte er die Spülung und ging notgedrungen wieder zurück.

„Wie weit bist du denn mit deinem Entwurf für die Neubauwohnungen in Utrecht, an dem du letztens gearbeitet hast?", fragte er so leichthin wie möglich, während er die Terrasse betrat. Alles war besser als ein Gespräch über Kathy.

Jeroen sah ihn irritiert an, ging jedoch auf seine Frage ein und erzählte ausführlich von dem geplanten Objekt. Martijn hörte nur mit halbem Ohr zu und murmelte schließlich, als sich der Monolog seines Bruders dem Ende neigte: „Kann ich denn einmal einen von deinen Entwürfen sehen?"

„Natürlich. Ich hole eben schnell meine Mappe." Jeroen sprang auf und lief ins Haus.

Martijn lehnte den Kopf gegen die Stuhllehne und versuchte, das innere Bild von Jeroen und Kathy, wie sie zusammen waren, wieder loszuwerden. Im Hintergrund hörte er ein Telefon klingeln und nur wenige Augenblicke später wurden ein paar Fetzen des Gesprächs nach draußen geweht. „Schade … Ich kann das verstehen … Sollen wir dann …?"

Die zweite Hälfte des letzten Satzes ging unter, weil Jeroen immer noch telefonierend aus dem Wohnzimmer in den Flur gegangen war und die Zwischentür hinter sich zugezogen hatte. Ein paar Minuten später kam er wieder – mit seiner Mappe unter dem Arm und einem enttäuschten Ausdruck im Gesicht. „Es klappt nicht."

Martijn beugte sich wieder über den Tisch, auf den Jeroen die Mappe gelegt hatte. „Was klappt nicht?"

„Die Verabredung mit Kathy."

Mit einem Ruck hob Martijn den Kopf und sah Jeroen an. „Warum denn nicht?"

„Das weiß ich auch nicht so genau. Sie hat nur gesagt, dass etwas dazwischengekommen ist und dass sie jetzt für so etwas den Kopf nicht frei hat."

„Und jetzt?"

Jeroen zuckte mit den Schultern und setzte sich. „Ich habe versucht, ein neues Treffen mit ihr auszumachen, aber sie hat nur gesagt, dass sie sich selbst noch einmal melden will." Er rieb sich sein Kinn. „Vielleicht mache ich mir unnötig Sorgen, aber sie hörte sich so seltsam an. So, als hätte sie geweint oder so etwas. Du bist doch der Krankenhausseelsorger. Kannst du dich nicht um sie kümmern? Oder sie anrufen?"

„Ich?" Martijns Gedanken stolperten geradezu übereinander.

„Das scheint mir keine gute Idee zu sein. Sie ist schließlich keine Patientin von mir. Noch nicht einmal gewesen.“

„Aber ihr Vater. Und am Donnerstag hast du ja schließlich auch mit ihr gesprochen“, entgegnete Jeroen.

„Ja, aber das war etwas anderes. Ich kann doch nicht einfach bei ihr anrufen und sie fragen, wie es ihr geht.“ Martijn kam sich wie ein Heuchler vor. Erst heute Nachmittag hatte er ihre Nummer gewählt, um ihr exakt diese Frage zu stellen.

„Übrigens“, fuhr er fort, „was soll ich ihr überhaupt sagen? Mein Bruder macht sich Sorgen um dich?“ Plötzlich hatte er eine bessere Idee. „Aber ich kenne jemanden, der sehr gern einmal bei ihr vorbeischauen würde. Oder sie auf jeden Fall anrufen würde.“

„Wen denn?“

„Eine Frau, die mich und Kathy kennt. Im Augenblick ist es schon zu spät, um sie noch anzurufen, aber morgen früh nach dem Gottesdienst nehme ich sofort Kontakt zu ihr auf.“

Jeroen schien einen Moment darüber nachzudenken. „Gut. Halte mich dann auf dem Laufenden.“

Martijn merkte, dass er sich ein wenig entspannte; Ellen würde sich um Kathy kümmern und sie aufsuchen. Und wenn er sie einschaltete, gewann er gleichzeitig genügend Zeit, um herauszufinden, woher seine Eifersucht kam. Möglicherweise hatte sie einen sehr viel tieferen Ursprung und es ging gar nicht um die Tatsache, *dass* Jeroen eine Verabredung hatte.

Sondern vor allem darum, *mit wem*.

Kapitel 47

Sonntag, 29. Mai

Mit schnellen Schritten eilte Kathy über den Friedhof, immer auf der Suche nach dem Ausgang, der plötzlich nicht mehr da war, wo er eigentlich sein sollte. Sie sah hinter sich, wo ihr Vater stand, der winkte und rief: „Hierher! Hierher!"

Sie tat so, als hörte sie ihn gar nicht, und rannte so schnell sie konnte über die breiten Hauptwege. Links, rechts, links. Zu ihrer großen Erleichterung erblickte sie endlich das schwarze, schmiedeeiserne Tor, das vor ihr in den Himmel ragte. Jetzt konnte sie weg. Sie legte die letzten paar Meter beinahe im Laufschritt zurück, doch gerade, als sie das Tor erreicht hatte und ihre Hand schon auf der Klinke lag, tauchte ihr Vater hinter ihr auf. Mit einem ganzen Stapel Briefe in der Hand. „Ich bin so froh, dass du gekommen bist", sagte er. „Und Mama auch. Schau doch nur!"

Kathy wandte ihren Kopf nach rechts, wo ihre Mutter auf einer Posaune blies.

„Mama!" Voller Sehnsucht rannte Kathy auf sie zu, doch gerade, als sie sie erreicht hatte, verschwand sie plötzlich. Weinend ließ sich Kathy auf die Knie sinken. „Mama. Geh nicht weg! Bin ich denn nicht immer lieb zu dir gewesen? Mama!"

„Weine nicht, Kathylein." Ihr Vater stand schon wieder hinter ihr. „Sie kommt doch zurück."

Kathy richtete sich mühsam auf. „Wann denn?"

Ihr Vater zuckte mit den Schultern. „Das weiß ich nicht. Wenn die Posaune wieder erschallt."

„So lange kann ich nicht warten. Ich muss mit ihr reden." Verstört sah sie sich um. Ihre Mutter konnte doch nicht einfach so verschwunden sein! Wieder rannte sie los und ignorierte dabei den Schmerz an ihren Knien, die sie sich auf dem rauen Pflaster aufgescheuert hatte. „Mama! Sei mir nicht böse! Ich habe nicht gewusst, dass dir das so wichtig war. Mama!"

Laut rufend und weinend rannte sie alle Wege entlang, aber ihre Mutter war nirgends zu finden. Als sie das Gefühl hatte, keinen Schritt mehr tun zu können, blieb sie stehen und presste sich keuchend die Hand auf den Bauch, um gegen das in ihr aufsteigende Unwohlsein anzugehen.

„Kathy!", ertönte es hinter ihr. Sofort erkannte sie Martijns Stimme. „Geh weg!", rief sie, ohne sich umzudrehen. „Ich möchte nicht mit dir sprechen!"

„Willst du das nicht? Oder kannst du das nicht?"

„Ich will es nicht! Verstehst du mich? Ich will es nicht! Nein! Nein! Nein!"

Das Echo ihres Schreiens hing in der Luft, bis plötzlich von irgendwoher ein Lied einsetzte. *„Amazing grace, how sweet the sound."* Mit einem Ruck drehte Kathy ihren Kopf in die Richtung, aus der sie das Lied hörte. Auf einem der Wege kam ihr ein Männerchor entgegengelaufen. Jeder Sänger trug eine lange Toga. Ganz vorn, in eine weiße Jacke gekleidet, ging ihr Vater und seine Stimme übertönte alle anderen: *„I once was lost, but now I'm found."*

Kathy versuchte wegzulaufen, aber es war so, als seien ihre Füße am Boden festgenagelt. Ihr Vater kam immer näher, sah sie jedoch nicht an, sondern ging ohne zu zögern an ihr vorbei. Der Chor folgte ihm und der Gesang wurde leiser, bis er schließlich verstummte.

Als der Friedhof wieder in Stille gehüllt war, sah Kathy sich vorsichtig um. Es war niemand mehr zu sehen oder zu hören. Mit zitternden Knien ging sie zum Ausgang, der seltsamerweise die ganze Zeit da gewesen war, wo er schon immer war. Kurz vor dem Tor drehte sie sich noch einmal um, aber der Friedhof war immer noch menschenleer.

Sie holte tief Luft und legte ihre Hand auf die Klinke.

„Warte!"

Kathy verkrampfte sich. War es immer noch nicht vorbei? Von links kamen Ellen und Wilma angelaufen. „Sie haben noch etwas vergessen", sagte Ellen, während sie ihr den Stapel Briefe in die Hand drückte, die Kathy eben noch in den Händen ihres Vaters gesehen hatte. „Und das hier auch", sagte Wilma und legte eine Bibel oben auf den Stapel.

Ohne ihre Reaktion abzuwarten, machten die beiden wieder kehrt und gingen weg.

Bestürzt starrte Kathy auf die Dinge in ihren Händen. Was sollte sie damit anfangen? Lesen wollte sie nichts davon. Weder die Briefe noch die Bibel. Wie in Trance breitete sie ihre Arme aus und alles glitt ihr aus den Händen. Mit trägen Schritten ging sie zum Tor, machte es auf und ging hindurch. Als sie endlich den Friedhof verlassen hatte, kam es ihr so vor, als würden ihre Füße von ganz allein schneller. Und immer schneller. Und während sie langsam aber sicher zu rennen anfing, hörte sie, wie hinter ihr die Glocke zu schlagen begann. *Bamm-Bamm. Bamm-Bamm.*

Bamm-Bamm. Bamm-Bamm. Kathy schoss in ihrem Bett hoch. Ausdruckslos starrte sie vor sich hin. Ihr Herz schlug unregelmäßig und ihre Atmung ging stoßweise. Erst allmählich wurde ihr klar, dass sie geträumt hatte und das Glockengeläut nicht vom Friedhof kam, sondern von der Kirche in der Nachbarschaft.

Mit einem tiefen Seufzer ließ sie sich wieder nach hinten in ihr weiches Kissen sinken. Die ganze Nacht hatte sie nicht schlafen können und war schließlich gegen Morgen völlig erschöpft weggedämmert. In Anbetracht der Tatsache, dass jetzt die Kirchenglocken läuteten, musste sie doch ein paar Stunden geschlafen haben. Doch sie wusste nicht, was schlimmer war: wach zu liegen oder Albträume zu haben.

Mit der Zunge fuhr sie sich über die trockenen Lippen und stieg mühsam aus dem Bett, um ein Glas Wasser zu trinken. Als sie sich über das Waschbecken lehnte und in den Spiegel sah, erkannte sie kaum ihr eigenes Spiegelbild. Zum ersten Mal in ihrem Leben hatte sie gestern Abend nicht die Disziplin aufgebracht, sich abzuschminken und das Haar noch einmal durchzubürsten, bevor sie ins Bett gegangen war.

Die Tränen hatten die Reste von Lidschatten und Mascara zu schwarzen Linien verwischt und sie sah furchtbar aus. Dazu kam, dass sie tiefe Ringe unter den Augen hatte.

Sie trank ein Glas Leitungswasser, bevor sie sich wieder ins

Schlafzimmer zurückschleppte. Ihr Körper brauchte noch mehr Schlaf, aber sie durfte sich nicht wieder hinlegen. Der Albtraum war noch zu frisch.

Erschöpft ließ sie sich auf den Rand ihres Bettes sinken und betrachtete den Kassettenrekorder auf dem Nachtschränkchen. Man brauchte kein Psychologe zu sein, um zu erklären, woher ihr Traum heute Nacht gekommen war. Bis spät in die Nacht hinein hatte sie das Band zehn-, fünfzehn- oder vielleicht sogar zwanzigmal abgespielt. Und nun hatte ihr Unterbewusstes aus den losen Bruchstücken der letzten Tage eine neue Geschichte gemacht.

Neben dem Kassettenrekorder lag der große Umschlag, der auch in der Tasche gewesen war. Sie wusste mittlerweile, was darin war. Aber nicht, was sie damit tun sollte.

Ordentlich nach Versanddatum sortiert hatte sie darin alle Briefe gefunden, die Steven ihr nach dem Tod ihrer Mutter geschickt und die sie ungeöffnet zurückgeschickt hatte. Insgesamt waren es acht. Jeden Monat war ein Brief gekommen. Und jeden Monat hatte sie mit großen Buchstaben *Annahme verweigert – zurück an Absender* daraufgeschrieben. Schließlich waren keine mehr gekommen.

Jetzt bedauerte sie es, dass sie diese Briefe damals nicht einfach weggeworfen hatte; denn dann müsste sie sich jetzt nicht wieder mit ihnen befassen. Natürlich könnte sie sie immer noch ungelesen wegwerfen, aber etwas hielt sie zurück. Ihre Mutter hatte auf der Kassette etwas über Großvater Smit gesagt und auch Steven dazu ermutigt, von früher zu erzählen. Vielleicht waren die Briefe das, was auf diesen Ratschlag gefolgt war. Darüber hinaus gab es da auch noch einen Brief, der zwar an sie adressiert, aber nie abgeschickt worden war. Sie hatte keine Ahnung, ob der etwas mit den anderen acht zu tun hatte oder später geschrieben worden war.

Während sie den großen Umschlag in die Hand nahm, wurde ihr klar, dass Steven wohl begriffen hatte, dass sie die Briefe nur lesen würde, wenn sie sich vorher die Kassette ihrer Mutter angehört hatte.

Sie holte die neun Briefe aus dem Umschlag und starrte sie an, wobei sie regungslos auf dem Bett saß. Nach ein paar Minuten fasste sie einen Entschluss. Sie würde schnell frühstücken und dann den ersten Brief öffnen. Lange würde es nicht dauern, bis sie ihn überflogen und herausgefunden hatte, in welchem Ton er geschrieben war. Dann konnte sie immer noch entscheiden, ob sie die anderen überhaupt öffnen wollte.

Ihr Blick fiel auf die anderen Gegenstände, die sie ebenfalls mit nach oben gebracht hatte. Die Bilderrahmen lagen immer noch mit der Rückseite nach oben da und die beiden Schachteln hatte sie noch gar nicht geöffnet. Alles auf einmal zu betrachten, war ihr zu viel.

Sie legte die Briefe aufs Bett und stand auf. Eigentlich hatte sie überhaupt keine Lust zu frühstücken. Ihr Verstand sagte ihr jedoch, dass sie besser etwas zu sich nehmen sollte. Gestern Abend hatte sie auch schon eine Mahlzeit ausgelassen; das elende Gefühl in der Magengegend war also kein Traum gewesen.

Vor dem Haus hielt ein Auto. Erschrocken warf sie einen Blick durch den Spalt in den Gardinen, um zu sehen, ob sie unangekündigten Besuch bekam. Jeroen würde sie es zutrauen, dass er persönlich vorbeikam, um ihr den Puls zu fühlen, jedenfalls nach dem Telefongespräch gestern Abend. Sie musste sich ganz schön überspannt angehört haben. Zum Glück schien der Besuch zu den Nachbarn zu gehören.

Erleichtert zog sie die Gardine wieder zu. Nicht, dass sie auch nur eine Sekunde darüber nachgedacht hätte, die Tür zu öffnen. Die Wanderung mit Jeroen musste warten.

Plötzlich wurde ihr klar, dass er gar nicht in ihrem Traum vorgekommen war. Ob das ein gutes oder ein schlechtes Zeichen war, das wusste sie nicht. Unentschlossen zuckte sie mit den Schultern und dachte nicht mehr daran. Die Zeit würde es zeigen.

Heute hatte sie etwas anderes, das sie beschäftigte.

Kapitel 48

Vereinigte Staaten – Colorado Springs, 12. Juni 1983

Weil ich nicht weiß, welche Anrede ich über diesen Brief setzen soll, lasse ich sie lieber ganz weg. Ich weiß natürlich gut, was ich gerne drüberschreiben würde, aber ich habe Angst, dass du diesen Brief dann gleich in Fetzen reißt – wenn du das nicht schon getan hast, als du auf dem Umschlag die Absenderadresse gelesen hast.

Ich weiß, dass du mit mir nichts mehr zu tun haben willst. Das verstehe ich sehr gut. Am liebsten hätte ich selbst auch nichts mehr mit mir zu tun, am liebsten wäre mir, wenn es mich gar nicht mehr gäbe. Aber ich muss lernen, mit meinen Schuldgefühlen zu leben, denn ich bin nicht nur ein Verräter, sondern auch ein Feigling. Deshalb fehlt mir der Mut, meinem Leben ein Ende zu setzen, und deshalb gibt es mich noch, obwohl ich in deinen Augen schon längst tot bin, wie du mir voriges Jahr unmissverständlich zu verstehen gegeben hast.

Der Blick in deinen Augen bei der Beerdigung deiner Mutter im letzten Monat hat mir deutlich gemacht, dass du immer noch so über mich denkst. Du wirst dich deshalb zweifellos fragen, warum ich es mir in den Kopf gesetzt habe, dir jetzt zu schreiben. Das kann ich dir ganz einfach sagen: weil du nicht mit mir reden willst und ich dir trotzdem etwas erzählen muss.

Mir liegt nicht daran, etwas von dem, was ich getan habe, schönzureden; das geht auch gar nicht. Aber kurz nach dem Tod deiner Mutter bekam ich von ihr eine Kassette, auf der sie mir mitteilte, dass sie mir vergeben hat. Das ist etwas, was ich kaum glauben kann. Und du wahrscheinlich auch nicht. Doch wir wissen beide, dass deine Mutter nichts gesagt hat, was sie nicht auch so gemeint hat. Ich muss sagen, dass ich es mir nicht erklären kann, warum sie mir vergibt, und ich darf das Angebot auch nicht annehmen. Noch nicht.

Wie dem auch sei, auf dem Band war noch mehr zu hören: Sie bat mich, nein, sie riet mir, dir etwas über meine Vergangenheit zu erzählen.

Ich habe lange darüber nachgedacht, ob ich das tun sollte, aber deine Mutter ist eine weise Frau gewesen und ich denke, dass es eine gute Idee ist. Vielleicht hilft es dir, die Hintergründe zu begreifen. Darum folge ich nun ihrem Rat und schreibe ein paar Dinge aus meinem Leben für dich auf. Ich weiß nicht, was dabei herauskommen wird – für dich, für mich und für dich und mich.

In mehrerlei Hinsicht ist das alles zu viel für *einen* Brief. Aber es ist auf jeden Fall ein Anfang.

Ich bin mir dessen bewusst, dass mir das Schreiben schwerfallen wird. Und dir das Lesen. Dennoch hoffe ich, dass du den Mut dazu aufbringen kannst. Nicht für mich. Sondern für dich. Und für deine Mutter.

Die Geschichte beginnt Ende der Dreißigerjahre. Einer Zeit, in der ich noch in die Grundschule gegangen bin. Ich war vielleicht acht, neun Jahre alt und hatte viel von dem Krieg gehört, der uns bedrohte, aber ich hatte noch keine Ahnung, welche Folgen er für unser Land haben würde. Und erst recht nicht für mein eigenes Leben.

Wir hatten es zu Hause ziemlich gut. Ich glaube sogar, dass wir für die damalige Zeit recht wohlhabend waren. Mein zwei Jahre älterer Bruder, dein Onkel Roel, und ich wurden oft von anderen in der Schule beneidet, weil wir zum Geburtstag und zu Weihnachten teure Geschenke bekamen.

Mein Vater war ein strenger Mann und er interessierte sich so viel für Politik und Diskussionen mit anderen, dass er uns nur wenig Aufmerksamkeit schenkte. Meine Mutter war eine zarte, unauffällige Frau, die, wenn man mich fragt, ein bisschen Angst vor meinem Vater hatte, auch wenn sie das niemals zugegeben hätte. Ich habe mich später oft gefragt, warum diese beiden Menschen überhaupt geheiratet haben. Das werde ich nie mehr herausfinden. Und genauso wirst auch du deine Fragen haben, wenn es um die Ehe von deiner Mutter und mir geht. Es ist gut, dass sie nun beantwortet werden. Aber jetzt greife ich vor.

Wie gesagt, mein Vater war ein strenger Mann. Es war auch kaum möglich, ihn von seinem Standpunkt abzubringen; er konnte furchtbar dickköpfig sein. Leider muss ich sagen, dass auch mir diese Eigenschaft nicht fremd ist. Zwischen uns beiden gab es deshalb regelmäßig Span-

nungen. Roel war klüger, er hielt einfach seinen Mund und hat im Stillen gemacht, was er wollte.

Rechts neben uns wohnten jüdische Nachbarn; Jacob und Thirza Roza – obwohl ich sie natürlich nie mit ihren Vornamen angesprochen habe. Sie hatten zunächst zwei Kinder: Aron, der vier Jahre älter war als ich, und Ruth, die genauso alt war wie ich. Anfang 1940 bekamen sie noch einen Nachzügler: Enosch. Ich weiß noch sehr gut, dass ich das damals für einen komischen Namen gehalten habe, bis mir der Nachbar erklärte, warum sie gerade diesen Namen ausgesucht hatten. In der Bibel steht nämlich, dass Set, ein Sohn von Adam und Eva, einen Sohn bekommen hatte, der Enosch hieß, und dass der zu der Zeit geboren wurde, als man begann, den Namen des Herrn anzurufen. Letzteres fanden die Nachbarn angesichts der spannungsreichen Zeiten, in denen wir uns befanden, angemessen, deshalb nannten sie ihren Sohn auch Enosch.

Ruth war ganz verrückt nach ihrem kleinen Brüderchen. Und ich war ziemlich verrückt nach Ruth. Mein Vater war darüber nicht besonders glücklich; er wollte nichts mit Juden zu tun haben. Und das wurde im Laufe der Zeit immer schlimmer. Schon bald nach Ausbruch des Krieges verbot man uns, miteinander befreundet zu sein. Dieses Verbot wurde nicht nur von meinen Eltern verhängt, sondern … auch von ihren.

Denn – ich schäme mich bis heute dafür – mein Vater hatte sich dem NSB angeschlossen. Er glaubte an ein „ideales" Europa und ließ sich sogar ein Hitlerbärtchen wachsen, um dem „Führer" so ähnlich wie möglich zu sehen. Und gehorsam wie meine Mutter war, hat sie sich keinen Augenblick dagegen gewehrt.

Die Zeiten, in denen Roel und ich von den anderen beneidet wurden, waren damit endgültig vorbei. Wir waren nicht mehr beliebt, sondern wurden wie Aussätzige behandelt oder ganz gemieden. Ich weiß nicht, was schlimmer war.

Ruth und ich versuchten trotzdem, uns hin und wieder zu sehen, aber das war nicht leicht, weil uns zwei Elternpaare genau beobachteten.

1943 war die ganze Familie Roza plötzlich von einem Tag auf den anderen verschwunden. Untergetaucht.

Mein Vater hing die sprichwörtliche weiße Fahne heraus; jetzt sollte aufgeräumt werden. Binnen kürzester Zeit wurde das Haus von Dieben leer geräumt und es zogen neue Bewohner ein.

Ich habe das hier einfach so, beinahe gefühllos in ein paar Zeilen beschrieben, aber du bist intelligent und mitfühlend genug, um dir vorzustellen, was das alles für Auswirkungen gehabt hat. Für sie und für mich, auch wenn ich erst zwölf Jahre alt gewesen war. In diesem Brief werde ich versuchen, mich auf die groben Linien zu beschränken. Ich hoffe, dass auf die Briefe Gespräche folgen werden, in denen ich dir mehr erzählen kann.

Nach dem Krieg wurden meine Eltern verhaftet und für ein paar Jahre in ein Internierungslager gesperrt. Roel und ich kamen zu unterschiedlichen Pflegeeltern. Damit brach meine Welt erneut zusammen. Zuerst der Krieg, dann verlor ich Ruth und meine Freunde und nun wurde ich auch noch von meinem Bruder getrennt. Und natürlich habe ich trotz allem auch meine Mutter sehr vermisst.

Der einzige Lichtblick war, dass ich von nun an nicht mehr mit meinem Vater unter einem Dach wohnen musste. Das hört sich sehr hart an, aber in dieser Zeit habe ich angefangen, ihn für all das zu hassen, was er mir weggenommen hatte.

Oh, mein liebes Mädchen (ja, jetzt habe ich es doch gesagt, aber ich streiche es nicht mehr durch), ich verstehe sehr gut, wie du deinen Vater hassen kannst. Deine Gefühle und Emotionen sind mir nicht fremd. Ich habe meinen Vater auch gehasst, aus der tiefsten Tiefe meines Herzens. Und dabei weißt du noch nicht einmal alles …

Kapitel 49

12. Juli 1983

Wieder kein richtiger Anfang – ich habe noch keine Ahnung, ob mein erster Brief angekommen ist. Ist er zugestellt worden? Hast du ihn gelesen? Was geht jetzt in dir vor? Darf ich darauf hoffen, dass du mir zurückschreibst? Oder ist das eine verfrühte Hoffnung? Oder eine zu große? Diese Gedanken lassen mich keinen Tag in Ruhe.

Ich habe mich in den vergangenen Wochen sehr viel mit der Vergangenheit beschäftigt. Dinge, die ich vergessen hatte oder vielleicht auch nur verdrängt, wurden auf einmal wieder lebendig und ich muss nun versuchen, sie zu verarbeiten. Das kostet mich viel Kraft. Aber das macht nichts, es ist gut so.

Die Geschichte geht im Jahr 1949 weiter, ich war mittlerweile achtzehn Jahre alt. Zu meiner großen Überraschung habe ich in diesem Jahr Ruth wiedergetroffen. Das geschah an einem Samstag mitten in Utrecht, ich war gerade auf der Suche nach einem Zimmer. Ich wollte nicht mehr länger bei meiner Pflegefamilie wohnen, aber natürlich auch nicht zu meinen Eltern zurückkehren, die zu diesem Zeitpunkt wieder in Freiheit waren. Schließlich war ich alt genug, um endlich auf eigenen Füßen stehen zu können, und das wollte ich auch. Ich sehnte mich nach einer neuen Umgebung, in der noch nie jemand etwas von Stephan Smit Junior gehört hatte. Und erst recht nichts von seinem Vater, Stephan Smit Senior, der so ein schlechter Mensch gewesen war.

Ja, du hast richtig gelesen – dort steht Stephan, und das ist kein Schreibfehler. Ich hieß früher Stephan.

Ich fand es furchtbar, genau denselben Namen zu tragen wie der Mann, den ich immer noch hasste. Deshalb habe ich meinen Vornamen geändert. Später habe ich das sogar amtlich eintragen lassen; daher lautet er auch in offiziellen Dokumenten nur noch Steven.

Du fragst dich jetzt vielleicht, warum ich ausgerechnet einen Na-

men gewählt habe, der doch eigentlich gar nicht so anders als der alte ist. Problematisch ist sicher auch, dass meine Initialen immer noch die verhasste Kombination SS ergeben. Das ist etwas, was mich früher sehr geschmerzt hat. Aber obwohl die Namensänderung Ausdruck meines Wunsches war, nicht mehr so zu heißen wie mein Vater, muss ich dennoch zugeben, dass ich sie gleichzeitig auch deshalb vollzogen habe, weil das ein Mittel war, um meinen Vater zu verletzen. Aus diesem Grund habe ich mich für Steven entschieden; es ist eine Verballhornung des Namens, den die Männer meiner Familie schon seit Generationen tragen. Ich hätte meinen Vater nicht härter treffen können.

Und ja, ich muss bekennen, es ist auch kein Zufall, dass du ebenfalls einen englischen Rufnamen hast. Deinen Taufnamen hat deine Mutter ausgesucht, aber dein Rufname war meine Idee. Mit bittersüßem Vergnügen habe ich beides meinen Eltern in der Geburtsanzeige mitgeteilt.

Übrigens wusste deine Mutter damals gar nichts von diesen Beweggründen. Ich habe ihr erst davon erzählt, als du schon zwei warst. Aber zu diesem Zeitpunkt lebten meine Eltern schon nicht mehr. Du hast sie also auch nicht kennengelernt – und das hat mir auch keine Sekunde leidgetan. Doch ich schweife wieder furchtbar ab.

Wo war ich noch einmal stehen geblieben? Ach ja, als ich Ruth dort mitten in der Stadt begegnet bin. Obwohl wir beide mittlerweile junge Erwachsene waren, haben wir uns sofort wiedererkannt. Nachdem sie sich von ihrer Freundin, mit der sie gerade einkaufen ging, verabschiedet hatte, sind wir noch ein bisschen miteinander spazieren gegangen und haben uns lange unterhalten. Es war so ein vertrautes Gefühl, wieder beieinander zu sein; es war beinahe so, als hätten wir uns erst am Tag davor das letzte Mal getroffen. Doch natürlich war dazwischen viel passiert. Wir waren mittlerweile keine Kinder mehr und hatten viel durchgemacht. Vor allem Ruth.

Zu meinem großen Entsetzen erzählte sie mir, dass ihre Eltern, Aron und Enosch an dem Ort, wo sie untergetaucht waren, aufgespürt und verhaftet worden waren. Sie wurden in ein Vernichtungslager geschickt. Sie selbst war dem Tod noch einmal von der Schippe gesprungen, weil sie sehr viel weniger jüdisch aussah als ihre Eltern und Brüder und sich deshalb nicht die ganze Zeit auf dem Bauernhof versteckt gehalten hatte, sondern manchmal als Bauernmagd verkleidet den Leuten in der Gegend beim Melken geholfen hatte. Auf diese Weise hatte sie nicht nur gelegentlich frische Luft schnappen können, sondern sich auch den einen oder anderen Liter Milch verdient. An jenem Nachmittag war das nicht anders gewesen. Sie konnten sie gerade noch rechtzeitig warnen, sodass sie nicht zu dem Ort zurückgekehrt ist, wo sie untergetaucht war.

Mir fehlten die Worte, ich konnte sie nicht in ihrem großen Verlust trösten, konnte nichts sagen zu diesem immensen Leid. Wie sie mir anvertraut hat, hatte sie sich oft gewünscht, sie wäre trotz allem an dem Tag zu ihrer Familie zurückgekehrt und lieber mit ihr zusammen gestorben als allein zurückgeblieben. Und das war etwas, was ich gut verstehen konnte.

Ruth wohnte in Utrecht bei einer Tante, und nachdem ich ganz in ihrer Nähe auch ein Zimmer gefunden hatte, war es beinahe selbstverständlich, dass wir uns so oft wie möglich besuchten. Ich habe als Buchhaltungsgehilfe bei einer Handelsgesellschaft gearbeitet und Ruth war Setzerin in einer Druckerei. Aus unserer Freundschaft wurde innerhalb kurzer Zeit eine Liebesbeziehung, und trotz aller Trauer, allem Schmerz und der Verbitterung, die wir aus unserer Vergangenheit mit uns herumschleppten, waren wir in gewisser Weise sehr glücklich.

1952 waren wir so königlich reich, dass wir uns die Miete für eine Dachkammer leisten konnten. Es war nur eine kleine Wohnung, aber sie hatte einen eigenen Küchenblock, und wenn man aus dem Dachfenster hinaussah, hatte man einen wunderbaren Blick auf die Innenstadt. Im September wollten wir heiraten. Wir waren noch jung, beide gerade einundzwanzig Jahre alt, aber die Erfahrung hatte uns gelehrt, wie unsicher das Leben sein konnte, deshalb wollten wir keine Zeit verschenken. Hinzu kam, dass wir uns ja schon unser ganzes Leben lang kannten.

Obwohl ich zu meinen Eltern nur so wenig Kontakt wie möglich hatte, entschied ich mich, ihnen persönlich von meinen Hochzeitsplänen zu erzählen. Ich musste einfach dabei sein, wenn mein Vater die Nachricht hörte, dass sein Sohn das jüdische Nachbarsmädchen von damals heiraten wollte.

In den Tagen vor dem entscheidenden Besuch habe ich mir die Szene endlose Male vorgestellt: was er sagen würde, wie wütend er sein würde oder wie niedergeschlagen, ja, dass er mich vielleicht sogar anflehen würde, kein jüdisches Blut in unsere Familie zu bringen.

Ich muss an dieser Stelle allerdings etwas hinzufügen: Als ich Ruth einen Heiratsantrag machte, hat der Gedanke, meinem Vater seine NSB-Vergangenheit auf diese Weise heimzuzahlen, überhaupt keine Rolle gespielt. Meine Liebe zu ihr war vollkommen rein und ohne jeden Hintergedanken. Doch trotzdem war das natürlich ein Triumph, den ich gut als Waffe gebrauchen konnte, um meinen Vater zu verletzen.

Es kam jedoch ganz anders … Nicht er, sondern ich bin es gewesen, der bei diesem Besuch innerlich zerbrochen ist.

Nachdem sich mein Vater meine Hochzeitspläne ohne erkennbare Regung angehört hatte, befahl er meiner Mutter, eine Flasche Korn und zwei Schnapsgläser zu holen.

Fassungslos sah ich zu, wie er die Gläser füllte, das eine zu mir hinschob und dann das andere erhob. Für einen Augenblick kam mir der absurde Gedanke, dass mein Vater mit mir auf meine Hochzeitspläne anstoßen wollte. Gleichzeitig machte mir der stahlharte Blick in seinen Augen Angst. Und wahrscheinlich auch meiner Mutter, denn sie stammelte irgendetwas vom Wäscheaufhängen und rannte so schnell sie konnte aus dem Wohnzimmer.

Ich werde nie vergessen, wie mich mein Vater mit dem Schnapsglas in der Hand anschaute, sich dann zu mir hinüberbeugte und mir das andere Glas, das ich bis dahin nicht angerührt hatte, in die Hand drückte. „Trink ruhig ein Gläschen. Du wirst es brauchen." Er hob sein Glas zum Mund und stürzte seinen Inhalt in einem Zug hinunter. Danach wischte er sich mit dem Handrücken sein Hitlerbärtchen ab, füllte das Glas erneut und trank es wieder in einem Zug leer. Anscheinend hatte die Zeit ihn das Trinken gelehrt.

Er strich sich noch einmal über die Lippen, richtete sich etwas von seinem Stuhl auf und stach mir seinen Zeigefinger in die Brust. „Du wirst dieses Mädchen nicht heiraten, mein Sohn."

In mir spürte ich eine gewaltige Wut aufsteigen, weil er anscheinend immer noch dachte, dass er mir etwas zu sagen hätte, doch bevor ich irgendetwas erwidern konnte, fuhr er schon fort.

„Du wirst dieses Mädchen nicht heiraten. Nicht, wenn du gehört hast, was ich dir zu sagen habe." Er ließ sich wieder auf seinen Stuhl sinken und griff erneut nach der Flasche.

Ich konnte mich nicht länger beherrschen. „Was glaubst du eigent-

lich, wer du bist, wenn du meinst, du könntest mich von dieser Hochzeit abhalten?"

Die Frage kam ihm anscheinend gerade recht. „Wer ich bin?" Seine Augen glühten geradezu bösartig. „Ich bin derjenige, der den Deutschen ganz unverblümt erzählt hat, wo sich die Rozas versteckt haben. Es ist nur jammerschade, dass ihnen diese verfluchte Göre durch die Lappen gegangen ist …"

Ich kann dir nicht wirklich sagen, was in diesem Augenblick in mir passiert ist. Ich habe jede Erinnerung an die erste Minute danach verloren oder vielleicht nie gehabt, denn ich war zu betäubt, um irgendetwas zu registrieren oder zu sagen.

Ich kann mich nur noch an die Frage erinnern, die er mir in die Stille hinein entgegenschleuderte: „Willst du es ihr erzählen? Oder soll ich es tun?"

Kapitel 50

Martijn schaltete die Kaffeemaschine an und ging ins Schlafzimmer, um sich umzuziehen. Er hatte gerade den Wochenschlussgottesdienst im Krankenhaus gehalten und war froh, dass er nun seinen dunklen Anzug gegen etwas Bequemeres eintauschen konnte. Karen hatte immer darauf bestanden, dass er seinen Einreiher etwas öfter trug, aber trotzdem fühlte er sich in seinen Jeans am wohlsten.

Während er die Krawatte löste und sein Hemd aufknöpfte, fiel sein Blick auf das kleine Foto auf dem Nachtschränkchen. „Wenn du mich so sehen könntest, würdest du herummeckern, dass ich an einem Sonntag so herumlaufe", sagte er. „Vielleicht hast du sogar ein bisschen recht. Vielleicht aber auch nicht."

Etwas später kam er wieder in die Küche, schenkte sich einen Becher Kaffee ein und setzte sich nach draußen. In Gedanken war er bei der Predigt über Psalm 139, die er heute Morgen gehalten hatte. *Erforsche mich, Gott, und erkenne mein Herz.* Dieser Satz war gestern und letzte Nacht auch sein Gebet gewesen, während er über seine Eifersuchtsgefühle nachgedacht hatte. Hatte er sich in Kathy Smit verliebt?

Nach eingehender Selbstprüfung hatte er diese Frage verneinen können. Denn obwohl er sich eingestehen musste, dass er wieder anfing, sich nach der Liebe einer Frau zu sehnen, konnte er sich doch nicht mit Kathy zusammen sehen. Natürlich war es ihm nicht entgangen, dass sie gut aussah; er war ja nicht blind. Aber sie war nicht der Typ Frau, der ihn anzog.

Seine Eifersucht war einzig und allein eine Reaktion darauf, dass er über kurz oder lang im Leben seines Bruders und seiner Tochter Marit nur noch eine untergeordnete Rolle spielen würde, weil sie dabei waren, ihr Herz an einen anderen Menschen zu verlieren.

Heute Morgen hatte er in seiner Stillen Zeit seine Eifersuchtsgefühle an Gott abgegeben und ihn auch um Vergebung für seine egoistischen Gedanken gebeten.

Die Unruhe war daraufhin zwar verschwunden, aber um Stevens

Tochter machte er sich immer noch Sorgen. Besonders nach Jeroens gestriger Bemerkung. Darüber hinaus lag ihm noch das Versprechen im Magen, das er seinem Bruder gegeben hatte.

„Du lernst es einfach nicht, Mingels", schimpfte er sich selbst. Wie hatte er ihm versprechen können, Ellen einzuschalten, um nach Kathy zu sehen? Wenn er Ellen anrief, dann würde er ihr auch erklären müssen, woher er wusste, dass es Kathy nicht gut ging. Und dafür würde sich Kathy bei ihm sicher bedanken.

Es blieb ihm nichts anderes übrig, als sie selbst anzurufen. Er stellte seinen Becher auf den Tisch und ging nach drinnen. In ungefähr einer halben Stunde würde Marit aus ihrem Gottesdienst zurückkommen und bis dahin wollte er das Gespräch hinter sich haben.

Wenn sie diesmal abhob.

Keine fünf Minuten später legte Martijn sein Telefon neben sich. Jeroen hatte recht. Kathy hörte sich in der Tat nicht gut an. Er schloss die Augen und ließ das kurze Gespräch noch einmal Revue passieren.

„Ich hoffe, ich störe nicht, aber ich muss immer noch an unser Gespräch von Donnerstag zurückdenken", hatte er angefangen. „Und ich mache mir ein bisschen Sorgen um dich."

Sie fragte ihn nicht, warum. Wahrte die Distanz. „Dafür gibt es keinen Grund."

„Bist du dir sicher?"

Ihre Gegenfrage traf ins Schwarze. „Hast du vielleicht mit Jeroen gesprochen?"

Leugnen hatte keinen Sinn. „Ich war gestern Abend bei ihm, als du angerufen hast."

„Oh."

„Kann ich etwas für dich tun?"

„Ich wüsste nicht was."

„Vielleicht brauchst du jemanden, mit dem du reden kannst oder so."

„Jetzt gleich?"

„Zum Beispiel."

„Und was würde deine Frau dazu sagen? Solltest du am Sonntag nicht bei deiner Familie sein?"

„Meine Tochter ist nicht zu Hause. Und meine Frau ist vor ein paar Jahren gestorben."

Es blieb einen Augenblick still. „Tut mir leid."

„Kein Problem. Das konntest du ja nicht wissen. Aber ...?"

„Aber was?"

„Möchtest du, dass ich vorbeikomme?"

„Nein, das brauchst du nicht."

Beide wussten nicht, was sie noch weiter sagen sollten.

„Hast du dich noch einmal mit Ellen in Verbindung gesetzt?", machte er einen neuen Anlauf.

„Ja."

„Weißt du jetzt mehr?"

„Wie meinst du das?"

„Hatte dein Vater noch etwas über deinen Großvater erzählt?"

„Nein."

„Schade. Ich hatte gehofft, dass sie dir weiterhelfen könnte."

Keine Antwort.

„Kathy?"

„Ja?"

„Ich mache mir wirklich Sorgen um dich."

Dieses Mal schwieg sie.

„Soll ich Ellen bitten, bei dir vorbeizuschauen?"

Diese Frage hatte nichts mehr mit seinem Versprechen Jeroen gegenüber zu tun. Aber sehr viel mit seinen Sorgen. Sie hörte sich so geistesabwesend an.

Und ihre unerwartete Antwort bestärkte ihn in seiner Erkenntnis, dass sie Hilfe brauchte.

„Mach mal."

Kapitel 51

12. August 1983

Heute ist wieder der zwölfte Tag des Monats, also Zeit für einen neuen Brief. Ich weiß nicht, warum ich dir ausgerechnet am zwölften schreibe. Wahrscheinlich liegt es daran, dass ich damit an einem zwölften angefangen und jetzt eine feste Gewohnheit daraus gemacht habe. Im Grunde ist es auch gut, dass ich mir ein festes Datum gesetzt habe, an dem ich dir regelmäßig schreibe. Denn es fällt mir nicht gerade leicht.

Vor allem der zweite Brief hat in mir wieder viele Erinnerungen aufbrechen lassen: an den Hass auf meinen Vater, an meinen Kummer wegen Ruth, an die Machtlosigkeit, mit der ich das Leid hinnehmen musste, das anderen und mir angetan worden ist, und an das Leid, das ich anderen zugefügt habe.

Bei alledem hilft es mir nicht wirklich, zu wissen, dass du meine Briefe gar nicht liest. Zumindest den ersten nicht, denn der wurde mir ungeöffnet wieder zugestellt. Aber das ist etwas, was ich tief in meinem Herzen auch erwartet hatte.

Trotzdem will ich nicht aufgeben. Um deiner Mutter willen werde ich weiterschreiben bis die ganze Geschichte erzählt ist. Und um deiner Mutter willen werde ich die zurückgeschickten Briefe aufheben, bis vielleicht der Tag kommt, an dem du die Geschichte erfahren möchtest.

Gehen wir also wieder zurück ins Wohnzimmer meiner Eltern, wo meine Träume von einer Zukunft mit Ruth mit einem Hieb in Trümmer geschlagen wurden.

Ich konnte der Tatsache nicht ausweichen, dass mein Vater Ruths Familie verraten hatte und damit für ihren Tod verantwortlich war. Ich wusste, dass mein Vater sein ganzes Leben lang von einem unglaublichen Hass auf die Juden getrieben wurde und dass dieser Hass durch den Krieg noch verstärkt worden war. Aber dass dieser Hass so groß war, dass er nicht davor zurückgeschreckt hatte, sie in die Gaskammer zu schicken, das ging über mein Vorstellungsvermögen.

Und selbst jetzt war seine Bitterkeit nicht weniger geworden. Im Gegenteil, Hitlers Niederlage schien sie noch angefacht zu haben. Die Jahre, die meine Eltern im Internierungslager verbracht hatten, hatten in dieser Hinsicht keine Veränderung bewirkt, denn der Hass in der Stimme meines Vaters, als er Ruth eine „verfluchte Göre" nannte, sagte noch mehr darüber aus als die Worte selbst.

Wie benommen bin ich nach draußen gewankt, ich brauchte einfach frische Luft. Ich konnte mich keine Sekunde länger unter demselben Dach aufhalten wie mein Vater. Das war auch das letzte Mal, dass ich ihn gesehen habe.

Ich bin damals nicht sofort zum Bahnhof gegangen, sondern bin stundenlang durch die Gegend geirrt, während in meinem Kopf ein Sturm tobte. Erst am späten Nachmittag habe ich den Zug nach Utrecht genommen und dabei einen Beschluss gefasst, der meine Füße zu Blei werden ließ: Ich werde die Verlobung mit Ruth lösen.

Sie zu heiraten, war für mich völlig undenkbar. Das Blut ihrer Familie klebte an den Händen meiner Familie. Wie sollte ich ihr mit diesem Wissen, dieser Schuld meines Vaters, überhaupt noch unter die Augen treten? Wie könnte ich ihr versprechen, sie in guten wie in schlechten Zeiten zu lieben und zu ehren, wenn doch klar war, dass die schlechten Zeiten, die sie bisher erlebt hatte, die Folgen des Verrats meines Vaters waren?

Ich habe sehr lange darüber nachgedacht, ob ich es ihr erzählen sollte, aber mir war eigentlich von Anfang an klar, dass ich das nicht konnte. Wenn sie erst wüsste, wer ihre Familie verraten hatte, würde sie daran zerbrechen. Ganz abgesehen davon konnte ich mir nicht vorstellen, wie ich – der Sohn eines Verräters – ihr überhaupt noch unter die Augen treten sollte.

Noch am selben Abend schrieb ich ihr einen Brief, in dem ich ihr erzählte, dass ich für die Ehe noch nicht bereit sei und deshalb die Verlobung lösen wollte. Und weil ich wusste, dass Ruth das nicht einfach so hinnehmen würde, meldete ich mich am nächsten Tag auf der Arbeit krank und packte meine Sachen. Meinem Vermieter teilte ich noch mit, dass er die Dachwohnung, in die Ruth und ich einziehen wollten, nun an einen anderen der vielen Wohnungssuchenden vermieten konnte. Danach habe ich mich Richtung Norden auf den Weg gemacht. Ja, auch damals schon. Die Geschichte scheint sich zu wiederholen.

Dieses Mal bin ich jedoch noch in den Niederlanden geblieben; selbst wenn ich ins Ausland gewollt hätte, hätte ich es mir ja doch nicht leisten können. In den ersten Monaten meines selbstgewählten Exils habe ich verschiedene Jobs angenommen, die alle mehr schlecht als recht bezahlt wurden. Doch ich war schon froh, wenn ich die Miete für das kleine Zimmer aufbringen konnte, in dem ich damals wohnte – übrigens nur ein paar Straßen von dem Ort entfernt, wo du jetzt immer noch wohnst –, und wenn dann auch noch ein bisschen Kleingeld für Essen übrig blieb.

Mit Zeitungsaustragen verdiente ich mir etwas dazu, denn ich wollte Buchhalter werden und die Ausbildung kostete Geld.

Am liebsten hätte ich mich von frühmorgens bis spät in die Nacht beschäftigt, nur um nicht an Ruth denken zu müssen. Ich tat alles, damit ich am Ende eines Tages so müde war, dass mein Körper gar nichts anderes tun konnte, als in einen Tiefschlaf zu fallen.

Als ich meine Zeitungen austrug, fiel mir eine Frau auf, die in einem Krankenhausbett an einem Fenster lag. Sie war nicht besonders alt, höchstens vierzig Jahre. Immer, wenn ich kam, hob sie ihre ausgemergelte Hand, um mich zu grüßen, und lächelte mir zu, so als ob sie froh wäre, mich zu sehen.

Der Anblick dieser Frau brachte mich ins Nachdenken, denn in diesen Tagen fühlte ich mich innerlich so elend, dass ich mir am liebsten für den Rest meines Lebens die Bettdecke über den Kopf gezogen hätte oder noch lieber gleich tot gewesen wäre. Doch jetzt, wo ich Tag für Tag jemanden sah, der tatsächlich ans Bett gefesselt war, wurde mir klar, dass ich trotz allem froh war, gesund zu sein.

Übrigens war es nicht nur diese Frau, die mir aufgefallen war. Immer wenn ich alle Zeitungen in dieser Straße ausgetragen hatte und wieder zurück zu meinem Fahrrad ging, das ich an der Ecke abgestellt hatte, warf ich noch einen Blick in jenes Haus. Und jedes Mal saß ein Mädchen neben dem Bett und las der Frau aus der Zeitung vor. Dieses Bild rührte mich jeden Tag aufs Neue an.

Bis schließlich der Tag kam, an dem die erhobene Hand mich nicht mehr begrüßte und die Gardinen des Hauses zugezogen waren. Ein paar Tage später waren sie wieder zur Seite gezogen und man konnte durchs Fenster ins Zimmer schauen, aber es stand kein Bett mehr vor dem Fenster ...

Alles deutete darauf hin, dass die Frau gestorben war. Und mich berührte das tief, denn ich vermisste die Frau, die mich, obwohl sie mich nicht gekannt hatte, jeden Tag mit einem freundlichen Lächeln begrüßt hatte. Und ermutigt hatte.

Das Abonnement wurde nicht gekündigt, ich trug also weiterhin die Tageszeitung an diese Adresse aus.

Als ich ein paar Wochen später wie üblich die Zeitung durch den Briefschlitz schieben wollte, wurde auf einmal die Tür geöffnet und ich stand Auge in Auge dem Mädchen gegenüber, das ich jeden Tag hatte vorlesen sehen. Bei näherer Betrachtung bemerkte ich, dass sie gar nicht so jung war, wie ich zunächst gedacht hatte. Wahrscheinlich war ich selbst nur wenig älter als sie.

Sie trug eine schöne rote Jacke und begrüßte mich mit demselben Lächeln, das ich bei der Frau gesehen hatte. „Geben Sie sie mir, dann nehme ich sie gleich mit."

Ich steckte ihr die Zeitung zu, die sie auf ein Tischchen im Flur legte, und drehte mich um. Während ich einen Gruß murmelte und wegging, hörte ich, wie sie die Haustür zuzog und hinter mir herlief. Ich öffnete das Gartentürchen und wollte sie vorbeilassen. Aber anstatt gleich hindurchzulaufen, blieb sie stehen und sah mich an. „Meine Mutter hat es sehr gefreut, dass Sie ihr jeden Tag so pünktlich die Zeitung gebracht haben. Der Austräger davor ist leider oft erst spät gekommen. Wenn er überhaupt kam."

Ich hatte von der unzuverlässigen Zustellung gehört, ja mehr noch, sie war der eigentliche Grund dafür gewesen, dass ich diesen Nebenjob überhaupt bekommen hatte, denn wegen der vielen Klagen hatte sich der Zustelldienst auf die Suche nach einem Nachfolger gemacht.

„Gern geschehen", stammelte ich. Es überraschte mich nicht zu erfahren, dass die Frau ihre Mutter gewesen war.

Wir schwiegen beide für einen Augenblick. „Ich habe meiner Mutter immer die Zeitung vorgelesen."

„Ja, ich habe Sie oft neben ihrem Bett sitzen sehen, wenn ich zu meinem Fahrrad zurückgegangen bin", antwortete ich, wobei ich überlegte, ob es passend wäre, sich nach dem Tod der Mutter zu erkundigen.

Bevor ich in meinen Überlegungen zu einem Ergebnis gekommen war, fuhr sie fort: „Ich bin sehr traurig darüber, dass sie gestorben ist."

Beinahe automatisch streckte ich ihr meine Hand entgegen. „Ja, das ist schlimm. Mein aufrichtiges Beileid."

Sie drückte meine Hand. „Vielen Dank."

Wir unterhielten uns noch etwas und sie erzählte mir, dass ihre Mutter im letzten Kriegsjahr eine Lungenentzündung bekommen und sich davon nie wieder richtig erholt hatte. Sieben Jahre später hatte sie sich eine weitere Lungenentzündung zugezogen, mit der ihr geschwächter Körper nicht mehr hatte umgehen können.

Ich weiß nicht mehr, wie wir auf ihren Vater zu sprechen kamen – ich glaube, ich habe sie gefragt, ob sie noch weitere Angehörige hatte – jedenfalls erzählte sie mir, dass ihr Vater im Krieg im Widerstand umgekommen war und sie auch keine Geschwister hatte. Es hörte sich an, als sei sie genauso einsam wie ich. Meine Eltern existierten für mich nicht mehr und mein Bruder und ich schienen keine Anstalten zu machen, einander zu suchen. Was eigentlich seltsam war, wie mir später klar wurde.

Nach einer Gesprächspause sah sie auf ihre Armbanduhr und sagte, dass sie weiter müsse. Ich streckte ihr noch einmal die Hand entgegen. „Schön, mit Ihnen gesprochen zu haben, Fräulein. Und nochmals mein herzlichstes Beileid."

Sie drückte meine Hand erneut und lächelte lieb. „Vielen Dank. Und nennen Sie mich doch bitte einfach Irene. Irene Nagel."

Kapitel 52

12. September 1983

Auch der zweite Brief ist zurückgekommen. Dann ist es eben so. Ich werde dennoch weiterschreiben.

1953 war ein schweres Jahr. Für das ganze Land, das so kurz nach dem Krieg unter enormen Überschwemmungen und Hochwasser leiden musste. Aber auch für mich.

Jeden Tag musste ich mich dagegen wehren, einfach in einen Zug zu steigen und zu Ruth zu fahren, um sie in die Arme zu schließen und nie wieder loszulassen. Aber dann würde ich ihr alles erzählen müssen. Das durfte ich nicht. Wollte ich nicht. Und konnte ich nicht. Denn nichts konnte die Situation zwischen uns verändern. Ihre Familie würde nie mehr zurückkommen und ich blieb der Sohn dessen, der sie mit seinem Verrat auf dem Gewissen hatte.

In dieser Zeit waren die Gespräche mit deiner Mutter die einzigen Lichtblicke. Ich erinnere mich noch gut daran, dass du uns einmal gefragt hast, wie wir uns kennengelernt haben, und ich habe damals geantwortet: „Durch meine Arbeit." Das war keine Lüge, aber diese kurze Zusammenfassung war typisch für meinen Unwillen, über diese Zeit zu reden. Und obwohl mich deine Mutter immer wieder ermutigt hat, offener zu sein, hat sie mir nie etwas aufgezwungen, sondern meinen Wunsch respektiert, so wenig wie irgend möglich über früher zu reden. Gläubig wie sie war, würde sie Gott auf Knien danken, wenn sie wüsste, dass ich dir jetzt diese Briefe schreibe – und auf denselben Knien wäre sie geblieben, bis du sie gelesen hättest.

Aber gut, nach diesem ersten Geplauder am Gartentürchen kamen deine Mutter und ich uns näher. Sie hatte nach dem Tod ihrer Mutter Arbeit als Wochenhelferin gefunden und ging um die Zeit, in der ich Zeitungen austrug, noch einmal freiwillig zu ihren Frauen, die abends immer viele Probleme und wenig Anleitung hatten. (Meine Bewunderung für die Fürsorge und Sorgfalt, die deine Mutter ihren Mitmenschen gegenüber an den Tag legte, war schon damals riesengroß, und das ist ihr ganzes Leben lang auch so geblieben.)

Das bedeutete, dass wir uns regelmäßig an dem Gartentürchen trafen und ein Schwätzchen hielten, manchmal ging sie auch ein Stückchen mit mir mit. Ihr ruhiger Augenaufschlag und ihr liebes Lächeln schienen auf meine Wut und meine aufgewühlten Gefühle eine beruhigende Wirkung zu haben und ihre Aufmerksamkeit war so etwas wie ein Trostpflaster für mein Herz. Sie hat mir einmal erzählt, dass ihr Name „Friedensstifterin" bedeutet, und ich kann nicht anders als zuzugeben, dass dieser Name zu ihr passte. Denn egal, wo ich sie traf, ständig schien sie einen tiefen Frieden auszustrahlen.

Im Laufe der Zeit überließen wir unsere Begegnungen nicht mehr länger dem Zufall, sondern verabredeten uns und gingen zusammen wandern oder Fahrrad fahren. Ich muss allerdings ganz ehrlich zugeben, dass unsere Gespräche und unsere Treffen deiner Mutter mehr bedeuteten als mir. Ich dachte, wir seien nur gute Freunde, sie sah mehr zwischen uns.

Jetzt, wo ich darauf zurückblicke, muss ich sagen, dass ich wohl so furchtbar mit mir selbst beschäftigt war, dass mir das einfach entgangen ist. Genauso wenig habe ich mir in dieser Zeit irgendwelche Gedanken darüber gemacht, wie es wohl ist, wenn man so früh seine beiden Eltern verliert. Ich konnte mir in meinem Egoismus nur denken, dass es besser war, einen Vater zu haben, auf den man wenigstens stolz sein konnte, auch wenn er schon tot war, als einen, der noch lebte und den man aus Scham totschwieg.

Ich vermute, dass wir gut und gerne ein halbes Jahr lang auf diese Weise miteinander Kontakt hatten, und dann habe ich ihr auch von meiner aufgelösten Verlobung erzählt. Das war ein besonders emotionales Gespräch; für mich war es nahezu unmöglich, auch nur Ruths Namen auszusprechen. Der ganze Verlust, der ganze verdrängte Kummer und die Tausenden von Fragen, wie es ihr ergangen war, nachdem ich ohne Erklärung aus ihrem Leben verschwunden war, ob sie überhaupt noch an mich dachte, ob sie vielleicht mit jemand anderem zusammen war … All das kam mit solch einer Macht an die Oberfläche, dass ich einen schrecklichen Weinkrampf bekam. Deine Mutter hat mich in die

Arme genommen, meinen Kopf gestreichelt und mich wie ein Baby hin und her gewiegt.

Ich habe vielleicht eine Viertelstunde lang nur geweint. Vielleicht auch länger. Ich weiß es nicht. Doch immer, wenn ich gedacht habe, es wäre vorbei, ich wäre jetzt in der Lage, wieder klare Sätze zu formulieren, fing es wieder an. Es war schrecklich.

Deine Mutter war sehr geduldig. Denn als ich an jenem Abend nach Hause ging, hatte ich ihr eigentlich kaum etwas erzählt. In den Wochen danach habe ich dann Stückchen für Stückchen mehr von dem Verrat meines Vaters offenbart und welche Folgen das für meine Verlobung mit Ruth hatte. Schließlich erfuhr deine Mutter alles über meine Eltern, aber ich verschwieg ihr meine Frustration und meinen Schmerz während meiner Jugendzeit, das Gefühl, das man hat, wenn man das Kind von „schlechten Eltern" ist, und was sich alles daraus ergab. Es schien so, als ob ich das zu diesem Zeitpunkt verarbeitet hätte …

Anfang 1954 ergab sich die Gelegenheit, deiner Mutter etwas Gutes zu tun, ihr etwas für ihre Freundschaft „zurückzugeben", für ihr offenes Ohr, ihren Trost. Denn damals gab es einen Abend, an dem sie plötzlich Trost brauchte.

Die junge Familie, an die sie nach dem Tod ihrer Mutter ein paar Zimmer vermietet hatte, hatte ihr mitgeteilt, dass sie auswandern wollte. Das bedeutete, dass deine Mutter neue Mieter suchen musste. Das war nun an sich kein Problem. Nach dem Krieg war die Bevölkerung stark gewachsen, viele Häuser waren aber noch zerstört, deswegen war Wohnraum knapp. Nicht von ungefähr wurde ein paar Jahre später die Wohnungsnot zum Staatsfeind Nummer eins erklärt. Doch darum geht es hier nicht.

Was deine Mutter an jenem Abend so sehr beschäftigte, war die Erkenntnis, dass sie schon wieder von Menschen Abschied nehmen musste, an die sie sich gewöhnt hatte. Vor allem das Baby, das im Haus deiner Mutter geboren worden war, war ihr sehr ans Herz gewachsen.

Sie hatte gewusst, dass das Paar mit dem Gedanken spielte, nach Kanada zu gehen, aber die definitive Ankündigung hatte sie so sehr mit ihrer Einsamkeit konfrontiert, dass all der Kummer über den Verlust ihrer Eltern nun ein Ventil brauchte. Dieses Mal war ich es, der sie umarmte, ihr über den Kopf strich und sie wie ein Baby hin und her wiegte.

Und während ich sie so in meinen Armen festhielt und ihr mit dem Daumen die salzigen Tränen von der Wange wischte, hatte ich eine großartige Idee. Sie war einsam. Ich war einsam. Sie hatte Kummer. Ich hatte Kummer. Warum sollten wir uns nicht gegenseitig helfen, indem wir einfach heirateten? Ganz offensichtlich dachte ich nicht an Liebe – ich würde nie mehr eine Frau auf dieselbe Weise lieben können, wie ich Ruth geliebt hatte und noch liebte –, allerdings konnte ich ihr meine Freundschaft bieten. Wir würden in ihrem Haus wohnen können. Dann musste sie wahrscheinlich auch keine neuen Mieter mehr bei sich aufnehmen. Denn Verheirateten legte das Gesetz gegen die Wohnungsnot weniger strenge Verpflichtungen auf als Alleinstehenden.

Behutsam und mit sehr sorgfältig gewählten Worten erläuterte ich ihr bei unserer nächsten Begegnung meine Gedanken und erörterte die verschiedenen Argumente, die ich in den Tagen davor gegeneinander abgewogen hatte. Das einzige Problem, auf das ich dabei gestoßen war, war die Frage, wie wir damit umgehen würden, falls sie einem anderen Mann begegnen und sich in ihn verlieben sollte. Allerdings konnte ich ihr für diesen Fall versprechen, dass ich sie ziehen lassen würde, wenn einmal der Tag kommen sollte, an dem sie nicht mehr mit mir zusammen sein wollte. Schließlich würde unsere Ehe nicht mehr als eine Ehe zwischen Freunden sein. Nicht zwischen Liebenden. Das erzählte ich ihr denn auch.

„Du meinst, dass wir dann auch nicht wie Mann und Frau zusammenleben werden?", fragte sie mich nach einem kurzen Schweigen.

Ich deutete die Röte auf ihren Wangen als Ausdruck der Verlegenheit; damals war es sehr ungewöhnlich, über solch intime Dinge zu sprechen.

„Nein, nur wie Freunde", beruhigte ich sie sofort. Zumindest dachte ich, dass sie das beruhigen würde. Denn was könnte ich ihr mehr geben als ein gebrochenes Herz? Hätte ich gewusst, dass sie sich nach meiner Liebe sehnte, dann hätte ich ihr keinen Heiratsantrag gemacht.

Doch das wusste ich damals nicht.

Kapitel 53

12. Oktober 1983

Jedes Mal steht auf dem Briefumschlag Annahme verweigert. *Die Botschaft ist eindeutig. Aber ich werde es weiter versuchen.*

Wie ich dir schon geschrieben habe, habe ich deiner Mutter einen Heiratsantrag gemacht, ohne zu wissen, dass sie mehr als nur freundschaftliche Gefühle für mich hegte. Doch das verriet sie mir nicht. Jedenfalls damals noch nicht.

Ich habe in den vergangenen Wochen viel über die Argumente nachgedacht, mit denen ich ihr seinerzeit meinen Heiratsantrag begründet habe. Jetzt erkenne ich allerdings, dass sich die meisten vor allem um meinen Vorteil drehten. Egoistisch wie ich war.

Dennoch stimmte sie zu. Und so haben wir geheiratet, am 22. April 1954. In aller Stille. Nur mit den Trauzeugen. Wie hätte ich auch ahnen können, dass sie immer von einem langen, weißen Kleid und einem Spitzenschleier geträumt hatte? Von einem Gottesdienst, in dem sie Gott im Beisein der Gemeinde um seinen Beistand bat? Von einer Hochzeitsnacht, in der sie sich schüchtern, aber voller Verlangen ihrem Geliebten hingeben wollte?

Stattdessen trug sie ein einfaches, hellrotes Kostüm, wir heirateten nur standesamtlich, weil eine kirchliche Trauung meiner Meinung nach nicht notwendig war, und sie verbrachte die Nacht in ihrem alten Mädchenzimmer, während ich zwei Türen weiter in ein Kissen biss, um nicht laut loszuschreien, weil ich Ruth so vermisste, die einzige Frau, die ich in meiner Hochzeitsnacht hatte lieben wollen.

Am Morgen darauf saßen wir uns beide mit Ringen unter den Augen am Frühstückstisch gegenüber. Wir sprachen kaum ein Wort und fragten uns wahrscheinlich beide, wie wir in diese Situation hineingeschlittert waren. In den Wochen vor unserer Hochzeit hatte deine Mutter ein paar Mal das Gespräch vorsichtig auf Ruth gelenkt, aber ich hatte sie immer abgewiesen und ihr erklärt, sie wisse alles, was sie wissen musste, und ich wolle nicht mehr über meine Vergangenheit reden. Also auch nicht über Ruth.

Nach unserem ersten gemeinsamen Frühstück nach unserer Hochzeit bin ich einfach wieder an die Arbeit gegangen.

In den darauffolgenden Wochen fanden wir mit Mühe und Not einen Rhythmus, mit dem wir beide leben konnten. Dachte ich damals jedenfalls. Jetzt denke ich, dass vor allem ich damit leben konnte.

Wir nahmen die Mahlzeiten zusammen ein – manchmal kochte ich auch für sie –, teilten die Liebe zur Musik, lasen dieselben Bücher und spielten zahllose Partien Scrabble, ein Spiel, das damals gerade auf den Markt gekommen war und in dem mich deine Mutter meistens schlug. Wir haben auch stundenlang gelesen. Bücher, aber auch die Zeitung. Jeden Abend haben wir miteinander über das gesprochen, was wir in der Zeitung gelesen hatten. Wir stritten uns nur sehr selten, und wenn wir etwas Geld übrig hatten, fuhren wir für einen Tag mit dem Zug ans Meer.

Deine Mutter hielt das Haus in Ordnung – abgesehen von meinem Schlafzimmer, darum kümmerte ich mich selbst. Ebenso auch um den Garten. Zum Glück waren wir nicht mehr verpflichtet, Untermieter aufzunehmen, und ich genoss die Ruhe, die damit verbunden war.

Wir hatten kaum Besuch; ich hielt nur wenig von neuen Freundschaften (das erkenne ich nun) und die wenigen Angehörigen, die deine Mutter noch hatte, wurden älter und starben nach und nach. Meine Familie tauchte gar nicht auf. Auch Onkel Roel nicht; das letzte Lebenszeichen, das ich von ihm bekam, war eine Umzugsmeldung. Nach England. Allerdings habe ich keine Ahnung, ob er dort immer noch wohnt. Vielleicht hätten wir nach dem Krieg in Kontakt bleiben sollen, um unsere Erfahrungen auszutauschen und uns gegenseitig dabei zu helfen, unsere Jugend zu verarbeiten. Denn wir wurden zwar schon während des Krieges verächtlich angesehen, weil unser Vater ein NSBler war, aber nach dem Krieg wurde alles noch viel schlimmer. In dem Dorf, in dem meine Pflegefamilie wohnte, hatten sie herausgefunden – frag mich nicht, wie –, dass meine Eltern in Westerbork interniert waren. Und auch, warum. Und obwohl ich selbst völlig unschuldig war, wurde ich doch wie ein Schuldiger behandelt. Die Schikanen und Hänseleien waren nicht ohne. An Feiertagen wie dem Königinnentag und anderen Oranjefesten durfte ich mich nirgendwo blicken lassen; als

Kind eines NSBlers wurde man da sofort weggeschickt, weil man nicht das Recht hatte mitzufeiern. Es war also kein Wunder, dass ich mich ausgeschlossen fühlte.

Wo war ich stehen geblieben? Ach ja, bei unseren ersten Ehejahren. Unser Leben plätscherte also ruhig dahin. Wir bekamen finanziell langsam etwas Boden unter die Füße, denn schließlich hatten wir nicht für eine große Familie zu sorgen, von denen es um uns herum immer mehr gab. Natürlich wurde uns dadurch immer wieder deutlich, dass eine Ehe unter Freunden auch beinhaltete, dass wir kinderlos bleiben würden, aber mich beruhigte das eher, als dass ich deswegen traurig war. Für deine Mutter lag die Sache allerdings anders. Das bemerkte ich an einem Samstagmorgen, als wir zusammen in ein Kaufhaus gingen.

Weil wir verschiedene Dinge brauchten, trennten wir uns. Um elf Uhr wollten wir uns am unteren Ende der Rolltreppe wieder treffen. Ich war schon früher fertig, als ich geplant hatte, deshalb machte ich mich auf die Suche nach deiner Mutter. Schließlich fand ich sie in der Babyabteilung, wo sie ein Geschenk für eine schwangere Kollegin kaufen wollte. Ich sah sie, ohne dass sie mich bemerkte … und noch immer habe ich das Bild vor mir, wie sie mit nassen Wangen auf ein paar Babysocken in ihren Händen starrte.

Aus Angst, dass sie mich bemerken könnte, habe ich mich schnell so leise wie möglich wieder weggeschlichen und bin bis elf Uhr herumgelaufen und habe mir selbst Vorwürfe gemacht.

Was hatte mich überhaupt geritten, ihr einen Heiratsantrag zu machen? Ihr die Chance zu nehmen, so etwas wie Liebe und eine Familie zu erleben? Ja, ich wusste, dass ich ihr versprochen hatte, einer Scheidung zuzustimmen, wenn sie den Mann traf, dem sie ihre Liebe schenken wollte. Aber mittlerweile wusste ich, dass deine Mutter so etwas niemals tun würde. Sie hatte mir ihre Treue versprochen und würde das nie wieder zurücknehmen. Selbst dann nicht, wenn ich ihr nicht geben konnte, wonach sie sich sehnte. Liebe. Und ein Kind.

Um elf Uhr verhielt sie sich so normal, dass ich einfach vergessen konnte, was ich gesehen hatte, ja, ich war mir plötzlich noch nicht einmal mehr sicher, ob sie wirklich nasse Wangen gehabt hatte. Und ich beruhigte mein Gewissen und redete mir ein, dass ich mir das alles nur eingebildet hatte.

Kapitel 54

12. November 1983

Schon der sechste Brief …

Wenn irgendwann einmal der Tag kommen sollte, an dem du diese Briefe liest, dann fragst du dich sicher, warum ich die ganze Geschichte nicht an einem Stück erzählt habe, sondern nur nach und nach.

Gute Frage.

Vielleicht wäre es tatsächlich besser, wenn ich die Sache nicht über Monate hin ausdehnen würde. Es würde mich selbst auch weniger quälen, wenn ich die Geschichte nicht in Stücke hacke. Denn nach jedem Brief bin ich tage-, ja wochenlang zu nichts zu gebrauchen. Vermutlich ist das der Grund, warum ich mir meine Geschichte nicht in einem Brief von der Seele schreiben kann. Es würde zu schnell gehen. Zu viel sein. Ich brauche die Zeit dazwischen, um alles zu verarbeiten. Und du wahrscheinlich auch.

Heute nehme ich dich mit ins Jahr 1962.

Deine Mutter und ich waren schon rund acht Jahre verheiratet. Und immer noch war sie für mich nicht mehr als eine, wenn auch sehr gute, Freundin.

Ich hatte mich zum Leiter der Buchhaltungsabteilung hochgearbeitet, worauf ich sehr stolz war. Ich wusste vom Hörensagen, dass andere Kinder von „schlechten Eltern" Mühe hatten, überhaupt Arbeit zu finden, bzw. für bestimmte Berufe beim Staat gar nicht erst in Erwägung gezogen wurden, weil ihre Eltern keine lupenreine politische Vergangenheit hatten. Zum Glück hatte mein Arbeitgeber keine Herkunftsuntersuchung durchgeführt, und so wusste abgesehen von deiner Mutter niemand etwas von dem Jungen namens Stephan Smit, der während des Krieges von seinem Vater gezwungen worden war, NSB-Zeitschriften auszutragen, und sich geweigert hatte, auch nur einen Bissen von dem Essen anzurühren, das sich seine Eltern durch besondere Quellen beschafft hatten.

~~*Ich kann mich noch gut erinnern*~~

Entschuldige, dass ich die letzten Worte wieder durchgestrichen habe. Was immer ich gerade noch über meine Jugend schreiben wollte, spielt jetzt keine Rolle. Es kommt mir nur wie der Versuch vor, mich vor dem zu drücken, was ich in diesem Brief schreiben muss.

Es geschah an einem warmen Abend im Juni. Deine Mutter und ich hatten wunderbar im Schatten des Kastanienbaumes gegessen, und während sie sich um den Abwasch kümmerte, las ich die Zeitung.

Beinahe automatisch überflog ich wie jeden Abend die Familiennachrichten. In den Anzeigen kamen so gut wie nie Namen vor, die mir etwas sagten, aber trotzdem wollte ich die Rubrik nicht überblättern, denn es könnte ja sein, dass jemand gestorben war, den ich kannte.

Doch die Anzeige, die mir an jenem Abend ins Auge sprang, war von einem ganz anderen Kaliber. Es war, als hätte mir jemand einen Eimer eiskaltes Wasser über den Kopf gegossen, und ich musste buchstäblich nach Luft schnappen, als ich die Worte las, die mich von der Zeitungsseite aus anlachten: Elias Meijer und Ruth Roza geben ihre baldige Hochzeit bekannt, die stattfinden soll am 29. Juni des Jahres, um 2 Uhr nachmittags zu … *Und so weiter.*

Es gab keinen Grund, daran zu zweifeln, dass die Ruth Roza aus der Anzeige „meine" Ruth war. Den Mann, den sie heiraten wollte, kannte ich ebenfalls. Als wir noch verlobt waren, war er ein Kollege von ihr gewesen, und ich hatte ab und zu ein paar Worte mit ihm gewechselt, wenn ich Ruth von der Arbeit abgeholt hatte. Er war ungefähr fünfzehn Jahre älter als sie. Wie durch ein Wunder hatte er den Krieg in einem Arbeitslager überlebt, während seine Frau in einem Vernichtungslager umgekommen war.

Anscheinend fanden Elias und Ruth jetzt beieinander Trost und vielleicht auch Liebe.

Ich weiß nicht, wie lange ich geistesabwesend auf die Zeitung vor mir gestarrt hatte, aber irgendwann kam deine Mutter in den Garten zurück. In ihren Händen hielt sie ein Tablett mit zwei Tassen Kaffee darauf. Mir war klar, dass sie sich gleich neben mich setzen wollte, mit mir Kaffee trinken und vielleicht ein wenig plaudern würde, um dann selbst die Zeitung zu lesen. So hielten wir es jeden Abend.

Aber an diesem Abend durfte es auf keinen Fall so ablaufen. Ich musste um jeden Preis verhindern, dass sie die Anzeige zu Gesicht be-

kam. Ruths Namen erkannte. Mich ansah. Vielleicht Fragen stellte. Fragen, für die ich nicht bereit war.

Ich faltete die Zeitung zusammen, hielt sie in der linken Hand und nahm mit meiner rechten meinen Kaffee von dem Tablett, wobei ich gegen den oberen Teil der Tasse stieß und so den ganzen Kaffee auf die Zeitung und meine Hose verschüttete. In Anbetracht des Schockzustandes, in dem ich mich befand, hätte es tatsächlich ein Missgeschick sein können. Aber das war es nicht. Ganz bewusst hatte ich nicht nur dafür gesorgt, dass sie die Zeitung nun nicht mehr lesen konnte. Mir verschaffte auch der große Kaffeefleck auf meiner Hose eine glaubwürdige Entschuldigung, schnell ins Haus zu fliehen.

Obwohl ich sehr wohl wusste, dass das eine ziemlich unvernünftige Aktion war, konnte ich doch dem Drang nicht widerstehen, am Tag von Elias' und Ruths Hochzeit in den Zug zu steigen und dorthin zu fahren, wo die Trauung stattfinden sollte. Ich musste und wollte sie sehen. Musste wissen, ob sie wirklich aus Liebe heiratete …

Was für ein Egoist ich doch war! Hatte ich tatsächlich gedacht und erwartet, dass sie ihr ganzes Leben lang einem Mann hinterhertrauern würde, der sie von einem auf den anderen Tag im Stich gelassen hatte und von dem ihr nur ein Zettelchen geblieben war?

Egal, ich fühlte mich jedenfalls zu diesem Ort hingezogen und konnte mich nicht dagegen wehren. Ohne deiner Mutter davon zu erzählen, nahm ich mir am 29. Juni frei. Ich kleidete mich an diesem Tag so unauffällig wie möglich und nahm auch meinen Hut mit, den ich mir tief ins Gesicht zog. Denn natürlich wollte ich mich beim Standesamt, soweit es nur irgend ging, verstecken. Ich wollte zwar alles sehen, aber nicht gesehen werden.

Ich kam dort drei Stunden zu früh an und hatte keine Ahnung, wie ich die Zeit totschlagen sollte. Am liebsten wäre ich zu der Adresse gegangen, die in der Anzeige angegeben war, um mich selbst mit dem Anblick des Hauses zu quälen, in dem sie nun wohnen würden, aber mir war das Risiko zu groß. Ich wusste schließlich nicht, ob sie oder er dort vielleicht schon wohnte und in diesem Augenblick gerade dort war.

Schließlich habe ich mir zwei verschiedene Tageszeitungen gekauft und habe mich in ein Café gesetzt. Für den Ober war ich sicher nur ein seltsamer Kauz, weil ich ab und zu der Form halber etwas bestellte, es dann aber doch nicht anrührte. Er besaß tatsächlich den Anstand, keine Fragen zu stellen, sondern räumte einfach stillschweigend den kalt gewordenen Kaffee ab und nahm dabei das nicht angerührte Essen ebenfalls wieder mit.

Kurz vor zwei ging ich zum Standesamt hinüber. Meine Halsmuskeln zuckten wie verrückt.

Der Beamte hatte mittlerweile den roten Läufer ausgerollt und daneben hatten sich einige Menschen versammelt, um das Brautpaar zu sehen. Ich stellte mich etwas abseits hinter sie und zog mir den Hut tief ins Gesicht.

Ein paar Minuten vor zwei fuhr das Hochzeitsauto vor. Als der Bräutigam ausstieg, löste sich der winzige Rest Hoffnung in Luft auf, dass es sich vielleicht um einen anderen Elias und eine andere Ruth handeln könnte, denn es war tatsächlich der Mann, den ich flüchtig kennengelernt hatte. Ein paar Sekunden später hielt er für seine Braut die Tür auf …

Nein, es war keine Braut in einer Wolke von Tüll oder wie auch immer ihr Frauen das nennt. Sie trug ein dunkelblaues Kostüm; vielleicht weil es Elias' zweite Ehe war, aber sie war unverkennbar eine Braut. Eine strahlende Braut.

Das glückliche Lachen, das auf ihrem Gesicht erschien, als sie Elias' Hand ergriff und sich von ihm aus dem Auto helfen ließ, ging mir durch Mark und Bein. Ich kannte dieses Lachen … früher war es für mich reserviert gewesen.

Ich hatte vorgehabt, sofort wieder umzukehren, nachdem ich sie gesehen hatte, aber meine Füße schienen mit dem Boden verwachsen zu sein und ich konnte meine Augen nicht mehr von ihr abwenden.

Jede kleine Bewegung registrierte ich in einer geradezu schmerzhaften Deutlichkeit. Und ich wusste, dass sie glücklich war. Dass es ihr gelungen war, ihr Herz wieder einer neuen Liebe zu öffnen. Einer Liebe für den Mann, der jetzt Arm in Arm mit ihr über den Läufer schritt, während ich aus der Distanz zusah. Dabei schrumpfte mein Herz so zusammen, dass es fast zu schlagen aufgehört hätte.

Ich fürchte, ich kann den Rest der Ereignisse jenes Tages nur in sehr groben Linien wiedergeben. Ich schäme mich viel zu sehr, um in Details zu gehen. Aber ich darf nicht verschweigen, was danach geschehen ist. Du hast ein Recht darauf, es zu erfahren.

Die Heimreise ist völlig an mir vorbeigegangen. Ich weiß nur noch, dass ich mich beeilte, um zur üblichen Zeit wieder zu Hause zu sein, damit deine Mutter nichts bemerkte.

Es kostete mich enorm viel Energie, den ganzen Abend über so zu tun, als sei nichts Besonderes passiert. Das schien mir trotzdem nicht in überzeugender Weise zu gelingen, jedenfalls blieb deine Mutter irgendwann an jenem Abend vor mir stehen und sah mich besorgt an. „Geht es dir gut?", fragte sie in solch liebevollem Tonfall, dass ich mich zum zweiten Mal in meinem Leben in ihre Arme fallen ließ. Aber dieses Mal blieb es nicht dabei.

Und während ich sie wirklich zu meiner Frau machte, aber in meinen Gedanken Ruth in den Armen hielt, flüsterte deine Mutter mir zu, dass sie mich liebte.

Und schon von Anfang an geliebt hatte.

Kapitel 55

Kathy saß mitten in dem Chaos von Papier und zerknüllten Taschentüchern auf dem Bett und tastete nach der Box mit den Papiertaschentüchern, die irgendwo neben ihr stehen musste.

Sie hatte jetzt sechs Briefe gelesen und konnte einfach nicht aufhören. Nicht mit Lesen und nicht mit Weinen.

Die Kassette von ihrer Mutter, der Albtraum und jetzt diese Briefe – das alles konnte sie kaum noch verarbeiten. Es war so furchtbar viel, mit dem sie sich auseinandersetzen musste.

Entschlossen stand sie vom Bett auf und putzte sich die Nase. Sie musste unbedingt etwas trinken.

Während sie aufstand, fiel das Telefon zu Boden. Sie hob es auf und dachte dabei an das kurze Gespräch, das sie mit Martijn geführt hatte. Er hatte genau zwischen dem zweiten und dem dritten Brief angerufen. Es überraschte sie selbst am meisten, dass sie überhaupt abgenommen hatte. Vielleicht hatte sie unbewusst die Möglichkeit ergriffen, wieder in ihr eigenes Leben zurückzukehren, gedanklich das Zimmer zu verlassen, in dem ihr Großvater seinen größten Trumpf ausgespielt hatte und auf seinen Verrat sogar noch stolz gewesen war. Mit dem Foto, das sie in Stevens Appartement gefunden hatte, hatte es sie nur wenig Mühe gekostet, sich die ganze Szene lebhaft vorzustellen. Und es erfüllte sie mit Abscheu, dass das Blut dieses Mannes auch in ihren Adern floss.

Mit bleischweren Beinen ging sie ins Badezimmer, trank ein Glas Wasser und holte einen Waschlappen aus dem Schrank, den sie unter dem fließenden kalten Wasser kurz nass machte.

Etwas später lag sie auf dem Bett, den Waschlappen auf den geschwollenen Augen. Die Kühle tat ihr gut, aber in Gedanken war sie wieder bei all dem, was sie gelesen hatte. Und was noch an Lesestoff auf sie wartete.

Sie hatte nur kurz nachdenken müssen, um zu ahnen, was im nächsten Brief stehen würde. Es konnte kaum anders sein, als dass sie in jener Nacht gezeugt worden war.

Vielleicht sollte sie deshalb noch wütender auf ihren Vater sein, aber komischerweise war sie das nicht. Vielleicht war sie einfach zu müde dazu. Zu verwirrt. Zu traurig.

Ihr Herz weinte um ihre Mutter, die sich so nach der Liebe ihres Mannes gesehnt und sich ihm so voller Vertrauen hingegeben hatte. Um die Frau, die mit Tränen in den Augen im Kaufhaus die Babysocken angestarrt hatte. Um das Mädchen, das wahrscheinlich nicht gewusst hatte, worauf es sich einließ, als es aus Freundschaft den Mann heiratete, den es liebte.

Und obwohl sie es nicht wollte, weinte ihr Herz ebenso sehr um den verzweifelten Mann, der verstohlen am Standesamt gestanden und dabei hatte zuschauen müssen, wie die große und einzige Liebe seines Lebens einem anderen ihr Jawort gab, weil der Verrat seines Vaters sie beide für immer getrennt hatte. Um den Jungen, der gepiesackt und ausgeschlossen worden war wegen etwas, an dem er gar keine Schuld hatte.

Und als sie sich aufrichtete und den siebten Brief zur Hand nahm, verspürte sie leise ein Gefühl, das während des Lesens immer heftiger geworden war, dem sie aber keinen Namen geben konnte. Bis zu diesem Augenblick.

Es war das Gefühl des Bedauerns.

Sie bedauerte es zutiefst, dass sie diese Briefe siebenundzwanzig Jahre zu spät geöffnet hatte.

Kapitel 56

12. Dezember 1983

Das ist mein letzter Brief. Glaube ich.

Du hast sicher schon begriffen, dass die Nacht des 29. Juni nicht ohne Folgen geblieben ist.
In verschiedener Hinsicht.

Die Erkenntnis, dass deine Mutter mich liebte, erschütterte mich furchtbar. Sie hatte mir ihr Herz geschenkt; ich ihr nur meinen Körper.
Ich musste am Morgen des 30. Juni eine Entscheidung treffen: entweder deiner Mutter ehrlich zu sagen, dass mich Verzweiflung und Leidenschaft getrieben hatten, oder sie in dem Glauben zu lassen, dass aus meinen freundschaftlichen Gefühlen schließlich doch Liebe geworden war.
Weil ich wusste, dass deine Mutter scharfe Augen hatte und ich zudem ein schlechter Schauspieler war, der das Spiel nicht lange würde durchhalten können, gab es eigentlich nichts zu entscheiden. Ich habe ihr alles erzählt. Ja, wirklich alles.

Die erste Reaktion deiner Mutter war Wut. Sie hat mit ihren Fäusten auf meinen Oberkörper eingeschlagen und geschrien, dass sie mich nie wieder sehen wolle. Was ich vollkommen verstehen konnte.
Danach fing sie herzzerreißend zu weinen an. Sie fühlte sich betrogen, beschmutzt und billig.
Und ich kam mir vor wie ein Schuft.
Ich habe meine Koffer gepackt und bin weggegangen. Flucht gehört anscheinend wie eine zweite Haut zu mir.

In den Wochen danach wohnte ich in einer Pension und dachte über alles nach. Ich vermisste deine Mutter sehr. Ihre Freundschaft. Doch solange ich ihr nicht geben konnte, wonach sie sich sehnte, war es undenkbar zurückzugehen.

Anfang September dann hat deine Mutter mir einen Besuch abgestattet … um mir zu sagen, dass sie schwanger war.

Natürlich hatte ich an diese Möglichkeit gedacht, doch trotzdem hatte ich es nicht erwartet, hatte ich die Chance, dass sie nach nur einer Nacht schwanger werden könnte, für kleiner eingeschätzt.

Aber glaube nur nicht, dass du unerwünscht gewesen wärest! Trotz unserer Probleme hat sich deine Mutter sehr auf deine Geburt gefreut. Und als ich die Neuigkeit erst einmal verarbeitet hatte, konnte ich mich auch darüber freuen.

Ich habe deiner Mutter feierlich versprochen, dass ich das Wissen, dass sie mich liebte, niemals missbrauchen würde, und sie versprach mir, nicht mehr von mir zu erwarten, als ich ihr zu geben hatte. Ich weiß, dass ihr dies im Laufe der Zeit enorm schwergefallen ist. Nicht, dass sie das jemals zugegeben hätte, aber ein Blick in ihre Augen sagte manchmal mehr als tausend Worte.

Am 21. März kamst du zur Welt. Ein ganz besonderer Tag.

Denn obwohl ich meine Gefühle so sicher unter Verschluss gehalten hatte und es schwierig fand zu lieben, hast du meine inneren Barrieren überwunden und vom ersten Augenblick an mein Herz erobert.

Deinetwegen habe ich vor Glück geweint.

Deine Mutter fand in ihrem Glauben, der sich im Lauf der Jahre noch vertieft hatte, viel Halt. Schon während der Schwangerschaft sagte sie, dass sie dich gern taufen lassen wollte, und so bin ich, als es dann so weit war, in die Kirche mitgegangen. Ich selbst konnte nur wenig bis gar nichts damit anfangen, aber ich dachte, dass ich es ihr schuldig sei, sie bei der christlichen Erziehung zu unterstützen, die sie dir zuteil werden lassen wollte. Und so sind wir zusammen zur Taufe geschritten.

Du lagst da und hast dich mit großen Augen umgeschaut, während die Gemeinde die Segenspsalmen sang, und ich schwor mir in diesem Augenblick, dass ich immer für dich da sein würde, dich immer beschützen und niemals verraten würde.

Du bist dann zu einem fröhlichen Kleinkind herangewachsen. Deine Mutter und ich hatten große Freude an dir. Darüber hinaus warst du diejenige, die uns miteinander verband.

Immer noch schaue ich mir täglich die Fotos an, die ich letztes Jahr bei meiner Flucht mitgenommen habe. Habe ich dir jemals gesagt, was für ein großes Vorrecht es ist, dass ich dein Vater sein darf?

Du hast mir vollkommen vertraut und bist mir immer entgegengerannt, wenn ich nach der Arbeit nach Hause kam. Und es verging kein Tag, an dem wir nicht zusammen durchs Wohnzimmer tanzten. Du auf meinen Füßen. Wenn ich nur die Zeit zurückdrehen könnte …

Als du auf die weiterführende Schule gingst, sahen wir, wie du dich verändertest, und machten uns Sorgen um dich. Du hattest kaum wirkliche Freundinnen, fühltest dich unsicher in Gruppen und ließt dir nicht ins Herz schauen. In jener Zeit warst du am liebsten zu Hause, wo du dich hinter deine Schularbeiten geklemmt und Klavier spielen gelernt hast.

Im Rückblick muss ich jetzt sagen, dass ich dir einfach nicht beigebracht habe, wie man sich für neue Freundschaften öffnet. Ich fürchte, ich habe viel von meiner Unsicherheit auf dich übertragen. Und dir auch so manches aufgebürdet, wofür eigentlich ich verantwortlich gewesen wäre. Denn als deine Mutter aufgrund ihrer Muskelerkrankung immer weniger tun konnte, hast du bereitwillig und ohne zu murren nach und nach ihre Aufgaben übernommen.

Das, was deine Mutter für deine Großmutter gewesen ist, das bist auch du für deine Mutter gewesen. Und für mich.

Im Nachhinein verstehe ich nicht, wie du deine Fachoberschulreife erlangen und danach auch deine Ausbildung zur Sekretärin abschließen und dich gleichzeitig um deine Mutter und den Haushalt kümmern konntest. Alles war immer ordentlich und aufgeräumt. Wenn ich von der Arbeit nach Hause kam, stand das Essen auf dem Tisch und ich konnte mich danach in mein Arbeitszimmer zurückziehen, wo ich für eine Menge Privatpersonen die Verwaltung und die Steuerangelegenheiten erledigt habe.

Wie hast du das alles nur fertiggebracht? Oder … war die ganze Arbeit für dich auch eine Ablenkung, so wie sie das für mich war?

Ich fand es schlimm mitanzusehen, wie es mit deiner Mutter bergab ging. Darüber hinaus war ich wütend. Vor allem auf Gott. Wenn es jemanden gab, der es nicht verdient hatte, krank zu werden, dann war das deine Mutter. Hatte sie sich nicht ihr Leben lang für andere aufgeopfert? Sich um ihre Mutter gekümmert? Sich selbst immer hinten angestellt?

Weil ich deine Mutter nicht mit meiner unbändigen Wut belasten wollte, habe ich alles in mich hineingefressen und mir unzählige Male gewünscht, dass ich an ihrer Stelle diese Krankheit hätte. Auch fühlte ich mich an ihrem Bett sehr unwohl und wusste nicht, wie ich mich um sie kümmern sollte, um die Frau, die sich immer um mich gekümmert hatte.

Dann kam der Tag, an dem sie ins Pflegeheim aufgenommen wurde. Du hast alles versucht, um diesen Moment gar nicht erst kommen zu lassen, und hast dich mit aller Kraft dagegen gewehrt. Ich glaube, dass deine Wut auf mich schon damals Wurzeln geschlagen hat. Dass du nicht verstanden hast, warum deine Mutter nicht zu Hause bleiben durfte. Doch es ging einfach nicht länger. Egal wie gut du für sie gesorgt hattest, dort konnten sie mehr für sie tun.

Und jetzt komme ich zur schwärzesten Zeit meines Lebens. Es wird wohl doch noch einen weiteren Brief geben müssen. Ich bin noch nicht so weit. Denn die Zeit, über die ich berichten möchte, zeigt, dass nicht nur mein Vater ein Verräter gewesen ist.

Ich bin es ebenso.

Kapitel 57

12. Januar 1984

Was würde ich darum geben, wenn der Kalender einfach so vom 11. auf den 13. gesprungen wäre. Denn dann müsste ich dir heute nicht schreiben. Nicht schwarz auf weiß erklären, wie ich deine Mutter verraten habe. Aber es muss sein. Denn sonst ist die Geschichte nicht vollständig.

Es war im November 1982. Der Betrieb, in dem ich jahrelang gearbeitet hatte, war seit einem halben Jahr in den Händen des Sohnes des verstorbenen alten Eigentümers, mit dem hatte ich aber meine Probleme. Wie du weißt, habe ich mich nach einer anderen Stelle umgesehen und auch bald eine Anstellung als Buchhalter in einem großen Verwaltungsbetrieb gefunden, der landesweit operierte. Das war auf jeden Fall eine sehr gute Stelle, aber ich musste mich erst an die völlig andere Arbeitsweise gewöhnen. Auch fühlte ich mich sehr unsicher, weil ich andere Buchhalter zu beaufsichtigen hatte, die alle jünger waren als ich.

In den Abendstunden und an den Wochenenden habe ich deine Mutter so oft wie möglich besucht, das war etwas, was ich selbstverständlich für sie tat, was aber auch eine ziemliche Veränderung für mich bedeutete. Am Sonntag bin ich mit dir in die Kirche gegangen, allerdings einfach nur aus Pflichtgefühl. Ich war immer noch wütend auf Gott, der meiner Meinung nach viel Kummer und Elend auf der Welt verhindern könnte, wenn er sich etwas mehr mit uns beschäftigen würde.

Alles in allem kam ich mir vor wie ein Jongleur, der sich anstrengen muss, um die verschiedenen Bälle in der Luft zu halten. Dazu kam, dass ich das Gefühl hatte, dir und deiner Mutter nicht gerecht zu werden, weil es mir nicht gelang, der starke Mann und Vater zu sein, der ich hatte sein wollen und auf den ihr ein Recht hattet. Ihr wart die gebende Partei, ich war die empfangende.

Doch zurück zu meiner Arbeit. Erst vor Kurzem hatte die Direktion einen neuen Großkunden gewinnen können, eine Firma in Utrecht. Zuerst war es nicht geplant, dass ich deren achtstellige Buchhaltung in Ordnung bringen sollte, aber der Kollege, der eigentlich mit dieser Aufgabe betraut war, wurde krank, deshalb musste ich die Sache übernehmen.

Ich war nicht besonders erpicht darauf. Die Male, die ich seit dem Bruch mit Ruth in Utrecht gewesen war, konnte man an einer Hand abzählen, weil ich diese Stadt so gut es ging mied. Mit ihr waren zu viele Erinnerungen verbunden. Doch ich hatte keine Wahl.

Die Gegend, in der der Betrieb angesiedelt war, war in der Nähe von dem Haus, in dem Ruth und ich seinerzeit die Dachwohnung mieten wollten. Vielleicht könnte man erwarten, dass man nach dreißig Jahren über die Trennung von der Jugendliebe hinweggekommen ist. Aber das war bei mir nicht so, denn ich konnte es nicht lassen, an dem betreffenden Haus vorbeizugehen. Ich glaube, dass ich das Dachgeschoss gut eine Viertelstunde angestarrt habe, wobei in mir wieder die alten Fragen hochkamen, auf die niemand eine Antwort hatte. Wie wäre mein, ihr Leben verlaufen, wenn mein Vater ihre Familie nicht verraten hätte? Oder: Wie hätte sie reagiert, wenn ich ihr damals alles erzählt hätte? Hätte es vielleicht eine Möglichkeit gegeben, dass wir doch noch zusammengekommen wären? Und wer weiß, wie glücklich deine Mutter mit einem anderen Mann geworden wäre, wenn ich ihr den Heiratsantrag nicht gemacht hätte.

Das Einzige, was mich tröstete und mich davon abhielt, ganz in Depressionen zu versinken, war der Gedanke, dass es dich nicht gegeben hätte, wenn alles anders gekommen wäre.

Dich zu haben, war das alles wert.

Warum mache ich so eine lange Einleitung zu dem, was ich dir erzählen muss? Nimm sie als einen Versuch, dir zu erklären, wie mein Leben an jenem Tag aussah, an dem ich Ruth wieder begegnete …

Es geschah an einem Mittwoch im Dezember 1982.

Ich war an diesem Tag mit dem Zug nach Utrecht gefahren, weil mein Wagen in der Werkstatt war. Nachdem ich aus dem Zug ausgestiegen war, lief ich in dem Menschenstrom mit, der sich dem Bahnhofsausgang entgegenwälzte. Ich fühlte mich inmitten dieser Menschenmas-

sen nicht besonders wohl und der Kragen der langen Wolljacke, die ich über meinem Anzug trug, um der Kälte zu trotzen, kratzte furchtbar im Nacken. „Morgen hast du wieder dein Auto und kannst dich über den damit verbundenen Komfort und die Ruhe freuen", sagte ich mir.

Kurz bevor ich das Bahnhofsgebäude verließ, fiel mein Blick auf eine Frau, die an einem Blumenkiosk einen Strauß weiße Rosen kaufte. Ihre Erscheinung kam mir bekannt vor, aber ich konnte sie nicht sofort einordnen. Erst als ich im Vorbeigehen ihre melodiöse Stimme hörte, mit der sie sich von der Verkäuferin verabschiedete, wurde es mir klar.

Einem Impuls folgend drehte ich mich um und ging hinter ihr her, wieder hinein in die Bahnhofshalle. Jetzt, wo ich wusste, wer sie war, fielen mir auch andere vertraute Dinge auf, wie zum Beispiel ihr Gang: den Kopf etwas nach rechts geneigt, so als vernähme sie ein Geräusch, das niemand anders hören konnte.

Ich wusste nicht, was ich von ihr wollte: sie ansprechen, damit sie sich umdrehte, oder weiter hinter ihr herlaufen, sodass ich sie sehen konnte, ohne dass sie mich sah. Mein Verstand sagte mir, dass ich nichts von beidem tun, sondern lieber stehenden Fußes umdrehen sollte.

Leider verlor mein Verstand den Kampf mit meinen Gefühlen. Und ich rief.

„Ruth!"

Mit einem fragenden Ausdruck in ihren dunkelbraunen Augen drehte sie sich um, aber beinahe sofort erkannte sie mich. „Stephan?"

Gierig nahm ich ihren Anblick auf, studierte jedes Detail ihres hübschen Gesichts, das ich so oft in den Händen gehalten und zärtlich geküsst hatte.

Gequält durch meine Erinnerungen, ließ ich meinen Blick bewusst von ihrem Gesicht auf ihre rechte Hand gleiten, in der sie die Rosen hielt. Der Anblick ihres Eherings würde mich ernüchtern, mir die Tatsache ins Bewusstsein rufen, dass sie einem anderen gehörte. Genauso wie ich.

Die Ernüchterung blieb aus – stattdessen kam ein Schock. Ruth trug zwei schmale Eheringe nebeneinander. Das konnte nur eines bedeuten: Sie war verwitwet.

Sie war frei.

Noch während ich das dachte, nahm ich mir diesen Gedanken furchtbar übel. Wie konnte ich so denken, wo sich doch keine vierzig

Kilometer entfernt meine Frau tapfer durch ihre letzten Monate schlug und trotz ihrer Schmerzen andere immer wieder ermutigte?

Ich weiß nicht, wie lange wir uns da auf dem Bahnsteig angestarrt haben, doch schließlich räusperte sich Ruth.

„Das nennt man wirklich eine unerwartete Begegnung."

Ich konnte nicht anders, als dumm zu nicken. „In der Tat."

„Wohnst du hier?"

Schon so oft hatte ich von einem Wiedersehen mit Ruth geträumt, aber dann hatte sie mich immer feindselig angeschaut oder eiskalt übersehen, weil ich sie im Stich gelassen hatte. Aber mit dieser Ablehnung hatte ich besser umgehen können als mit dem herzlichen Interesse, das ich jetzt in ihren braunen Augen sah.

Ich sah auf die Bahnhofsuhr. Eigentlich wurde ich um neun Uhr im Büro erwartet, aber ich könnte auch behaupten, ich hätte den Zug verpasst.

Die Leichtigkeit, mit der mir an diesem Tag diese erste Lüge eingefallen war, hätte mich stutzig machen müssen. Aber das geschah nicht. „Hättest du Zeit für ein Tässchen Kaffee im Bahnhofsrestaurant?"

Ihr Blick fiel ebenfalls auf die Bahnhofsuhr. „Eigentlich nicht, mein Zug fährt gleich ab. Aber ..." Gerade meinte ich, ein Zögern zu erkennen, doch anscheinend hatte ich das falsch interpretiert. „Ich kann auch einen späteren Zug nehmen", beendete sie ihren Satz.

Keine fünf Minuten später saßen wir an einem Tisch im Bahnhofsrestaurant. Es war ziemlich voll und überall hing Zigarettenrauch in blauen Schwaden in der Luft. Kein wirklich angenehmer Platz, um zu reden und einen Schock zu verarbeiten. Aber immer noch besser als ein zugiger Bahnsteig.

Ich war furchtbar nervös. Nicht zum ersten Mal wünschte ich mir, das Rauchen nicht aufgegeben zu haben, einfach, damit meine Hände etwas zu tun hätten. Zum Glück wurde trotz des Betriebs ziemlich schnell unser Kaffee serviert. Umständlich riss ich das Zuckertütchen auf und rührte meinen Kaffee, als müsse der Boden weggeschliffen werden.

Ruth schien keine Probleme mit den Nerven zu haben. Oder vielleicht doch, denn ihr Redefluss schien unendlich zu sein. Sie wohnte in der Stadt und war auf dem Weg nach Breukelen, wo sie die Schwester ihres verstorbenen Mannes besuchen wollte. Von da aus wollte sie dann den Zug nach Amsterdam nehmen, wo ihr Sohn studierte und zur Untermiete wohnte. Am späten Nachmittag wollte sie dann wieder nach Hause zurückkommen. Hierher, nach Utrecht.

„Und du?“, fragte sie schließlich. „Was führt dich hierher?“

Mir war nicht entgangen, dass sie einen Blick auf meine rechte Hand geworfen hatte, an der kein Ring zu sehen war. Vielleicht erinnerst du dich noch, dass ich ihn vor ein paar Jahren verloren habe, als wir am Strand eine Sandburg gebaut haben und einen Graben darum herum gruben. Wir haben damals noch eine ganze Weile gesucht, aber das war wie die Suche nach einer Stecknadel im Heuhaufen. Und irgendwie bin ich nicht dazu gekommen, einen neuen Ring zu kaufen.

Ich erzählte Ruth also, dass ich geschäftlich in Utrecht zu tun hätte, und versuchte mir währenddessen zu überlegen, wie ich weiter vorgehen sollte, welche Antwort ich ihr geben sollte, wenn sie mich fragte, warum ich damals unsere Verlobung gelöst hatte. Natürlich hatte ich über diese Frage schon sehr oft nachgedacht, eigentlich jedes Mal, wenn ich von einem Wiedersehen mit Ruth geträumt hatte. Aber ich hatte nie eine passende Antwort gefunden. Jetzt konnte ich ihr jedoch kaum noch ausweichen. Sollte ich ihr einfach alles erzählen? Wäre die Wahrheit der Sache dienlich oder sollte ich mir andere Ausreden ausdenken?

Die Frage wurde allerdings gar nicht gestellt. Damals jedenfalls noch nicht. Wir haben beide das Thema nicht angerissen. Als Ruth ihren Kaffee ausgetrunken hatte, machte sie Anstalten aufzustehen.

„Ruth“, sagte ich, wobei ich unwillkürlich meine Hand auf die ihre legte. Ihre Haut war ganz warm. Warm und vertraut. Sie durfte einfach nicht weggehen, nicht schon wieder aus meinem Leben verschwinden. Nicht ohne dass wir wirklich miteinander gesprochen hatten.

Sie warf einen Blick auf unsere Hände und sah mich dann an. „Ja?“

„Ich würde gern länger mit dir reden.“

Sie warf einen Blick auf die Uhr.

„Nein, nicht jetzt“, fügte ich sofort hinzu. „Heute Abend. Wenn du zurück bist. Darf ich dich dann zum Essen einladen?“

Sie sah mich aufmerksam an, so als wüsste sie nicht, was sie mit dieser Frage anfangen sollte. „Wartet denn zu Hause keine Frau auf dich?“, fragte sie schließlich.

„Nein.“ Streng genommen war das keine Lüge. Deine Mutter war ja schon seit Monaten nicht mehr zu Hause und du würdest früher

essen, damit du noch zur Klavierstunde gehen konntest, bevor du deine Mutter im Pflegeheim besuchen würdest.

Natürlich wusste ich, dass Ruth die Frage anders gemeint hatte, dennoch entschied ich mich, sie wörtlich zu verstehen. Und verdrängte dabei bewusst den Gedanken, dass deine Mutter tatsächlich jeden Tag auf mich wartete.

Schon seit neunundzwanzig Jahren.

Der Brief wird lang – sehr lang. Und ich habe noch nicht einmal die Hälfte erzählt.

Ich könnte den Rest der Geschichte einfach in ein paar Sätzen zusammenfassen. Aber das wäre zu einfach. Ich muss das hier bis zum Ende durchstehen.

An jenem Abend gingen Ruth und ich in Utrecht in der Nähe des Bahnhofs miteinander essen. Um die Mittagszeit hatte ich bei dir angerufen und dir erzählt, dass ich den Besuch bei deiner Mutter an diesem Tag ausfallen lassen müsse, weil ich Überstunden zu machen hatte. An deiner Stimme merkte ich, dass du das nicht nachvollziehen konntest und mir die Sache auch übel nahmst, aber du hast mir trotzdem geglaubt. Warum auch nicht? Schließlich hast du mir vertraut. Genauso wie deine Mutter. Und genauso wie Ruth.

Sie musste aus meiner Antwort und der Tatsache, dass ich keinen Ehering trug, geschlossen haben, dass ich mein Leben lang unverheiratet geblieben war. Und ich ließ sie in dem Glauben.

Du findest es vermutlich unvorstellbar, dass sie mir bei unserer ersten Begegnung nicht einfach den Kopf gewaschen, mich abserviert und mir dann sofort den Rücken gekehrt hat. Du hättest in ihrer Situation ganz anders reagiert, glaube ich. Viel heftiger. Wenn bei dir jemand zu weit geht, ist die Sache gestorben und vorbei. Deshalb begreife ich ja auch, dass ich für dich einfach nicht mehr existiere. Genauso wie mein Vater für mich nicht mehr existiert hat. Wir beide sind einander auch in dieser Hinsicht ziemlich ähnlich.

Doch Ruth war anders. Sie wartete in Ruhe ab, bis ich so weit war, ihr zu erzählen, warum ich damals unsere Verlobung gelöst hatte.

Wie ich dir schon geschrieben habe, wusste ich nicht, ob es gut wäre, ihr die wahren Gründe zu verraten. Während des Gesprächs am ersten

Abend wurde mir allerdings deutlich, dass sie mit den Jahren reifer geworden und in Bereichen gewachsen war, in denen ich stehen geblieben war. Ruth hatte das Vergeben gelernt.

„Glaub bloß nicht, dass das einfach war", warnte sie mich. „Oder einfach so passiert ist. Vergeben beginnt mit dem festen Entschluss, es tatsächlich zu tun. Und wenn du erst einmal so weit bist, hast du den wichtigsten Schritt schon getan. Doch nicht zu vergeben bedeutet, dass du dich fürs Leiden entscheidest. Lebenslang."

Diese Bemerkung traf mich und schockierte mich, allerdings wusste ich nicht, was ich damit anfangen sollte. Und Ruth redete schon weiter.

„Während meiner Ehe mit Elias habe ich mitbekommen, wie der Hass das Leben eines Menschen ruinieren kann. Bis zu seinem letzten Atemzug vor neun Jahren, als er an Herzversagen gestorben ist, hat er mit jeder Faser seines Körpers die Deutschen gehasst, weil sie ihm seine erste Frau und sein Kind genommen haben. Aber durch diesen Hass hat er es jeden Tag aufs Neue zugelassen, gab er ihnen jeden Tag aufs Neue die Macht, ihn zu quälen. Und ich wusste, dass ich so nicht leben wollte. Trotzdem", fügte sie sofort hinzu, „hatte ich noch keine Ahnung, woher ich die Kraft für die Vergebung hernehmen sollte."

Ich hörte zu und sagte nichts. Was sollte ich auch sagen? Wenn man mich fragte, dann konnte niemand die Kraft dazu aufbringen.

„Nach Elias' Tod habe ich mich auf die Suche nach Menschen begeben, die Ähnliches wie ich erlitten hatten, und habe gelernt, über die Vergangenheit zu reden. Eine von ihnen, eine jüdische Frau, die Christin geworden war, hatte ihren Vater und ihren Bruder bei einer Vergeltungsaktion der Deutschen verloren. An einem Abend erzählte sie aus ihrem Leben. Das hat mich tief beeindruckt. Sie hat davon erzählt, wie sie durch die Kraft und Liebe Jesu in die Lage versetzt worden war, Vergebung zu schenken. Nicht, dass sie damit ihren Kummer und ihren Schmerz verleugnet oder bagatellisiert hätte. Auf keinen Fall. Aber durch die Liebe Gottes fand sie die Kraft zur Vergebung. Immer wieder neu. Und dadurch war sie von ihrem Hass frei geworden."

Ich musste ihr mit offenem Mund zugehört haben, denn ich verstand wirklich nicht, wovon sie sprach.

„Ihre Geschichte hat mich neidisch gemacht", fuhr Ruth fort, „und nach dem Treffen bin ich zu ihr gegangen. Ich wollte auch die Befrei-

ung, von der sie gesprochen hatte. Gleichzeitig war ich verwirrt. Denn du musst wissen: Für den jüdischen Glauben ist es eine Sünde, wenn man dem anderen keine Gelegenheit gibt, seine Schuld und Schande einzugestehen und um Vergebung zu bitten. Diese Regel hatte ich mit der Muttermilch aufgesogen. Durfte ich also überhaupt jemandem vergeben, der mich noch nicht einmal darum gebeten hatte?

Die Frau erklärte mir in sehr ruhigem Ton, dass Gott uns auch dann, wenn der andere keine Reue zeigt und uns nicht um Vergebung bittet, dazu herausfordert, uns die Frage zu stellen, ob wir zur Vergebung bereit sind, ob wir ihm das Urteil überlassen und dem anderen seine Sünde nicht mehr zurechnen. Und nein, kein einziger Deutscher hat sie jemals um Vergebung gebeten, aber indem sie trotzdem die Vergebung aussprach, hatte der Hass die Macht über ihr Leben verloren und sie lebte im Frieden."

Wie du dir sicher denken kannst, hat der Ober an diesem Abend mein Essen unangerührt abgeräumt, denn ich war viel zu schockiert, um auch nur einen Bissen herunterzubekommen. Die Geschichte, die Ruth mir von dieser Leidensgenossin da erzählt hatte, hätte ebenso die deiner Mutter sein können. Auch ihr Vater war bei einer Vergeltungsaktion der Deutschen ums Leben gekommen. Und auch deine Mutter hat den Weg der Vergebung gesucht, gefunden und ist ihn gegangen. Durch sie und durch die Gottesdienstbesuche hatte ich begriffen – allerdings nur mit dem Kopf –, wer Jesus war. Und ich wusste auch, was die Bibel über die Vergebungsbereitschaft lehrte, doch das Gespräch, das Ruth und ich nun darüber führten, war beinahe unwirklich.

Saß ich wirklich einer jüdischen Frau gegenüber, die mir erzählte, dass sie den Mördern ihrer Familie vergeben hatte? Und darüber hinaus bezeugte, dass sie Jeshua, wie sie Jesus nannte, als ihren Messias, ihren Erlöser kennengelernt hatte? Sagte sie jetzt wirklich, dass sie vergab, weil sie selbst auch aus der Vergebung lebte, die sie durch Jeshuas Opfer empfangen hatte?

Das war alles zu viel für mich.

Viel zu viel.

Doch in all der Verwirrung dämmerte mir langsam, dass sie auch mir vergeben haben musste, sonst könnte sie mir nicht so ruhig gegenübersitzen. Und ich ahnte, dass sie auch offen dafür war zu erfahren, was mich 1951 in die Flucht getrieben hatte.

Nach einem langen Schweigen stellte ich ihr zögernd meine Frage: „Hast du jemals erfahren, wer deine Familie damals verraten hat?"

Sie sah mich ruhig an. „Nein."

Diese Antwort hatte ich erwartet, weil ich mittlerweile davon überzeugt war, dass außer meinen Eltern niemand davon wusste. Sonst wären sie nach dem Krieg härter bestraft worden als nur mit ein paar Jahren Internierungslager.

„Würdest du es denn gerne wissen?", fragte ich, während ich ihrem Blick standhielt.

Sie blieb einen Augenblick still. „Weißt du es denn?", fragte sie dann plötzlich.

Jetzt oder nie. „Ja."

Sie verzog das Gesicht. „Wer war es?", fragte sie dann.

Einen Moment lang brachte ich kein Wort heraus. Ich hatte das Gefühl zu ersticken und lockerte mir mit einem Ruck die Krawatte. Ruth streckte ihre Hand nach mir aus und wie ein Ertrinkender griff ich nach ihr. „Mein Vater."

Ich spürte, wie sich ihre Finger um meine Hand krampften und dann wieder entspannten. Sie legte ihre Serviette auf ihren Teller und stand ganz ruhig auf. „Ich bin gleich wieder da", sagte sie kaum hörbar und verschwand in Richtung der Damentoilette.

Nach ein paar Minuten fing ich an mich zu fragen, ob sie vielleicht nie mehr zurückkommen würde, was ich gut hätte verstehen können. Doch genau in dem Augenblick, als ich fest davon überzeugt war, dass sie wegbleiben würde, kam sie zurück und setzte sich wieder zu mir.

Ich konnte sehen, dass sie geweint hatte, aber auch, dass die Ruhe nicht aus ihren Augen gewichen war. Erneut nahm sie meine Hand. „Das muss sehr schwer für dich gewesen sein."

Ich zog meine Hand weg. Wäre sie doch bloß wütend geworden! Hätte sie mir doch ihren Teller an den Kopf geworfen, mich angeschrien, was für ein unglaublicher Schuft mein Vater gewesen war. Was für ein unglaublicher Schuft ich gewesen war. Und immer noch war. So eine Reaktion hätte ich einordnen können. Aber nicht das hier.

„Seit wann weißt du das schon?", fragte sie.

„Seit dem Tag, an dem ich ihm von unserer Verlobung erzählt habe."

Ich bemerkte, wie ihre Augen größer wurden.

„Deshalb ..." Sie vollendete den Satz nicht.

„Deshalb …", antwortete ich. Dieser Satz musste nicht vollendet werden, er war auch so eindeutig genug.

Ich hatte entsetzliche Angst. Würde sie mir nun vorwerfen, ich hätte ihr alles erzählen sollen, das alles hätte nicht zwischen uns stehen müssen, wir hätten einfach trotzdem heiraten können? Ich weiß nicht, ob ich damit fertiggeworden wäre oder noch am selben Abend in irgendeiner Gracht meinem Leben ein Ende gesetzt hätte.

Aber sie sagte es nicht. Gott sei Dank nicht.

In diesem Augenblick sagte sie lediglich, dass ich mich nicht einfach nur mit einem Brief aus dem Staub hätte machen dürfen. Dass ich den Mut hätte aufbringen müssen, es ihr persönlich zu sagen, dass sie die Wahrheit hätte wissen wollen – und ja auch ein Recht darauf gehabt hätte –, warum ich die Verlobung aufgelöst hatte. Das hätte ihr den jahrelangen Kampf mit einer Reihe unangenehmer Fragen erspart. „Wenn du mir das ehrlich gesagt hättest", sagte sie, „dann hätte ich es verstanden. Aber die Tatsache, dass du nicht offen mit mir geredet hast, hat alles nur noch schwerer gemacht."

Ich wäre am liebsten im Boden versunken und wusste gar nicht, wo ich hinsehen sollte. Denn auch heute war ich wieder nicht offen und ehrlich zu ihr. Wenn ich auch nur ein bisschen Mumm in den Knochen gehabt hätte, dann hätte ich ihr erzählt, dass ich verheiratet war, doch ich tat nichts dergleichen. Wenn Ruth nämlich von deiner Mutter und dir erfahren hätte, hätte sie meine Einladung zu einem weiteren Abendessen nicht angenommen. Und ich war noch nicht bereit, sie wieder gehen zu lassen.

Wir haben uns vier Wochen lang jeden Mittwochabend in jenem Restaurant getroffen und ich habe ihre Gegenwart geradezu in mich aufgesogen.

Und vier Wochen lang habe ich dir und deiner Mutter jeden Mittwoch erzählt, ich hätte für unseren neuen Kunden grundlegende Dinge zu erledigen und müsse deshalb einen Abend pro Woche Überstunden machen.

Wenn ich bei Ruth war, kam es mir so vor, als sei die Zeit zurückgedreht worden. Gut, wir waren rund dreißig Jahre älter, hatten ein paar Falten mehr und bekamen beide schon graue Haare, dennoch war meine Liebe zu ihr immer noch genauso groß. Nicht anders war es mit meinem Verlangen, das geradezu neu entflammt war. Und manchmal meinte ich dasselbe Verlangen auch in ihren Augen zu erkennen, und ertappte mich dabei, wie ich von einer gemeinsamen Zukunft träumte.

Immer wenn ich bei ihr war, schien das Leben anders zu sein. Dann war ich in einer solch anderen Welt, dass ich beinahe vergaß, dass ich auch noch ein anderes Leben führte. Ein Leben mit deiner Mutter und dir. Ich kann es mir kaum noch vorstellen, wie es mir gelang, vier Abende lang jedem Gesprächsversuch deinerseits auszuweichen. Ich hatte zwar schon von Männern gehört, die ein Doppelleben führten, aber ich hatte nie verstanden, wie sie das schafften. Doch jetzt wusste ich es.

Und jedes Mal habe ich mich von Donnerstag bis Dienstag gefragt, was ich da eigentlich tat, aber jeden Mittwoch trieb es mich wieder zu Ruth.

Während unserer letzten Zusammenkunft beim Essen kam Ruth vorsichtig auf die Gründe zu sprechen, die zum Bruch unserer Verlobung geführt hatten. Sie hatte ein paar Wochen darüber nachgedacht und gab zu, dass sie auch ihrerseits die Verlobung gelöst hätte, wenn sie die wahren Gründe gekannt hätte – es war übrigens sowieso für sie ein enormer Schritt gewesen, sich mit mir zu verloben, mit mir, dem Sohn eines Mannes, der Hitler nahezu vergöttert hatte. Sie sagte, der Verlust ihrer Eltern und Brüder sei damals noch zu frisch gewesen, um sich dem Sohn eines Menschen hinzugeben, der diesen Verlust auf dem Gewissen hatte. Und dass sie damals noch nicht die Kraft gehabt hätte, so zu vergeben wie jetzt, ja, dass sie damals noch nicht einmal daran gedacht hätte.

Immer, wenn sie über Vergebung redete, fühlte ich mich unbehaglich. Indirekt nötigte sie mich dazu, dasselbe zu tun und meinem Vater endlich zu vergeben. Sie war davon überzeugt, dass es mir ohne den Hass, den ich ihm gegenüber verspürte, besser ginge. Aber ich wollte nichts davon hören.

Am Ende des vierten Abends lud sie mich ein, am darauffolgenden Mittwoch zu ihr nach Hause zu kommen. Nicht nur, weil sie es schön fand, für mich zu kochen, sondern auch, weil sie mir gern etwas zeigen wollte.

Ich ahnte, dass ein Besuch bei ihr zu Hause, also nicht länger auf neutralem Terrain, ein weiterer Schritt sein würde. Dazu noch ein gefährlicher. Ohne Menschen um mich herum könnte ich vielleicht mei-

nem Drang nicht länger widerstehen, sie in die Arme zu schließen, mit tausend Küssen zu bedecken und nie mehr loszulassen. Doch mein Gewissen verlor wieder den Kampf gegen mein Verlangen und so sagte ich Ja.

Die ganze Woche über war ich so angespannt, dass es dir und deiner Mutter auffiel. Ich tat meine Anspannung mit der Bemerkung ab, dass mir die Arbeit schwerfiel. Aber gleich darauf ärgerte ich mich über meine Lüge, weil deine Mutter liebevoll und besorgt nachfragte, ob die Aufgabe in Utrecht nicht langsam erledigt sein müsse, sodass ich keine Überstunden mehr zu machen brauchte.

Du jedoch warst nicht so naiv und wolltest wissen, warum ich plötzlich abends regelmäßig dort bleiben musste, anstatt die Arbeit mit nach Hause zu nehmen, so wie ich es sonst immer getan hatte. Darüber hinaus nahmst du es mir sehr übel, dass ich schon seit vier Wochen meine Besuche am Mittwoch ausfallen ließ. Auf deine Nachfragen und Vorwürfe hatte ich keine andere Antwort als irgendein Gestammel und eine leichte Röte im Gesicht.

An dem Abend, als ich vor der Tür des kleinen, aber wunderschönen Grachtenhauses stand, in dem Ruth wohnte, war ich aufgeregter als ein pubertierender Jugendlicher vor seiner ersten Verabredung. Und obwohl ich es eigentlich nicht vorgehabt hatte, hatte ich doch in einem Blumenladen einen Strauß langstielige Rosen gekauft. Rote Rosen.

Ruths Gesicht konnte ich anmerken, dass sie das nicht erwartet hatte, doch daran, wie sie mit ihrem Gesicht quasi in dem Bukett verschwand und den Duft der Rosen einsog, konnte ich auch erkennen, dass sie sich sehr darüber freute. Genauso wie früher.

„Vielen Dank", flüsterte sie.

Während ich durch den schmalen Flur hinter ihr herging, kam es mir so vor, als wäre ich in einer anderen Zeit gelandet. Es roch nach Matzenbrei, nach einem Gericht, das ich als Kind zum letzten Mal gegessen hatte. Bei Ruths Mutter in der Küche. Das war mein Lieblingsessen gewesen, doch meine Mutter hatte es nie backen wollen, weil mein Vater meinte, es „stinke nach den Juden". Hatte Ruth sich daran erinnert, dass ich das so gern gegessen hatte?

In meinem Kopf war ein großes Durcheinander; Heimweh, Sehn-

sucht, Verzweiflung und Hass auf meinen Vater stritten sich um die Vorherrschaft. Mit zitternden Knien folgte ich Ruth ins Wohnzimmer, wo sie sich umdrehte und mich ansah. „Das eigentliche Abendessen ist in einer halben Stunde fertig, aber ich habe jetzt noch etwas anderes für dich", sagte sie. „Matzenbrei. Es ist zwar noch kein Pesach, aber du hast das doch immer so sehr gemocht, nicht wahr?"

Die Liebe in ihren Augen brachte das Fass zum Überlaufen. Unbeherrscht zog ich sie in meine Arme und suchte begierig nach ihrem Mund. Für einen Augenblick schien sie sich zu wehren, doch dann entspannte sie sich und erwiderte meinen Kuss. Nach ein paar Minuten wand sie sich los, doch ich konnte fast nicht mehr aufhören, so sehr wurde ich durch den Gedanken beherrscht, wie sehr ich das vermisst hatte. „Ich liebe dich", stammelte ich, während ich erneut versuchte, sie zu küssen. „Und es ist kein Tag vergangen, an dem ich nicht an dich gedacht hätte."

Sie legte ihre Hand auf meine Brust und warf den Kopf in den Nacken. „Stephan." Der warnende Unterton in ihrer Stimme drang in mein benebeltes Gehirn. „Genug. Für den Augenblick."

Es kostete mich einige Mühe, sie loszulassen, aber ich klammerte mich an das Versprechen, das in ihren letzten drei Worten zu stecken schien. Es würde ein Später geben.

Sie ging in die Küche und ich sank zitternd auf das bordeauxrote Sofa. Es war gut, dass sie mich für einen Augenblick allein ließ, denn es würde sicher ein paar Minuten dauern, bis ich meine Selbstbeherrschung wiedergefunden hätte.

Nach einer Weile kam sie mit einer Flasche Wein und einem Korkenzieher zurück. „Magst du die aufmachen?", fragte sie, während sie mir beides in die Hand drückte. „Ich habe es nicht geschafft und jetzt habe ich Angst, dass ich den Korken völlig zerbrösele, wenn ich es noch weiter versuche."

Die Aufgabe lenkte mich etwas ab und kurze Zeit später schenkte ich den Wein in die Gläser, die Ruth auf den Wohnzimmertisch gestellt hatte.

Mittlerweile hatte sie sich mir gegenübergesetzt; ich nehme an, dass sie ganz bewusst etwas Abstand zwischen uns bringen wollte. Sie war klüger als ich.

„Was wolltest du mir denn zeigen?", fragte ich in einem Versuch, das Gespräch in Gang zu bringen.

Über ihr Gesicht glitt ein unsicherer Zug. „Vielleicht ist es besser, wenn ich es dir gleich erzähle."

„Warum?"

„Weil ich nicht weiß, ob das der richtige Zeitpunkt ist. Obwohl … vielleicht ist es auch gerade gut, wenn du es jetzt siehst. Dann können wir hinterher darüber reden." Sie stand auf, schob die altmodische Doppelschiebetür auf und bedeutete mir, ihr ins Hinterzimmer zu folgen, in dem es stark nach Minze roch.

Ich wusste zuerst nicht, was ich mir anschauen sollte: den großen Wandbehang, der an der Mauer hing, oder die Fotos, die auf einem Brett davorstanden.

Ruth sagte nichts, sondern zündete ruhig die sieben weißen Kerzen auf der Menora an, die auf einem niedrigen Teakholztischchen stand, und gönnte mir damit etwas Zeit, die Fotos näher zu betrachten.

Meine Augen füllten sich mit Tränen, als ich das Foto nahm, auf dem Ruths Mutter mit Enosch auf dem Schoß saß, während Ruths Vater hinter ihr stand. Rechts von ihr stand Aron und Ruth links. Mein Herz verkrampfte sich, weil mir gleichzeitig Bilder von nackten, vergasten Juden in den Sinn kamen. Wenn es mich schon so verstörte, dass Ruths Familie dieses Schicksal hatte erleiden müssen, wie schwer musste es erst für Ruth selbst sein?

Ich stellte das Foto schnell wieder auf seinen Platz und nahm ein anderes in die Hand. Eines, das mir ebenfalls sehr wehtat, allerdings in anderer Hinsicht. „Wie heißt dein Sohn eigentlich?", fragte ich, während ich versuchte, Elias gar nicht zu sehen. Obwohl ihm nichts vorzuwerfen war, konnte ich ihn nicht ansehen, ohne von Neid verzehrt zu werden. Trotz allem, was er durchgemacht hatte.

„Enosch."

Mit einem Kloß im Hals stellte ich das Bild des Jungen, der den Namen von Ruths Bruder trug, wieder zurück und nahm das letzte Foto in die Hand. Die dunkelhaarige Frau, die einen kleinen Jungen auf dem Arm hielt, kam mir völlig unbekannt vor.

„Das ist Elias' erste Frau mit ihrem kleinen Sohn", erläuterte Ruth. „Rachel und Sem. Ich fand, ihr Foto gehört auch hierher."

Ich nickte einfach nur und stellte das Bild behutsam zurück, dann fiel mein Blick auf den farbenprächtigen Wandbehang.

Wenn ich richtig geschätzt habe, war er ungefähr anderthalb Meter breit und einen Meter hoch. Er war größtenteils aus Baumwolle, aber hier und da war auch Filz verarbeitet.

Manche Dinge sprachen für sich selbst, wie zum Beispiel der gelbe Judenstern, die israelische Fahne und der Stacheldraht, der aus Eisenfäden gemacht zu sein schien. Anderes wiederum rief nach einer Erklärung. Fragend sah ich Ruth an.

„Das ist meine Lebensgeschichte", erläuterte sie. „Ich habe diese Collage vor ein paar Jahren gemacht, sie hat mir geholfen, die Dinge zu verarbeiten. Der blaue Hintergrund links steht für meine Kindheit, in der ich noch ziemlich sorglos sein konnte. Die fünf schattenartigen Figuren, die ich mit weißem Draht umrandet habe, sind meine Familie damals zu Hause."

Sie zeigte auf die Silhouette einer Frau, die etwas weiter weg stand, vom Rest durch den gelben Stern und den Stacheldraht getrennt, und die mit schwarzem Draht an einem dunkelgrauen Hintergrund befestigt war. „Das bin ich nach dem Krieg und nachdem unsere Verlobung gelöst worden war. Verlassen und allein. Genau so habe ich mich gefühlt."

Ich starrte weiterhin auf den Wandbehang, um ihr nicht in die Augen schauen zu müssen.

„Die drei anderen Figuren, die mit dem grünen Draht, sind Elias, Enosch und ich. Ich habe sie in Grün eingefasst, weil ich das für eine schöne Farbe halte, um einen neuen Abschnitt im Leben auszudrücken. Aber wie du siehst, habe ich im Hintergrund auch mit Herbst- und Winterfarben gearbeitet, weil nicht alles neu geworden war. Die helleren Farben kommen aber später wieder zurück. Siehst du das Herz, in dem das Kreuz steht?"

Ich nickte.

„Wenn du genau hinschaust, siehst du noch die Spuren einer Bruchlinie in dem Herzen. Doch durch die Heilung des Messias ist mein Herz nicht mehr in Stücke gerissen. Er hat es wieder ganz werden lassen."

Je länger ich diesen Wandbehang anstarrte und Ruths Erklärungen zuhörte, desto mehr sah und erkannte ich darin. Und desto mehr verstand ich auch, warum sie ihn mir hatte zeigen wollen. Doch gleichzeitig spürte ich, wie sich eine eiskalte Hand um mein Herz legte, denn diese aufrichtige und wunderbare Frau verdiente Liebe und Ehrlichkeit. Doch beides bekam sie von mir nicht. Die Liebe nicht, weil ich es nicht durfte, und Ehrlichkeit konnte ich ihr nicht geben.

„Was sind das für Zweige, die du an den vier Ecken der Collage befestigt hast?", fragte ich und ignorierte meine aufwühlenden Gedanken.

Sie nahm einen Beutel mit getrockneten Kräutern aus einer Schale, die neben der Menora stand, und hielt ihn mir unter die Nase. „Riech einmal daran."

Ich roch denselben Minzgeruch, der mir schon zuvor aufgefallen war. „Was ist das?"

„Ysop."

Das Wort kam mir zwar nicht völlig unbekannt vor, allerdings konnte ich es nicht einordnen. „Ysop?"

Sie lächelte. „Ja. Das ist ein Kraut mit blauvioletten Blüten. In meinem Garten wächst es auch. Wenn es im Sommer blüht, trockne ich in der Regel etwas davon, damit ich auch im Winter noch den Geruch genießen kann. Nicht wegen der Pflanze selbst, sondern weil sie ein Symbol ist. Deshalb wollte ich sie auch in meinem Wandbehang verarbeiten."

Anscheinend sah sie, dass ich nichts begriff.

„Wegen seiner reinigenden Wirkung wird Ysop im Judentum mit der Sündenvergebung verbunden. Vielleicht hast du ja schon einmal gehört oder gelesen, dass David in Psalm 51 Gott darum bittet, ihn mit Ysop zu reinigen, damit er wieder schneeweiß wird."

Jetzt wusste ich wieder, woher ich das Wort kannte.

„Der weiße Rand der Collage und die Ysopzweige symbolisieren, dass alle meine Sünden weggewaschen sind. Und aufgrund dieser Gewissheit konnte ich anderen vergeben, und das hat mein Leben vollkommen verändert."

Ich konnte mir beim besten Willen keine Sünde vorstellen, die ihr hätte vergeben werden müssen, ja, ich stellte mir sogar die Frage, ob nicht eigentlich Gott derjenige war, der sie um Vergebung hätte bitten müssen, weil er ihre Familie nicht beschützt hatte. Aber ich verkniff mir diese Frage und stellte sie nicht, weil sie auf eine so ergreifende Weise von „ihrem Jeshua" sprach.

Im Zimmer wurde es still, doch plötzlich wurde die Ruhe durch ein Klingeln an der Tür gestört.

Ruth war überrascht und entschuldigte sich, um die Tür zu öffnen.

Während sie aus dem Zimmer ging, fiel mein Blick auf das Foto von Ruths Sohn. Er glich seiner Mutter wie ein Ei dem anderen. Und genau wie gerade eben drängte sich mir die Frage auf, wie wohl ein Kind von Ruth und mir ausgesehen hätte.

Als sich die Zimmertür wieder öffnete, kehrte ich ihr immer noch den Rücken zu. Ich erwartete, dass sich Ruth wieder neben mich stellen oder etwas sagen würde, doch als nichts dergleichen geschah, drehte ich mich um.

Der unübersehbare Schmerz in ihren Augen deutete schon an, dass etwas Schlimmes passiert sein musste. Etwas furchtbar Schlimmes. Aber ich hatte keine Ahnung, was.

„Da ist jemand für dich an der Tür", sagte sie monoton. „Deine Tochter."

Den Rest des Abends kennst du.

Ich sehe noch immer dein Gesicht hinter dem von Ruth auftauchen. Genauso bleich wie ihres.

Deine Augen glühten. Vor Wut. Vor Empörung. Und vor Hass.

Ich weiß nicht, wie lange wir drei sprachlos dagestanden haben. Selbst wenn ich etwas hätte sagen können, hatte ich doch keine Ahnung, was ich sagen sollte. Wie hattest du mich ausfindig gemacht? Warst du mir von meiner Arbeit gefolgt? Hattest du mich gesehen, als ich die Rosen gekauft hatte? Vor dem Fenster gestanden, als Ruth in meinen Armen lag?

Doch eigentlich war es egal, was du gesehen oder nicht gesehen hattest. Und auch was geschehen war oder nicht geschehen war. Denn in diesem Augenblick durchdrang mich zum ersten Mal die Wahrheit wie ein scharfes, zweischneidiges Schwert: Ich hatte Ehebruch begangen.

Es war, als fiele es mir wie Schuppen von den Augen. Ich hatte deine Mutter verraten. Dich verraten. Und auch Ruth verraten. Drei wunderbare Frauen, die eines gemeinsam hatten: Ich war ihrer Liebe nicht wert.

Die Scham und die Abscheu über das, was ich war, was ich getan hatte und sicher noch getan hätte, wenn du an diesem Abend nicht gekommen wärst, haben so sehr von mir Besitz ergriffen, dass ich in Panik geriet und keinen anderen Ausweg mehr wusste als den, den ich immer in schwierigen Situationen gewählt hatte: Ich ergriff die Flucht.

Statt den Folgen meines Verhaltens ins Angesicht zu sehen, wählte ich den Weg des geringsten Widerstands und rannte an euch vorbei in den Flur und dann durch die Haustür nach draußen.

Ich weiß noch, dass Ruth mir etwas hinterherrief, aber ich bin einfach weitergerannt. Ich musste weg. Ich. Ich. Ich. Wieder habe ich dabei nur an mich selbst gedacht.

Ich bin zu meinem Auto gerannt und so schnell ich konnte nach Hause gefahren. Ich wollte vor dir zu Hause sein, koste es, was es wolle … damit ich meine Klamotten und ein paar persönliche Dinge in einen Koffer packen und ungesehen verschwinden konnte.

Noch am selben Abend saß ich in einem Hotel in Amsterdam.

Ich konnte kaum einen klaren Gedanken fassen und verzehrte mich in Schuldgefühlen. Wie konnte ich euch jemals wieder unter die Augen treten?

Ich dachte ernsthaft darüber nach, mir von einem Arzt Schlaftabletten verschreiben zu lassen und dann die ganze Packung mit einer Flasche Whiskey herunterzuspülen. Aber auch diesmal fehlte mir der Mut dazu.

In den Tagen danach meldete ich mich bei meinem Arbeitgeber krank und igelte mich in meinem Hotelzimmer ein. In einer dieser schlaflosen Nächte beschloss ich dann, ins Ausland zu gehen. Denn in den kleinen Niederlanden wäre ich doch immer in der Nähe von euch.

Ohne zu zögern reichte ich meine Kündigung ein, regelte ein paar finanzielle Angelegenheiten und buchte einen Hinflug nach Amerika.

Kurz vor meiner Abreise schrieb ich auf dem Hotelbriefpapier noch zwei Briefe. Einen an deine Mutter. Und einen an Ruth. Ich habe beiden erzählt, dass ich ein ehrloser Schuft war, dem nichts Besseres einfiel, als aus ihrem (und deinem) Leben zu verschwinden.

In Amerika angekommen besaß ich wenigstens noch den Anstand, deiner Mutter meine Adresse zukommen zu lassen, sodass sie mich im Notfall erreichen konnte.

Das liest sich absurd – so als hättest du mich, den Verursacher von all dem Elend, wegen irgendetwas erreichen müssen.

Fünf Monate später ist deine Mutter gestorben. Doch nicht, ohne mir zuvor die Kassette geschickt zu haben.

Ich musste einfach zu ihrer Beerdigung. Frag mich nicht, warum. Du würdest die Gründe sowieso verwerfen.

Nach der Trauerfeier bin ich sofort weggegangen und habe den Hass, den ich in deinen Augen gesehen habe, mitgenommen.

Jetzt weißt du alles.

Was du damit anfängst, musst du selbst wissen.

Doch du sollst wissen, dass ich dich immer geliebt habe und das auch immer tun werde. Soweit mein Wort noch etwas wert ist.

Steven

PS: Mittlerweile sind sechs Briefe ungeöffnet wieder bei mir angekommen. Der siebte und dieser hier werden zweifellos auch zurückgeschickt werden. Das macht nichts. Ich werde sie aufheben, bis du so weit bist, sie zu lesen.

Kapitel 58

Mit einem Lächeln um die Mundwinkel betrachtete Ellen ihre Tochter, die zwischen Peter und ihr saß und enthusiastisch das Kinderlied mitsang, das die Lobpreisband der Gemeinde gerade angestimmt hatte. *Gott kennt dich, damals und heute, kennt dein Leben von außen und von innen, kennt dein Leid und deine Freude, kennt auch das, was kein andrer sieht.*

Unwillkürlich wanderten Ellens Gedanken zu Kathy. Allzu gern wüsste sie, wie es ihr jetzt ging. Hatte sie die Tasche geöffnet? Sich die Kassette angehört? Die anderen Dinge angeschaut oder die Briefe gelesen? Gott wusste es. Er kannte sie durch und durch. *Herr, ich bete, dass sie dich wirklich kennenlernt.*

Das Lied war zu Ende und der Lobpreisleiter verkündete, alle Kinder sollten sich nun in ihre Sonntagsschulräume begeben. Ellen drückte Marilou einen Euro für den Klingelbeutel in die Hand und setzte sich auf den jetzt frei gewordenen Platz neben Peter.

Gestern Abend hatte sie sich wieder mit der Frage gequält, ob sie mit Kathy bisher alles richtig gemacht hatte. Peter hatte ihr daraufhin den Rat gegeben, loszulassen. „Es ist wunderbar, wenn Gott dich gebraucht, und auch, dass du dich gebrauchen lässt, aber es ist sein Geist, der die eigentliche Arbeit tun muss. Nicht du. Du gibst dein Bestes und er sorgt für den Rest."

Die Lobpreisband stimmte ein neues Lied an und Ellen erkannte lächelnd die Melodie. Was für ein passendes Lied. *Nicht durch Heer oder Kraft – sondern durch meinen Geist, spricht der Herr.* Gottes Geist tat wirklich die eigentliche Arbeit. Was für ein beruhigender Gedanke.

Sie ließ alle Gedanken an Kathy los und konzentrierte sich auf die folgende Predigt.

Als der Gottesdienst zu Ende war, war es schon gegen halb eins und Ellen wollte gern noch einen Kaffee trinken. Vor dem Kaffeeausschank hatte sich allerdings schon eine lange Schlange gebildet, sodass sie sich noch einen Augenblick gedulden musste.

„Wir können doch auch zu Hause einen Kaffee trinken", sagte Linda, die mit Wouter auf sie zugekommen war. „Und danach vielleicht ein bisschen was essen. Was meint ihr?"

Ellen sah ihre Schwester und ihren Schwager überrascht an. Sie hatte gar nicht bemerkt, dass sie auch gekommen waren. Meistens besuchten sie den ersten Gottesdienst. „Wir haben heute Morgen verschlafen", erklärte Linda von sich aus. „Und selbst zum zweiten Gottesdienst wären wir beinahe zu spät gekommen."

„Das war nur, weil deine Schwester nicht wusste, was sie anziehen soll", sagte Wouter grinsend. „Wenn ich sie nicht irgendwann vom Kleiderschrank weggezerrt hätte, stünde sie jetzt immer noch davor."

Ellen streckte ihm scherzhaft die Zunge heraus und wandte sich wieder Linda zu. „Ich hätte große Lust, mit euch zu kommen." Und auch Peter nickte zustimmend.

In diesem Moment kam Marilou mit einem Strauß Papiertulpen angelaufen. „Tante Linda!", rief sie begeistert.

Linda umarmte ihre Nichte ganz vorsichtig, damit die Bastelarbeit nicht verknickte. „Hast du auch Lust, mit zu uns zu kommen?"

Marilou nickte begeistert und keine Viertelstunde später saßen sie bei Wouter und Linda im Garten und tranken Kaffee.

„Euer Hühnerstall ist wirklich schön geworden", lobte Ellen ihren Schwager. „Ich hatte ja eigentlich Linda angeboten, beim Streichen zu helfen, aber daraus ist nun nichts geworden."

„Nein, darüber wollte ich gerade jammern", sagte Wouter und verzog dabei das Gesicht.

„Du Armer."

„Wie viele Hühner habt ihr jetzt?", fragte Peter.

„Vier", antwortete Wouter. „Alles Barnevelder. Und sie haben sich schon richtig gut eingewöhnt. Und legen sogar schon Eier. Richtig lecker, so frisch kannst du sie nirgendwo kaufen."

„Sagt einmal, wo wir gerade vom Essen reden", unterbrach Linda die beiden, „soll ich ein paar Brötchen streichen, die wir hier draußen nebenbei essen können? Oder wollt ihr lieber ein warmes Essen an einem gedeckten Tisch? Beides ist möglich."

Ellen sah Peter fragend an, ihr war es egal.

„Wenn wir hier draußen ein paar Brötchen essen, ist der Aufwand nicht so groß und wir können vielleicht alle zusammen noch ein bisschen auf die Heide", schlug Peter vor.

„Auch schön", stimmte Ellen zu. „Aber dann muss ich vorher noch kurz nach Hause und meine Tabletten holen."

„Das kann ich doch schnell erledigen", bot sich Peter an. „Dann kannst du in der Zeit Linda helfen."

„Auch gut."

Als sie ihren ersten Kaffee getrunken hatten, begleitete Wouter Peter und Marilou, und Linda und Ellen machten sich in der Küche ans Werk.

Eine Viertelstunde später kam Peter mit einer Schachtel Tabletten wieder zur Tür herein. „Bitteschön."

„Dank dir", sagte Ellen, die gerade ein Ei in Scheiben schnitt und diese auf den Brötchenhälften verteilte.

„Ellen?"

Ellen sah auf und bemerkte Peters ernsten Blick. „Was ist?"

„Als ich die Tabletten geholt habe, habe ich gesehen, dass das Licht auf dem Anrufbeantworter blinkt."

Überrascht zog sie die Augenbrauen hoch. Was konnte so dringend sein, dass sie jemand am Sonntag zu erreichen versuchte? „Hast du das Band abgehört?"

„Ja. Es war Martijn."

„Martijn?"

„Er bittet dich, so schnell wie möglich zu Kathy zu gehen."

Kapitel 59

Colorado Springs, 12. Januar 2010

Heute ist es auf den Tag genau sechsundzwanzig Jahre her, dass ich dir meinen letzten Brief geschrieben habe.

Und jetzt schreibe ich dir noch einen.

Weil meine Handschrift nicht mehr so leserlich ist, habe ich überlegt, ob ich ihn nicht vielleicht besser mit der Maschine schreiben sollte. Aber ich habe mich dann doch anders entschieden. Ich finde, für einen Brief an dich ist das zu unpersönlich. Obwohl ich diesen hier nicht abschicken werde.

Ja mehr noch, ich hoffe sogar, dass du ihn niemals lesen wirst – denn das würde bedeuten, dass ich in meinem Leben keine Chance mehr gehabt oder bekommen habe, dir persönlich zu sagen, was ich dir nun schreiben werde.

Doch wenn du genauso viele Jahre brauchst wie dein eigensinniger, sturer Vater, um eine einmal getroffene Entscheidung zurückzunehmen, dann möchtest du immer noch nicht mit mir reden oder mich sehen. Und ich kann das immer noch verstehen. Warum also dieser Brief?

Weil meine Geschichte, so wie ich sie dir aufgeschrieben habe, noch nicht abgeschlossen ist, ohne dass ich dir erzählt hätte, was seitdem geschehen ist.

Ich kann nicht wirklich auf alles näher eingehen, aber ich möchte doch ein paar Dinge beleuchten. Aber lass mich mit den Antworten auf die Fragen beginnen, die dir in den letzten Jahren möglicherweise gekommen sind.

Nein, Ruth habe ich nie wiedergesehen. Nie mehr mit ihr gesprochen. Nach dem Brief, den ich ihr bei meiner Abreise geschickt habe, habe ich ihr keine weitere Zeile mehr geschrieben. Jeder Kontakt, den ich nach dem Tod deiner Mutter mit ihr aufgenommen hätte, wäre ein erneuter Verrat gewesen. Hinzu kommt … wie hätte ich Ruth jemals wieder unter die Augen treten können?

Weil ich eine niederländische Tageszeitung abonniert habe, weiß ich, dass sie vor zwei Jahren gestorben ist. Die Todesanzeige war von ihrem Sohn aufgegeben worden, ihrer Schwiegertochter und ihren vier Enkeln. Ich hoffe, dass sie noch viel Freude mit ihnen gehabt und von ihnen viel Liebe bekommen hat.

Nein, ich will auch keine Beziehung mehr mit irgendeiner anderen Frau eingehen. Kann es nicht und will es nicht. Ich habe bei Frauen schon genug Schaden angerichtet.

Nein, ich werde nicht für immer in Amerika bleiben. Ich komme in Kürze zurück.

Ich weiß nicht, wie viel Zeit mir noch in den Niederlanden vergönnt ist. Zwar muss ich noch einen Spezialisten aufsuchen, aber auch ohne diese Untersuchung weiß ich, dass ich krank bin und meine Tage gezählt sind.

Es war der Wunsch deiner Mutter, dass ich neben ihr begraben werde. Sie hat mir gesagt, dass sie das mit dir besprochen hat, deshalb überlasse ich es dir, die Sache zu regeln, wenn es so weit ist.

Übrigens muss ich zugeben, dass ich sehr lange geglaubt habe, ich könnte ihr ihren Wunsch nicht erfüllen. Meiner Meinung nach hatte ich das Recht verspielt, als ihr Ehemann bei ihr im Grab zu liegen. Aber es geht nicht um das, was ich meine oder will. Es geht darum, was sie wollte. Hätte ich ihr einmal früher den ersten Platz eingeräumt. Dann wäre uns viel Elend erspart geblieben.

Ja, ich denke immer noch an dich. Es vergeht kein Tag, ohne dass ich mich frage, wie es dir wohl geht.

In Gedanken wandere ich oft in die Vergangenheit zurück. Bei meiner übereilten Abreise an jenem Mittwochabend habe ich ein paar Fotos mitgenommen (ich glaube, ich habe das in einem der Briefe erwähnt, die ich dir geschrieben habe). Sie anzuschauen ist für mich gleichzeitig Freude und Qual. Weißt du noch, wie du auf der Treppe gestanden hast und in meine Arme gesprungen bist? Du bist ständig eine Stufe höher hinaufgestiegen und hast vollkommen darauf vertraut, dass ich dich schon auffangen würde. Der Blick, der auf dem Foto in deinen Augen zu sehen ist … ich würde alles dafür geben, wenn du mich wieder mit diesem Blick anschauen würdest. Mich quält, wie du mich bei unserer letzten Begegnung angesehen hast.

Auf meinem Nachtschränkchen stehen zwei Schachteln, in die ich regelmäßig hineinschaue. In der kleinen Schachtel, in der einst die Trauringe von deiner Mutter und mir gewesen waren, liegen deine Milchzähne. Vielleicht findest du es seltsam, dass ich sie aufgehoben habe. Doch für mich sind sie eine wertvolle Erinnerung an die Zeiten, in denen du voller Erwartung abends einen Milchzahn unter dein Kopfkissen gelegt hast und dort an seiner Stelle am nächsten Morgen ein Gulden lag. Du warst jedes Mal überrascht und erfreut. Kannst du dich auch noch daran erinnern?

In der anderen Schachtel ist das Taschentuch, das du mir einmal geschenkt hast. Für meinen lieben Papa, steht darauf geschrieben. Ich liebe dich.

Taschentücher wurden unter anderem dafür gemacht, Tränen mit ihnen zu trocknen.

Was ist nur los mit uns Menschen, dass wir erst begreifen, was wir haben, wenn wir es verlieren?

Wenn das Telefonverzeichnis, das ich im Internet gefunden habe, aktuell ist, dann wohnst du immer noch im Haus deiner Mutter, dann trägst du immer noch deinen Mädchennamen und ich sehe auch niemanden, der ebenfalls unter dieser Adresse eingetragen wäre. Alles zusammen lässt mich vermuten, dass du nicht verheiratet bist. Ich hoffe, dass ich dir keine Angst vor der Ehe gemacht habe.

Und ja, es tut mir entsetzlich leid, dass ich deiner Mutter so viel Kummer bereitet habe. Wenn ich sie geheiratet hätte, um sie glücklich zu machen, anstatt um selbst glücklich zu werden, dann hätte die Liebe, die sie mir gegenüber empfand, eine Chance gehabt, erwidert zu werden.

Nein, ich habe meinem Vater nicht vergeben können. Und glaub mir, ich habe es versucht. Aber immer, wenn ich ihm seinen Verrat vergeben wollte, war das, als würde ich mir selbst vergeben. Und das konnte ich nicht. Kann ich bis heute nicht.

Ich weiß nicht, ob du immer noch in die Kirche gehst und die Bibel liest, doch wenn das nicht mehr so ist, dann erinnerst du dich vielleicht noch, dass du früher einmal die Geschichte von der Ehebrecherin gehört hast, die zu Jesus gebracht wurde und nach dem Gesetz hätte gesteinigt werden müssen. „Wer von euch ohne Sünde ist, der werfe den ersten Stein", hat Jesus denen gesagt, die sie herbeigezerrt hatten. Dann ging einer nach dem anderen weg. Und als dann Jesus die Frau gefragt hat, ob sie niemand verurteilt habe, hat sie geantwortet: „Nein, Herr, niemand." Worauf Jesus sagte, dass er sie auch nicht verurteile.

Ich kannte diese Geschichte auch. Und als ich vor ein paar Jahren zum ersten Mal nach langer Zeit wieder in die Kirche ging, wurde über diesen Abschnitt gepredigt. (Nein, erwarte jetzt bitte keine Bekehrungsgeschichte mit so einem Und-er-lebte-glücklich-und-zufrieden-bis-an-sein-seliges-Ende-Schluss.)

Der gute Mann, der die Predigt hielt, hegte ohne Zweifel die Absicht, den Menschen deutlich zu machen, dass sie nicht richten sollten. Doch als ich über die Geschichte noch etwas nachdachte, wurde mir klar, dass das für mich nicht funktionierte.

Zunächst einmal würde der erste Stein mit Sicherheit geworfen werden. Das vermute ich zumindest.

Durch dich …

Doch selbst wenn das nicht so wäre, dann hätte die Geschichte trotzdem einen anderen Ausgang gehabt, wenn sie von mir gehandelt hätte.

Denn wenn Jesus mich gefragt hätte: „Hat dich niemand verurteilt?", dann wäre meine Antwort gewesen: „Doch, Herr. Einer hat mich verurteilt … Ich selbst."

Vielleicht überrascht es dich, dass ich dir etwas über meinen Glauben schreibe.

Früher war da nicht viel, oder besser gesagt, früher hielt ich nicht viel davon und hatte tausend Fragen und zweifelte an der Liebe Gottes. Doch während meiner Jahre in Amerika hatte ich viel Zeit, über alles nachzudenken.

Bei vielem in der Bibel wusste oder weiß ich mir keinen Rat oder verstehe es nicht. Aber weil ich mit meinen eigenen Augen gesehen habe, wie viel Kraft deine Mutter aus ihrem Glauben geschöpft hat, wie sie mit ihrer Krankheit umging und mir vergeben konnte, und auch wie Ruth im Stande war zu vergeben, konnte ich den Glauben nicht länger als schwammiges Gefühl, als Einbildung abtun.

In der Zeit, in der ich hier in Amerika in einer Bank gearbeitet habe, kam ich mit einem jüngeren Kollegen über Gott ins Gespräch. Wir haben in den Pausen sehr oft darüber gesprochen. Als ich dann in Rente ging, wollten wir eigentlich in Kontakt bleiben, aber trotzdem haben wir uns aus den Augen verloren. Das lag übrigens nicht an ihm, sondern an mir. Ich glaube, ich hatte Angst davor, dass wir zu enge Freunde werden könnten.

Vor zwei Jahren habe ich ihn wiedergetroffen, als ich wegen einer persönlichen Sache auf die Bank musste, und da sind wir wieder ins Gespräch gekommen. Schließlich habe ich seine wiederholte Einladung angenommen und bin in seine Gemeinde mitgegangen, eine Baptistengemeinde, und die habe ich dann tatsächlich ein paar Monate lang jeden Sonntag besucht.

Doch egal wie viele Predigten ich hörte, wie oft von der Kanzel herunter von der Gnade Gottes erzählt wurde, ich konnte und kann sie für mich nicht annehmen.

Wie kann ich glauben, dass Gott mir vergibt, wenn ich mir selbst nicht vergeben kann? Wenn ich schon in meinen eigenen Augen so schlecht bin, wie schlecht muss ich dann erst in seinen Augen sein? Und auch wenn ich mit Ruth nicht geschlafen habe, in Gedanken habe ich es Hunderte von Malen getan.

Man könnte meinen, dass die Fehltritte der Vergangenheit umso mehr verschwimmen und nebulöser werden, je älter man wird. Doch gerade das Gegenteil ist der Fall. Sie sind mir stattdessen ständig mehr bewusst geworden und ich bin immer tiefer in eine Depression hinabgeglitten.

Im letzten Jahr wusste ich schließlich keinen anderen Ausweg mehr, als mir Hilfe zu suchen. Hätte ich das schon früher getan!

Während meiner wöchentlichen Gespräche mit einem Psychologen habe ich mehr und mehr Einblick in mein Verhalten und meine Reaktionen bekommen, habe verstanden, warum ich immer dann die Flucht ergriffen habe, wenn es für mich zu schwierig wurde.

Sehr viele Verhaltensmuster habe ich anscheinend schon in meiner Kindheit und Jugend eingeübt. Habe ich dir in meinen Briefen erzählt, wie ich, als ich seinerzeit in der Pflegefamilie lebte, von einer Gruppe Teenager, die wussten, dass meine Eltern in einem Arbeitslager waren, gehänselt worden bin? Sie haben in meiner Gegenwart immer ein Lied geträllert: Stephans Papa muss Tüten kleben, hi ha ho. Stephans Papa muss Tüten kleben, hi ha ho. *Bis heute habe ich die Melodie im Kopf.*

Und habe ich dir erzählt, dass ich deswegen nie an den Gedenkfeiern zum Königinnentag am 4. Mai teilnehmen durfte? Oder dass man mich im Schwimmbad immer mit dem Kopf untergetaucht hat – so oft und so lange, bis ich zugegeben habe, dass der Krieg nur meine Schuld gewesen ist?

Das Seltsame ist, dass ich tief in meinem Herzen selbst davon überzeugt war, dass sie damit eigentlich recht hatten. Obwohl ich oft Streit mit meinem Vater hatte und von ihm furchtbar bestraft worden bin, weil ich mich geweigert hatte, in den Jugendsturm einzutreten, fühlte ich mich trotzdem schuldig. Einfach nur aufgrund der Tatsache, dass das Blut eines NSBlers in meinen Adern floss.

Und dass mein Vater Ruths Familie verraten hatte, hat diesen Schuldgefühlen noch zusätzliche Nahrung gegeben. Schließlich wusste ich nicht mehr, wie ich mit mir selbst leben konnte. Aber ich wusste auch nicht, wie ich kämpfen sollte. Deshalb habe ich die Flucht ergriffen. Immer wieder.

Der Psychologe hat mir auch geraten, im Internet nach Leidensgenossen zu suchen, nach der zweiten und sogar dritten Generation von Nachkommen solcher Eltern, wie meine es waren.

Damit hat sich für mich eine neue Welt geöffnet. Die tief verwurzelte Angst, abgewiesen zu werden, die selbstgewählte Isolation, damit das Familiengeheimnis geheim bleibt, meine Unfähigkeit, neue Freundschaften zu schließen, die Schuldgefühle, die Scham und vieles mehr. All das waren Dinge, unter denen so viele litten.

Schließlich habe ich auf Anraten des Psychologen versucht, mit deinem Onkel Roel wieder Kontakt aufzunehmen. Er ist mittlerweile zweiundachtzig, aber ich bekam einen Brief von seiner Frau, in dem sie mir mitteilte, dass er in einem Pflegeheim wohnt, weil er an Alzheimer leidet. Er scheint selbst seine eigene Frau und die Kinder nicht mehr zu erkennen. Es ist also zu spät, ihn kann ich nicht mehr fragen, ob er seine Kindheit und Jugend verarbeitet hat oder ob beides ihn sein Leben lang verfolgt hat. Die Tatsache, dass er von sich aus keinen Kontakt mehr zu Familienangehörigen haben wollte und aus den Nie-

derlanden ausgewandert ist, zeigt, so fürchte ich, dass es bei ihm nicht anders war als bei mir. Vielleicht kann ich eines Tages einmal mit seiner Frau darüber reden.

Im Internet habe ich darüber hinaus auch von der Möglichkeit erfahren, in das Zentralarchiv für besondere Rechtsfälle Einsicht zu erhalten, in dem meterweise Akten und Dokumente über Niederländer aufbewahrt werden, die mit den Deutschen zusammengearbeitet haben.

Ich habe ferner die Adresse von jemandem bekommen, der mir vielleicht ein paar Informationen über meinen Vater zusenden kann. Hoffentlich komme ich auf diese Weise irgendwie dahinter, was meinen Vater überhaupt dazu bewogen hat, sich seinerzeit der NSB anzuschließen. Und warum er die Juden so hasste.

Und vielleicht, ganz vielleicht kann ich ihm dann irgendwann vergeben.

Was die Vergebung selbst angeht: Ich habe mich unter Anleitung eines Seelsorgers intensiv mit dem Psalm beschäftigt, in dem es um den Ysop geht. Es war eigenartig, dass David diesen Psalm ausgerechnet nach seinem Ehebruch geschrieben hat.

Und ich habe es ihm hinterhergerufen: Sei mir gnädig. Tilge meine Sünden. Wasche mich rein von meiner Missetat, reinige mich von meiner Sünde. Denn ich erkenne meine Missetat und meine Sünde ist immer vor mir. An dir allein habe ich gesündigt und übel vor dir getan. Entsündige mich mit Ysop, dass ich rein werde; wasche mich, dass ich schneeweiß werde.

Doch obwohl ich den ganzen Psalm mittlerweile auswendig kenne und ihn vermutlich schon hundertmal gebetet habe, ist trotzdem tief in mir eine Blockade, ich kann nicht glauben, dass dieses Gebet erhört wird. Dass ich schneeweiß werden kann. Einfach deshalb, weil ich mir keinen Grund vorstellen kann, warum Gott das tun sollte.

Ja, theoretisch weiß ich die Antwort sehr wohl. Weil er uns liebt.

Aber ich kann das einfach nicht glauben.

Und wo ich schon von der Bibel spreche: Der verlorene Sohn aus dem Gleichnis war weiter als ich. Er hatte auch alles verspielt, hatte dann aber trotzdem den Mut aufzustehen, weil er immer noch glaubte, dass er zwar nicht mehr als Sohn, aber wenigstens doch als Knecht bei seinem Vater weiterhin willkommen war. Ich habe diesen Mut nicht, mir fehlt der Glaube daran, dass ich zu Hause willkommen bin.

„Wenn doch bloß ein Brief aus dem Himmel fallen würde", habe ich einmal zu meinem Seelsorger gesagt.

„Wozu brauchen Sie so einen Brief?", hat er zurückgefragt. „Sie haben doch ein ganzes Buch, in dem genau das steht ... Und je weniger Sie auf sich selbst schauen und stattdessen auf Gottes Gnade, desto eher werden Sie das auch glauben."

Mit dem Verstand wusste ich, dass er recht hatte, meine Augen lesen das auch, aber trotzdem gelingt es mir nicht, das vom Kopf ins Herz zu bekommen.

Genug davon.

Ich muss mit meinen Umzugsvorbereitungen weitermachen. Ich würde mir gern in deiner Nachbarschaft ein möbliertes Appartement mieten, aber ich weiß noch nicht genau, ob mir das gelingen wird.

Übrigens komme ich so, wie ich gegangen bin: nur mit einem Koffer mit meiner Kleidung und ein paar persönlichen Dingen. Mehr brauche ich auch nicht. Alle anderen Sachen hier spende ich für einen guten Zweck. Eins kommt aber noch hinzu: ein Teeschränkchen mit einem Rosenservice. Das werde ich sorgfältig einpacken und verschiffen lassen.

Kannst du dich noch daran erinnern, wie wir früher zu dritt Schlösser und Herrenhäuser besichtigt haben? Während einer dieser Besichtigungstouren, du warst vielleicht zehn oder elf Jahre alt, hatte sich deine Mutter ganz in ein antikes Schränkchen verliebt, in dem ein wunderschönes Teeservice stand. Es hatte ein rotes Rosenmuster, genauso, wie sie es mochte. Ich schätze, sie ist an jenem Nachmittag sicher zehnmal darum herumgeschlichen.

Sie hat danach regelmäßig die Anzeigen in der Zeitung studiert, um zu sehen, ob irgendwo etwas in der Art zu kaufen wäre, hat aber nicht gefunden, was sie gesucht hat.

Wie ich dir schon geschrieben habe, bekomme ich hier auch eine niederländische Tageszeitung. Dadurch habe ich vor ein paar Jahren erfahren, dass das Mobiliar jenes Schlosses versteigert werden sollte.

Durch einen Mittelsmann habe ich auf das Schränkchen und das Service geboten und es – sozusagen posthum – für deine Mutter ersteigert.
Jetzt gehört es dir.

Ich hoffe und bete, dass bald der Tag kommt, an dem ich es dir überreichen kann. An dem ich dich persönlich um Vergebung bitten kann und dir endlich wieder sagen kann, wie sehr ich dich immer geliebt habe, dich liebe und allezeit lieben werde.

Dein Vater

Kapitel 60

Ellen wäre beinahe vor Schreck ihr Brötchen aus der Hand gefallen. Überrascht starrte sie Peter an. Hatte Martijn wirklich auf das Band gesprochen, dass sie so schnell wie möglich zu Kathy gehen sollte?

„Wann hat er angerufen?"

„Um kurz nach halb zwölf."

„Na, dann mach dich mal schnell auf den Weg", sagte Linda, die einen Blick auf die Uhr warf. „Es ist schon fast halb zwei."

„Aber ich weiß doch nicht einmal, wo sie wohnt!"

Peter steckte ihr ein Zettelchen zu. „Bitte schön. Martijn hat alles aufs Band gesprochen."

„Aber ..." Sie fühlte eine leichte Panik in sich aufsteigen. Was sollte sie dort tun? Was sagen?

„Gehe einfach zu ihr. Hier sind die Autoschlüssel, sie wohnt nämlich am anderen Ende der Stadt, und da ist dein Handy, dann kannst du uns anrufen, wenn du wieder von dort aufbrichst."

Mechanisch nahm Ellen alles an sich. „Und wo treffe ich euch dann?"

„Das hängt davon ab, wie spät es bei dir wird. Ich habe mein Handy auch dabei, du kannst mich einfach anrufen."

„Hier." Linda drückte ihr noch ein Brötchen in die Hand. „Das kannst du unterwegs essen."

Ellen bezweifelte, dass sie auch nur einen Bissen herunterbekam. Sie war genauso aufgeregt wie an jenem Morgen, als Gott sie aufgefordert hatte, Steven anzusprechen.

„Mama, wohin gehst du denn?", rief Marilou, die im Garten spielte und sie weggehen sah.

Ellen kehrte um und ging kurz zu ihrer Tochter zurück und gab ihr einen Kuss. „Ich gehe zu der Frau, die keine Eltern mehr hat."

„Warum?"

Gute Frage. „Weil sie so traurig ist."

„Oh. Darf ich mitkommen?"

„Nein, Liebling, das geht nicht. Bleib du mal schön hier. Ich komme bald wieder."

„Wann denn?"

„Das weiß ich noch nicht genau. Aber ihr könnt ja in der Zwischenzeit ein bisschen wandern gehen."

Ellen gab ihr noch einen Kuss und ging dann schnell zum Auto. Um keine Zeit mit Suchen zu verlieren, tippte sie die Adresse in ihr Navi ein und fuhr los.

Exakt um Viertel vor zwei stand sie vor der Tür des frei stehenden Vorkriegshauses. Die grün-weiß gestreiften Sonnenrollos waren heruntergezogen, sodass man nicht in die Zimmer schauen konnte, und die Fensterchen in der Haustür waren mit Folie beklebt.

Aus dem Haus drangen keinerlei Geräusche und sie konnte auch nirgendwo Kathys blauen Ford entdecken, der natürlich auch in der Garage abgestellt sein konnte.

Für einen Augenblick hoffte sie insgeheim, dass Kathy vielleicht nicht zu Hause wäre, doch dann hielt sie sich sofort eine Standpauke. *Du bist so feige!*

Sie holte tief Luft und drückte auf den Klingelknopf.

„Du schickst mich, Vater. Hilf mir!"

Kapitel 61

Als es zum zweiten Mal an der Tür läutete, wurde Kathy klar, dass sie das Geräusch eben schon einmal gehört hatte. Nachdenklich betrachtete sie den neunten und letzten Brief, den sie schon vor einer Weile durchgelesen hatte, aber immer noch in Händen hielt, und legte ihn neben sich aufs Bett.

Wahrscheinlich stand Ellen vor der Tür. Sie hätte es wissen müssen, dass Martijn keine Ruhe geben würde.

Der Waschlappen neben ihr war schon lange nicht mehr kühl und nass genug, um sich schnell das Gesicht zu waschen, bevor sie zur Tür ging. Und die hellgelbe dünne Strickjacke, die sie anhatte, war ziemlich zerknittert. Aber es musste gehen. Und war es nicht eigentlich auch vollkommen egal?

Mühsam erhob sie sich vom Bett und musste sich sofort am Schrank festhalten, weil ihr plötzlich schwindelig wurde. All die Gefühle und Tränen forderten von ihrem Körper ihren Tribut.

Vorsichtig ging sie die Treppe hinunter und lief durch den Flur zur Haustür. Als sie die Tür geöffnet hatte, fiel das grelle Sonnenlicht in einem breiten Streifen ins Haus. Geblendet hielt sie sich die Hand vor die Augen und sah tatsächlich Ellen vor sich stehen.

„Hallo." Sie zog die Tür weiter auf und bedeutete ihr einzutreten. An der Art und Weise, wie zögerlich Ellen über die Schwelle trat, meinte Kathy ablesen zu können, dass sie genauso nervös war wie sie selbst. In gewisser Weise beruhigte Kathy das und sie fühlte sich weniger angespannt, als wenn Ellen selbstbewusst hereingekommen wäre.

Kathy öffnete die Zwischentür mit den Bleiglasfenstern. „Setzen Sie sich doch", sagte sie, während sie ihr ins Wohnzimmer voranging. „Ich hole mir etwas zu trinken." Ihre Kehle fühlte sich an wie Schmirgelpapier. „Möchten Sie auch etwas? Einen Saft oder so?" Sie hatte jetzt keine Kraft, einen Kaffee aufzusetzen.

„Ich hätte gern einfach nur ein Glas Wasser", sagte Ellen, die ihren weißen Rock glatt strich und sich auf die Kante des Lehnstuhls setzte.

„Auch gut.“ Kathy ging in die Küche, nahm zwei Gläser und drehte den Wasserhahn auf. Während sie wartete, bis das fließende Wasser kalt wurde, fiel ihr Blick auf den Kastanienbaum. Und plötzlich, ohne dass sie darauf vorbereitet gewesen wäre, erschien ein scharfes Bild auf ihrer Netzhaut, so als wäre ein lebensgroßes Foto darauf projiziert worden. Sie schnappte beinahe nach Luft, als sie ihre noch sehr viel jüngeren Eltern vor sich sah, die unter dem Baum miteinander Scrabble spielten, auf dem hölzernen Klapptischchen, auf dem sie später selbst mit ihren Eltern gespielt hatte. Das Bild war so lebensecht, dass sie sofort nach draußen gerannt wäre, wenn ihr Verstand sie nicht zurückgehalten hätte. Plötzlich schossen ihr auch andere Bilder in den Kopf. Sie sah ihren Vater dort mit der Zeitung in der Hand sitzen, während ihre Mutter mit einem Tablett auf ihn zuging. So als ob sie dabei gewesen wäre, sah Kathy, wie ihre Mutter eine Tasse von dem Tablett nahm und sie in einer liebenswürdigen Art und Weise ihrem Mann reichte, der völlig erschüttert mit der Zeitung in der Hand dasaß. Von dem fragenden und besorgten Blick, mit dem ihre Mutter ihrem Vater hinterhersah, als er plötzlich nach drinnen flüchtete, hatte nichts in dem Brief gestanden, aber er war nicht schwer zu erraten.

Bevor Kathy etwas dagegen tun konnte, liefen ihr die Tränen über die Wangen. „Mama“, wimmerte es in ihr. „Mama. Wie verletzt musst du gewesen sein! Wie hast du das nur ausgehalten?“

Alle möglichen Bilder und liebevollen Gesten ihrer Mutter reihten sich vor ihrem inneren Auge auf. Zitternd hielt sie sich an der Anrichte fest. „Oh, Mama, trotzdem!“

„Geht es Ihnen gut?“, hörte sie eine Stimme hinter sich.

Kathy hatte nicht gehört, wie sich die Küchentür geöffnet hatte, doch Ellen musste ihr gefolgt sein. „Nein“, keuchte sie, während sie mit den Händen nach dem Wasserhahn tastete, um ihn abzudrehen. „Nein, mir geht es nicht gut.“

Sie schämte sich beinahe, weil sie sich eine solche Blöße gab, aber sie musste einfach mit jemandem reden, sich an jemandem festklammern. Und in gewisser Weise passte es, dass dieser Jemand Ellen war.

Sie seufzte und ließ sich erschöpft auf einen Küchenstuhl sinken. „Ich bin heute völlig erschlagen."

Ellen erwiderte nichts, sondern füllte die Gläser, die immer noch auf der Anrichte standen, mit Wasser und stellte sie auf den Tisch. Dann setzte sie sich Kathy gegenüber. „Haben Sie die Tasche geöffnet?", fragte sie dann sacht.

Kathy nickte. „Gestern." Der sanfte Blick, den sie in Ellens Augen sah, gab ihr Auftrieb weiterzumachen. „Ich habe alles herausgeholt und mir dann zuerst die Kassette angehört. Und heute habe ich die Briefe gelesen, die mir mein Vater vor vielen Jahren geschickt hat, die ich aber alle ungeöffnet zurückgeschickt hatte." Während sie sich selbst reden hörte, fiel ihr auf, dass sie nicht mehr „Steven" sagte, aber sie störte sich nicht daran.

Aus dem Garten war das friedliche Gurren einer Taube zu hören; es bildete einen schrillen Kontrast zu der Unruhe in ihrem Kopf. Und ihrem Herzen. Wie sollte sie den Inhalt dieser Briefe, die Lebensgeschichte ihrer Eltern und ja, auch die von Ruth zusammenfassen? Sie hatte jahrelang versucht, das Bild der anderen Frau im Leben ihres Vaters aus ihren Gedanken zu verbannen, heute war sie allerdings zum ersten Mal froh darüber, dass ihr das nie geglückt war. Dass sie ein Gesicht für die Person hatte, die ungewollt eine so große Rolle im Leben ihres Vaters gespielt hatte.

„Ich weiß nicht, was ich erzählen soll, es ist alles noch so frisch", entschuldigte sie sich nach einem mindestens fünfminütigen Schweigen.

Ellen hatte die ganze Zeit ruhig am Tisch gesessen und keinerlei Anzeichen von Ungeduld gezeigt. „Sie brauchen mir gar nichts zu erzählen", versicherte sie ihr jetzt. „Sie können es gerne, aber das müssen Sie nicht."

„Danke. Aber …" Alle möglichen Worte purzelten ihr durch den Kopf, es gelang ihr jedoch nicht, sie in eine vernünftige Reihenfolge zu bringen. „Aber, ich … Vielleicht, nein, nicht vielleicht … Es ist besser, wenn ich Ihnen alles erzähle."

„Ich glaube, damit haben Sie recht", ermutigte Ellen sie. „Reden kann dabei helfen, die eigenen Gefühle zu entwirren, alles einmal zu ordnen. Weil es einen dazu zwingt, all die Dinge, die einem durch den Kopf schwirren, irgendwo festzumachen und zu benennen."

Kathy nickte. Ellen beschrieb genau, was sie auch empfand. „Ja. Nur …"

„Nur?", wiederholte Ellen, als es wieder still geworden war.

Kathy holte tief Luft. Sie fühlte sich wie ein Fallschirmspringer, der zum ersten Mal in seinem Leben in der geöffneten Tür eines Flugzeugs stand und vor der Tiefe unter sich erschrak. „Nur weiß ich nicht, wie. Ich … ich rede sonst nicht darüber."

Das hatte Ellen schon vermutet, aber sie kommentierte diese Bemerkung nicht.

„Vielleicht fangen Sie am besten damit an, dass Sie die Gefühle beschreiben, die Sie gerade beschäftigen", sagte sie stattdessen. „Sind Sie wütend? Traurig? Schockiert?"

„Alles auf einmal. Und noch viel mehr."

„Aber welches Gefühl ist das stärkste?"

Kathy versuchte klar zu denken. „Traurigkeit. Glaube ich wenigstens. Mir tut meine Mutter leid. Aber auch mein Vater. Und das fühlt sich so furchtbar fremd an; ich bin ihm so lange böse gewesen, dass es geradezu unwirklich ist, jetzt etwas anderes zu fühlen. Die Traurigkeit hat aber die Wut nicht ganz vertrieben. Sie ist nur noch dazugekommen. Denn ich bin immer noch ärgerlich auf ihn. Nur jetzt auf eine andere Weise." Sie sah Ellen einen Augenblick an. „Können Sie dem folgen? Das Ganze muss sich für Sie ziemlich seltsam anhören."

Ellen schüttelte den Kopf. „Nein, tut es nicht."

Kathy schwieg wieder und versuchte erneut, den Faden zu finden, mit dem sich das Knäuel ihrer Gedanken in eine chronologische Reihenfolge bringen ließ. Einen kurzen Moment lang überlegte sie, ob sie Ellen nicht einfach die Briefe zu lesen geben sollte. Doch gleich darauf verwarf sie die Idee wieder. Diese Briefe waren nicht für Fremde bestimmt. Allein die Tatsache, dass sie trotzdem einen kurzen Augenblick lang daran gedacht hatte, zeigte ihr, dass sie zu Ellen scheinbar mehr Vertrauen hatte, als sie selbst geahnt hatte.

„Hilft es Ihnen, wenn ich Ihnen Fragen stelle?", bot Ellen an.

Kathy schrak aus ihren letzten Gedanken auf. „Ja, das ist eine gute Idee."

„Warum sind Sie all die Jahre so wütend gewesen?"

Eine logische Frage. Aber um sie beantworten zu können, musste sie zu dem Augenblick zurückkehren, als ihre Wut entstanden war. Und das war nicht an jenem Tag im Dezember gewesen, sondern viel früher. „Ich denke", begann sie zögernd, „alles hat damit angefangen, dass meine Mutter unter einer Muskelkrankheit litt und eines Tages in ein Pflegeheim eingeliefert wurde. Ich war damals absolut dagegen, denn Mama gehörte einfach nach Hause, wo ich sie selbst versorgen konnte. Doch mein Vater war der Meinung, dass man in einem Pflegeheim mehr für sie würde tun können."

„Und war das auch so?"

Es fiel ihr nicht leicht, das zugeben zu müssen. „In körperlicher Hinsicht ja. Aber ich spürte, dass sie Heimweh hatte. Übrigens haben wir sie ein paar Wochen vor ihrem Tod wieder zu uns zurückgeholt, damit sie zu Hause sterben konnte."

Sie nahm einen Schluck Wasser und fuhr mit ihrer Geschichte fort. „In der Zeit, in der sie in diesem Pflegeheim war, machte mein Vater plötzlich jeden Mittwoch Überstunden und hat sie an diesen Abenden auch nicht besucht. Das ging ein paar Wochen so, und mit einem Mal habe ich ihm nicht mehr vertraut. Er hat an diesen Tagen immer seine Sonntagskleidung angezogen und nahm kein Extrabrot mit, obwohl es ein langer Tag für ihn war und er erst spät nach Hause kam. Irgendeiner Eingebung folgend habe ich dann eines Tages beschlossen nachzuprüfen, ob er wirklich Überstunden machte. Und wenn ja, mit wem.

Ich habe also in seinem Büro angerufen und nach der Adresse des Betriebes in Utrecht gefragt, in dem er gearbeitet hat. Um punkt fünf Uhr stand ich vor dem Gebäude. Zu dieser Uhrzeit hatte er sonst immer Feierabend. Und tatsächlich kam er auch an jenem Mittwoch wie üblich um Punkt fünf Uhr heraus. Er ging aber nicht zu seinem Wagen, sondern lief weiter die Straße entlang. Im Grunde genommen war das gut für mich, denn mir fiel erst in diesem Augenblick ein, dass ich ihm gar nicht hätte folgen können, wenn er mit dem Auto weggefahren wäre. Aber gut, so bin ich ihm ein Stückchen hinterhergelaufen und mein Argwohn wurde noch größer, als ich gesehen habe, wie er in einem Blumenladen einen Strauß rote Rosen gekauft hat."

Ellen hörte aufmerksam zu, ihr Gesicht verriet allerdings nicht, was sie dachte.

„Ein paar Straßen weiter klingelte er irgendwo und ging dann in das Haus, nachdem die Tür von einer Frau geöffnet worden war. Ich habe vor der Tür gewartet und dann gesehen, wie sie ins Wohnzimmer gingen." Sie schluckte mühsam und schwieg einen Augenblick. „Etwas später habe ich gesehen, wie er diese Frau in den Arm nahm und sie küsste." Ihre Stimme war nun ganz piepsig geworden. Jetzt, wo sie die ganze Geschichte erzählte, war es, als ob sie alles erneut durchmachte, wieder den reißenden Schmerz und die Entrüstung erlebte, die sie gespürt hatte, als sie sah, wie er eine andere in seinen Armen hielt, während seine eigene todkranke, aber liebe und tapfere Frau sich so nach seinem Besuch sehnte. Und wieder spürte sie, wie die Wut in ihr aufflammte.

„Ich hätte ihn umbringen können", sagte sie, wobei sie die Fäuste ballte. Ihre Worte schienen von den Wänden widerzuhallen und Kathy konzentrierte sich auf ihre Atmung, um wieder ruhig zu werden. „Aber das habe ich natürlich nicht getan."

„Sondern?"

Sie hatte eine Weile überlegt, ob sie ihn auf der Stelle mit seinem feigen Verhalten konfrontieren oder damit lieber warten sollte, bis sie zu Hause waren. Doch es war, als hätten ihre Beine ein Eigenleben entwickelt und wären automatisch zu dem schmalen Haus gegangen und als hätte ihre Hand wie von selbst den Klingelknopf gedrückt.

„Ich habe geklingelt. Die Frau hat die Tür geöffnet und wurde bleich, drehte sich um und ging weg, als ich ihr sagte, dass ich meinen Vater sprechen wollte, weil ich gesehen hatte, dass er hier hineingegangen war. Mir kam in dem Augenblick der Gedanke, dass sie nichts von meiner Existenz ahnte, und die Briefe haben das bestätigt. Sie hat nichts gesagt, sondern ist einfach ins Hinterzimmer gegangen, und ich bin ihr gefolgt." Sie hatte keine Ahnung gehabt, was sie ihrem Vater sagen sollte, und als sie ihm in die Augen sah, kam es ihr so vor, als hätten ihre Lungen aufgehört zu arbeiten. Sie war nicht imstande gewesen, auch nur ein einziges Wort hervorzubringen.

„Als mein Vater mich erblickte, verschwand er einfach. Er stürmte nach draußen. Als ich dann später nach Hause kam –, ich musste mit dem Zug zurück, während er im Auto unterwegs war – hatte er schon seine Sachen gepackt und war ausgezogen. Zuerst in ein Hotel und kurz darauf nach Amerika."

„Und die Frau? Haben Sie mit ihr geredet?"

„Nein. Ich habe ihr nur gesagt, dass sie ihre Finger von einem Mann lassen sollte, der einer anderen gehört, und habe dann sofort wieder das Haus verlassen."

Kathy stand auf und ging zur Anrichte. Wasser war nicht genug. Sie brauchte Koffein. Viel Koffein. „Um eine lange Geschichte kurz zu machen, durch die Briefe weiß ich jetzt, dass da nicht mehr gewesen war als dieser eine Kuss." Sie nahm zwei Kaffeepads und legte sie in den Kaffeeautomaten. „Irgendwie finde ich das erleichternd. Aber durch die Briefe weiß ich auch, dass es nicht irgendein Kuss mit irgendeiner Frau gewesen ist. Ruth, so hieß sie, schien die frühere Verlobte meines Vaters gewesen zu sein, und er liebte sie immer noch. Deswegen war die Geschichte auch ziemlich verwickelt."

Ungläubig sah Ellen sie an. „Liebte Ihr Vater denn nicht Ihre Mutter?"

„Nicht so, wie sich ein Mann und eine Frau normalerweise lieben."

„Und Ihre Mutter? Liebte sie ihn auch nicht?"

„Doch, sie liebte ihn sehr. Deshalb hat sie ihn ja geheiratet, obwohl sie wusste, dass ihre Beziehung immer nur platonischer Natur sein würde. Sie hatte ihn lieber so als gar nicht. Aber mein Vater hat das nicht gewusst; er hat erst lange nach ihrer Hochzeit gemerkt, dass sie in ihn verliebt war."

Ellen schien nachzudenken. „Aber", sagte sie zögernd, „wenn das Ganze nur eine freundschaftliche Beziehung war ... wie kommt es dann, dass Sie geboren wurden? Oder ... oder ist er nicht Ihr richtiger Vater?"

Kathy nahm Ellen die Frage nicht übel. Das war schließlich eine logische Schlussfolgerung. „Doch, das ist er. Sie haben nur einmal miteinander geschlafen, und dabei ist meine Mutter schwanger geworden."

„Waren Sie denn erwünscht?", fragte Ellen zögerlich.

Zum Glück konnte Kathy diese Frage aus ganzem Herzen bejahen. „Ja, ohne jeden Zweifel. Das hat mein Vater auch sehr deutlich in seinen Briefen gesagt. Ich muss auch zugeben, dass er mir immer sehr deutlich gezeigt hat, wie sehr er mich liebte. Und ich war genauso verrückt nach ihm. Meine Mutter hat mich oft ein richtiges ‚Papakind' genannt." Kathy lehnte sich gegen die Anrichte. Die Erinnerung war trotz der langen Zeit, die inzwischen verstrichen war, immer noch so frisch.

„Haben Sie als Kind denn überhaupt gemerkt, dass Ihr Vater Ihre Mutter nicht so geliebt hat, wie man das bei einer Ehe erwarten könnte?"

Diese Frage hatte sie sich selbst auch schon oft gestellt. „Nein, eigentlich nicht. Im Nachhinein fällt mir auf, dass ich niemals gesehen habe, wie die beiden Hand in Hand gingen, oder dass sie nie miteinander geschmust haben oder so etwas, aber daraus habe ich damals keine Schlüsse gezogen." Sie nahm den Wasserbehälter aus der Kaffeemaschine und füllte ihn auf. „Ich weiß noch, dass ich sie einmal gefragt habe, warum sie in getrennten Zimmern schlafen statt in einem Bett, wie das die Eltern meiner Freundinnen taten", sagte sie, während sie sich zu Ellen umdrehte. „Meine Mutter hat mir geantwortet, das würde daran liegen, dass mein Vater so schrecklich schnarchte und sie sonst kein Auge zutäte, wenn er neben ihr läge. Und weil ich selbst in meinem Zimmer oft sein Schnarchen hören konnte, habe ich ihr das auch geglaubt. Genauso wie ein andermal, als sie mir sagte, ich bräuchte nicht länger nach einem Brüderchen oder Schwesterchen zu fragen, weil sie nicht mehr schwanger werden könnte." In ihrem Hals bildete sich ein Kloß bei dem Gedanken, dass sie, ohne es zu wissen, mit diesen Fragen ihrer Mutter Salz in die Wunde gestreut hatte. „Jetzt verstehe ich, dass das keine medizinischen Gründe hatte. Wie schwer muss es für sie gewesen sein, wenn ich sie mit meinen ständigen Fragen nach einem Baby gelöchert habe! Wenn ich nur gewusst hätte …"

Ellen beugte sich zu ihr hinüber. „Aber Sie haben es doch nicht gewusst."

Es war, als ob auf Kathys Netzhaut plötzlich ein paar Zeilen aus den Briefen ihres Vaters aufleuchteten: *Wenn ich gewusst hätte … Aber ich wusste es nicht.*

Plötzlich wurde ihr klar, dass sie ihrem Vater so einiges gar nicht vorwerfen konnte. Während sie die Briefe gelesen hatte, war sie nicht nur schockiert, sondern auch sehr wütend darüber gewesen, dass er ihre Mutter nicht aus Liebe geheiratet hatte, aber war dieser Vorwurf wirklich gerechtfertigt? Ihre Mutter hatte doch gewusst, auf welcher Basis er ihr seinen Antrag gemacht hatte. Sie hätte Nein sagen können, hatte sich aber stattdessen dafür entschieden, sich mit einer freundschaftlichen Beziehung zu begnügen. Mit den Krümeln statt mit dem Kuchen.

Kathy ließ zwei Tassen Kaffee durchlaufen und stellte wenig später zwei volle Becher auf den Tisch. Als sie wieder saß, versuchte sie den Gesprächsfaden erneut aufzunehmen. Aber Ellen kam ihr mit einer Frage zuvor. „Sie haben gesagt, dass Ihr Vater immer noch seine frühere Verlobte geliebt hat. Warum haben die beiden eigentlich nicht geheiratet?"

Kathy nahm einen hastigen Schluck Kaffee und verbrannte sich beinahe den Mund. „Ruth, so hieß sie, war Jüdin. Und mein Großvater ... mein Großvater war ein NSBler." Wie schwer war es, das laut auszusprechen. „Durch ... durch seine Schuld ist ihre Familie vergast worden."

Hier und da etwas holperig erzählte Kathy, wie sich alles abgespielt hatte. Damals, aber auch später. Jetzt, wo sie einmal in Fahrt gekommen war, konnte sie nicht mehr aufhören ... und wollte es auch nicht. Erst als sie wieder bei jenem bewussten und bereits besprochenen Tag im Dezember 1982 angekommen war, hielt sie inne.

Nach ihrem letzten Satz hüllten sich beide Frauen in Schweigen, das nur durch das Schlagen der Uhr im Flur unterbrochen wurde.

„Was für ein unvorstellbares Drama hat sich da abgespielt", sagte Ellen schließlich in sanftem Ton. „Das muss für alle furchtbar gewesen sein. Sowohl für Ihren Vater als auch für seine frühere Verlobte. Aber auch für Ihre Mutter ... Und ... nicht zu vergessen, für Sie."

Kathy nickte langsam. „Ja. Aber ich finde", sie sah vom Tisch auf, auf dem sie mit ihrem Finger den Boden ihres Kaffeebechers nachgezeichnet hatte, „dass weder meine Mutter, noch ich, noch Ruth etwas dafür konnten. Während mein Vater Opfer und gleichzeitig auch Täter war. In seinem Leben gab es drei Frauen, die ihn von ganzem Herzen liebten. Und alle drei hat er betrogen und im Stich gelassen." Wieder folgten ihre Finger dem Kreis um den Kaffeebecher, ohne dass sie sich dessen bewusst zu sein schien. „Ich finde es so schwer zu glauben, dass ihm meine Mutter und Ruth einfach so vergeben haben. Obwohl ... ich weiß natürlich nicht, wie Ruth auf seinen Betrug und seine zweite Flucht reagiert hat. Doch wundern würde es mich nicht, denn Vergebung stand bei ihr hoch im Kurs. Sie hat ja sogar versucht, meinen Vater davon zu überzeugen, dass auch er meinem Großvater vergeben muss."

„Heftig." Ellen trank den letzten Schluck Kaffee. „Hat er das schließlich auch gemacht?"

„Nein, es sei denn, es ist an dem Tag vor seinem Tod noch dazu gekommen. Aber in den Briefen ist nichts davon zu lesen. Denn für ihn fühlte sich das so an, als ob er dann auch sich selbst vergeben würde." Kathy zuckte leicht mit den Schultern. „Alles in allem war er genauso ein Verräter."

„Sind das seine Worte oder Ihre?" Ellen sah sie prüfend an.

„Seine. Aber ich kann mir gut vorstellen, dass es ihm wirklich so ging. Hatte er nicht die Liebe meiner Mutter verraten? Und meine? Er hat uns hintergangen, als Ruth und er wieder zusammenkamen! Dazu kommt, dass sie sich nach diesem Mittwoch im Dezember auch ziemlich verraten vorgekommen sein muss."

Ellen machte mit ihrem Becher auf dem Tisch kleine Kreisbewegungen. „Trotzdem glaube ich", sagte sie nach kurzem Schweigen, „dass Ihr Vater zwei ganz verschiedene Situationen durcheinandergeworfen hat, wenn er sich mit seinem Vater verglichen hat. Ihr Großvater hat aus vollem Willen ganz bewusst Menschen in den Tod gejagt. Sein Verrat ist von einem ganz anderen Kaliber als die offensichtlich falsche, aber auch verzweifelte Reaktion eines Mannes, der nach so vielen Jahren wieder der Frau begegnet, die er immer noch liebt."

„Das mag sein, ist aber noch lange keine Entschuldigung für sein Verhalten."

„Nein", stimmte Ellen sofort zu. „Dafür gibt es keine Entschuldigung."

„Und das hat er selbst auch eingesehen. In seinen Briefen sagt er ständig, wie leid ihm das alles tut und wie sehr er sich dafür verurteilt. Sich selbst hat er das niemals vergeben können."

Ellen neigte ihren Kopf, massierte sich mit einer Hand die Stirn und sah wieder auf. „Niemals?"

Kathy rutschte nervös auf ihrem Stuhl hin und her. Sie wusste sehr gut, worauf Ellen hinauswollte, ging jedoch lieber nicht darauf ein. Sie hatte jetzt keine Lust auf die „Bekehrungsgeschichte“ ihres Vaters. Hastig stellte sie also eine Gegenfrage. „Verstehen Sie jetzt, warum ich Sie das letzte Mal gefragt habe, ob er Ihnen etwas über meinen Großvater erzählt hat?“

Ellen sah sie ein paar Sekunden prüfend an, ließ dann aber ihre eigene Frage fallen. „Ja, das verstehe ich. Doch woher haben Sie überhaupt gewusst, dass es etwas mit Ihrem Großvater zu tun hatte?“

„Weil ich in seiner Wohnung ein Foto von ihm gefunden habe, auf dem er das NSB-Abzeichen trug. Darüber hinaus habe ich neben dem Bett von meinem Vater ein Buch entdeckt, in dem es um die Kinder von NSBlern ging. Ich hatte deshalb so meine Vermutungen. Und meine Fragen.“

„Haben die Briefe die alle beantwortet?“

„Ich weiß nicht. Viele schon.“ Sie überlegte sich ihre Worte genau, bevor sie fortfuhr. „Der Einfluss, den die Kindheit und Jugend meines Vaters auf sein Leben hatten, ist mir jetzt sehr klar. Und das erklärt auch eine Menge. Aber was meinen Großvater dazu gebracht hat, sein Land und unschuldige Menschen zu verraten, weiß ich immer noch nicht. Mein Vater hatte vor, seine Akte anzuschauen, ich vermute allerdings, dass es nicht mehr dazu gekommen ist.“

„Können Sie sich diese Akte auch anschauen?“

„Wahrscheinlich schon. Aber ich weiß noch nicht, ob ich das will.“ Sie pflückte ein Fädchen vom Saum ihrer Strickjacke. „Bei all dem, was er sich hat zuschulden kommen lassen, kann ich mir keine mildernden Umstände vorstellen. Und der Gedanke, dass ich seine Enkelin bin, ist auch so schon abscheulich genug. Da reicht mir, was ich über ihn weiß.“ Trotz der Wärme spürte sie, dass sie zitterte. „Ich werde beinahe böse auf mich selbst, wenn ich nur daran denke, dass ich seine Gene habe und sein Blut auch in meinen Adern fließt.“

„Wissen Sie, ob Ihrem Großvater seine Taten irgendwann leidgetan haben?“

„Als mein Vater ihn zum letzten Mal sah mit Sicherheit noch nicht, denn sonst hätte er sich nicht noch darüber geärgert, dass ihm die ‚verfluchte Göre‘ leider durch die Lappen gegangen ist.“

In der Stille, die sich wieder in der Küche breitmachte, wurde Kathy ein bisschen klarer, welch tiefe Wunden ihr Vater davongetragen hatte. Als sie seine Briefe gelesen hatte, hatte sie sich kaum Zeit gegönnt, darüber nachzudenken, aber jetzt, wo sie alles auf sich einwirken ließ, kam es ihr so vor, als ob sie immer mehr Einblicke in die Krater bekam, die entstanden sein mussten. Und wieder bekam die Mauer ihres Hasses weitere Risse und bröckelte. Und es wuchs das Bedauern darüber, dass sie seine Lebensgeschichte nicht schon früher erfahren hatte. „Wissen Sie", sagte sie zu Ellen, „jetzt, wo ich die Vergangenheit meines Vaters kenne, verstehe ich so manches besser."

„Was denn?"

„Zum Beispiel seine Weigerung, auch nur ein Wort über seine Kindheit oder seine Eltern zu verlieren. Ich dachte immer, dass er es deshalb zu schwierig fand, über sie zu reden, weil sie nicht mehr lebten, aber ich hatte keine Ahnung von den wahren Gründen. Und das ist bei vielem so."

Plötzlich kamen wieder Erinnerungen in ihr hoch und sie sah, als sei es erst gestern gewesen, wie sie selbst als kleines Mädchen in derselben Küche stand, wo sie mit Ellen nun am Tisch saß, und sich über die vielen Murmeln freute, die sie an diesem Tag gewonnen hatte. Weil ihr Murmelsäckchen viel zu klein war, um den Zuwachs aufzunehmen, hatte sie von ihrer Mutter eine leere Dose bekommen, in der Judenkuchen gewesen war.

„Guck mal, wie viele Murmeln ich habe, Papa!", hatte sie froh gesagt, während sie ihm die Dose unter die Nase gehalten hatte. Wie von der Tarantel gestochen war er von seinem Stuhl aufgesprungen. „Was hast du da?", hatte er geschnaubt. Fassungslos hatte sie mit ansehen müssen, wie er ihr die Dose aus den Händen riss und alle Murmeln ausschüttete, wodurch sie auf allen Seiten vom Tisch kullerten. „Solche Dosen möchte ich hier nicht sehen!" Er war nach draußen gestürmt und hatte die Dose in den Mülleimer geworfen, während sie mit Tränen in den Augen die Murmeln aufgesammelt hatte und dabei feststellen musste, dass bei einigen besonders schönen Exemplaren das Glas gesplittert war.

Nach ein paar Minuten war er wieder hereingekommen, hatte sie auf den Schoß genommen und ihre Tränen abgewischt. „Es tut mir leid, mein Mädchen. Das hätte Papa nicht tun dürfen. Aber Papa findet, dass mit diesen Kuchen die Juden diskriminiert wurden, und deshalb gehören diese Dosen nicht in unser Haus. Morgen werde ich dir einen schönen, großen Murmelbeutel kaufen."

Sie hatte keine Ahnung gehabt, was „diskriminiert" bedeutete, und es hatte auch eine Weile gedauert, bis sie den Schrecken verarbeitet hatte, aber erst jetzt konnte sie diesen vollkommen unerwarteten Gefühlsausbruch einordnen.

Kathy nahm mit zitternden Händen ihren Kaffeebecher. Wie sehr musste diese ganze Sache auf seiner Seele gelastet haben, dass er so heftig reagiert hatte.

„Hat Ihre Mutter gewusst, warum Ihr Vater nach Amerika ausgewandert ist?"

„Ja, denn anscheinend hat er ihr noch einen Brief geschickt. Das habe ich nicht gewusst und ich werde vermutlich auch nie herausfinden, was aus diesem Brief geworden ist. Ich glaube, sie hat nicht gewollt, dass ich ihn nach ihrem Tod finde, und hat ihn deshalb weggeworfen. Aber auf der Kassette hat sie meinen Vater dazu gedrängt, mir seine Vergangenheit zu erzählen." Sie hörte wieder die Stimme ihrer Mutter. *Es wird ihr helfen zu begreifen. Und zu vergeben.* Doch an Letzteres wollte sie noch nicht denken.

„Sagte sie auch, warum?", fragte Ellen weiter.

Kathy betrachtete Ellen eine Weile, wie sie so am Tisch saß, und wunderte sich nicht zum ersten Mal an diesem Nachmittag darüber, wie zielgerichtet ihre Fragen waren. Aber trotzdem kamen sie ihr nicht aufdringlich vor. Ellen strahlte etwas aus, was sie nicht gut benennen konnte, um das sie sie aber dennoch beneidete. „Meine Mutter war davon überzeugt, dass meine Liebe für meinen Vater nicht ganz verschwunden ist", gab sie ehrlich zu. „Sie dachte, dass er sie nur wieder ausgraben müsste."

Erneut beugte sich Ellen etwas zu ihr hinüber. „Und …? Ist ihm das gelungen?"

Kapitel 62

„Ich weiß es nicht“, antwortete Kathy mit rauer Stimme. „Ich weiß es wirklich nicht.“

Ellen bemerkte, dass Kathys Hände zitterten, und sie tat ihr leid. Die Frau, die ihr gegenübersaß, ähnelte kaum noch dem Menschen, den sie vor wenigen Wochen im Krankenhaus getroffen hatte. Aus ihren Augen war der harte, kalte Blick verschwunden. Die Wut war sicher noch erkennbar, aber das, was sie am meisten darin entdeckte, waren Verwirrung, Schmerz und Kummer. Darüber hinaus sah sie in ihrer zerknitterten Jacke und ohne Make-up viel verletzlicher aus.

„Auch wenn Sie ihn tatsächlich noch lieben, heißt das nicht automatisch, dass Sie ihm nicht mehr böse sind“, sagte Ellen sanft. „Man kann das Verhalten eines Menschen missbilligen und wütend auf ihn sein und trotzdem die Person selbst nicht ablehnen.“

Kathy seufzte tief. „So wie Sie das sagen, hört es sich logisch an. Aber es fühlt sich nicht logisch an. Denn wenn ich ihn noch lieben würde, wie hätte ich ihn dann all die Jahre verleugnen können?“

Ellen dachte einen Moment nach. Wie zu Beginn des Gespräches versuchte sie, ihr Herz auf Gott auszurichten und offen zu sein für Worte, Anweisungen und Einsichten des Heiligen Geistes. Das Gespräch war intensiv und wieder dachte sie, dass Kathy besser zu Martijn gehen sollte. Doch dann hörte sie innerlich die Worte, die Peter gestern gesagt hatte: *Du gibst dein Bestes und Gott sorgt für den Rest.* „Vater“, betete sie im Stillen, „ich werde weiterhin mein Bestes geben. Im Glauben daran und Vertrauen darauf, dass du es gebrauchen kannst.“

Wieder konzentrierte sie sich auf Kathys letzte Frage. Konnte man das zusammenbringen, einen Menschen zu lieben und ihn trotzdem zu verleugnen? „Vielleicht erschien es Ihnen einfach als das Sicherste, ihn zu verleugnen“, deutete sie vorsichtig an.

„Als das Sicherste?“ Kathy sah beinahe entsetzt aus.

„Ja, denn solange Sie ihn verleugnet haben, so getan haben, als existiere er gar nicht, solange mussten Sie sich auch nicht mit ihm auseinandersetzen und auch seine Briefe nicht lesen." Sie zögerte etwas, doch dann fuhr sie fort. „Und solange die Mauer aus Hass zwischen ihnen beiden stand, konnten Sie sich dahinter verstecken. Allerdings haben die Briefe jetzt eine Bresche in diese Mauer geschlagen, oder etwa nicht?"

Kathy machte eine unbeherrschte Bewegung und einen Moment lang hatte Ellen Angst, zu weit gegangen zu sein, und Kathy würde aus der Küche rennen. Doch dann sah sie, dass ihre Schultern bebten und ihr erneut Tränen über die Wangen liefen. Ellen wäre am liebsten aufgestanden, hätte ihre Arme um sie gelegt und sie tröstend hin und her gewiegt. Genauso wie sie es mit Marilou tat, wenn diese sich wehgetan hatte. Aber Kathy war kein kleines Kind mehr und ihr Schmerz ließ sich nicht mit einem Küsschen auf die entsprechende Stelle behandeln. Dieser Schmerz konnte nur durch die heilende Kraft Gottes vollständig geheilt werden.

Sie stand auf und riss ein Blatt von der Küchenrolle ab, die sie in einem Halter oberhalb der Anrichte entdeckt hatte. „Bitteschön", sagte sie und legte Kathy leicht die Hand auf die Schulter, bevor sie sich wieder setzte.

Kathy holte tief Luft und wischte sich die Tränen ab. „Irgendwie stehe ich völlig neben mir. Ich will überhaupt nicht weinen, aber dann passiert es doch."

„Warum wollen Sie denn nicht weinen? Viele Menschen empfinden Weinen als Schwäche, aber ich habe für mich herausgefunden, dass es einen enorm erleichtern kann. Meine Tränen haben schon eine Menge Kummer, Anspannungen, Ängste und vieles mehr weggespült."

„Ihre Tränen?" In Kathys Stimme war kaum verhohlene Überraschung zu erkennen.

„Ja, meine."

„Aber …" Kathy vollendete den Satz nicht.

„Aber was?"

„Na ja, ich kann mir einfach nicht vorstellen, dass Sie manchmal weinen. Sie wirken so ruhig, so glücklich."

„Vergessen Sie nicht", sagte Ellen, „dass auch an meiner Baumrinde ganz schön gescheuert worden ist. Wenn ich nicht so fest in meinem Glauben verwurzelt wäre, dann hätte mich das völlig umgeworfen."

Den Tag, an dem sie ein Knötchen in ihrer Brust entdeckt hatte, würde sie niemals vergessen. Genauso wenig wie die Monate danach, die von zwei Operationen, Chemotherapien, Bestrahlungen und Hormontabletten geprägt waren. Vielleicht ergab sich irgendwann einmal die Gelegenheit, Kathy ein wenig über diese Zeit zu berichten, in der sie bei Gott die Kraft und das Vertrauen gefunden hatte, um getröstet in die Zukunft zu schauen, egal, was kam.

„Ich werde Ihnen in aller Ruhe irgendwann einmal davon erzählen", sagte sie zu Kathy, „allerdings nicht heute. Heute geht es um Ihre Geschichte."

Von der Küche aus konnte man gut hören, wie ein Auto vor dem Haus anhielt und mit laufendem Motor stehen blieb. Etwas später klapperte der Deckel des Briefschlitzes und das Auto fuhr wieder weg.

Ellen wartete einen Augenblick, vielleicht wollte Kathy nachsehen, wer ihr am Sonntag etwas in den Briefkasten warf, als sie jedoch einfach sitzen blieb, kam sie wieder auf die letzte Frage zurück. „Kann es sein, dass Ihre Mauer aus Hass kurz vor dem Einstürzen steht?"

Kathy nickte kaum merklich. „Ja", sagte sie mit etwas belegter Stimme. „Und das macht mir Angst."

Ihre Ehrlichkeit rührte Ellen. „Wovor haben Sie denn Angst?", fragte sie sanft. Sie hatte zwar in dieser Hinsicht eine Ahnung, aber sie wollte gern, dass Kathy es selbst aussprach.

„Vor dem, was dann geschieht." Kathy stand auf und holte eine Packung Taschentücher aus dem Schrank. „Die hätte ich gern in meiner Nähe", sagte sie mit einem wässrigen Lächeln, als sie die Packung auf den Tisch legte und sich wieder setzte. „Seine Briefe haben mir vieles verdeutlicht, aber auch so manches durcheinandergebracht. Und ich weiß nicht, ob das Mitleid ist oder Liebe, was da in mir zum Vorschein kommt. Wenn es allerdings Liebe ist, dann …" Sie schwieg einen Augenblick. „Dann weiß ich nicht, wie ich damit umgehen soll, was ich damit anfangen soll. Er lebt nicht mehr, also kann unsere Beziehung nicht mehr in Ordnung gebracht werden. Und wenn ich so darüber nachdenke, dann gerate ich beinahe in

Panik, wenn ich daran denke, dass wir uns vielleicht miteinander hätten versöhnen können, wenn ich seine Briefe nicht ungeöffnet zurückgeschickt hätte. Oder wenn ich mich im Krankenhaus nicht so unmöglich benommen hätte. Seine ganze Körperhaltung, der Blick in seinen Augen … Er war so froh, dass ich gekommen war. Ich sah es und ich wusste es. Aber ich …"

Kathy vollendete den Satz nicht, sondern brach erneut in Tränen aus.

Ellen biss die Zähne fest zusammen und kämpfte gegen ihre eigenen Tränen an, als sie Steven wieder in seinem Rollstuhl vor sich sitzen sah. Seine niedergeschlagene Haltung, sein trauriger und mutloser Blick. Sie wurde wütend auf Kathy, weil diese ihrem Vater keine Chance mehr gegeben hatte, mit ihr zu reden, und weil sie sich so unbarmherzig verhalten hatte. Als sie jedoch das Häuflein Elend betrachtete, das ihr gegenübersaß, verflüchtigte sich ihre Wut schnell wieder.

Sie beugte sich etwas vor und legte ihre Hand auf die von Kathy, die zur Faust geballt auf dem Tisch lag. „Aber da konnten Sie noch nicht anders handeln", sagte sie sanft, „denn die Wut stand Ihnen noch im Weg."

„Ja." Kathy sah sie aus tränenüberströmten Augen an. „Ich war immer noch so entsetzlich wütend. Wegen damals und weil er wieder in meinem Leben aufgetaucht war und mich so in die Ecke manövriert hatte, dass ich ins Krankenhaus kommen musste."

Ellen bezweifelte, dass das stimmte. Wenn Kathy wirklich auf Distanz zu ihrem Vater gegangen wäre, dann hätte sie sich, so vermutete sie, weder von seiner Einlieferung ins Krankenhaus noch von seiner Beerdigung so beeindrucken lassen. Sie ging also nicht auf Kathys Bemerkung ein. „Und als dann bei der Beerdigung Ihres Vaters noch so viel von Gnade gesprochen wurde, sind Sie noch wütender geworden", sagte sie stattdessen.

„Ja."

„Waren Sie auch wütend auf Gott?", fragte Ellen vorsichtig.

„Ja."

„Und sind Sie das immer noch?"

„Ja." Mit der Hand verscheuchte Kathy eine Fliege, die kurz zuvor durch das offene Fenster oberhalb der Tür hineingeflogen war.

„Ich verstehe Gott einfach nicht. Und das hat schon angefangen, als meine Mutter krank wurde. Es wäre für ihn doch eine Kleinigkeit gewesen, sie zu heilen, oder noch besser, gar nicht erst krank werden zu lassen."

Ellen erwiderte nichts, sondern ließ Kathy weiterreden.

„Und als mein Vater verschwand, ist meine Wut nur noch größer geworden. Natürlich weiß ich, dass er für sein Verhalten selbst verantwortlich war, aber Gott hätte doch eingreifen können, damit meine Mutter nicht noch mehr leiden musste. Sie hatte sich die ganze Zeit ihrer Ehe schon einsam genug gefühlt. Warum bekam sie da noch eine weitere Portion Kummer zugemutet?"

Auf diese Frage wusste Ellen keine Antwort. Das Leben war manchmal ein einziges Warum. Selbst Jesus hatte damit zu kämpfen gehabt. *Mein Gott, mein Gott, warum hast du mich verlassen?*

Ellen wäre gern mit Kathy tiefer in diese Frage eingestiegen, allerdings schien ihr jetzt nicht der richtige Zeitpunkt dafür zu sein. Kathy hatte auch so schon genug, womit sie sich beschäftigen musste. Darum stellte sie ihr stattdessen eine Gegenfrage: „Glauben Sie, dass es Ihre Mutter irgendwann bereut hat, ihn geheiratet zu haben?"

Kathy schüttelte den Kopf. „Das könnte man zwar erwarten. Ich zumindest. Trotzdem hat sie ihn die ganze Zeit über geliebt, und auf dem Band hat sie sich sogar noch einmal ausdrücklich bei ihm dafür bedankt, dass sie seine Frau sein durfte."

In ihrer Stimme war Entrüstung zu hören. Und vielleicht auch noch etwas anderes.

Ellen fiel ein neuer Gedanke ein. „Kann es sein, dass Sie vielleicht auch ein bisschen auf Ihre Mutter wütend sind?"

„Was?" Entsetzt starrte Kathy sie an.

„Nun ja, ich kann mir vorstellen, dass es Ihnen lieber gewesen wäre, wenn Ihre Mutter auch auf ihn wütend gewesen wäre und ihn davongejagt hätte."

Es blieb einen Augenblick still. „Ja, das hätte mir besser gefallen", gab sie schließlich zu.

„Und", fragte Ellen weiter, „nehmen wir einmal an, Ihre Mutter wäre am Leben geblieben, Ihr Vater hätte ihre Vergebung angenommen und wäre zu ihr zurückgekommen … wie hätten Sie dann reagiert?"

Kathy zog die Stirn in Falten. „Das ist eine ziemlich hypothetische Frage."

Ellen wartete ruhig, ob nicht doch noch eine Antwort kam.

„Ich kann mich selbst zum Narren machen und so tun, als ob ich damit einverstanden gewesen wäre", antwortete Kathy nach einem kurzen Schweigen, „aber viel wahrscheinlicher ist, dass ich aus dem Haus gerannt wäre, weil ich so wenig wie möglich mit der ganzen Sache zu tun haben wollte."

Ellen musste wieder an den Moment denken, als Kathy sie während der Trauerfeier voller Wut angesehen hatte, und es kam ihr so vor, als fügten sich nun die Puzzleteile zusammen. Sie musste nur noch ihre Gedanken in Worte fassen. „Eigentlich", sagte sie langsam, „ist Ihre Wut so etwas wie der Ring auf einer Wasseroberfläche, nachdem ein Stein dort hineingeworfen wurde."

Kathy sah sie verwirrt an. „Wie meinen Sie das?"

„Es scheint so, als würde sich Ihre Wut immer weiter ausbreiten. Sie sind jetzt nicht mehr nur auf Ihren Vater wütend, sondern auf jeden, der ihm seine Fehler vergibt. Zum Beispiel auf Gott. Oder Ihre Mutter. Und ich müsste sehr danebenliegen, wenn Sie nicht auch auf mich wütend gewesen waren, weil ich Ihrem Vater von Gottes Liebe zu ihm erzählt habe. Vielleicht haben Sie deshalb so lange zu verhindern versucht, dass ich mit Ihnen Kontakt aufnehme?"

Kathys Gesichtsausdruck machte ihr deutlich, dass sie der Wahrheit sehr nahe gekommen war.

„Aber", fuhr Ellen vorsichtig fort, „sagt Ihre Wut nicht letztlich mehr über Sie selbst aus als über die anderen? Kann es … Kann es sein, dass gar nicht die Wut der Grund ist, warum Sie Beziehungen abbrechen oder gar nicht erst anfangen, sondern vielmehr Ihre Ohnmacht, mit dieser Wut umzugehen?"

Kathy starrte sie mit offenem Mund an.

Ellen hatte das Gefühl, sich auf dünnem Eis zu bewegen, aber dennoch wagte sie sich einen weiteren Schritt vor. „Wenn Ihr Vater keinen Rat mehr wusste, dann floh er aus den Beziehungen. Kann es sein, dass Sie dieses Verhalten ungewollt und unbewusst übernommen haben?"

Kapitel 63

Montag, 30. Mai

Gegen acht Uhr stieg Kathy aus ihrem Wagen, nahm ihre Tasche und schleppte sich mühsam in das Gebäude von Instalco.

In der Regel war sie noch vor Paul im Büro, doch als sie diesmal ihre Namenskarte auf der Tafel neben dem Eingang nach *Anwesend* verschob, entdeckte sie, dass er heute schon da war. Plötzlich fiel ihr ein, dass die Direktion für halb neun eine wichtige Besprechung angesetzt hatte, zu der alle Abteilungsleiter erscheinen mussten. Es war ein Glück, dass sie dabei nicht Protokoll führen musste, denn ihre Konzentrationsfähigkeit war momentan eher im unteren Bereich angesiedelt.

Bevor sie ins Büro ging, inspizierte sie noch einmal ihr Äußeres im Spiegel der Damentoilette. An ihrer braunen Hose und der creme gestreiften Bluse gab es nichts auszusetzen, doch die Extraschicht Make-up, die sie heute Morgen aufgetragen hatte, um ihre Tränensäcke zu kaschieren, erreichte nicht ihren Zweck. Sie sah furchtbar aus.

Die losen, dunklen Haarsträhnen, die ihr Gesicht umrahmten, unterstrichen nur, wie bleich sie aussah. Sie hatte heute Morgen nicht genug Energie gehabt, irgendetwas Vernünftiges aus ihren Haaren zu machen, aber so konnte sie eigentlich auch nicht herumlaufen. Mit einem tiefen Seufzer kramte sie ein Gummiband aus ihrer Handtasche und machte sich schnell einen Pferdeschwanz. Jedes bisschen half.

Gerade als sie ihren Computer hochgefahren hatte, hörte sie Paul vor ihrer Bürotür herumscharren. „Guten Morgen, schön, dass du da bist“, sagte er, während er reinkam. „Du kannst für mich eben schnell noch ein paar Dinge …“ Ihm fiel die Kinnlade herunter, als sie ihm das Gesicht zuwandte. „Ach du meine Güte, wie siehst du denn aus? Bist du krank oder was ist los?“

„Dir auch einen guten Morgen. Und nein, ich bin nicht krank. Was wolltest du von mir?“

Paul legte ihr die Aktenordner, die er unter den Arm geklemmt hatte, auf den Schreibtisch und stützte sich mit beiden Händen auf die Tischplatte. „Habe ich vergessen.“

Sie glaubte ihm kein Wort.

Er beugte sich noch weiter zu ihr hinüber. Ihr fiel auf, dass er unter seinem blauen Jackett ein Hemd und eine Krawatte trug, die sie noch nie an ihm gesehen hatte. Und wenn sich ihre Nase nicht täuschte, dann hatte er auch ein neues und sehr teures Aftershave. Das hatte sicher alles mit der Besprechung zu tun.

„Ich weiß, dass du während der Arbeit nicht gern über persönliche Dinge redest“, sagte er, „aber erzähle mir nicht, dass es dir gut geht, Kathy Smit. Und wage es jetzt bloß nicht, mir ins Gesicht zu sagen, dass ich unrecht habe.“

Sie gab ihm keine Antwort, sondern starrte stur vor sich hin.

Paul ging um den Schreibtisch herum, nahm die Computermaus und klickte auf das Kreuzchen des Textverarbeitungsprogramms, das sie gerade geöffnet hatte.

„Was machst du da?“ Kathy beobachtete ihn mit Argusaugen.

„Deinen Computer herunterfahren“, erwiderte er trocken, während er auf *Herunterfahren* klickte.

„Aber warum?“ Nur ihre guten Manieren hatten sie davon abgehalten, ihn einfach beiseitezuschieben.

„Weil ich dich jetzt nach Hause schicke. Und ich will dich erst wieder im Büro sehen, wenn dein Gesicht etwas Farbe bekommen hat und du keine dicke Schicht Make-up mehr brauchst, um vor mir zu verschleiern, dass du nicht geschlafen oder viel geweint hast. Oder vielleicht sogar beides.“ Durchdringend sah er sie an. „Ich meine das wirklich ernst, Kathy.“

Sie versuchte, seinem Blick standzuhalten und ihn davon zu überzeugen, dass sie sehr gut für sich selbst sorgen könnte und keinen Vater brauche. Doch während sie sich noch die passenden Worte zurechtlegte, wurde ihr bewusst, wie bitter sie klingen würden, also hielt sie lieber den Mund und schlug die Augen nieder.

„Hat es etwas mit deinem Vater zu tun?“, fragte er.

Sie sah ihn schweigend an.

„Dachte ich mir schon."

Aus den kleinen Lautsprechern am Computer ertönte das Signal zum Herunterfahren und zeitgleich wurde der Bildschirm schwarz.

„Nimm dir Zeit für dich selbst, Kathy, nimm dir Zeit, die Dinge zu verarbeiten", fuhr Paul in einem sanften, aber eindringlichen Ton fort. „Und rede es dir von der Seele. Du weißt, dass du bei Annemijn und mir immer willkommen bist. Aber wenn du nicht möchtest, ist es auch gut. Versprich mir aber, dass du dir auf jeden Fall jemanden suchst, bei dem du dein Herz ausschütten kannst."

„Ich habe gestern sehr lange mit jemandem geredet."

„Das ist gut. Rede weiter, so lange es nötig ist. Und versuch einmal ein bisschen rauszukommen. Mehr sage ich nicht dazu."

Er nahm ihre Handtasche, gab sie ihr und wartete, bis sie aufgestanden war. „Ich melde dich bei der Personalabteilung krank und du gehst schnurstracks aus dem Haus. Und bleib nicht zu Hause hocken aus Angst, irgendjemand könnte zur Kontrolle vorbeikommen. Ich werde ihnen sagen, dass ich dich nach Hause geschickt habe." Er schob sie beinahe auf den Gang. „Auf Wiedersehen, Kathy."

Es war noch nicht einmal Viertel vor neun, als Kathy wieder ihr stilles Haus betrat. Ihre Tasche legte sie auf den Tisch und sah sich um. Was sollte sie nur mit dem langen Tag anfangen, der jetzt vor ihr lag?

Erschöpft ließ sie sich auf einen Stuhl sinken und lehnte sich nach hinten. Vielleicht sollte sie einfach wieder ins Bett gehen, etwas Schlaf nachholen. Wenn sie denn schlafen konnte. Wahrscheinlich war es sogar besser, wenn sie wach blieb, ansonsten würde sie es in der kommenden Nacht bereuen. Und sie war lieber tagsüber wach als nachts.

„Versuch ein bisschen rauszukommen", hatte Paul ihr empfohlen. Sie könnte wirklich ein wenig spazieren gehen, das Wetter war wunderbar. Nur wo? Normalerweise ging sie gern durch den Wald, nur heute hatte sie keine Lust, zwischen hohen, mächtigen Baumstämmen herumzulaufen. Sie wollte Luft. Licht. Weite. Doch wenn sie es recht bedachte, stand ihr der Sinn auch nicht nach einer Heidewanderung.

Dann fiel es ihr ein. Sie würde ans Meer fahren. Das war zwar nicht gerade um die Ecke, aber das war ihr egal. An Zeit mangelte es ihr ja gerade nicht.

Sie zog ihre hochhackigen Sandalen aus und ging nach oben, um sich bequemere Klamotten anzuziehen. Sie überlegte eine Weile, ob es Sinn machte, die Badesachen mitzunehmen, aber dann ließ sie sie im Schrank. Heute sollten es nur einundzwanzig Grad werden und dazu kam, dass sie ja eigentlich nicht zum Schwimmen und Sonnenbaden ans Meer fahren wollte. In die Sonne legte sie sich sowieso am liebsten in ihrem eigenen, von außen nicht einsehbaren Garten.

Eine Tube Sonnencreme für ihr Gesicht packte sie trotzdem ein, dazu ein Handtuch für den Fall, dass sie sich am Strand hinsetzen wollte.

Während sie noch eine Flasche Wasser und etwas Obst dazutat, ertappte sie sich dabei, dass sie sich auf diesen unerwarteten Ausflug geradezu freute. Sie war sich zwar sehr wohl bewusst, dass sie sich selbst mitnehmen würde, aber sie würde trotzdem ein paar Stunden in einer völlig anderen Umgebung verbringen. Und weil es ein Montagmorgen war und die Ferien noch nicht angefangen hatten, hoffte sie darauf, den Strand mit nicht allzu vielen anderen teilen zu müssen.

Schließlich steckte sie noch ein paar CDs für unterwegs ein und sah sich noch einmal um. Hatte sie noch etwas vergessen? Ihr Blick fiel auf die Fotos neben dem Klavier. Es war schon eine ganze Weile her, seit sie das letzte Mal mit ihrer Kamera auf Tour gegangen war. Aber vielleicht war sie zu unhandlich, um sie mitzunehmen. Sie würde sie die ganze Zeit mit sich herumtragen müssen, denn sie war viel zu teuer, um sie im Auto liegen zu lassen. Darüber hinaus riskierte sie am Strand, dass Sand in die Kamera kam. *Warum tust du nicht einfach mal, was du willst, Kathy Smit,* sagte sie zu sich selbst. *Schnapp dir die Kamera und nimm sie mit. Du musst nicht ständig die vernünftige, erwachsene Frau heraushängen lassen.*

Etwas später schloss sie zum zweiten Mal an diesem Morgen ihr Haus ab, setzte sich ins Auto und programmierte ihr Navi auf Katwijk aan Zee. Auf dem Display konnte sie ablesen, dass es etwas über hundert Kilometer waren und die Fahrt anderthalb Stunden dauern würde. Jedenfalls, wenn sie der Berufsverkehr am Montagmorgen nicht allzu lange aufhielt.

Auf dem ersten Stück Autobahn war tatsächlich noch sehr viel los, doch nach einer Weile kam sie schneller voran und sie ließ Dörfer und Städte hinter sich, während Klänge von Bach aus den Lautsprechern ertönten.

Unvermittelt fiel ihr das Gespräch von gestern wieder ein. Ellen war bis zum späten Nachmittag geblieben. Vieles war gesagt worden, was sie noch in Ruhe bedenken musste, vor allem, was den Umgang mit ihrer Wut betraf.

Vorher war sie sich dessen nicht bewusst gewesen, aber wenn sie ihr Leben überdachte, musste sie zugeben, dass sie Beziehungen tatsächlich aus dem Weg ging oder sie sogar abbrach, wenn sie wütend war. Das war schon in der Grundschule so gewesen. Sie erinnerte sich an zwei Freundschaften, die auf diese Weise zerbrochen waren, weil sie nach einem Streit mit einem Mädchen dieses einfach ignoriert hatte.

In der weiterführenden Schule hatte sie sich immer weiter verschlossen, besonders gegenüber einem bestimmten Jungen aus einer höheren Klasse, der regelmäßig mit ihr zusammen nach Hause radelte und in den sie sich verliebt hatte. Auch ihm hatte sie nach einem im Nachhinein betrachtet dummen pubertären Streit einfach die kalte Schulter gezeigt. Er hatte ihr noch ein paar Wochen lang Briefchen geschrieben, aber auch die hatte sie ungelesen weggeworfen. Wenn jemand bei ihr eine Grenze überschritten hatte, dann war es aus und vorbei. Genauso wie es ihr Vater geschrieben hatte.

Gestern hatte sie die Erkenntnis geschockt, dass sich ihre Wut auch auf die Menschen übertrug, die ihrer Meinung nach zu lieb oder zu vergebungsbereit gegenüber anderen waren. Und heute Nacht hatte sie sich ehrlich eingestehen müssen, dass sie tatsächlich wütend auf ihre Mutter gewesen war. Falls sie wieder gesund geworden wäre oder wenigstens länger gelebt und ihren Vater wieder bei sich aufgenommen hätte, wäre sie höchstwahrscheinlich bei ihr ausgezogen.

Doch damit nicht genug, denn diese Entdeckungen hatten weitere, nicht weniger schockierende Erkenntnisse über sie selbst offenbart. Als sie bei ihrer Mutter mit ansehen musste, wie viel Leid ihr der eigene Ehemann bereitet hatte, hatte sie sich geschworen, dass ihr so etwas nicht passieren würde. Doch wahrscheinlich hatte ihre Angst vor einer unglücklichen Beziehung noch weitere Wurzeln … In ihr wohnte nicht nur die Angst, verlassen zu werden, sondern unbewusst fürchtete sie sich auch davor, sie könnte andere Menschen verlassen und ihnen dadurch wehtun. Jetzt durchschaute sie auch endlich, warum sie ihre Freundinnen Wilma und Heleen immer auf Abstand gehalten hatte. Solch eine Distanz war schön sicher. Das Risiko, verletzt zu werden oder selbst andere zu verletzen, war dadurch nicht so groß. Aus demselben Grund hatte sie sich auch immer von Männern ferngehalten.

Ihre Gedanken sprangen beinahe automatisch zu Jeroen. Als sie gestern mit Ellen zur Eingangstür gegangen war, hatte sie dort einen weißen Umschlag auf dem Boden liegen sehen, auf dem in einer Männerhandschrift nur ihr Vorname geschrieben stand.

Sie hatte sofort Jeroen als Absender im Verdacht, allerdings hatte sie das Gespräch so sehr ermüdet, dass sie den Umschlag nicht gleich geöffnet hatte. Erst später am Abend hatte sie nachgeschaut, was er ihr geschrieben hatte.

Auf einer einfachen weißen Klappkarte war nur ein Satz zu lesen: *Wenn ich irgendetwas tun kann, um dieses schöne Lachen wieder in dein Gesicht zu zaubern, dann lass es mich wissen. Jeroen.*

Sie rechnete es ihm hoch an, dass er mit der Karte nicht wieder eine Verabredung ausmachen wollte, sondern ihr einfach nur seine Hilfe angeboten hatte. Im Moment brauchte sie etwas Zeit für sich selbst, aber danach konnte sie ihr Versprechen einlösen und ihn anrufen, um ein Treffen mit ihm auszumachen. Mit der Zeit würde sich zeigen, wie es weiterging.

Punkt Viertel vor elf fuhr Kathy direkt am Strand von Katwijk aan Zee auf einen Parkplatz. Früher war sie hier schon einmal gewesen, aber noch nie im Sommer. Normalerweise mied sie das damit verbundene Gedränge und ging nur dann an den Strand, wenn es ziemlich windig war und die See grau und ungemütlich aussah. Sie fand es herrlich, dann gegen den Wind unterwegs zu sein und den Sand in ihrem Gesicht zu spüren.

Sie löste einen Parkschein und ging mit der Tasche über der Schulter und der Kamera um den Hals zur Strandpromenade. Obwohl gerade keine Urlaubszeit war, waren hier doch mehr Menschen, als sie erwartet hatte. Um sie herum wurde viel Deutsch gesprochen, vielleicht hatten die Schulen dort gerade einen Feiertag. Trotz der Tatsache, dass nur ein leises Lüftchen wehte, versuchten doch einige Kinder, ihre Drachen steigen zu lassen, während andere eifrig eine Sandburg bauten.

Unwillkürlich wanderten Kathys Gedanken zu dem Tag, den ihr Vater in seinem Brief auch erwähnt hatte. Sie waren damals in Ouddorp gewesen und sie fragte sich, ob sein Ring nicht vielleicht mittlerweile von jemand ausgegraben worden war.

Sie rieb sich mit Sonnencreme ein und trank ein paar Schlucke Wasser aus der mitgebrachten Flasche. Der Kaffee musste noch warten, bis sie sich in der Mittagszeit ein Brötchen gekauft hatte.

Direkt über ihr kreisten ein paar Möwen, die vielleicht darauf hofften, dass sie noch etwas anderes als Wasser aus ihrer Tasche herausholte. „Sorry, Jungs oder Mädels. Für euch habe ich nichts dabei." Ob sie sie verstanden hatten, wusste sie nicht, allerdings zogen sie einen größeren Kreis und flogen weg.

Nachdem sie eine halbe Stunde stramm auf dem festen Sandstreifen am Strand entlangmarschiert war, bog Kathy nach rechts ab und ging in Richtung Dünen. Sie hatte zwei wunderbare Makroaufnahmen von ein paar Muscheln und Quallen auf dem nassen Sand gemacht und wollte nun ein paar Fotos von den Wildblumen schießen, die zwischen dem hohen Strandhafer blühten.

Das Fotografieren lenkte sie für eine Weile wunderbar von all ihren Gedanken ab, die in den letzten Tagen in ihr eine Achterbahn der Gefühle ausgelöst hatten.

Kurz nach zwölf Uhr ging sie zum Parkplatz zurück. Dort hatte sie einen Strandpavillon entdeckt; wer weiß, vielleicht gab es dort auch Schließfächer, in denen sie ihre Sachen verstauen konnte. Dann würde sie nach einem kleinen Mittagessen und einer Tasse Kaffee in Richtung Noordwijk wandern. Das war eine schöne Nachmittagsbeschäftigung.

Es kam ihr immer noch ziemlich unwirklich vor, dass sie hier an einem Montag am Strand spazieren ging, während ihre Kollegen alle an der Arbeit waren. Doch etwaige Schuldgefühle wollte sie nicht aufkommen lassen, denn schließlich hatte Paul sie ja geradezu hinausgeworfen. Anders konnte man es nicht nennen.

Auf der Terrasse des Pavillons war es noch ruhig und Kathy suchte sich ein Plätzchen hinter einer gläsernen Abschirmung, wo sie im Schatten eines Sonnenschirms aufs Meer hinausschauen konnte.

„Ich hätte gern einen Cappuccino und einen Hawaiitoast", sagte sie zu der Bedienung, die gekommen war, um ihre Bestellung aufzunehmen. „Und kann man bei Ihnen vielleicht auch eine Wanderkarte von der Umgebung kaufen?"

„Ja sicher", antwortete die Frau. „Soll ich Ihnen die ebenfalls bringen?"

„Sehr gern."

Binnen kürzester Zeit stand die Bedienung mit einer Karte und dem Cappuccino wieder an ihrem Tisch. „Bitte schön. Und der Toast kommt auch gleich."

„Vielen Dank." Kathy biss in das Plätzchen, das auf der Untertasse ihres Cappuccinos lag. Es schmeckte besser als die eingepackten Kekse, die in vielen anderen Restaurants serviert wurden. Auch der Kaffee war überraschend gut. Nach dem letzten Schluck faltete sie die Karte auseinander und sah sich die verschiedenen Wanderwege an. Dabei bemerkte sie, dass es in Katwijk auch einen jüdischen Friedhof gab, und zum ersten Mal räumte sie Ruth mehr Platz in ihren Gedanken ein.

Sie fand es unheimlich schwierig, die Tatsache zu verdauen, dass ihr Vater nicht ihre Mutter, sondern diese Frau geliebt hatte, aber gleichzeitig hatte sie auch Mitleid mit Ruth. Welche traumatischen Erfahrungen hatte diese Frau in ihrem Leben durchstehen müssen. Ihren Gedankengängen über den Glauben konnte Kathy nicht folgen, aber sie hatte dennoch Respekt vor ihr. Darüber hinaus war es gut zu wissen, dass Ruth keine Frau gewesen war, die ihrem Vater nachgestellt hatte, sondern in ihrem Tun aufrecht und ehrlich gewesen war. Was übrigens den Betrug ihres Vaters in einem noch schlechteren Licht erscheinen ließ.

Ihre Gedanken wurden kurz unterbrochen, als die Bedienung den Toast brachte. Plötzlich merkte sie, wie groß ihr Hunger war. Nachdem sie alles bis auf den letzten Krümel aufgegessen und sich den Mund mit der Serviette abgewischt hatte, lehnte sie sich auf ihrem Stuhl zurück und sah sich um.

Ihr Blick fiel auf den Seitenrand der Terrasse, neben dem eine Reihe Ferienhäuser stand. Auf der Veranda des ersten sah sie ein Mädchen von etwa sechs Jahren. Es trug ein niedliches, weißes Jäckchen mit einer dünnen graublauen Weste und warf den Möwen kleine Stücke Brot hin, die sie sofort aufpickten. Kathy lächelte über den Enthusiasmus der Kleinen und wandte danach mit leichter Wehmut ihren Blick von ihr ab.

In Momenten wie diesem ertappte sie sich selbst bei dem Wunsch, wieder in die Zeit ihrer Kindheit zurückzukehren, als sie noch voller Vertrauen ins Leben gewesen war. Wo war nur das kleine Mädchen in ihr geblieben?

Sie schob den Teller weg, legte das Geld für die Rechnung sowie ein Trinkgeld auf den Tisch und stand auf. Da sie ihre Tasche am Eingang des Pavillons eingeschlossen hatte, brauchte sie nicht mehr mitzunehmen als die Karte, ihre Sonnenbrille und ihr Portemonnaie. Zeit für eine Wanderung.

Als sie gerade losgehen wollte, hörte sie auf der Terrasse eine Männerstimme und den fröhlichen Ruf eines Kindes: „Papa!"

Beinahe automatisch drehte Kathy ihren Kopf in die Richtung der Stimmen und blieb wie angewurzelt stehen, als sie sah, wie das Mädchen auf die Füße seines Vaters stieg und mit ihm über die Terrasse tanzte.

Einen Augenblick lang schien die Welt stillzustehen. Die Brandung war nicht mehr länger in Bewegung, die Drachen und die Möwen hingen regungslos am Himmel und selbst der Wind hielt den Atem an. Nur das Kind und sein Vater tanzten miteinander, bis das Mädchen stehen blieb, nach Luft schnappte und auf die Dünen hinaussah, während der Vater seine beschützenden Arme um das Kind legte.

Als dann die Brandung erneut zu tosen begann, die Möwen mit den Flügeln schlugen und der Wind die Drachen wieder bewegte, spürte Kathy die heißen Tränen auf ihren Wangen und konnte der Wahrheit nicht länger ausweichen.

Ihr Vater hatte ihre Liebe ausgegraben.

Kapitel 64

Freitag, 10. Juni

Kathy schob ihren Einkaufswagen aus dem Gartencenter. In der Regel kam sie nur samstags hierher oder wenn unter der Woche abends lange geöffnet war und sehr viel mehr los war als jetzt an diesem frühen Freitagmorgen.

Sie verstaute die Stiege mit den Setzlingen, die drei großen Übertöpfe und den Sack Blumenerde, die sie gekauft hatte, im Kofferraum ihres Wagens und brachte den Einkaufswagen zurück.

Auf dem Heimweg begegnete ihr ein Firmenwagen von Instalco und sie musste an Paul denken. Er hatte genau das Richtige getan, als er sie nach Hause geschickt hatte. Von sich aus hätte sie sich niemals krankgemeldet, sondern sich stattdessen wie eine Verrückte auf die Arbeit gestürzt. Doch jetzt, nachdem sie unverhofft zwei Wochen zu Hause gewesen war, merkte sie, dass sie die Ruhe und die Zeit gebraucht hatte.

Aus einem plötzlichen Impuls heraus – was für sie ungemein ungewöhnlich war – hatte sie sich in Katwijk diverse Toilettenartikel und ein paar Kleidungsstücke gekauft und für zwei Nächte ein Hotelzimmer gebucht. In diesen Tagen war sie stundenlang am Meer spazieren gegangen, hatte viel nachgedacht und sogar gut geschlafen. Wieder zu Hause angekommen, hatte sie sich den Garten vorgenommen. Dabei hatte sie ihren Gedanken über ihren Vater, ihre Mutter, sich selbst und die anderen um sie herum, ja sogar über Gott freien Lauf gelassen. Jetzt allerdings wünschte sie sich wieder ein bisschen mehr Struktur für ihren Tagesablauf. Darüber hinaus vermisste sie ihre Arbeit.

Gestern hatte sie noch mit Paul telefoniert und ihm gesagt, dass sie Montag wieder ins Büro käme. Obwohl er noch Zweifel gehabt hatte, ob das nicht zu früh sei, hatte er schließlich doch zugestimmt, allerdings nicht, bevor sie ihm versprochen hatte, es ruhig anzugehen.

Aber vorher wollte sie noch etwas anderes erledigen.

Zu Hause lud sie ihre Einkäufe aus und stellte Töpfe und Setzlinge nebeneinander in den Garten. Die Setzlinge waren noch ziemlich klein, aber die Pflanzen würden gut und gerne einen halben Meter hoch werden. Die übrig gebliebenen Setzlinge wollte sie in ihrem Garten einpflanzen, an einer Stelle, die sie extra dafür frei gemacht hatte.

Sie zog ihre Gartenhandschuhe aus, klopfte sich die Jeans ab und räumte die Gartengeräte weg, danach setzte sie einen Kaffee auf und holte sich Schreibblock und Stift.

Etwas später saß sie am Küchentisch und schlug den Schreibblock auf.

In Gedanken hatte sie bereits ganze Passagen des Briefes geschrieben, doch jetzt, wo es darum ging, die Worte zu Papier zu bringen, fiel es ihr doch schwerer, als sie gedacht hatte.

Nach ein paar Minuten war das Blatt immer noch jungfräulich weiß und sie kaute auf dem Stift herum. Schließlich brühte sie sich einen weiteren Kaffee auf. Während sie darauf wartete, dass das Wasser durchlief, starrte sie durchs Fenster, ohne dabei wirklich etwas zu sehen. Eigentlich hatte sie gar keine Lust auf Kaffee, aber das verschaffte ihr eine gewisse Ablenkung und einen Aufschub. „Bleistift spitzen“, schienen Schriftsteller dieses Verhalten zu nennen. Sie konnte sich alles Mögliche darunter vorstellen.

Natürlich konnte sie den Block auch wieder wegräumen. Sie war niemandem dazu verpflichtet, diesen Brief zu schreiben.

Außer sich selbst.

Es war etwas, das ihr dringend am Herzen lag und das sie gern hinter sich bringen wollte. Auch wenn es niemanden mehr gab, der diesen Brief lesen würde.

Sie ging zurück an den Tisch, nahm den Stift in die Hand, holte tief Luft und legte los.

Kapitel 65

Papa,

ich habe auch eine Weile darüber nachgedacht, welche Anrede ich über diesen Brief setzen soll, und auch ich habe mir überlegt, ob es nicht besser wäre, sie ganz wegzulassen.

Denn welches Wort ist hier das richtige?

In meinen Gedanken habe ich dich eine Weile nur noch mit deinem Vornamen angesprochen, aber das möchte ich nicht mehr.

Und für Papachen, wie ich dich oft genannt habe, nachdem du mir das Lied Kleines, kleines Kleinkindchen *beigebracht hast, ist zu viel passiert.*

Papa ist ein schöner Mittelweg.

Warum schreibe ich dir diesen Brief?

Warum schreibe ich einen Brief, der zu spät kommt, den du gar nicht mehr lesen kannst?

Weil ich dir noch so viel zu sagen habe, das aber nicht mehr tun kann. Und mir fällt nichts Besseres ein, als alles zu Papier zu bringen.

Es ist ziemlich schwer, ich weiß nicht, wo ich anfangen soll. Es gab so viele Augenblicke, die für unsere Beziehung entscheidend waren. So wie der Tag, an dem ich dich mit Ruth gesehen habe, oder der Tag, an dem ich dir nach Mamas Beerdigung gesagt habe, dass du für mich nicht mehr existierst.

Und ich könnte noch eine Reihe weiterer Tage nennen. Doch vielleicht muss ich das gar nicht. Ich habe sie in den vergangenen Wochen auch so schon alle noch einmal durchlebt. Allerdings zum ersten Mal ohne das alles beherrschende Gefühl des Hasses.

Ja, damit möchte ich anfangen. Bei dem Moment, als mir durch ein kleines Mädchen, das auf den Füßen seines Vaters tanzte, klar geworden ist, dass du meine Liebe wieder ausgegraben hast.

Oh Papa, zwischen dir und anderen ist so viel schiefgelaufen. Und auch zwischen dir und mir. Doch alles hätte so anders sein können, wenn ich nur deine Briefe früher gelesen hätte. Wenn ich im Krankenhaus deine zitternde Hand in meine genommen hätte.

Wenn ich daran denke, wie kalt und feindselig ich dich behandelt habe, dann muss ich die Zähne zusammenbeißen, um nicht vor Schuld und Reue laut loszuschreien. Hätte ich doch bloß ...

Mama hat früher oft gesagt: „Wenn das Hätte kommt, ist es für das Haben zu spät.“ Das ist eine Wahrheit, die du schon sehr früh erkannt hast, aber eine, die nun auch mich viele Tränen gekostet hat. Ich muss zugeben, dass Ellen recht hatte, als sie sagte, dass Weinen auch für Erleichterung sorgt.

Genau, jene Ellen, die dir die Karte, deinen „Brief aus dem Himmel“ geschickt hat.

Obwohl der Gedanke, dass Gott die Dinge im Leben leitet, in mir viele Fragen und auch Widerstände hervorruft und ich nicht weiß, was ich mit ihm anfangen soll – oder er mit mir –, muss ich doch zugeben, dass in den vergangenen Wochen einige Dinge geschehen sind, die ich kaum Zufälle nennen kann. Zum Beispiel das tanzende Mädchen, von dem ich dir geschrieben habe, aber sicher auch, dass Ellen in deinem Leben und jetzt auch in meinem aufgetaucht ist.

Als du mir durch sie die Sachen hast zukommen lassen, war die Gefahr tatsächlich groß, dass ich alles einfach wegwerfe, deine Briefe nicht lese und mir Mamas Kassette nicht anhöre.

Wie heftig war das für mich, als ich nach all den Jahren wieder ihre Stimme hörte! Jedoch auch etwas ganz Besonderes.

Ich habe mir das Band wieder und wieder angehört. Zuerst nur, um mich im Klang ihrer sanften Stimme zu baden. Ich glaube, ich habe erst beim dritten oder vierten Mal bewusst auf ihre Worte geachtet.

Der Ehrlichkeit halber muss ich zugeben, dass ich furchtbar wütend geworden bin, als mir klar wurde, was sie dir da sagte. Ich wollte nichts davon wissen, dass sie dir vergeben hatte. Und erst recht nichts davon, dass sie dich immer noch liebte.

Aber sie hatte vollkommen recht.

Ich verstehe sehr gut, dass ich sie mit meiner Weigerung, noch einmal über dich zu sprechen, verletzt habe. Und auch dadurch, dass ich so getan habe, als gäbe es dich überhaupt nicht mehr. Angesichts deines Verhaltens schien mir das nämlich die einzig angemessene Reaktion zu sein.

Durch das Gespräch mit Ellen habe ich jedoch entdeckt, dass sich auch bei mir so etwas wie ein Muster zeigt: Nach einem tief greifenden Streit mit einer Person oder einer schockierenden Entdeckung habe ich mich immer dazu entschieden, den Kontakt zu meinem Gegenüber abzubrechen. Auf diese Weise konnte ich letztlich jeder Konfrontation aus dem Weg gehen. Dir müsste eine solche Reaktionsweise eigentlich bekannt vorkommen. Es fällt mir schwer, aber ich muss zugeben, dass ich doch einiges von dir geerbt habe …

In vielerlei Hinsicht.

Deshalb lasse auch ich meine Steine fallen.

Weil ich nicht besser bin als du.

Was deinen Vater angeht: Für mich war es eine unglaublich schockierende Entdeckung, als ich erkennen musste, dass ich ihm ähnlich sehe. Und natürlich beschleicht auch mich die bange Frage, ob ich vielleicht auch noch andere Gene von ihm geerbt haben könnte, was dazu führte, dass ich mich ebenso wie du für das schuldig gefühlt habe, was er getan hat.

Allerdings habe ich jetzt etwas eingesehen: Dass mein Großvater ein Verräter war, sagt nichts darüber aus, wer oder was ich bin.

Ich habe Ellen erzählt, dass ich aus deinen Briefen erfahren habe, dass du dich auch mit deinem Vater verglichen hast. Sie hat darauf dasselbe geantwortet wie Mama, nämlich, dass man diesen Vergleich nicht anstellen soll, weil euer Verhalten eben nicht miteinander vergleichbar sei. Dann hat sie noch gesagt, dass du kein Kind von schlechten Eltern bist, sondern ein Kind von Eltern, die Schlechtes getan haben.

Ich fand, das traf den Nagel auf den Kopf. Es hört sich vielleicht ähnlich an, aber es ist doch nicht dasselbe. Hätten die Quälgeister aus deiner Jugendzeit das nur auch erkannt.

Übrigens habe ich mich entschieden, die Akte über deinen Vater nicht einzusehen. Vielleicht werde ich meinen Entschluss eines Tages überdenken, aber im Augenblick möchte ich gar nicht mehr über ihn wissen.

Ich habe schon viel geschrieben, doch erst jetzt kommt das, was ich dir eigentlich sagen möchte. Ich hoffe, es gelingt mir, das gut in Worte zu fassen.

Du hast mich in deinen Briefen um Vergebung gebeten. Und du hättest es gerne auch noch einmal persönlich getan.

Ich habe mir selbst in den vergangenen Tagen immer wieder die Frage gestellt, ob ich dir vergeben kann. Und auch, ob es dafür nicht noch zu früh ist. Obwohl – was heißt eigentlich zu früh, schließlich sind schon achtundzwanzig Jahre ins Land gezogen …

Ganz lange habe ich gedacht, ich könnte dir nicht vergeben. Dann hat mich Martijn jedoch gefragt, ob das nicht vielleicht doch auch eine Frage des Willens sei. Natürlich war ich über diese Frage wütend (und wenn ich jetzt an dieses Gespräch zurückdenke, wird mir ebenso klar, dass ich auch damals Fluchtgedanken hatte).

Wie dem auch sei, seine Frage hat mich getroffen. Es ging nun nicht mehr nur ums Können, sondern auch ums Wollen. Ich glaube, ich hatte Angst, dass mit der Vergebung auch die Versöhnung verbunden sein könnte, und das wollte ich um jeden Preis vermeiden.

Es ist bitter, dass die Möglichkeit einer Versöhnung nun nicht mehr als Grund dafür angeführt werden kann, dir nicht zu vergeben. Der Tod hat uns unwiderruflich geschieden.

Deine Bitte um Vergebung ließ mich jedoch nicht los. Denn es war noch nicht genug, dass ich dich nicht mehr verurteilte. Ein Schritt fehlte noch. Ich hatte allerdings keine Ahnung, welcher.

Mir wurde jedoch immer klarer, dass Vergeben tatsächlich ein Tätigkeitswort ist und kein Gefühl, das man von einem Tag auf den anderen plötzlich empfindet. Ich musste deshalb etwas tun, meinen Willen einsetzen.

Bedeutete das, dass ich zuerst glauben musste, um dir überhaupt vergeben zu können? Wenn das so wäre, wie konnte es dann sein, dass es auch viele nichtgläubige Menschen gibt, die anderen aus ihrer eigenen Kraft heraus vergeben können? Das Ganze war wirklich sehr verwirrend.

War es vielleicht so, dass man die Kraft Gottes nur in den Situationen braucht, in denen alle anderen Kraftquellen (wie zum Beispiel die Liebe) nicht oder nicht mehr zugänglich sind? Doch das sind nur meine eigenen Gedanken. Vielleicht sollte ich Ellen oder Martijn noch einmal fragen, wie sie die Sache sehen.

Und weißt du, was mich darüber hinaus beschäftigt hat?

Als ich deine Briefe gelesen habe, hat sich meine Meinung über dich und alles, was geschehen ist, ganz gewaltig verändert.

Denn obwohl es weiterhin falsch bleibt, was du getan hast, habe ich viel besser verstehen können, weshalb es so weit kommen konnte. Deine inneren Kämpfe, die Schuldgefühle, die Ohnmacht und der Schmerz und auch der Verlust der Liebe deines Lebens haben dich für immer verwundet.

In mir stieg auch ein anderes Gefühl für dich auf: Mitleid.

Allerdings wollte ich dir nicht einfach nur aus Mitleid vergeben.

Wenn ich dir vergebe, dann will ich das aus Liebe tun.

Und als mir das klar wurde, war es, als würde sich der Kreis schließen und als wäre ich wieder bei dem angekommen, wovon ich dir ganz zu Anfang geschrieben habe.

Dass du meine Liebe ausgegraben hast.

Und deshalb, Papa, kann ich dir jetzt ehrlich und aufrichtig schreiben:

Ich liebe dich.

Und ich vergebe dir.

Ich kann dich nicht mehr bitten, mir ebenfalls zu vergeben. Mir zu vergeben, dass ich dich verurteilt habe und unversöhnlich war. Und vor allem, dass ich dir und mir all die Jahre, die wir noch zusammen hätten haben können, genommen habe.

Doch ich darf glauben, dass du mir vergeben hättest, wenn du noch die Möglichkeit dazu gehabt hättest.

Denn du hast mich geliebt. Von ganzem Herzen und bedingungslos.

Jetzt bleibt mir nur noch, mir selbst zu vergeben.

Das habe ich mit Sicherheit noch nicht, aber ich bin auf dem Weg dorthin.

Und ich habe Menschen um mich herum, die mir beistehen wollen.

Auf Wiedersehen, Papa.

Auf Wiedersehen, Papachen.

Kapitel 66

Gegen halb vier nachmittags parkte Kathy ihr Auto auf dem leeren Parkplatz neben dem Friedhof und nahm vorsichtig den Topf mit den Pflanzen vom Beifahrersitz.

Während sie mit dem Rücken das schmiedeeiserne Tor etwas weiter aufschob, musste sie wieder an ihren Albtraum denken. Unwillkürlich hielt sie die Luft an. Der unglaubliche Kummer, den sie empfunden hatte, als sie ihre Mutter gesehen hatte und dann nicht mehr finden konnte, überkam sie plötzlich so heftig, als hätte sie die Ereignisse des Traums tatsächlich erlebt.

Sie blinzelte, um ins Hier und Jetzt zurückzukehren, und ging schnell über die Kieswege zum Grab ihres Vaters. Jetzt, wo sie ihm vergeben hatte, konnte sie endlich den Tod ihrer Mutter verarbeiten. Und auch den Verlust ihres Vaters.

Kurze Zeit später stand sie vor seinem Grab. Es war nur durch eine kleine schwarze Tafel mit einer Nummer und einem Datum markiert. Auf dem Sand lag eine verwelkte weiße Rose, wahrscheinlich die Rose, die Sanne nach der Beerdigung mitgenommen hatte.

Kathy hockte sich hin und stellte den Topf behutsam auf das Grab. „Für dich, Papa. Ysoppflanzen."

Langsam richtete sie sich auf und betrachtete durch einen Tränenschleier die kleinen, blauvioletten Blüten. *Schneeweiß.* Sie hatte dieses Wort schon einmal gehört, aber trotzdem hörte es sich neu an und berührte ihr Herz auf eine Weise, von der sie noch nicht wusste, was sie damit anfangen sollte.

Ihr Blick schweifte zur anderen Seite des Friedhofs. Dorthin würde sie gleich gehen, um das Grab ihrer Mutter zu besuchen. Ihre Eltern lagen immer noch weit auseinander, aber das würde sich bald ändern.

Sie war gerade bei Bor gewesen und hatte ihn um eine neue Beerdigung für ihren Vater gebeten; damit wollte sie noch deutlicher machen, dass sie ihm nicht nur mit Worten, sondern von ganzem Herzen vergeben hatte.

Als ihr dieser Gedanke in der letzten Woche gekommen war, hatte sie die Umsetzung erst für unmöglich gehalten. Durch eine Internetrecherche hatte sie allerdings herausgefunden, dass man innerhalb von zwei Monaten nach der ersten Beerdigung noch um eine Verlegung des Leichnams bitten konnte. Wenn der Bürgermeister zugestimmt hatte, konnte sie ihr Vorhaben umsetzen. Und dann würde sie den Ysop aus seinem Topf holen und auf dem Grab einpflanzen.

Erneut betrachtete sie die Pflänzchen. Zu Hause hatte sie ein Foto von den Blüten gemacht, aus nächster Distanz, und das würde sie in den neuen Grabstein einarbeiten lassen, den sie auf das Grab ihrer Eltern stellen lassen wollte. Das Grab, in dem sie bis zum Schall der letzten Posaune zusammen liegen würden.

Wann auch immer das war.

Kapitel 67

Ellen stand in der Türöffnung und starrte die Straße entlang, wo Kathy eben um die Ecke verschwunden war.

Sie konnte es kaum fassen, dass Kathy gerade zu Besuch gekommen war und sich nun zu Martijn auf den Weg gemacht hatte, um auch ihm einen Blumentopf zu bringen.

In den letzten Tagen hatte Ellen sehr viel an Kathy denken müssen und intensiv für sie gebetet. Genauso wie Martijn, den sie am Sonntagabend angerufen hatte, um zu fragen, ob er ebenfalls beten könnte.

Es hatte sie sehr viel Mühe gekostet, Kathy nicht anzurufen und auch nicht bei ihr vorbeizufahren, doch immer, wenn sie ihre Nummer eintippen oder zu ihr fahren wollte, hatte sie den deutlichen Eindruck, dass sie ihr noch Zeit geben sollte. Schließlich war es Gott, der das eigentliche Werk tun musste.

Und jetzt hatte Kathy heute Nachmittag gänzlich unerwartet an ihrer Haustür gestanden. Mit einem Topf Ysoppflanzen.

„Du bist ein Gott der Überraschungen, Herr", sagte Ellen, als sie sich vom Türpfosten losriss und nach drinnen ging.

Von den eigenen Gefühlen überwältigt ließ sie sich auf einen Stuhl am Tisch sinken und starrte die Pflanzen an, die vor ihr standen.

„Danke, Vater", flüsterte Ellen. „Danke, dass Kathy Steven vergeben konnte, dass sie ihm die Gnade gönnt, die du ihm gewährt hast. Und vielen Dank dafür, dass du Martijn und mich als deine Werkzeuge gebraucht hast, bei Steven und bei Kathy."

Sie rieb an einem der Blätter der Pflanze und roch den pfefferminzartigen Geruch. Sie kannte die Sätze Davids, die Steven laut herausgeschrien hatte, und hatte vor langer Zeit auch die bekannten Verse aus Psalm 51 auswendig gelernt, hatte aber noch nie über diese besondere Pflanze nachgedacht. *Entsündige mich mit Ysop, dass ich rein werde; wasche mich, dass ich schneeweiß werde. Lass mich hören Freude und Wonne, dass die Gebeine fröhlich werden, die du zerschlagen hast.*

Sie sagte sich den ganzen Psalm auf, während ihre Gedanken in jenes Wartezimmer zurückgingen, zu der allerersten Begegnung mit Steven. Wie schrecklich groß war ihre Angst gewesen, ihn anzusprechen. Aber als sie ihren Mund nicht aufbekommen hatte, hatte Gott einen noch viel besseren Plan verfolgt. Sie hatte geradezu eine Gänsehaut bekommen, als ihr Kathy vor wenigen Minuten erzählt hatte, dass ihr Vater in einem seiner Briefe über den verlorenen Sohn geschrieben und sich nach einem „Brief aus dem Himmel" gesehnt hatte.

Jetzt wusste Ellen auch, warum sie sich damals in dem Laden für eine Karte mit dem Motiv des Verlorenen Sohns entschieden hatte.

Gott hatte auch hier seine Hand im Spiel gehabt.

Während sie immer noch den Ysop betrachtete, hörte sie, wie Marilou hereinkam. Die jüngste Vorschulgruppe hatte freitagnachmittags frei und Marilou war bei einem Nachbarsmädchen zum Spielen gewesen.

„War es schön bei Annika?", fragte Ellen, als ihre Tochter ins Wohnzimmer kam.

„Ja, wir haben mit Kreide ein großes Bild auf die Schuppenwand gemalt. Ihre Mama hat uns das erlaubt." Marilous Blick fiel auf den Topf mit den Pflanzen. „Wie kommt der denn hierher?"

„Den habe ich geschenkt bekommen."

„Von wem?"

„Von der Frau, bei der ich neulich am Sonntag gewesen bin."

„Oh." Marilou öffnete ihre Sandalen und zog sie aus. „Ist sie immer noch so traurig?"

Ellen nahm ihre Tochter in den Arm. „Das ist lieb von dir, dass du danach fragst. Sie ist noch ganz schön traurig, aber es geht ihr schon etwas besser." Auch äußerlich hatte sich Kathy verändert. Ihre Augen waren viel ruhiger geworden und die Sonne hatte ihr in den vergangenen Wochen eine gesunde Farbe ins Gesicht gezaubert.

Aber sie ist noch nicht am Ziel, Herr, dachte Ellen, kurz nachdem Marilou nach oben gegangen war, um in ihrem Zimmer zu spielen. *Die Tür ihres Herzens hat sich zwar einen Spaltbreit für dich geöffnet, aber sie ist noch nicht weit offen.*

Eigentlich hatte sie gehofft und dafür gebetet, dass Kathy ihr Leben Gott übergeben würde und dann bereit wäre, ihrem Vater zu vergeben. Doch es war anders gekommen. Das illustrierte wieder einmal, dass die Dinge nicht nach ihrem Zeitplan und auf ihre Weise geschahen, sondern so, wie Gott es wollte.

Vater, lehre mich, die Sache auch weiterhin dir zu überlassen. Du weißt, dass ich sie am liebsten zu dir zerren würde, sie in deine Arme drücken, aber das kann ich nicht. Ich kann nicht an ihrer Stelle glauben, nicht an ihrer Stelle bekennen. Ich kann nur für sie beten. Reinige sie, mache sie schneeweiß.

Und während sie in der Stille des Wohnzimmers den Ysop betrachtete, war da wieder die sanfte, aber vertraute Stimme, die ihr eine Verheißung zuflüsterte, an der sie sich festhalten musste.

WAS ICH ANGEFANGEN HABE, WERDE ICH AUCH VOLLENDEN.